Stephen Laws wurde 1952 in Newcastle upon Tyne, England, geboren. Von phantastischer Literatur fasziniert, begann er schon in frühen Jahren zu schreiben. Er verfaßte zahlreiche Kurzgeschichten und Hörspiele. Sein erster Roman »Geisterzug« wurde in England auf Anhieb ein Erfolg.
Stephen Laws lebt mit seiner Frau in Gateshead und ist in der Kommunalverwaltung tätig.

Von Stephen Laws sind außerdem erschienen:

Geisterzug (Band 1803)
Angst (Band 1806)
Auf der Spur des Bösen (Band 1821)
Das Maß des Hasses (Band 1871)

Dieses Buch wurde auf chlor- und säurefreiem Papier gedruckt.

Deutsche Erstausgabe November 1993

Titel der Originalausgabe »Darkfall«

Originalverlag New English Library, London
Umschlaggestaltung: Charlie Dengler, München
Umschlagillustration: Dewa Wawerka
Satz: Ventura Publisher im Verlag
Druck und Bindung: Ebner Ulm
Printed in Germany
ISBN 3-426-70005-0

2 4 5 3 1

Stephen Laws

Blutiges Fest

Aus dem Englischen von
Dinka Mrkowatschki

Knaur

Für Mel, in Liebe.

Danksagung

An dieser Stelle ein herzliches Dankeschön an George Jackson und seine Kollegen von der Northumbria Police für ihre unbezahlbare Hilfe bezüglich Polizeiarbeit und -einsätze. Das irrige Verhalten einiger Charaktere in *Blutiges Fest* und ihre Mißachtung polizeilicher Vorschriften sind vom Autor frei erfunden. Jede Ähnlichkeit mit lebenden oder toten oder untoten Personen ist rein zufällig.

PROLOG

Ein Sturm war im Anzug.

Es war Heiligabend, drei Uhr nachmittags. Es schneite zwar nicht, aber das Wetter im Nordosten Englands war schon den ganzen Tag schlecht gewesen. Der Winter hatte der Stadt noch nicht sein wahres, zorniges Gesicht gezeigt. Seit dem frühen Morgen prasselten ohne Unterlaß erbärmliche, dünne Regentropfen herunter, und die Luft war kalt und feucht, viel schlimmer als der eisige Atem eines echten Winterwindes. Es schien, als hätten die dunklen, brodelnden Wolken den Regen aus der fadenscheinigen, leeren Erbärmlichkeit der Industriestädte unten aufgesogen. Und jetzt gab der Himmel ihn wieder zurück, unfähig, soviel Elend noch länger in sich zu speichern.

Der Sturm baute sich langsam auf, wie immer, und brachte denen, die da unten lebten, Abermillionen von Symptomen. Kopfschmerzen, Übelkeit, Halsschmerzen, Migräne, Desorientierung und Energieverlust. Eltern wurden gereizt, gaben Weihnachten und dem dazugehörigen Brimborium die Schuld, wenn sie ihre Kinder anschrien, und es fiel ihnen nicht im Traum ein, daß ein anbrechender Sturm immer solche Symptome auslöste. Sie ahnten nicht, daß sechzig Prozent der Bevölkerung unter einem oder mehreren dieser Symptome litten, wenn ein Gewitter kam.

Hunde kratzten an Türen und wurden nach draußen gelassen, um ihr Geschäft zu erledigen, statt dessen kotzten sie: auch ein Symptom des aufziehenden Sturms. Katzen zickten, gaben keine Ruhe und ließen sich nicht streicheln. Rinder, die noch nicht in den Ställen waren, legten sich auf die Erde und bewegten sich nur, wenn man sie dazu zwang.

Die Hochspannungsleitungen an ihren Masten, von denen jede fünfhundert Kilovolt transportierte, reagierten auf den nahenden Sturm. Das elektrische Feld, das sie umgab, begann zu schwellen, löste vorübergehende Stromschwälle und Blackouts in der gesamten Region aus. Dutzende von Menschen, die in der Nähe dieser Masten lebten, verspürten kribbelnde Angst und entdeckten ohne sonderliche Neugier, daß die Haare auf ihren Armen zu Berge standen, ein weiteres, wenn auch nicht ungewöhnliches Phänomen.

Der Sturm schwoll an und rollte über die Stadt herein. Seine Gewitterwolken waren bereits mit Elektrizität aufgeladen, als sie die urbanen Ausläufer passierten. Wenn dann die isolierende Wirkung der Luft zusammenbrach, würden sich die Wolken in einem kurzen Stromschlag entladen ... und der erste Blitz war geboren. Die Chancen, daß ein Blitz in ein Haus oder eine Person einschlug, waren vier Prozent oder eins zu fünfundzwanzig.

Aber dieser Sturm war anders.

Das Bürohaus am Rande der Stadt ragte vierzehn Stockwerke hoch in den Himmel. In einer Wand des Empfangsraumes war eine Messingplatte eingelassen, die besagte, daß dieses Haus bei seiner Eröffnung vor zehn Jahren durch einen städtischen Würdenträger »Fernley House« getauft worden war, nach dem Vorort von Newcastle upon Tyne, in dem es stand. Der riesige granitgraue Monolith nahm einen beachtlichen Teil des »erstklassigen Baulandes« in dem V-förmigen Areal zwischen zwei Schnellstraßen ein, die in die Stadt führten. Ströme glitzernden Verkehrs rauschten diese Betonarterien entlang und fütterten die Stadt mit hektischem und neurotischem Lebensblut. Am Fuß des Bürohauses gab es einen Vorplatz und private Parkplätze für die Angestellten der zwölf Firmen, die in den vierzehn Stockwerken untergebracht waren. Im Erdgeschoß befanden sich die zentrale Empfangshalle und die Aufzüge. Darüber eine Spedition, zwei Verwaltungen von Baufirmen, zwei Steuerberaterkanzleien, ein Architekt, drei Investmentbüros, ein Computer-Großhändler, eine Agentur für Zeitarbeit und eine Telefonsexfirma.

Ab dem dritten Stock hatte man Aussicht auf ein polytechnisches College auf der anderen Seite von einer der Schnellstraßen. Jetzt, am

Ende des Semesters, war es öde und verlassen. Hinter der zweiten Schnellstraße konnte man die ersten Bürohäuser, Fabriken und Gebäude des Stadtzentrums sehen. Aber heute war keine klare Nacht, und das Wetter wurde immer schlechter. Der Regen war stärker geworden und prasselte von Minute zu Minute heftiger herunter.

In den Büros von fünf der zwölf Firmen liefen gerade Weihnachtsfeiern auf Hochtouren. Alkohol floß in Strömen, Affären für eine Nacht wurden arrangiert, und den Großteil der Menschen im Gebäude interessierte es nicht, daß die Wetterbedingungen sich drastisch veränderten, was ihre jeweilige Heimfahrt sicherlich erschweren würde. Auf den Betonarterien zu beiden Seiten des Bürohauses kämpften sich Horden verspäteter Weihnachtseinkäufer durch den Matsch und den Wind auf die Stadt zu, während die Bewohner der Innenstadt stadtauswärts drängten. Im Inneren von Fernley House dagegen, an diesem Vorabend des Friedens und des guten Willens, gönnten sich die Anwesenden den Luxus zu glauben, daß alles sich ändern würde, daß die Welt neuer und besser würde, daß sie neue und bessere Menschen werden würden. Es sollte sich tatsächlich etwas ändern, aber keiner hätte sich in seinen kühnsten Träumen ausmalen können, welcher Natur diese Veränderung sein würde. Denn es war auch der Vorabend ... von etwas anderem.

Der Sturm bewegte sich nicht weiter. Sein Zentrum war hier in Fernley und würde auch hier bleiben, während er weiter Kräfte sammelte. Die brodelnden Wolken verdüsterten sich von Grau zu Schwarz, und das erste Donnergrollen vibrierte in ihnen.

Es hatte begonnen.

TEIL EINS

Reiter des Sturmes

»Durch mich gelangt man zu der Stadt der Schmerzen,
Durch mich zu wandellosen Bitternissen,
Durch mich erreicht man die verlorenen Herzen ...
Laßt jede Hoffnung, die ihr mich durchschreitet.«

DANTE

1

Schweine«, brummelte Alec Beaton.
Der Boilerraum unter Fernley House war schlecht beleuchtet, und er hatte sich auf dem Weg nach unten das Schienbein angeschlagen. Trotz der winterlichen Temperaturen draußen war die Temperatur hier unten, zwischen diesen zischenden, pulsierenden Kanistern, subtropisch. Alec mochte die warme Luft hier unten, sie erinnerte ihn an alte, bessere Zeiten in der Marine. Der Boilerraum glich dem Maschinenraum eines Schiffes, und die Temperaturen erinnerten ihn an einige Plätze, die er in seiner Jugend besucht hatte, bevor er sich in dem gottverdammten, eiskalten Norden von England niedergelassen hatte. Damals hatte man ihn weiß Gott mehr respektiert als jetzt ... als Hausmeister/Verwalter dieses Bürohauses.

»Schweine«, wiederholte er, rieb sich das Schienbein und humpelte in die hintere Ecke des Boilerraums. Seine Laune war nicht gerade rosig.

Die einzigen Fenster hier unten waren hoch oben unter der Decke, an der hinteren Wand. Obwohl die Fenster hier praktisch mit der Decke abschlossen, waren sie oben ebenerdig; ein halbes Dutzend Glasrechtecke, einen Meter auf zwei Meter, die man eingebaut hatte, um dem Boilerraum ein bißchen Tageslicht zu geben. Aber heute gab es kein Tageslicht, nur eine regenverschmierte Schwärze, die die Tagträume, in die Alec sich gelegentlich flüchtete, noch verstärkte. Er konnte das schlechte Wetter da draußen gar nicht richtig sehen, auch nicht den glitzernden Verkehr auf den Schnellstraßen. Außerdem gab es hier unten auch keine von diesen verfluchten Weihnachtsdekorationen. Kurz gesagt, nichts, was ihn daran erinnerte, daß der verdammte Geist des Friedensfestes heute hier Einzug gehalten hatte. In der hintersten Ecke lagen drei Rollen zerfledderter Teppich. Er ging dorthin, sank mit ächzenden Knochen auf die Knie, rieb noch einmal sein wundes Schienbein und begann, sie umzudrehen. Vorhin hatte er in den Büros oben »seine Runde gemacht«, und die vielen hochnäsigen Wichser hatten ihm deutlich zu verstehen gegeben, daß sie gar nicht daran dachten, ihm einen Weihnachtsdrink auszugeben oder ein Trinkgeld. Sie hatten ihm gezeigt, daß sie für ihn keine Zeit hatten. Er hatte sein Glück in vier verschiedenen Stockwerken versucht – dort, wo er glaubte, es könnte etwas bringen –. aber sein Glück hatte ihn verlassen. Offensichtlich war er in der Saison des Friedens auf Erden nicht eingeplant. Wußte denn keiner zu schätzen, wieviel er das ganze Jahr über für sie machte? Er war es schließlich, der die Putzkolonnen überwachte, ihren Saustall aufräumte, und er war es, der dafür sorgte, daß das Haus im Sommer kühl und im Winter warm war. Er mußte immer ihren Saustall saubermachen. Aber scherte sie das was? Einen Scheiß. Das waren alles …

»Schweine«, sagte Alec noch einmal und drehte die letzte Rolle Teppich um. Spinnen und Silberfischchen flohen hastig in dunklere Ecken. Er griff in die Lücke und fand, was er dort versteckt hatte. Eine Flasche Famous Grouse. Alec rappelte sich mit ächzenden Gelenken wieder auf, stöhnte, hustete einen Batzen Schleim hoch und ging dann zu einem wackeligen Stuhl neben einem der Boiler. Die Hitze des Boilers war gut für die Knochen. Er setzte sich mit einem lauten, sehr dramatischen Seufzer, schraubte die Flasche auf und nahm mit geschlossenen Augen einen tiefen Zug. *Amüsiert euch gut, ihr Schweine,* dachte er. *Amüsiert euch nur. Sauft nur, bumst nur. Verreckt. Ich bleib' hier einfach mit Mr. Grouse sitzen und scheiß' auf euch. Was, verdammt noch mal, wißt ihr schon vom*

Leben? Ich war an Plätzen, die keiner von euch je sehen wird. Sachen hab' ich gesehen, von denen ihr nicht mal träumen würdet. Sachen hab' ich gemacht, die werdet ihr nie erleben. Alec nahm noch einen Schluck und fühlte und lauschte dem Rhythmus des Boilers neben sich, leise dröhnend ... genau wie die Maschinen des Seelenverkäufers von Dampfer auf hoher See.

2

Oben, in Etage 3, war die Party im Architektenbüro in vollem Gange. Der Juniorpartner hatte sich soeben entschlossen, dank eines Gins zuviel, daß die Chefsekretärin der Firma seine Traumfrau war, die er heiraten würde. Es waren noch fünfzehn Leute übriggeblieben, die anderen waren schon gegangen. Aber Gin gab es noch reichlich, und er konnte warten. Er nippte noch einmal an seinem Drink, lachte über einen Witz, den ein Kollege erzählte (obwohl er gar nicht zuhörte), und schaute zur Decke. Da oben lief auch eine Party. Er hörte die Musik dröhnen, als er sich wieder dem Objekt seiner Begierden zuwandte.

3

Die Party in Etage 4, über dem Architektenbüro, in einer der Steuerberaterkanzleien, war offensichtlich dazu bestimmt, ewig zu dauern. Fünfundfünfzig Leute waren da. Die Chefs waren endlich nach Hause gegangen, und die Mädchen aus der allgemeinen Abteilung hatten zu diesem Zweck eine improvisierte Disco aufgebaut. Bruce Springsteen hämmerte aus den Lautsprechern, während die Bowle frisch aufgefüllt wurde, hauptsächlich mit einer weiteren ganzen Flasche Wodka. Wenn sie es jetzt nur noch schaffen könnten, den verdammten alten Narren von Hausmeister mit seinem Gewinsel, daß er jetzt für die Nacht alles abschließen müßte, vom Büro fernzuhalten, würde das hier die beste Party überhaupt werden.

Alec wischte sich mit der Hand über den Mund und öffnete wieder die Augen. Sein Tagtraum wurde allmählich sauer. Er war nicht auf hoher See, er war nicht eine Million Meilen weit weg von diesem gottverlassenen Ort. Er saß mit einer Flasche Whisky im Bauch auf einem beschissen alten Stuhl in diesem Scheißbürohaus. Heute wollte der Traum einfach nicht funktionieren. Er hustete wieder, spuckte auf den Boden, spürte den alten Schmerz in sich und erinnerte sich daran, was der Arzt ihm gesagt hatte, mit dem Trinken aufzuhören. Vor achtzehn Monaten hatte man ihm einen Lungenflügel entfernt, und er hätte in Rente gehen sollen. Aber die Rente, die man ihm angeboten hatte, war einfach lächerlich, nicht einmal genug, um den Schnaps zu bezahlen, auch wenn ihm das Trinken eigentlich verboten war.

Irgend etwas braucht der Mensch doch, was ihn glücklich macht, oder? Das Rauchen hatte er aufgegeben, mehr würde er ganz sicher nicht aufgeben. Trinken *und* Rauchen konnte man sich heutzutage nicht mehr leisten. Das Geld, das er hier mit dem Aufpassen auf diese Scheißkacker verdiente, reichte kaum zum Überleben, ganz zu schweigen davon, was ihm der Staat als Rente zugestehen würde. Alec trank noch einmal, verkniff sich den Schmerz und lehnte sich gegen die Stuhllehne zurück. In der Ecke raschelte etwas, aber er ignorierte es. Schiffsratten waren schlimmer. Auf die mußte man echt aufpassen, aber nur, wenn man auf hoher See war. Und, obwohl er sich das gerne eingeredet hätte, er war eben nicht auf hoher See.

4

In Etage 14 tanzten die fünfunddreißig Angestellten der Nordostfiliale von Magnus Shipping Inc. zur Musik, die von unten aus dem Büro des Steuerberaters kam. Darlene hatte versprochen, ein Kassettenrecorder mitzubringen, hatte es aber vergessen. Seit Stunden entschuldigte sie sich überschwenglich, weil sie die Party verdorben hatte. Aber seit unten die Disco eröffnet hatte, hatte sich dank der stattlichen Dezibel alles geändert.
Vincent Saville arbeitete schon seit zwölf Jahren für dieselbe Firma, schon bevor sie in dieses Bürohaus umgezogen war. Er hatte wirklich nichts gegen Weihnachten, konnte aber nicht verstehen, warum die Geschäftsleitung es duldete, daß die jüngeren Angestellten – und sogar die nicht mehr so jungen Angestellten! – sich am Heiligen Abend so gehenließen. Er beobachtete das wilde Treiben und nippte an seinem Orangensaft. Sie hatten die Schreibtische und Stühle beiseite geschoben, um Platz zum Tanzen zu haben, also wirklich! Und der neue Seniorpartner der Firma, Baker, stand daneben, grinste wie eine geplatzte Wassermelone und ermunterte sie auch noch. So etwas wäre früher nie passiert. Mr. Baker senior hätte es zu seinen Lebzeiten nie geduldet, daß seine Angestellten sich so benehmen. Damals wußte man noch, wer der Boß war. Nichts von diesem »New Management«-Quatsch. Der junge Mr. Baker hatte ihn auf einen dieser Management-Kurse geschickt, aber er hatte sich nicht von dem Schwachsinn, der dort vom Stapel gelassen wurde, verführen lassen. Rangordnung blieb eben Rangordnung. Und Saville ver-

zweifelte am Verfall der alten Hierarchie, denn mit ihr bröckelte auch seine Stellung und seine Glaubhaftigkeit.
Er war sich sicher, daß der junge Mr. Baker betrunken war.
Heute morgen um elf Uhr, als Saville gerade eine Reihe von Frachtbriefen diktierte, war Baker an seinem Schreibtisch vorbeigegangen und hatte lächelnd gesagt: *Bäh, Mumpitz, was?*
Was in aller Welt sollte *das* bedeuten?

5

Irgendwo da draußen, irgendwo in der Nacht hinter diesen Deckenfenstern, hörte Alec ein leises Grollen.
»Donner«, sagte er und trank noch einmal aus seiner Flasche. Er hatte sich beim Frühstücksfernsehen heute morgen den Wetterbericht angesehen, und sie hatten vorhergesagt, daß es später eventuell schlechter werden würde. Das Grollen verhallte, und der Klang dieses fernen Donners erinnerte ihn erneut an die längst vergangenen Tage auf fernen Meeren. Er versuchte, die Phantasie wieder einzufangen, aber sie hielt sich hartnäckig fern. Selbst das vertraute Dröhnen des Boilers klang anders.
Und dann richtete Alec sich mit einem Male auf und starrte eindringlich auf den Boiler direkt neben sich. Er rieb sich mit der Hand über den Mund und schüttelte den Kopf, um sicherzugehen, daß der Alkohol ihm nicht den Verstand benebelt hatte. Aber er hatte sich nicht geirrt.
»Scheiße!«
Alec stand auf und sah sich um.
Das dröhnende Geräusch der Boiler hatte aufgehört. Irgendwie hatten sie sich ausgeschaltet.
»Scheiße!« sagte Alec noch einmal, stellte die Whiskyflasche auf den Sitz und wischte sich erneut übers Gesicht. Irgendwelche Probleme mit dem Heizsystem brauchte er heute wirklich wie ein Loch im Kopf. Wieder hörte er von draußen tiefes Grollen, aber diesmal schien es, als würde es die Fundamente des Gebäudes erbeben lassen.
Und plötzlich arbeiteten die Boiler wieder mit dem vertrauten, pulsierenden Dröhnen.

Alec ging zu den anderen, prüfte die Temperaturanzeiger und berührte das Metall aufmerksam lauschend. Er humpelte durch den Raum und prüfte die Ventile an jedem Gerät. Alle liefen wieder normal, als hätten sie nie ausgesetzt. Eine ganze Minute lang stand er in der Mitte des Boilerraums, schaute sich um und redete sich ein, daß alles normal war. Schließlich ging er mit einem Seufzer der Erleichterung zurück zu seinem Stuhl, nahm seine Whiskyflasche und gönnte sich einen doppelten Schluck.

6

In Etage 3 hatte der Juniorpartner sich endlich ein Herz genommen und die Frau, die er für ein Leben an seiner Seite auserwählt hatte, angesprochen. Die Gin-Tonics hatten ihm den Blick für die Realität getrübt und dafür, wie wenig sie zusammenpaßten. Nur das *Jetzt* des Augenblicks zählte, nur das *Jetzt* dieses Heiligabends. Er hatte noch nie für irgend etwas oder irgend jemanden so heftige Gefühle gehabt. Für einen unzufriedenen Mann, der die Reinheit von Gefühl brauchte, die nur ein Heiliger Abend und zuviel Gin bringen konnten, war *das* genau die richtige Frau. Und diese Frau, die zu viele zerstörte Träume hatte, sich nach einem besseren Leben sehnte, das er ihr vielleicht geben könnte, war bereit, ihren Instinkt für die Realitäten des Lebens zu vergessen und sich für ihn zu erwärmen.

Jetzt, im Papierlager, fern der Party, gaben sie sich einer verzweifelten, verirrten Leidenschaft hin. Aber es spielte keine Rolle. Nicht jetzt. Nicht an diesem Weihnachtsabend, an dem alles gut war, die echten Sorgen waren Millionen von Meilen entfernt.

Es blitzte, und ein Spiegelbild ihrer Paarung zeigte sich auf der Fensterscheibe. Donner grollte über den Himmel. Das Spiegelbild verschwand. Dann hämmerten der Regen und der Wind gegen die Scheiben.

»Hast du das gehört?« fragte er.

»Ja ...?«

»Laß ich die Erde erbeben?«

»Streng dich an«, erwiderte sie.

7

Im obersten Stockwerk des Bürohauses hatte sich die Geschäftsleitung der Baufirma, die das ganze Stockwerk einnahm, für eine vernünftige Weihnachtsfeier mit Drinks und Häppchen entschlossen. Keine alberne Musik. Das war auch nicht nötig. Nur eine kleine Sammlung bei der Geschäftsleitung und beim Personal hatte für eine Schale Punsch, Windbeutel, Chips und Kleinigkeiten auf Zahnstochern gesorgt. Aber schließlich wurde der Punsch doch mit zwei Flaschen Wodka versetzt, und jetzt wären die Leute dankbar gewesen für ein bißchen verrückte Musik statt des dumpfen Durcheinanders der Musik von den anderen Parties, das durch die Lüftungsschächte zu hören war.

Eleanor Parkins mochte keine harten Drinks und hatte sich dazu entschlossen, Bowle zu trinken statt des unerlaubten Whiskys und Biers, die die anderen gekauft und zur Party mitgebracht hatten, gekauft und gebracht mit widerwilliger, aber schwindender Zustimmung der Geschäftsleitung. Sie ahnte nicht, daß der genehmigte Punsch berauschender war als die anderen Getränke.

»Amüsieren Sie sich?« fragte einer der jüngeren Angestellten.

»Ja, Billy. Fühl' mich ein bißchen komisch. Aber angenehm ... Sie sind ein guter Junge.«

»Und Sie sind eine verdammt gute Sekretärin. Danke für Ihre Hilfe.«

»Wie soll ich das verstehen?«

»Die Fehlkalkulation in meinem Bericht. Sie haben gesagt, es wäre ein Tippfehler. Das werd' ich Ihnen nie vergessen, daß Sie die Schuld auf sich genommen haben.«

»Ach, wir machen doch alle mal Fehler.«
»Kommen Sie, Eleanor, ich mach' Ihnen einen Drink.«
»Sie können sich das leisten. Ich muß nach Hause und für sechs Leute Abendessen machen. Sie warten auf mich. Wie wird das aussehen, wenn ich durch die Tür torkle und Beatleslieder gröle?«
»Was ist denn so schlimm an den Beatles?«
»Gar nichts! Ich war dabei, als die Beatles angefangen haben, wenn ich bitten darf! Ich wette, ich kenne mehr Texte als Sie.«
»Ich hab' immer gewußt, daß Sie mehr am Ball sind als ich, Eleanor. Los jetzt, versuchen Sie einen von meinen Drinks.«
»Sie Scherzkeks! Versuchen Sie etwa, mir einen Schwips anzuhängen?«
»Wer? Ich? Sie machen wohl Scherze. Ich wollte Ihnen nur Frohe Weihnachten wünschen.«
Eleanor schaute hinaus auf die wabernden, grauschwarzen Wolken, die über den Himmel fegten. Sie dachte an das schlechte Wetter, den aufziehenden Sturm und die Tatsache, daß Weihnachten zu Hause nicht ohne sie beginnen konnte. Sie dachte daran, wie lange es wohl heute abend dauern würde, mit öffentlichen Verkehrsmitteln nach Hause zu kommen. Die Busse waren doch sicherlich überfüllt. Sie dachte an den schlimmen Verkehr, aber der machte ihr eigentlich nichts aus, denn sie hatte ein schönes Heim, auf das sie sich freuen konnte. Geordie hatte heute Spätschicht. Er würde erst spät nach Hause kommen. Die »Kinder« waren wohl schon daheim. Sie hatten gesagt, sie würden ohne sie zurechtkommen, sie sollte sich nur im Büro amüsieren. Sie sollte ihnen den Truthahn überlassen und sich einfach amüsieren, obwohl sie keine Ahnung hatten, was man damit machen mußte.
Dann sah sie sein junges, dankbares Gesicht und dachte: *Hier*

bin ich jemand. Zehn Minuten länger können nicht schaden. Sie schaute in ihr Glas, dann durch das Fenster auf die aufziehenden Wolken. Sie hörte Donnergrollen.

»Na schön«, sagte sie. »Aber wirklich nur *einen* von Ihren Drinks.«

8

Der Whisky tat nicht seine gewohnte Wirkung. Alec hatte sich redlich bemüht, seinen Tagtraum wiederzubeleben, doch seine Depression hatte sich mit einigen kräftigen Zügen aus der Flasche nur noch verschlimmert. Er wollte weg von hier, obwohl das, was er nach den Parties zu tun hatte, relativ einfach war. Er mußte nur die Heizung regulieren, sie über die Weihnachtsfeiertage herunterschalten und dann alle Stockwerke kontrollieren, um sicherzugehen, daß die Schweine alle nach Hause gegangen waren, nachschauen, ob sie nicht unter irgendwelchen Schreibtischen schnarchten oder bumsten; und wenn ja, das Pack nach Hause schicken. Eine Arbeit, die er, wenn er recht überlegte, ganz gerne machte, eingedenk dessen, wie mies sie ihn heute auf seiner Runde behandelt hatten. Die erste Putzkolonne, alles, was am Heiligabend aufzutreiben war, sollte um sieben Uhr kommen und das Haus provisorisch reinigen. Die leeren Flaschen, die Teller mit Chips und die Kotze, all das konnte warten, bis die Schweine wieder zur Arbeit kamen. In keinem ihrer Verträge stand, daß sie solche Schweinereien wegputzen mußten – insbesondere wenn kein Trinkgeld in Aussicht war. Danach würde Alec auf ein paar Drinks in den Arbeiterclub geh'n und von da aus nach Hause zu einer warmen Mahlzeit, die seine Frau Mary gekocht hatte. Hinterher würden sie sicher beide in ihren Sesseln einschlafen, bis es Zeit war, den rauschenden, sendungslosen Fernseher auszuschalten und ins Bett zu gehen. Irgendwo unterwegs mußte er noch für seine Alte irgendein Weihnachtsgeschenk auftreiben. Vielleicht verkaufte einer

der Jungs im Club irgend etwas billig, das »vom Lastwagen gefallen« war, wie auch ein billiges Weihnachtspapier.
Die Wärme und die betäubende Wirkung des Whiskys, die alles einfacher machten, stellten endlich den Tagtraum wieder her, der sich für eine Weile verflüchtigt hatte. Das monotone Brummen der Boiler und die durchdringende, subtropische Hitze hatten ihn wieder eingeholt. Er dämmerte weg, schlief selig ein.
Der Schlaf war zeitlos. Er war wieder auf dem Dampfer und segelte über Meere, die im wahren Leben nie diese Farben gehabt hatten. Alles war wunderbar, aber irgend etwas beunruhigte ihn, etwas, das er nicht genau präzisieren konnte. Was zum Teufel war das? Er schaute sich in dem gespenstischen Maschinenraum seiner Träume um, jedes Detail war glasklar; und schließlich entdeckte er die Quelle seiner Unruhe. Es waren wieder die verdammten Boiler. Sie machten nicht mehr dieses ach so vertraute, angenehme, einlullende Geräusch. Er rannte zu den Ventilen seines Traumes und versuchte, sie zu justieren. Sie waren festgefroren. Voller Wut und in vollem Bewußtsein, daß der Traum sich jede Sekunde auflösen würde, begann er, diese Ventile zu drehen, aber sie bewegten sich keinen Millimeter.
»Los, du Schwein! Los jetzt! Komm ... schon!«
Und mit einem Mal war Alec wieder wach, wach hier unten in der erstickenden Hitze des Boilerraums unter dem Fernley House. Seine Hand tastete nach dem Boiler. Er war noch heiß. Aber er hatte sich wieder abgeschaltet.
Was für ein Scheißspiel wurde denn hier überhaupt gespielt?
O Gott, nein. Bitte. Bitte nicht an Heiligabend. Wenn mit den Dingern wirklich was nicht stimmt, dann muß ich versuchen, einen Mechaniker aufzutreiben.
Alec bewegte sich mit wackligen Knien in Richtung Boiler. Sie waren alle ausgeschaltet und kühlten schon ab, obwohl sie immer noch heiß waren.

Los jetzt. Seid brav. Schaltet euch wieder ein, nur für eine kleine Weile. Nur so lange, bis das Gebäude leer ist, dann kann ich euch auf Zeitschalter stellen und für eine kleine Weihnachtspause allein lassen. Dann können wir euch reparieren, wenn Weihnachten vorbei ist. Wär' das nicht nett? Wirklich nett?

»Wär' das nicht nett?« brüllte er.

Und dann begann der Lärm.

Zuerst dachte Alec, es wäre einfach ein Echo, irgendwoher aus dem Boilerraum, obwohl er wußte, daß es hier unten kein Echo gab. Jedes Geräusch wurde verschluckt, als wäre alles mit Watte ausgeschlagen. Er blieb stehen und horchte. War es vielleicht jemand auf der Straße, der gegen die Mauern hämmerte? Ja, genau, ein Haufen besoffener Penner, die an die Wand hämmerten. Aber er wußte genau, daß es das auch nicht war. Das Geräusch hörte sich an, als würde irgend jemand irgendwo eine Tür zuschlagen, eine große, schwere Tür. Jetzt schlug sie wieder zu, wie eine massive Tür an irgendeinem riesigen Safe in den Kellern einer Bank. Das gedämpfte, hohl klingende *Bum* ertönte erneut.

Und noch einmal.

Das Geräusch wiederholte sich etwa alle zehn Sekunden oder so. Bildete er sich das nur ein, oder wurde es allmählich lauter, kam es irgendwie näher?

Alec schaute sich noch einmal um, ging jetzt zu den Boilern und legte seine Hände auf die heißen Geräte. Kam es von innen? War es der Grund dafür, daß sie sich abgeschaltet hatten? Ja, das mußte es sein. Die Scheißmechanik von dem beschissenen Heizsystem. Das ganze Scheißding löste sich anscheinend tatsächlich in seine Bestandteile auf.

Das Geräusch wurde allmählich unangenehm laut, kam unangenehm nah. Jetzt klang es wie gigantische Schritte. Alec stolperte im Kreis und versuchte festzustellen, woher genau die Geräusche kamen. Das dröhnende Geräusch kam von überall und nirgendwoher.

BUM!
»Heiliger Strohsack, das hat vielleicht weh getan!« Alec hielt sich die Ohren zu und drehte sich wieder im Kreis.
BUM!
»O MEIN GOTT!«
Die Wände des Boilerraums schienen jetzt unter diesem Geräusch zu erzittern, inzwischen war es eine Reihe von gräßlichen, das Trommelfell strapazierenden Explosionen. Die Wände zitterten nicht, aber die Vibrationen beeinträchtigten Alecs Sichtvermögen, er taumelte haltlos gegen den Boiler, und die Whiskyflasche rollte von seinem behelfsmäßigen Stuhl. Sie zerschmetterte auf dem Boden, aber das Geräusch ging total unter, als ...
BUM!
Alec schrie auf vor Schmerz, trotz seiner Hände über den Ohren, und stolperte zur Treppe.
BUM!
Schmerz krallte und grabschte nach seinem Gehirn. In blinder Panik wurde ihm klar, daß zuerst sein Trommelfell und dann sein Gehirn explodieren würden.
BUM!
Alec torkelte gegen die Wand, verlor den Halt auf der ersten Stufe. Er wand sich in Agonie, um sein Gleichgewicht wiederzufinden, sein Atem hing wie geschmolzenes Blei in seinem restlichen Lungenflügel, als er auf dem Boden des Boilerraums zusammenbrach.
»Aufhören!« schrie er. »Bitte aufhören, ich kann nicht ...«
BUM!
»ICH HALT' DAS NICHT AUS!«
Und dann verstummte das Geräusch, hinterließ nur ein letztes unwahrscheinliches Echo, als wäre die riesige Stahltür endlich endgültig zugekracht. Die klirrenden Echos in Alecs Kopf verhallten. Keuchend nach Luft ringend, immer noch das geschmolzene Blei in dem Hohlraum fühlend, in dem

seine Lunge gewesen war, rollte er sich herum, hielt sich die Seite und übergab sich auf den Boden am Fuß der Treppe. Würgend, mit nichts mehr zum Erbrechen im Magen, schaute er sich im Boilerraum um. Alles verschwamm vor seinen Augen, ergab keinen Sinn. Als er endlich wieder deutlich sehen konnte, war nichts zu erkennen, was diese entsetzlichen Geräusche hätte verursachen können – aber die Angst blieb. Irgend etwas war da sicherlich total faul am Heizungssystem und an den Boilern. Verdammt noch mal, er kannte sich doch mit Schiffsboilern aus. Die Geräusche konnten nur bedeuten, daß sich in irgendeinem von ihnen oder in allen der Druck aufgestaut hatte. Vielleicht war diese Ruhe nur die Ruhe vor dem Sturm, eine kleine Pause, bevor der Scheißdruck in den Dingern sich bis zur Unerträglichkeit aufgestaut hatte.

Jeden Augenblick konnte der Boilerraum hochgehen.

Alec rappelte sich mühsam auf, würgend, gegen den unerträglichen Schmerz in seinem Inneren ankämpfend, und kletterte, so schnell er konnte, die Stufen zur Haupttür hoch.

»Bitte ... bitte ...«

Jede Sekunde erwartete er die Explosion, erwartete er den sengenden Schmerz, wenn er in Stücke gerissen wurde.

Aber es war still im Boilerraum, nur das Zischen und Ticken der abkühlenden Boiler war zu hören.

»Wenn sie sich abkühlen, kann es keinen Druckstau geben. Da kann doch nicht ... lieber Gott, bitte ...« »BITTE!«

Alec schrie vor Angst, das Geräusch könnte erneut beginnen. Er quetschte sich die Ohren wieder mit den Händen zu, für alle Fälle. Falls es wiederkam, würde ganz sicher sein Gehirn platzen.

Alec fiel gegen die Außentür. In seiner Verwirrung hatte er vergessen, daß sie sich nach innen öffnete, nicht nach außen. Schluchzend riß er sie auf, knallte sie gegen die Wand

und stolperte in den Hauptkorridor des Erdgeschosses hinaus. Er lehnte sich gegen die Wand, pumpte seine Lunge voll Luft und wartete auf die Explosion. Volle zwei Minuten stand er zusammengesunken an der Wand und versuchte, seine Kraftreserven zu mobilisieren, um sich in Bewegung zu setzen. Immer noch keine Explosion. Am hinteren Ende des krankenhausmäßig gekachelten Korridors sah er den Hauptempfang und die gläserne Front des Gebäudes. Da sollte zumindest ein Nachtportier Dienst tun. Aber am Pult war keiner zu sehen, und im Glas spiegelte sich nichts, auch dahinter war nichts zu sehen. Draußen war die Dunkelheit hereingebrochen, und Hagel prasselte gegen die Fenster. Alec schaute hinüber zu den zwei Aufzügen. Die Lichter darüber zeigten, daß sie im siebten Stock standen. Er betete, daß einer sich in Bewegung setzte und herunterkommen würde. Aber sie blieben oben.
»... irgend jemand ...?«
Er brachte noch keinen zusammenhängenden Satz heraus. Das geschmolzene Blei in seiner Brust verschluckte es. Irgendwo da draußen in der Nacht rollte Donner über schwarze, zerklüftete Himmel.
Alec stieß sich von der Wand ab, warf noch einen ängstlichen Blick in Richtung Boilerraum und stolperte dann den Korridor hinunter zum Empfang. Er schleppte sich um die Ecke, stand gegenüber dem Empfangstresen, und sein erster Eindruck bestätigte sich. Da war keiner.
Hockt wahrscheinlich nebenan und läßt sich vollaufen.
Alec hob die Klappe am Tresen, ging hindurch und ließ sie hinter sich herunterfallen. Hinter dem Empfang war ein kleiner Vorraum, und dahinein taumelte er.
»Hör mal ... da ist was faul mit den ...«
Das Büro war leer.
»Scheiße!«
Alec hastete zurück zum Empfangstresen, packte den Tele-

fonhörer und zuckte wieder vor Schmerz zusammen. Sein Mund schmeckte salzig.
Die Leitung war tot.
Er schüttelte den Hörer, versuchte ein Freizeichen zu kriegen. Da war nur ein leeres und scheinbar abgrundtiefes, gestörtes Zischen. Aus irgendeinem Grund hatte Alec fast damit gerechnet, das ersterbende, krachende Echo des gräßlichen Geräusches aus dem Keller in der Leitung zu hören. Der Gedanke erschreckte ihn so, daß er den Hörer schnell auf die Gabel knallte. Also das war doch wirklich lächerlich. Er packte das Haustelefon und drückte die Nummer für den Wartungsraum im Stockwerk über sich. Selbst wenn die Boiler in Ordnung waren, wäre es doch eine Pflichtverletzung, wenn er das Gebäude nicht räumen ließ. Er wartete auf das Klingeln, bekam aber keine Verbindung; da war nur wieder dieses ferne, gestörte Zischen. Alec wählte wieder, dann noch einmal, die Hausleitung war ebenfalls tot. Alec knallte den Hörer auf und ging dann fluchend den Korridor zurück. Er blieb nur kurz stehen und lauschte vor dem Boilerraum. Von unten war nichts zu hören. Die Aufzugslichter standen immer noch auf Stockwerk 7. Als er den Knopf drückte, setzte sich ein Aufzug sofort nach unten in Bewegung. Sollte er den Aufzug benutzen? Oder besser die Treppe? Was würde passieren, wenn es zu einer Explosion kam, während er im Aufzug war? Als die Aufzugstüren sich mit einem »Ping« öffneten, war Alec bereits weg. Er stand mit einer Hand am Geländer in der Blauschwärze des Treppenhauses.
Gekrümmt vor Schmerz sog er Luft in seine restliche Lunge und lauschte dem zischenden, gespenstischen Echo seines Atems, wie es im Treppenhaus hochstieg und sich vierzehn Stockwerke darüber in Nichts auflöste. Er drückte auf den Hauptschalter neben sich – und alle Lichter vom ersten bis zum vierzehnten Stock gingen an. Alec versuchte zu rufen,

aber ihm fehlte die Luft dazu. Er begann den langsamen Aufstieg über die Treppe zum ersten Stock.
Draußen grollte bedrohlich der Donner, und Alec blieb auf der Treppe stehen, krank vor Angst, das entsetzliche Geräusch könnte wiederkommen. Aber der Donner rollte, wurde leiser und verstummte, auch die anderen Geräusche kamen nicht wieder. Alec ging weiter. Er umklammerte das Geländer und hievte sich Schritt für Schritt hinauf, sein keuchender Atem füllte das Treppenhaus mit zischenden Geräuschen.
Auf dem ersten Treppenabsatz ruhte er sich aus. Er drehte sich um und sah zur nächsten Treppe, die zu den Doppeltüren der ersten Etage führte. Dahinter residierten die beiden Mieter des ersten Stocks, ein Kreditbüro und eine Baufirma. Er hörte das ferne Hämmern von Discomusik, sah das schwache Flackern roter, grüner und blauer Lichter, die sich in der glasgetäfelten Tür spiegelten. Mit einem ängstlichen Blick nach unten und in der Erwartung, daß die Boiler doch noch explodieren und das ganze Treppenhaus einstürzen könnten, setzte Alec seinen Aufstieg fort. Schritt für Schritt, mit hämmerndem Herzen.
Endlich hatte er die erste Etage erreicht und tastete mit Händen, die sich so schwach wie die eines Babys anfühlten, nach der Innentür. Die Tür öffnete sich ein Stück, Discomusik pulsierte durch den Schlitz, und dann schnalzte ihm die Tür wieder aus den Fingern. Er lehnte sich schwer atmend dagegen, zerrte sie wieder auf, stellte schnell seinen Fuß in die Lücke, um sie aufzuhalten. Eine Weile lang blieb er so stehen und starrte auf die Toilettentür ihm gegenüber. Da mußte doch einfach jemand drin sein, jemand, der ihn sehen würde, wenn er zurück zur Party ging.
Allzulange konnte er nicht warten. Gütiger Himmel, diese *Boiler!*
Verängstigt, wütend und erschöpft stolperte Alec auf die Ka-

thedralenglastür der Kreditfirma zu, durch die ein Kaleidoskop von Lichtern schimmerte. Dahinter kreischte irgendein Bastard von Rockstar, wie toll doch Weihnachten wäre.
Alec warf sich mit der Schulter gegen die Tür. Sie schwang heftig in ihren Angeln zurück und krachte gegen die Wand. Die roten, grünen und blauen Lichter der improvisierten Disco schwirrten in der Mitte des Raumes. Auf den Tischen standen Flaschen, Teller mit Chips und Nüssen. Weihnachtsdekorationen flatterten von der Decke, grüne Flittergirlanden schlängelten sich die Wände hoch wie irgendein seltsames Gewächs aus einem japanischen Science-fiction-Film. Die Stimme vom Plattenteller befahl Alec ... *Come on, come on ... let's have a great time ...*
Aber im Büro war niemand.
Alec vergaß seinen Schmerz und seine Angst, stürmte außer sich vor Wut in die Mitte des Zimmers und brüllte. Er hörte sich tatsächlich an wie ein wütender Stier, der auf der Suche nach Matadoren zum Verstümmeln ist. Er riß sich hier den Hintern auf, um die Schweine zu retten – und konnte sie nicht finden. Er war überzeugt, daß sie irgendwie versuchten, sich vor ihm zu verstecken. Zum Teufel mit den Boilern! Sollten sie doch ruhig bersten und die Böden aus dem Bürohaus knallen. Sollte doch ruhig das ganze Gebäude zusammenkrachen. Vierzehn Stockwerke, die unter den Füßen dieser einherstolzierenden, saufenden, desinteressierten, egoistischen Schweine zusammenkrachten. Alle würden sie im Keller enden, wohin sie ihn verbannt hatten. Der ganze Scheißhaufen. Gleichgültig, wer am meisten verdiente, gleichgültig, ob obere, mittlere oder untere Arbeiterklasse. Das alles spielte keine Rolle mehr. Alle würden sie in dem Scheißkeller enden, zerquetscht im Geröll. Alle gleich. Warum zum Teufel sollte er sich deswegen ein Bein ausreißen?
Alec schritt mit leicht angekratzter Würde zu dem mit Glas abgeteilten Büro, an dem »Chief Administrative Officer«

stand, und trat die Tür auf wie ein Revolverheld. Da war niemand.

Alec stolperte wieder hinaus auf den Korridor und ging auf die Glastür zu, auf der »Underdown Building Society« stand. Er stützte sich gegen den Türstock und hämmerte mit der flachen Hand gegen das Glas. Die Glasscheibe zitterte und klirrte. Aber keiner gab Antwort. Er schlug erneut dagegen, noch fester, holte Luft und verzog das Gesicht vor Schmerz.

»Kommt raus, ihr ...«

Alec stieß die Tür mit der Schulter auf, immer noch rauchend vor Wut, und stürmte in das Büro.

Es war leer.

Auf einem der langen Sortiertische stand ein Bierfaß. Überall waren Plastikbecher, und ein feuchter Fleck war auf dem Boden, wo das Faß geleckt hatte. Die Wände waren mit Weihnachtsdekorationen geschmückt.

Aber es war keiner im Zimmer.

»Ihr müßt raus hier!« brüllte er. Er hatte seine Stimme wiedergefunden. »Da unten ist was faul. Bei den Boilern.« Seine Stimme klang hohl. Nebenan hämmerte die Discomusik unbeirrt weiter.

»Kommt raus!« brüllte er wieder. »Wo zum Teufel sind denn bloß alle!«

Er stapfte zurück auf den Korridor und verdrängte mit Erfolg alle unmittelbare Gefahr, als er die Aufzüge sah. Der eine war immer noch in Stockwerk 7, aber der andere stand in Stockwerk 1 und wartete auf ihn. Er trat in die Kabine und drückte den Knopf für Stockwerk 2. Zum Teufel damit!

McEwans Loans and Investments und Holsten Computer Inc. nahmen den Hauptteil der Büros auf Etage 2 ein. In beiden hatten Parties stattgefunden – aber beide Büros waren leer.

Alec versuchte es in allen Stockwerken bis hinauf zum letzten.

Keine Spur einer einzigen Seele in irgendeinem der Stockwerke.
Keiner in den Büros.
Keiner in den Schränken.
Keiner in den Toiletten.
Keiner.
Aber im vierzehnten Stockwerk entdeckte Alec etwas auf dem Teppich, das ihn in Panik zum Aufzug zurückstolpern ließ.
»O mein *Gott* ...«
Es gefiel ihm nicht, wie seine Stimme klang, als er auf die Aufzugsknöpfe schlug, und es gefiel ihm nicht, wie seine Stimme zu verhallen und zu ersterben schien. Es gefiel ihm auch nicht, wie ihn das entsetzliche Gefühl überwältigte, daß er, genau wie alle anderen hier verschwunden waren, plötzlich auch verschwinden könnte und an einem Alptraum von Ort aufwachen würde, an dem er ganz bestimmt nicht sein wollte.
Er versuchte, seinen keuchenden Atem unter Kontrolle zu bringen und gegen die Übelkeit anzukämpfen, die seine Entdeckung ausgelöst hatte, und fuhr bis zum Erdgeschoß hinunter.
Er stolperte aus dem Aufzug in den Korridor.
Renn nicht, sagte Alec sich, als er wieder am Empfang war.
Keine Panik. Und nicht rennen.
Donner grollte und rumpelte über den Himmel, als er zu der gläsernen Eingangstür ging. Wieder flackerten die Lichter, und Alec erstarrte, als würde er erwarten, daß etwas Schreckliches passierte. Draußen sah er den Hagel vom Wind gegen die Fenster peitschen.
»Keine Panik«, sagte er noch einmal laut und holte tief Luft. »Und nicht rennen.«
Er rollte den Kragen seines Overalls hoch und eilte zur Haupteingangstür.

Draußen war der Wind bitterkalt und schnappte nach seinem Gesicht, als er hinaus in den Hagel ging. Eisige Krämpfe schüttelten ihn, als er über die Steinplatten des Vorplatzes des Bürohauses ging. Mit zusammengekniffenen Augen konnte er gerade noch die regenverschwommenen Scheinwerfer und dunklen Silhouetten der Autos auf der Autobahn ausmachen, keine fünfzig Meter von ihm entfernt. Sollte er dorthin gehen und versuchen, ein Auto anzuhalten? Nein, nein, er würde seinem Plan folgen. Er würde das streng nach Vorschrift regeln.

Mit dem Ding vor Augen, das er im obersten Stockwerk gefunden hatte, kämpfte Alec sich durch den Wind und den Regen und den Hagel zu der öffentlichen Telefonzelle, die in einem Betonalkoven neben dem Parkplatz des Bürohauses stand. Er betete zu Gott, daß sie nicht auch Vandalen zum Opfer gefallen war wie so viele Telefonzellen hier in der Gegend.

Vor der roten Zellentür blieb Alec kurz stehen, um Atem zu schöpfen, den der eisige Wind ihm von den Lippen gepeitscht hatte, dann riß er die Tür auf und schlüpfte in die vorübergehende Zuflucht, die ihm eine kleine Verschnaufpause verschaffen würde.

9

Neun, neun, neun. Welche Dienststelle möchten Sie bitte?«
»Polizei, geben Sie mir die Polizei. Schnell!«
»Könnten Sie mir bitte ihren Namen geben, Sir?«
»Beaton. Alec Beaton. Hören Sie, sagen Sie denen, sie sollen so schnell wie möglich ...«
»Und Ihre Adresse, Sir?«
»Was zum Teufel hat denn meine Adresse damit zu tun?«
»Von wo aus rufen Sie bitte an?«
»Oh, ich verstehe. Hören Sie ... Mein Name ist Alec Beaton. Ich bin Hausmeister des Fernley-House-Bürokomplexes an der Fernley Road. Und alle sind verschwunden ...«
Die Telefonistin im Polizeihauptquartier tippte die Nachricht auf ihren Monitor, schüttelte den Kopf und wandte sich lächelnd zu ihren Kollegen, als die Botschaft dem Offizier vom Dienst in der Einsatzleitung übermittelt wurde.
»Schon wieder einer?« fragte ihre Kollegin.
»Der siebte bis jetzt. Und es dauert noch ewig, bis die Pubs zumachen. Was zum Teufel tun die denn heutzutage ins Bier?«

10

Der Offizier vom Dienst schlug sich auf den Schenkel und lehnte sich auf dem Stuhl zurück. Der Tag war lang gewesen, und seine Schicht war jetzt gleich zu Ende.

»Warum ich? Warum krieg' ich die immer?«

»Ein guter?« fragte jemand von der anderen Seite des Kontrollraumes.

»Nicht schlecht. Hier ist ein Typ aus Fernley, der behauptet, ein ganzes Bürohaus voller Leute wäre verschwunden.«

»Ein Irrer?«

»Na ja ... also, wahrscheinlich schon. Sagt, er wäre der Hausmeister von irgendeinem Bürohaus an der Fernley Road.«

»Telefonterrorist.«

»Ja, aber dafür bezahlen sie mich ja, nehm' ich an. Wer ist denn draußen in Fernley?«

Der Eigentümer der anderen Stimme begann, etwas in seinen Computer einzutippen.

»Barry Lawrence und John Simpson«, kam die Antwort.

»Kann mir genau vorstellen, was die sagen. In fünfundzwanzig Minuten haben die selber Schichtende.«

»Die Zeit hält für keinen Menschen an. Nicht mal am Heiligabend.«

»Okay dann. Auf geht's. Zumindest gibt das einen Lacher, wenn nicht mehr.« Der Offizier vom Dienst beugte sich vor, räusperte sich und tippte etwas auf sein Keyboard ein. »Hallo Panda sieben-neun-zwo. Hier spricht Kontrolle. Wir haben einen Notruf von einem Mr. Alec Beaton in ...«

11

Bei Sergeant Barry Lawrence und Police Constable John Simpson hatte das Fest der Liebe noch nicht Einzug gehalten. Um ehrlich zu sein, von diesem speziellen Heiligabend hatten sie die Schnauze gestrichen voll. Die Tatsache, daß ihre Abteilung unterbesetzt war, war ja inzwischen selbstverständlich, und so hatten sie die Zähne zusammengebissen und sich nicht beklagt, als man ihnen mitteilte, daß sie von Heiligabend bis zum ersten Feiertag durcharbeiten mußten, obwohl sie das auch schon letztes Jahr getan hatten. Aber nach drei Schlägereien mit Besoffenen in Pubs in der Innenstadt und zwei Einbrüchen (bei einem waren einer alleinerziehenden Mutter sämtliche Weihnachtsgeschenke gestohlen worden) waren sie mit ihrer Geduld so ziemlich am Ende, und das Wetter war auch nicht gerade eine Hilfe. Jede Fahrt mit dem Streifenwagen war eine Tortur.

Und jetzt das.

Was hatten sie denn gedacht?

Der Panda fuhr unter einer Überführung durch und von da aus in die Hauptstraße des Reviers Fernley. Das Wetter hatte sich verschlechtert, und dünner Schnee klatschte während der Fahrt gegen die Windschutzscheibe. Die Scheibenwischer schafften es fast nicht, so daß der Weg kaum erkennbar war. Wieder grollte Donner irgendwo am Himmel.

»Verdammter Mist«, sagte Simpson, der am Steuer saß. »Dieses Wetter ...«

Lawrence rutschte auf seinem Sitz herum, sagte aber nichts. Er gähnte und fuhr sich mit der Hand übers Gesicht. Er war fünfundvierzig, zwanzig Jahre älter als Simpson, und noch nie zuvor hatte er so intensiv an die Pensionierung gedacht. Er war ein großer Mann, und sein kurzgeschorenes, salz- und pfefferfarbenes Haar hatte tatsächlich etwas von einem Grizzly, wie man ihn im Polizeiclub heimlich nannte. Er war sich immer noch nicht sicher, ob es eine Beleidigung oder ein Kompliment war. Lawrence hatte zu seiner Zeit harte Straßeneinsätze erlebt, und seine Vorgesetzten überließen es ihm gern, Neuankömmlingen zu zeigen, »wie der Hase läuft«; und wenn der Hase zufällig ein wild um sich schlagender Betrunkener war, dann um so besser. Der Job war knochenhart, und wenn sie das nicht akzeptierten, dann hatten sie bei der Polizei nichts zu suchen.

Die Hauptstraße von Fernley wurde zu einer vierspurigen Schnellstraße, die direkt zum Fernley House führte, und der Regen prasselte jetzt wie eine Wand gegen die Windschutzscheibe. Lawrence beobachtete, wie PC Simpson die Zähne zusammenbiß, als sie an einer Kreuzung anhielten. Regenverwischte Scheinwerfer schwammen vor der Windschutzscheibe. Und dann schlug Simpson hart das Lenkrad ein, überquerte die Straße und bog in die Einfahrt zum Vorhof von Fernley House. An seinem verkrampften weißen Gesicht sah er, daß er jeden Moment damit rechnete, daß zwei Scheinwerfer aus dem Dunkel auftauchten und auf sie zufuhren. Simpson war zu nervös. Aber mit der Zeit würde er ihn schon hinkriegen. Wenn sie auf einen entgegenkommenden Wagen prallten, wäre das nur das perfekte Ende für einen perfekt beschissenen Tag.

Der Vorhof war etwas geschützter vor dem Sturm als die Straße. Die Scheibenwischer schoben den Matsch von der Windschutzscheibe, als der Panda an den Gehsteig fuhr.

»Und wo ist jetzt ...?« begann Simpson.

Eine gebückte Gestalt huschte aus der Eingangstür des Bürohauses. Offensichtlich hatte er sich dort untergestellt und auf sie gewartet.

»Wenn er eine Fahne hat«, sagte Lawrence erschöpft, »buchte ich ihn grußlos ein.«
Der Mann, der etwa um die sechzig war, rannte zur Fahrertür, und hielt sich schützend den Overallkragen hoch gegen die Kälte. Simpson drehte sein Fenster runter und erschauderte, als die Kälte schneidend in den Wagen pfiff.
»Mr. Beaton?«
»Ja, ja. Das bin ich. Warum hat das so lange gedauert?«
Jetzt war der Sergeant an der Reihe mit Zusammenzucken, dank der Whiskyfahne, die Beaton direkt ins Auto blies.
Ich hab's gewußt. »Es ist Heiligabend, Mr. Beaton«, sagte Lawrence. »Und falls Sie es nicht bemerkt haben, wir haben einen Sturm. Die Straßen sind schlecht passierbar.«
»Aber sie sind *weg!«* babbelte Beaton. »Sie sind alle weg. Haben Sie meine Nachricht gekriegt? Ich hab' gleich angerufen, nachdem ich die Etagen überprüft habe. Die Boiler, verstehen Sie? Der Himmel weiß, was da los ist. Ich meine, sie ...«
»Ja, Mr. Beaton. Wenn Sie jetzt so freundlich wären, ein Stück zurückzutreten, könnten wir aus dem Auto aussteigen, nicht wahr?«
Der Constable hatte auch die verräterische Fahne bemerkt, als Beaton nervös zurücktrat. Er stieg gleichzeitig mit dem Sergeant aus dem Auto. Der kalte Wind bohrte sich durch seine Uniform. Sein einziger Gedanke war ein warmer Ofen zu Hause, ein heißer Drink und die Kinder, die Geschenke bestaunten, die seine Frau heute früh unter den Weihnachtsbaum gelegt hatte.
»Alle sind weg«, fuhr Beaton auf dem Gehsteig fort, der Wind riß ihm die Worte aus dem Mund. »Jeder einzelne von ihnen. Einfach auf und davon, und als ich die Etagen überprüft habe, hab' ich ...«
»Geh'n wir doch ins Haus, Mr. Beaton«, sagte der Sergeant. »Da ist es wenigstens warm.«

»... die Boiler, versteh'n Sie? Diese verdammten Boiler haben verrückt gespielt. Der Lärm. Dieser furchtbare Scheißlärm. Hab' gedacht, ich werde verrückt davon. Ich hab' mich überzeugen müssen, versteh'n Sie? Nachschauen, ob alle in Ordnung sind. Das ist schließlich mein Job.«

Der Sergeant ging auf ihn zu, die Hände beschwichtigend ausgestreckt, und drängte ihn auf das Haus zu. Beaton wich rückwärts in Richtung Glastür zurück, die beiden folgten ihm.

»... der Krach, den die gemacht haben, versteh'n Sie? Aber wie ich die Stockwerke überprüft habe, waren sie einfach nicht da, da war keiner. Die Leute, mein' ich. Dann, im obersten Stock, hab' ich dieses ... dieses ...«

Der Sergeant gab Beaton einen sanften Schubs, so daß er gegen die Glastür stieß. Beaton realisierte mit einem Mal, wo sie waren, sah sich nervös um und schien vor seinem eigenen Spiegelbild im regenverschmierten Glas zu erschrecken.

Irgendwo über ihnen grollte Donner in den Wolken, und der Sergeant sah, wie Beaton ängstlich nach oben schaute. Einen Augenblick schien es, als hätte Beaton genausoviel Angst davor, draußen zu bleiben, wie ins Haus zu gehen. Er zog sich langsam seinen Kragen fester um den Hals und sagte: »Los, geh'n wir rein.«

Wieder bekam der Sergeant einen Schwall whiskygetränkten Atem ins Gesicht und nickte dem Constable kurz zu, als Beaton die gläsernen Doppeltüren aufschob und sich mit einem Blick über die Schulter vergewisserte, daß sie folgten.

Sie folgten.

12

Der dreckige Schneeregen, der in Rinnsalen gegen das Bürofenster peitschte, erinnerte ihn an Dinge, die er nicht vergessen konnte, also hatte er die Rolläden heruntergelassen und sich wieder in seinem Drehstuhl zurückgelehnt. Durch die Schlitze konnte er immer noch den Schneeregen sehen, aber ihm fehlte die Energie, den Arm auszustrecken, die Nylonschnur zu ziehen und den Winter ganz auszuschließen.

Er schwang sich in seinem Stuhl herum und schaute sich das leere Büro an. Drei unordentliche Schreibtische waren mit Papieren übersät. Akten türmten sich auf den deckenhohen Regalen und lagen in Stapeln auf dem Boden. Zwanzig Jahre alte Weihnachtsdekorationen schmückten Schränke und Fensterrahmen: zerfledderte, fast schon kahle rote und grüne Flitterschnüre, die man aus einem verbeulten Karton im Lager für ihren jährlichen Auftritt geholt hatte.

Er war allein im Büro.

Er hörte die anderen nebenan, die sich heimlich während der Dienstzeit ein paar hinter die Binde gossen und Weihnachten einläuteten, nachdem sie alle den kurzen Strohhalm gezogen hatten und die Schicht von Heiligabend bis zum ersten Weihnachtsfeiertag arbeiten mußten.

»Des Polizisten Los ...«, murmelte er vor sich hin.

Hinter der Trennwand seines Büros riß jemand einen wahrscheinlich schmutzigen Witz, denn alle grölten. Gläser klirrten.

»... ist kein fröhliches«, schloß er.

Er hatte sich freiwillig zum Dienst in der Weihnachtsschicht gemeldet, und jeder wußte, warum. Genauso wie er sich freiwillig gemeldet hatte, am Einsatzschreibtisch zu bleiben, während die anderen nach nebenan gingen, nur für den Fall, daß das Telefon klingelte. Sie wußten auch, warum er nicht mit ihnen feiern wollte, respektierten es und waren insgeheim erleichtert, daß er ihnen mit seiner miesen Stimmung nicht die Party verdarb. Um ehrlich zu sein, hatte es nichts mit Pflichtbewußtsein zu tun, sondern nur damit, daß er Weihnachten und die dazugehörige *Gefühlsduselei* haßte wie die Pest. Er beugte sich vor und nahm das Plastikschild von seinem Schreibtisch, drehte es um und schaute es an.

Detective Inspector Jack Cardiff.

Er schnitt eine Grimasse. Jemand hatte Tipp-Ex über die Buchstaben verschüttet. Es erinnerte ihn an Schnee. Das war es doch schließlich und endlich, oder? Hieß die Marke nicht ›Flüssiger Schnee‹? Schon wieder Weihnachten! Es gab einfach kein Entrinnen. Er zupfte ganz in Gedanken an dem getrockneten Tipp-Ex.

Es war das dritte Weihnachten ohne Lisa und Jamie.

In der obersten linken Schublade lag ein Foto von den beiden. Im ersten Jahr hatte es noch auf dem Schreibtisch gestanden, aber es war kein Trost gewesen, eher das Gegenteil. Er hatte es behutsam in die Schublade gelegt, mit dem Gesicht nach unten. Aber seine Anwesenheit machte sich immer wieder bemerkbar. Manchmal war es, als stünde es immer noch auf dem Schreibtisch und starrte ihn an. Die Wirkung war dieselbe.

Cardiff ließ das Namensschild achtlos auf den Tisch fallen und wandte sich der rechten Schublade zu. Die Präsenz von etwas anderem in dieser Schublade war auch eine lebenswichtige Konstante – das Gegengewicht zu der Fotografie in der linken. Keiner wußte von seiner Existenz, obwohl die unvermeidliche Inventur im Asservatenraum ans Licht bringen würde, daß es unerlaubt entfernt worden war.

Wieder Gelächter von nebenan.
»Süßer die Glocken nie klingen«, sagte er ohne eine Spur von Gefühl.
Cardiff öffnete die rechte Schublade seines Schreibtisches, ließ aber die Tür nicht aus den Augen, bereit, die Schublade sofort wieder zu schließen, falls jemand hereinkam. Er nahm den Tröster heraus und legte ihn auf den Tisch, verdeckt durch eine Akte und einen Stapel Papiere.
Plötzlich hielt Cardiff es hoch. Es war eine Browning Automatik, Kaliber 38.
Dann griff er nach dem Magazin mit dreizehn Schuß. Es waren nur noch sechs Patronen darin. Die anderen hatte ein Schußwaffenfanatiker verballert und seine Wut an einer Autowerkstatt ausgelassen, die sich weigerte, die Versicherungspolice eines Gebrauchtwagens, den er bei ihn gekauft hatte, anzuerkennen. Vollgepumpt mit Happy-Hour-Whisky hatte er den Wagen gegen die Werkstattwand gerammt, war dann ins Büro gestürmt und hatte gefordert, daß sie den Schaden bezahlen. Als man sich weigerte, hatte er die Pistole gezogen. Die trunkenen Schüsse hatten die Glasfront des Ladens durchschlagen und ein Regal dahinter zerlegt. Dann war der Täter betrunken im Hof der Werkstatt zusammengebrochen und liegengeblieben, bis die Polizei ihn einsammelte. Die Justiz hatte ihren Lauf genommen, und der Täter saß jetzt vier Jahre im Gefängnis von Durham ab. Nach der Verhandlung war das Beweisstück in Spind 53 des Fernley Divisional Police Headquarters eingelagert worden. Nachdem der vorgeschriebene Zeitraum verstrichen war, würde es ins Regional Divisional HQ überstellt werden und anschließend vernichtet.
Detective Inspector Jack Cardiff hatte die Ausführung dieser Aktion überwacht.
Und an einem besonders trüben Septembernachmittag, als die Erinnerungen und der Schmerz wieder unerträglich

waren, war er in den Spindraum gegangen, hatte unbefugt Spind 53 geöffnet und diese Pistole mitgenommen.
Jetzt lag sie schon seit drei Monaten in seiner rechten Schublade. Bisher hatte noch niemand ihr Verschwinden bemerkt, und ihre Präsenz in seiner Schublade warf immer wieder flehentlich dieselbe Frage auf.
Cardiff sah sich die schlanke Mündung an und beobachtete, wie sein Daumen sich zur Sicherung tastete.
Draußen brüllte der Sturm. Er schaute kurz zur Tür und dann wieder auf die Pistole in seiner Hand.

13

Und dann die Boiler, versteh'n Sie? Die Boiler ... ich hab' gedacht...«

»Mr. Beaton!« sagte der Sergeant barsch, als sie endlich in der vergleichsweise warmen Empfangshalle standen. Eine neuerliche Regenwoge spülte gegen die Fenster. Beaton wich zurück, als hätte er einen Schlag ins Gesicht bekommen, und sah den Police Sergeant mit großen, erstaunten Augen an, als würde er ihn jetzt erst bemerken.

»Ja?«

»Was Sie da erzählen, ergibt nicht viel Sinn. Ihr Telefonanruf war ziemlich wirr. Und ich habe Grund zur Annahme, daß Sie getrunken haben. Also, was wollen Sie mir sagen? Klar und deutlich, in aller Ruhe. Lassen Sie sich Zeit. Was ist passiert?«

Es dauerte einige Zeit, bis Beaton begriff, was der Polizist gesagt hatte. Er schluckte, sah den Police Constable an, holte Luft und sagte: »Alle sind verschwunden. Und ich glaube, die Boiler im Keller werden explodieren.«

»Scheiße!«

Zehn Sekunden später hatte der Polizist Beaton zurück auf den Gehsteig und zum Wagen gezerrt. Der Wagen raste mit quietschenden Reifen rückwärts vom Eingang des Bürohauses weg auf den Parkplatz, der hundertfünfzig Meter entfernt war. Zwanzig Sekunden später hatte der Sergeant das Hauptquartier über Funk benachrichtigt. Das war ein Job für Spezialisten. Oder, wie der Sergeant es so elegant formulierte, nachdem der Anruf erledigt war, es war ein Job irgendeines anderen Scheißidioten, in diesen Boilerraum zu gehen und die Sache zu überprüfen.

14

»Alles okay«, sagte der Typ in dem blauen Overall, als er aus der Glastür des Bürohauses kam. »Den Boilern fehlt überhaupt nichts. Ich hab' alles zweimal überprüft. Sie arbeiten einwandfrei. Kein Druckanstieg, keine Unregelmäßigkeiten. Kein gar nichts.«
Der Polizei Sergeant und der Constable lehnten sich erleichtert zurück. Beaton starrte immer noch mit demselben glasigen Blick hinauf zum Hochhaus. Während sie auf die Heizungsmechaniker warteten, hatte er ihnen erzählt, was passiert war, etwas verständlicher als zuvor, aber sehr viel Sinn ergab die Geschichte immer noch nicht.
»Aber eins sag' ich euch«, sagte der Mann im blauen Overall und beugte sich zum Sergeanten durch das Autofenster.
»Und das wäre?«
»Wir werden nicht dafür bezahlt, daß wir an Heiligabend ausrücken und uns in Stücke reißen lassen. Dafür werdet ihr Jungs doch bezahlt. Oder die Armee.«
Der Sergeant erwiderte sein Grinsen ohne eine Spur von Humor.
»Laß dir den doppelten Tarif bezahlen. Du bist es wert.«
Der Mann im Overall murmelte eine abfällige Bemerkung, wandte sich vom Auto ab und ging auf die beiden Landrover und den Anhänger mit Geräten zu, den sie mitgebracht hatten. Der Sergeant schaute ihm nach, murmelte »Klugscheißer« und drehte sich dann wieder zu Beaton auf dem Rücksitz um. »Also gut, Sie sagen, alle sind verschwunden.«
»Richtig.«
»Ich hab' die Fenster beobachtet, Sarge«, sagte der Consta-

ble. »Sieht aus, als wäre da oben keiner. Zumindest ist keiner ans Fenster gekommen.«

»Vielleicht spielen sie alle Doktor auf dem Boden. Außer Sichtweite. Du weißt doch, wie diese Weihnachtsfeiern sind.«

»Alle weg«, sagte Beaton, und seine Stimme klang wie aus weiter Ferne.

»Und Sie sagen, Sie haben das im obersten Stock gefunden, ist das richtig?«

Beaton nickte, den Blick immer noch starr auf den fernen vierzehnten Stock gerichtet.

»Na ja, nachdem's so aussieht, als würden wir nicht in die Luft gesprengt werden, schau'n wir doch mal nach.«

Im Bürohaus führten die beiden Polizisten Beaton in den ersten Aufzug. Die Neonlichter an der Decke flackerten, als sie in die Kabine traten. Beaton stemmte sich ängstlich gegen die Wand.

»Langsam, Papi«, sagte der Sergeant. »Jetzt brauchst du keine Angst mehr zu haben.«

»Wohin?« fragte der Constable. »Oberster Stock?«

Der Sergeant nickte, und Simpson drückte auf den Knopf für den vierzehnten Stock. Der Aufzug machte einen Ruck, und die Türen glitten zu. Der Constable mußte unwillkürlich Beaton anschauen. Sein Gesicht war schweißüberströmt, sein Blick starr auf die Lichter gerichtet, als der Aufzug sich nach oben in Bewegung setzte. Und jetzt wurde auch dem Constable mit jedem aufleuchtenden Stockwerk zusehends mulmiger.

Eins ... zwei ... drei ...

Irgend etwas an Beatons Verhalten, die Art, wie er schwitzte, etwas an dem ängstlichen, glasigen Blick, an der Art, wie er sich gegen die Aufzugswand stemmte ...

... acht ... neun ... zehn ...

Etwas an der Art, wie er sich die trockenen Lippen leckte.

... elf ... zwölf ...

Und daß er praktisch damit rechnete, daß jeden Moment der Boden aus dem Aufzug fallen und sie drei nach unten geschleudert würden ...

... *dreizehn* ...

Etwas.

... *vierzehn* ...

Der Aufzug hielt mit einem Ruck. Das Licht machte *ping*. Und Beaton stöhnte, ein leises, geradezu verzweifeltes, resigniertes Geräusch. Der Constable sah, wie er den Blick nach unten senkte und die Augen schloß. Und das Etwas, das ihn so verängstigte, schien jetzt auf den Constable überzuspringen. Aus ihm unbegreiflichen Gründen wollte Simpson nicht aus dem Aufzug in diesen vierzehnten Stock steigen.

»Vierzehnter Stock. Sackschoner und Damenslips!« Die barsche Stimme des Sergeanten ließ sie beide zusammenschrecken.

Der Hausmeister tauschte einen kurzen Blick mit dem Constable. Und als Simpson das Spiegelbild seiner Angst in diesen Augen sah, wandte er sich beschämt ab, schaute geradeaus und folgte dem Sergeant, der auf den Korridor hinaustrat. Grüne, rote und blaue Discolichter flackerten auf der pastellfarbenen Wand vor ihnen. Brian Ferry sang was von einem schweren Regen, der herabfallen würde.

Der Constable wäre fast gegen den Sergeant geprallt, als dieser plötzlich stehenblieb und sich umdrehte. Beaton stand immer noch im Aufzug, Rücken an der Wand.

»Mr. Beaton«, fragte Lawrence und mußte sich mit Mühe beherrschen. »Wären Sie so freundlich, uns zu folgen?«

Beaton schluckte und stieß sich von der Aufzugswand ab, hinaus in den Korridor.

»Vielleicht hätten Sie die Güte, uns zu zeigen, wo?«

»... geradeaus ...« Beaton krächzte mühsam. »Durch die Haupttür.«

Der Sergeant warf ihm einen giftigen Blick zu und ging weiter durch die doppelte Glastür in die Büroräume.
Der Raum war genauso leer wie vorhin.
Wirbelnde Lichter von der provisorischen Disco in der Mitte des Raums. Weihnachtspartydekorationen an allen Wänden, rot, grün und blau. Poster mit Santa Claus und der Weihnachtskrippe. Drinks auf den Tischen, kleine Schalen mit Kartoffelchips und Nüssen. Ausgedrückte Kippen auf dem Boden. Und Brian Ferry, der sich selbst eins sang.
Aber kein Mensch im Zimmer.
Der Sergeant ging in die Mitte des Raumes. Regen rann über die Fensterscheiben. Irgendwo donnerte es wieder.
»Mein Gott«, sagte Beaton schließlich. »Laßt uns abhauen. Mir gefällt das nicht. Fühlt ihr das nicht? Wirklich nicht?«
»Was sollen wir fühlen?« hörte sich der Constable sagen.
»Hier ist was oberfaul. Was *Böses*. Spürt ihr das nicht?«
Ein Blitz zuckte über den Himmel, und wie eine Antwort auf Beatons Worte grollte gleich darauf der Donner. Die Fenster schienen zu klirren.
»Sie sind tatsächlich weg«, sagte der Constable schließlich.
Der Sergeant unterbrach seine Inaugenscheinnahme des Zimmers und warf ihm einen bösen Blick zu. Dann wandte er sich wieder Beaton zu und sagte: »Also, wo ist sie?«
Der Blick des Hausmeisters blieb starr auf die klappernden Fensterscheiben gerichtet.
»Mr. Beaton!« keifte der Sergeant. Der Hausmeister sah ihn verständnislos an. »Wo ist sie?«
»Auf dem Boden. Dort drüben ... an der Wand.«
Der Sergeant und Constable folgten seinem ausgestreckten Zeigefinger zur hinteren Wand.
»Wo?«
»Hinter dem Wandschirm, den sie zur Seite gezogen haben.«
Der Sergeant schritt ungeduldig auf den Wandschirm zu,

einen ein Meter zwanzig hohen Raumteiler. Es gab noch einige davon im Büro, alle waren beiseite geschoben worden, um Platz für die Party zu schaffen. Die Raumteiler dienten sicher dazu, den Raum in Einheiten für die Sekretärinnen und Schreibkräfte einzuteilen. Der Constable schien nicht so wild darauf, ihm zu folgen, besonders als draußen wieder Donnergrollen zu hören war und ein kurzer Blitz ihnen ihr Spiegelbild in den Fenstern zeigte.
Der Sergeant griff nach dem Raumteiler und zog ihn beiseite.
»O mein Gott ...«
»Was? Was ist denn, Sarge?« Der Constable eilte zu ihm.
»Er hatte recht.«
Obwohl er es gar nicht sehen wollte, keine Bestätigung dieser verrückten Funkmeldung haben wollte, schaute der Constable doch hinunter auf das verschrumpelte blaßweiße Ding, das da auf dem Teppich lag. Und jetzt wurde das ungute Gefühl von vorhin unbestreitbare Realität, genau wie der verrückte, besoffene alte Hausmeister gesagt hatte.
»Kotz nicht, Kleiner«, sagte der Sergeant ganz sachlich. »Du wirst bei dem Job noch viel schlimmere Sachen sehen.«
»Ja ... ich bin okay. Es ist nur ... ich hab' nicht gedacht ... hab' gedacht, da hat bloß einer im Suff angerufen.«
Der Sergeant warf ihm einen prüfenden Blick zu, dann drehte er sich wieder dem Ding zu, das auf dem Boden des Büros lag.
Es war eine Männerhand, am Gelenk abgetrennt.
Die Finger waren nach innen gekrümmt, wodurch sie wie eine große, tote, weiße Spinne aussah.

15

Cardiff schaute noch einmal die regennasse Scheibe an und hörte etwas klicken. Er hatte gar nicht gemerkt, daß sein Daumen zur Sicherung weitergerutscht war, aber die Unausweichlichkeit dieser Geste überraschte ihn nicht.
Er zuckte zusammen, als er jemanden sagen hörte: »Jack?«
Erschrocken sah er zur Tür. Sein Kollege DI Peter Johns stand mit einem Glas Whisky in der Hand im Türrahmen und schaute ihn an. Cardiff ließ die Pistole schnell in die Schublade fallen, schob sie zu und drehte sich mit dem Stuhl zu Johns.
»Ja?«
Hatte er sie gesehen?
»Kommst du auf einen Drink? Wir können die Leitung rüberlegen lassen. Du mußt hier nicht alleine rumsitzen.«
»Nein ... danke, Pete. Macht nur weiter. Trink einen auf mich.«
Johns deutete mit dem Kopf auf die soeben geschlossene Schublade.
»Das ist keine Lösung.«
Er hatte die Pistole gesehen!
»Was ...?«
»Alleine trinken, mein' ich. Du brauchst die Flasche nicht da drin zu verstecken.«
Cardiff machte eine Handbewegung, teils erleichtert, teils um dem zuzustimmen, was Johns fälschlich angenommen hatte. »Ich bin okay, Pete.«
»Schon gut, schon gut. Wenn du das sagst. Aber ich weiß, welche Jahreszeit wir haben. Wenn wir fertig sind, können

wir in den Club geh'n und uns ein paar hinter die Binde gießen, bevor wir nach Hause geh'n. Nur wir zwei. Okay?«

»Danke, Pete. Ich weiß das zu schätzen. Ich denk' drüber nach. Aber geh du nur und trink noch einen. Wie du schon sagtest ... es ist schließlich Heiligabend.«

Johns blieb noch eine Weile im Türrahmen stehen und ließ den Whisky in seinem Glas kreisen. Er schaute lange in das Glas, als wäge er etwas ab, ein professionelles Urteil vielleicht. Oder ob er irgend etwas Unüberlegtes vom Stapel lassen sollte, dank des Alkohols, vielleicht etwas über Kameradschaft. Nach einiger Zeit hob er den Kopf.

»Sag's nicht«, sagte Cardiff.

»Du weißt ja gar nicht, was ich sagen wollte.«

»Das tut nichts zur Sache, Pete. Ich respektiere dich. Sag's einfach nicht.«

Johns quälte sich ein Lächeln ab, schaute wieder in sein Glas und dachte an seine eigenen Kinder. Dann schaute er Cardiff direkt in die Augen, hob das Glas und trank ihm zu. Er drehte sich vom Türrahmen weg und ging zurück zur Party. Die Tür klickte zu.

Cardiff schaute wieder in den Schnee, dann wanderte sein Blick zurück zur rechten Schublade.

Da klingelte das Telefon.

Und der Alptraum begann.

16

Sie war vierundfünfzig, einen Meter sechsundfünfzig groß, verheiratet, mit zwei erwachsenen Kindern – und sie fühlte sich beschissen.

Seit gut zwei Stunden wanderte sie jetzt schon durch die überfüllten Straßen. Verspätete Weihnachtseinkäufer hatten sich an ihr vorbeigerempelt, sie gestoßen, geflucht, während sie ziellos den Gehsteig entlangwanderte. Ihr Haar war zerzaust, der Mantel auf einer Seite völlig durchnäßt, und sie hatte anscheinend ihre Handtasche verloren. Sie blieb einen Augenblick stehen und betrachtete sich in einem Schaufenster. Ihr Spiegelbild war umgeben von einer Aura von Weihnachtslichtern, die blau, grün und gelb blitzten. Sie legte eine Hand auf die Scheibe und starrte dem Spiegelbild direkt ins Gesicht.

Das gequälte Gesicht, das sie da anstarrte, war ihr völlig fremd.

Wieder stieß einer aus der Menge gegen sie, schubste sie weg vom Schaufenster – und sie verlor sich erneut in diesen schwindelerregenden, geschäftigen Menschenmassen.

Sie war sich sicher, daß sie ihre Handtasche gehabt hatte, als sie von zu Hause aufgebrochen war. Wenn sie sie jetzt hätte, könnte sie darin nach irgendwelchen Hinweisen suchen. Vielleicht hätte sie in der Tasche etwas mit ihrem Namen gefunden, vielleicht eine Adresse.

Die Straßen waren ihr fremd.

Sie hatte keine Ahnung, wie sie hierhergekommen war.

Oder woher sie gekommen war.

Um ehrlich zu sein, sie wußte nicht, wer sie war – oder wie sie dazu kam, so durch die Straße zu wandern.

»Verzeihung ... Könnten Sie vielleicht ...? Verzeihung ...?«
Die Menge eilte an ihr vorbei, ignorierte ihre Bitten, das Fest der Liebe galt nur für sie und die ihren, da war nichts übrig für eine blasse, mitgenommene alte Dame mit zerzaustem Haar und schmutzigem Mantel. Die Gestalten, die sie versuchte am Ärmel oder am Revers zu packen, wichen aus oder drängten sich fluchend an ihr vorbei.
Ein furchtbarer Alptraum.
Wer war sie? Warum wollte ihr niemand helfen?
»Bitte ...?«
Ein junger Mann stand am Eingang eines Cafés, mit hochgeschlagenem Kragen, mit einer Zigarette im Mund. Er war unrasiert, eine schwarze Haarsträhne hing ihm ins Gesicht. Seine Augen sahen fiebrig aus, als er noch einen Zug von der Zigarette nahm. Ihre Blicke trafen sich.
»Bitte ...?«
Der Mann ließ die Zigarette fallen, trat sie mit dem Fuß aus und ging durch die Menge zu ihr. Den Kragen hielt er mit einer Hand zu. Er nagte nervös an den Fingernägeln seiner anderen Hand. Die fiebrigen Augen flackerten nervös hin und her, als er sagte: »Wieviel?«
Die Worte ergaben für sie keinen Sinn. Aber hier war jemand aus der Menge, der ihre Not erkannt hatte; jemand, der ihr helfen könnte.
»Bitte, helfen Sie mir. Ich glaube, ich habe mich verlaufen ...«
»Ja, ja. Verlaufen. Richtig. Aber wieviel?«
»Ich weiß nicht, was Sie meinen. Bitte helfen Sie mir. Ich weiß nicht, wie ich hierhergekommen bin oder woher ich komme oder ...«
»Kommen Sie hier rüber.« Der junge Mann hatte sie am Ellbogen gepackt und führte sie aus dem Menschenstrom zum Eingang des Cafés. Sie ließ sich von ihm führen. Als sie den notdürftigen Schutz des Café-Eingangs erreicht hatten,

schaute er nervös über die Schulter ins Innere, als hätte er Angst, jemand, den er kannte, könnte ihn beobachten.

»Bitte ...«

»Ja, okay. Sie haben sich verirrt. Ich hab's gehört. Aber Sie sehen aus, als ob Ihnen kalt ist. Sie sind naß. Möchten Sie sich nicht was verdienen, damit Sie sich aufwärmen können? Was zu essen kaufen? Etwas Heißes zu trinken?«

Jetzt würde alles gut werden. Er würde ihr helfen. Aber was meinte er bloß mit dem Verdienen? Das ergab alles keinen Sinn.

»Ich will nur ...«, und jetzt schossen ihr die Tränen in die Augen, »nur nach Hause.«

»Ja, geh nur nach Hause. Aber laß das mit den Wasserspielen, Schätzchen. Das wird dir nicht helfen. Komm mal kurz mit.«

Wieder dieses sanfte Ziehen am Ellbogen ihres Mantels, und er führte sie weg in eine Seitengasse. Wieder ließ sie sich führen und wischte sich mit ihrem anderen Ärmel die Augen.

Was passierte nur mit ihr?

Hier hinten waren Reihen über Reihen überquellender Mülltonnen. Aus einigen war der Unrat herausgefallen auf das nasse, schwarze Pflaster. Eine einsame Straßenlampe am Ende der Gasse zeichnete die Silhouette der Mülltonnen blauschwarz nach, ließ die Gitter und die Hinterhoffenster glänzen. Dampf rülpste aus einem Abflußgitter hinter dem Café, und der Gestank verbrannten Fettes attackierte ihren Geruchssinn. Der junge Mann führte sie weiter.

»Wohin gehen wir?«

»Nur ein Stück da runter.«

»Werden Sie mir helfen?«

Der junge Mann lachte. »Könnte man wohl sagen.«

Endlich blieben sie in den Schatten stehen. Der junge Mann zog sie in einen Türeingang. Zuerst dachte sie, er würde da wohnen, aber dann blieb er stehen, schob sie in die Nische, trat zurück und warf einen Blick die Gasse entlang. Befrie-

digt, daß sie keiner gesehen hatte, kam er wieder ganz nahe zu ihr, und sie konnte seinen Atem riechen: süßlich und unangenehm.
»Also, wieviel?«
»Ich dachte, Sie wollten ...«
»Okay, okay. Einen Zehner. Wie wär's damit? Viel mehr würdest du sowieso nicht kriegen. Nicht in deinem Alter.«
Etwas passierte mit ihr. Sie fühlte es, als er den Mantelkragen von seinem Hals zog. Sie sah, daß er trotz der beißenden Winterkälte darunter nackt war. Seine magere, knochige, unbehaarte Brust war so ganz anders als die ihres Mannes.
... *Mannes ... Donald* ...
Und darunter, was sie eigentlich hätte entsetzen müssen, war ihr Retter in spe sexuell erregt. Seine Augen funkelten, sein Atem ging hektisch, und sie hätte total entsetzt sein und versuchen müssen, ihn abzuwehren, als er anfing, ihren Mantel aufzuknöpfen. Aber sie war plötzlich im Banne eines völlig neuen Gefühls. Eine seltsame Trägheit überkam sie, als wäre all das unvermeidlich, als hätte etwas Fremdes in ihr erkannt, was hier vorging, und reagiere jetzt auch dementsprechend.
»Verwandeln ...«, sagte sie verträumt, als ihre Sinne wieder in das Nirgendwo zurückglitten, aus dem sie gekommen waren. »Ich verwandle mich.«
»Tun wir das nicht alle?« fragte der junge Mann mit gierigen Augen, als er endlich ihren Mantel und ihre Bluse geöffnet hatte und sich dann an sie drängte.
Und dann begann das Schreien.
Sie war sich nicht bewußt, daß er ihr direkt ins Gesicht schrie. Und obwohl sie ihn nicht festhielt, spürte sie, daß *etwas* den jungen Mann fest an sie preßte. Desinteressiert, unbeteiligt und zufrieden damit, einfach wegzudriften, horchte sie den Schreien, den endlosen Schreien ...
Und dann drifteten sie und die Schreie einfach fort.

17

Die Tür zur Weihnachtsparty der Kripo war gerade zugeklickt, da klingelte das Telefon. Cardiff nahm den Hörer ab.

»Cardiff am Apparat.«

»Jack?«

»Wer ... Barry?«

»Ja. Hör mal. Wir haben da eine ganz seltsame Geschichte hier im Fernley House, in dem Büro-Hochhaus.«

»Wer hat euch dort hingeschickt?«

»Routinestreife. Der junge Simpson und ich mit dem kleinen Panda. Wir sollten einen Anruf überprüfen.«

»Du kennst doch den Dienstweg, Barry. Du sollst direkt die Kontrolle anfunken, die verständigen dann mich.«

»Ich weiß nicht so recht, wie ich das hier handhaben soll. Ich möchte nichts offiziell registriert haben, bevor ich nicht mit dir als meinem unmittelbaren Vorgesetzten geredet habe.«

»Okay, dann schieß los.«

»Sieht so aus, als wären die Leute eines ganzes Bürohauses verschwunden. Von allen vierzehn Stockwerken sind alle einfach verschwunden. Nur noch ein Typ ist da. Der Hausmeister. Er war im Keller. Sagt, er hat gedacht, die Boiler würden explodieren, und habe oben nachgeschaut, um die Leute zu evakuieren. Konnte aber nirgendwo eine Menschenseele finden.«

»Soll das ein Scherz sein, Barry?«

»Du kennst mich doch. Und das ist noch nicht alles.«

»Was noch?«

»Simpson und ich haben selbst das Gebäude überprüft. Und

wir haben eine Hand gefunden. Eine Männerhand, im obersten Stockwerk. Lag einfach so auf dem Teppich, am Handgelenk abgehackt. Kein Blut.«

Cardiff schwang sich mit seinem Drehstuhl vor den Schreibtisch.

»Okay, Barry, verständige das übliche Team ...«

»Ja, die waren schon da. Die Boiler sind okay. Kein Problem, keine Gefahr.«

»Gut. Wir brauchen einen Krankenwagen für den Hausmeister. Und du mußt die Hand in Eis packen – nur für den Fall, daß wir den Eigentümer finden und er sie zurückwill.«

»In Eis?«

»Das hab' ich doch gesagt.«

»Woher soll ich ...?«

»Irgendwer in dem Gebäude muß doch eine Weihnachtsparty gefeiert haben, Kumpel. Such einen Eiseimer. Steck sie rein, bis wir kommen.«

»Du bist der Boß, Jack.«

»Okay, jetzt leg auf und ruf in der Einsatzleitung an. Ich bin gleich da. Oh ... und Barry?«

»Ja?«

»Fröhliche Weihnachten.«

»Haha«, sagte er, ohne eine Spur von Humor.

18

Paul McNichol, neunundfünfzig, leicht übergewichtig – was er aber angesichts der kommenden Völlereien zu Weihnachten zu ignorieren versuchte –, schaute fern. Es war das typisch britische Heiligabend-Programm: Spielshows, Weihnachtsspektakel und ein dreistündiger Lawrence-von-Scheiß-Arabien, wie er das ausdrückte. In einem Jahr würde er in Pension gehen, und er sollte sich eigentlich darauf freuen, was inzwischen nicht mehr der Fall war. Nicht mehr, seit sein Arbeitskollege, Jackie Shaughnessy, aus der Fabrik mit sechzig in Rente gegangen war und prompt drei Wochen später tot umfiel: Herzinfarkt bei einem Einkaufsbummel mit seiner Frau im Supermarkt.

Jetzt saß er in seinem Sessel und spielte mit der Fernbedienung, während Miriam, seine Frau, sich in der Küche zu schaffen machte und den Truthahn im Bratrohr begoß. Die Kinder – *Kinder,* ha? Der Junge war fünfundzwanzig und das Mädchen dreißig! – und ihre Familien würden morgen zum Weihnachtsessen kommen. Heute war also die letzte Gelegenheit, wenigstens einen Teil von Weihnachten gemütlich unter sich zu genießen.

Er hatte sich die Heiligabendschicht freigenommen, obwohl die anderen entweder wegen der Extrabezahlung arbeiteten oder um sich in der Kneipe vollaufen zu lassen. Er wollte heuer ein schönes Weihnachten haben – dein *letztes?* – fragte die pessimistische innere Stimme – also hatte er die letzten Einkäufe für Miriam gemacht, während sie die Hausarbeit beendete. Jetzt saß er hier zu Hause, den Bauch voller Tee und Limonaden – man brauchte nämlich keinen Alkohol,

um high zu werden –, und wollte nur eines: diesen Heiligabend mit seiner Frau allein zu Hause verbringen, in seiner gemütlichen Doppelhaushälfte, seinem Paradies in Jarrow.
»Tee?« fragte Miriam aus der Küche.
Er klopfte auf seinen Bauch und stöhnte.
»Okay.« Miriam ging wieder zu ihrem Truthahn. Der Vogel war, wie er bemerkt hatte, ungefähr so groß wie ein Flugsaurier – aber das brauchten sie auch, wenn man bedachte, wie viele hungrige Mäuler sich morgen um den Tisch drängen würden. Bald würde er sich zwingen müssen, die Energie aufzubringen, um die Weihnachtsgeschenke der Kinder einzupacken. Vielleicht würde er warten, bis Miriam fertig war, dann könnten sie es gemeinsam machen. Paul schaute auf die Uhr. Es war 18 Uhr 10. Er fragte sich, ob Miriam wohl müde war, oder ob er in die Küche gehen und sie von hinten packen sollte.
Dann explodierte etwas mit ungeheurem Geklirre von Glas im Garten.
»Verdammte *Scheiße!* Was war das?«
Miriam stieß einen schrillen Schrei aus und hopste rückwärts aus der Küche. Der Truthahn krachte in einer Fontäne brodelnden Fetts aus dem Backrohr. Paul sprang auf, rannte zu ihr, packte sie an den Armen und zerrte sie aus der Küche.
»Bist du okay? Hast du dir weh getan? Hast du dich verbrannt?«
»Nein, nein ... mir geht's gut. Aber dieser *Krach.* Um Himmels willen, was war das denn, Paul?«
Seine erste instinktive Sorge hatte Miriam gegolten. Aber nachdem ihr nichts passiert war, brauchte Paul nur die drei Sekunden, die es gedauert hatte, bis das dröhnende Krachen sein Ohr erreichte, um umzudenken.
Der Garten.
»Ich weiß nicht, aber es ... es hat sich angehört, als ...«
Paul eilte zum Wohnzimmerfenster und riß die Vorhänge

zurück. Es war zu dunkel, um den Garten zu sehen. Regen und Schneematsch liefen diagonal übers Glas. Er konnte lediglich den fernen Schimmer der Straßenlampen auf der Schnellstraße, die eine Meile weit weg war, sehen. Er hastete in den Vorraum, zerrte seinen Mantel vom Haken und öffnete die Hintertür, die zum Garten führte.

»Ein Autounfall«, sagte Miriam, die hinter ihm hereilte. »Es muß ein Autounfall sein. Das war doch zerbrechendes Glas, oder?«

»Ich weiß es nicht. Wo ist die Taschenlampe?«

Miriam fand die Taschenlampe im Dielenschrank und gab sie ihm.

Sekunden später war Paul draußen, zog den Reißverschluß seines wasserdichten Mantels zu und leuchtete mit der Taschenlampe den Garten ab.

Er sah sofort, was passiert war.

Das Treibhaus neben dem Zaun war eingestürzt. Selbst aus der Entfernung konnte er sehen, daß das Dach total zusammengebrochen und auch eine der Hauptwände kurz vor dem Einsturz war. Bei diesem Wind und diesem Platzregen war es nur noch eine Frage der Zeit, bis das ganze Ding in sich zusammenkrachte. Der Hof und sein ordentlich gestutzter Rasen waren von Glasscherben übersät. Die Scherben funkelten im Schein der Lampe, die den Schauplatz der Zerstörung erleuchtete, und er hatte nur einen Gedanken.

»Kinder!«

Letztes Jahr war etwas Ähnliches passiert. Diese kleinen Ungeheuer aus der Collingwood Avenue hatten einen Pflasterstein aus der Straße gestemmt und über den Zaun in das Treibhaus geschleudert. Bei dieser Gelegenheit hatte er sieben teure Glasscheiben verloren. Aber heute nacht war es wesentlich schlimmer. Das Treibhaus war ein Totalschaden.

Paul schritt hinaus in den Garten, in den beißenden Wind

und Regen, und richtete den Strahl der Lampe direkt auf das Treibhaus.

»Was ist denn los, Paul?« fragte Miriam ängstlich von der Hintertür.

»Die verfluchten Kinder wieder, glaub' ich«, erwiderte er. »Schau dir das an!«

»Komm wieder ins Haus. Ich ruf' die Polizei.« Miriams Stimme klang erschöpft und resigniert.

»An Heiligabend! Man möchte doch meinen, daß die Bälger Besseres zu tun hätten.«

Er war jetzt am Treibhaus angelangt und fummelte an dem Riegel der Haupttür. Das Glas war verschmiert, so daß der Strahl der Taschenlampe reflektiert wurde und er nichts sehen konnte. Paul war sich sehr wohl bewußt, daß dadurch möglicherweise alles einstürzen könnte, öffnete aber trotzdem die Tür. Er wollte unbedingt wissen, was die kleinen Monster diesmal geworfen hatten, das so großen Schaden verursachen konnte. Die Scheiben erzitterten, als er die Tür aufriß.

»Sei vorsichtig, Schatz. Du wirst dich schneiden ...«

Aber jetzt hatte Paul die Tür ganz aufgekriegt. Das Gestänge ächzte und beugte sich ein bißchen im Wind, blieb aber stehen.

Er richtete den Strahl der Taschenlampe auf die Mitte des Treibhauses ... und wich entsetzt zurück.

Da lag ein Körper mitten im Treibhaus, übersät mit zerbrochenem Glas und Holz.

Er lag in einer wachsenden, dunklen Pfütze, und auch Glasscheiben waren mit schwarzrotem Zeug bespritzt, als hätte jemand mit einem Farbtopf herumgekleckst. Das ganze Innere des Treibhauses war zerstört: Regale und Pflanzen, Töpfe, Wurzeln und Kompost waren nur noch ein chaotischer Haufen. Aber der gekrümmte dunkle Körper in der Mitte dieser Verwüstung war unverkennbar ein Mann.

Der Strahl der Taschenlampe wanderte über sein Gesicht, und Paul hätte sich fast übergeben, als er den zertrümmerten Kopf sah.
»Was ist denn los, Paul? Was ist passiert?«
Paul drehte sich vom Türrahmen weg und kämpfte gegen die Galle, die ihm die Kehle hochstieg. Das Gestänge ächzte wieder, und Glas begann erneut zu splittern.
»Paul!«
Paul machte einen Satz weg vom Treibhaus, als die hintere Wand in einer klirrenden Explosion von Glas zusammenbrach. Die übrigen Wände folgten mit Getöse. Regen prasselte auf die Ruine.
»Was, Paul? Was ist los?«
»Ruf die Polizei an, Miriam.« Paul schob sie ins Haus, froh, daß sie nicht gesehen hatte, was da durchs Dach gefallen war ... »Ruf sie an, *schnell!*«

19

Cardiff saß auf dem Rücksitz des Panda und beobachtete, wie die dunklen Straßen vorbeiglitten, während sich der Wagen durch die Tränen des Winters in Richtung Fernley House kämpfte. Es war verdammt kalt heute nacht, und allmählich wünschte er sich, er hätte sich doch ein oder zwei Whiskys hinter die Binde gekippt, die ihm durch den Rest der Nacht helfen würden.

Wofür? fragte eine dünne Stimme. *Das ist doch sinnlos. Da, wo du hin willst, Freundchen, brauchst du nichts Warmes. Hast du die rechte Schublade deines Schreibtisches vergessen? Sollte heute abend nicht die Nacht der Nächte sein? Sollte der Höhepunkt der großen Show nicht direkt dort stattfinden, auf dem Revier? Direkt in deinem Büro, im Kreis deiner Kollegen?* Nein, vielleicht nicht dort. Wäre unfair ihnen gegenüber. *Wann denn?* Vielleicht später. Vielleicht zu Hause. *Erzähl mir keinen Scheiß, Cardiff. Wenn du das wirklich gewollt hättest, hättest du die Pistole mit nach Hause genommen.* Ach ja? Es hat seinen guten Grund, daß ich sie nicht mit nach Hause genommen habe. Das ist nicht der richtige Ort. *Du redest nur Scheiße, Cardiff. Wo ist denn dann der richtige Ort? Nicht in der Arbeit, nicht zu Hause.* Ich weiß es nicht ... vielleicht irgendwo da draußen auf der Straße, wo ... Aber nicht zu Hause.

Cardiff mußte über das Wort »Zuhause« lachen. Es war schon seit fast vier Jahren kein Zuhause mehr. Jetzt war es ... was? Eine Art Schrein. Eine Art Erinnerungssaal, wo der Whisky in seinem Magen zu Säure wurde und sein Magengeschwür nährte.

Detective Sergeant Ken Pearce saß neben Cardiff auf dem

Rücksitz. Er schaute hoch, als Cardiff lachte, und wartete darauf, daß er ihn in den Witz einweihte. Als klar wurde, daß er das nicht tun würde, und Cardiff wieder vor sich hinträumte, warf Pearce ihm einen unbemerkten, verächtlichen Blick zu und schaute wieder das Fenster an. Er sah nicht die Straßen oder den Regen, nein, er schaute sich selbst an. Er rückte seine Krawatte zurecht und lächelte.

Pearce war genauso alt wie Cardiff und hatte schon früher mit ihm zusammengearbeitet. Aber er wußte sehr wohl, wenn einer total ausgebrannt war, und Cardiff war auf dem besten Weg dazu. Es war alles eine Frage von Prioritäten. Pearce lächelte seinem Spiegelbild zu und klopfte kurz die Revers seines Jacketts ab, das vielleicht ein bißchen zu teuer für das Gehalt eines Polizisten war. Er drehte sich wieder Cardiff zu, der immer noch vor sich hinträumte. Nur eine Frage der Zeit ... und Pearce würde wieder für eine Beförderung fällig sein.

Cardiff beobachtete, wie die dunklen Straßen vorbeiglitten. Schaute sich die orangen Straßenlampen an, die gekrümmt in schmutzigen Hintergassen standen. Der Gehsteig glänzte ebenholzschwarz, weigerte sich, dem hellen Zuckerguß des Schnees nachzugeben, den der aufkommende Sturm vom Himmel peitschte. Er hörte das ferne Hallen des Donners trotz des Motorengeräuschs und dem Matsch, der unter den Reifen spritzte.

»Das wird ein schlimmer Sturm«, sagte Evans, der Constable am Steuer.

»Jemand sollte Santa Claus verständigen«, erwiderte Pearce. »Das geht doch nicht an, daß uns der Alte vom Schlitten kippt.«

»Glauben Sie, daß diese Leute wirklich verschwunden sind, Sir?« fragte Evans.

Cardiff lachte, kehrte wieder aus seinen Gedanken zurück. »Nein, bloß ein besoffener Hausmeister, mehr ist das nicht.«

Aber die Hand war schon eine andere Geschichte.
Cardiff kannte Sergeant Barry Lawrence seit sieben Jahren. Lawrence war ein guter Mann: zuverlässig, verantwortungsbewußt, und er war ein Veteran der Straße. Er wußte, daß er alles ebenso genau durchsucht hatte, wie er es getan hätte, und wenn er sagte, er hätte eine abgehackte Hand gefunden, na dann hatte er eine abgehackte Hand gefunden.
Die Einsatzleitung überprüfte augenblicklich alle örtlichen Krankenhäuser, ob man Schwerverletzte eingeliefert hatte. Zwei weitere Streifenwagen mit sechs uniformierten Offizieren waren direkt hinter ihnen, die das Gebäude systematisch durchsuchen sollten. Aber sie würden nicht nach verschwundenen Leuten suchen. Cardiff war sich ziemlich sicher, daß da nichts faul war. Eine Überprüfung der Schlüsselinhaber der verschiedenen Büros und Firmen in dem Gebäude würde das sicher bestätigen. Jede Firma hatte zumindest drei Schlüsselinhaber aufgelistet. Es war nur eine Frage der Überprüfung. Und es stand wohl fest, daß der Hausmeister sich betrunken und geschlafen hatte, während alle nach Hause gegangen waren. Er war dann total verwirrt aufgewacht. Nein, die Durchsuchung erfolgte auf Grund der Hand und der Möglichkeit, daß der Eigentümer der fehlenden Hand irgendwo in einem Schrank lag. In diesem Fall würde die ganze Angelegenheit unter einem völlig anderen Aspekt stehen. Im Augenblick gab es die Grauzone der Frage, wer für diese spezielle Angelegenheit zuständig war. War es ein Fall für die Kripo oder eine Sache, die die uniformierten Polizisten regeln konnten? Cardiff hatte als erster die Initiative ergriffen. Nach ihrem Eintreffen würde die Durchsuchung durchgeführt, das Gebäude überprüft und der Hausmeister richtig verhört werden, dann würde die nächste Stufe der Verantwortung entschieden werden.
Die Moral war heute abend nicht besonders gut. Heiligabend wollte eben jeder so schnell wie möglich nach Hause.

Nur die Pechvögel, die den kurzen Strohhalm für die Heiligabendschicht gezogen hatten, hatten ihre Freude an der Meldung des Vorfalls: eine Art schadenfroher Sadismus, da sie wußten, daß sie nicht alleine leiden mußten, solange die Sache nicht aufgeklärt war. Heiligabend brachte immer eine Fülle von alkoholbezogenen Delikten in der Innenstadt und den Außenbezirken, die die ohnehin unterbesetzten Diensthabenden und Ressourcen bis an ihre Grenzen strapazierten.

Der Vorgang war in Cardiffs Verstand fest einprogrammiert. Er wußte genau, was er tun würde, sobald er dort eingetroffen war, wußte, wie er auf die gegebene Situation zu reagieren hatte. Aber nichts an diesem Vorfall elektrisierte ihn, nichts taute den Eisblock in seinem Inneren. Er richtete seine Aufmerksamkeit wieder auf die Straße.

Die Straße ... die Straße ...

Und er dachte wieder, wie so oft, an jenen Tag im Juni 1986. Es war Sonntag. Und die Sonne schien, eine frische, säubernde Sonne. Nicht warm genug für den Sommer, aber doch so warm, daß man sich gut fühlte. Der Geruch des warmen Sommers lag schon in der Luft, genauso wie heute abend der Geruch eines schweren Sturms, der auf den Straßen lag, schlecht und faulig und sehr nahe. Genau das Gegenteil.

Sie hatte sich zu ihm gedreht und gelacht, während sie dahinspazierten. Er hielt Jamie auf dem Arm. Das Kind spielte mit den Locken seines Vater. Er war viereinhalb und so ein ungeheurer Schatz, obwohl diese Idioten von Ärzten Lisa gesagt hatten, sie dürfte mit vierzig gar kein Kind mehr kriegen. Lisas fröhliche Erklärung für den Erfolg war die Tatsache, daß sie, wie sie sagte, einen Spielzeugknaben geheiratet hatte, fünfunddreißig, mit vielversprechenden Karriereaussichten bei der Polizei. Einen Detective Inspector, der jetzt schon acht Jahre glücklich mit Lisa verheiratet war.

Ihre Ehe war wirklich etwas Besonderes. Statistisch gesehen war das Scheidungsrisiko bei der Polizei durch die langen Arbeitsstunden und den unvermeidlichen Streß eines im Grunde genommen furchtbaren Jobs sehr groß, dessen Auswirkungen auch deshalb viele Beziehungen zu spüren bekamen.

Aber nicht bei Jack Cardiff.

Nicht bei Lisa Cardiff. Wodurch war ihre Beziehung so eng und so fest? Doch sicherlich nicht durch »Liebe«? Nein, es war nichts so Klischeehaftes. Der Zynismus eines Polizisten gestattete nicht, daß man einen so sentimentalen Terminus für ihre Ehe benutzte. Ein besseres Wort war Stärke. Eine Stärke für jeden von ihnen, eine, die sie zusammenhielt. Zuneigung ohne Gefühlsduselei. Eine stets sich erneuernde Kraft, die sie beide auslösten, wann immer er von einer Morduntersuchung nach Hause kam und sie sich im Bett umdrehte, um ihn zu umarmen. Die Stärke, derer es bedurfte, diese Bilder von Schmerz und Verstümmelung und gräßlichem Sterben zu verdrängen und sie in der richtigen Nische seines Gehirns abzulegen, wo sie keinen Schaden mehr anrichten konnten. Die Stärke, manche Zweifel und Ängste über die Menschheit zu zerstreuen, wenn er tagaus, tagein mit dem Elend und der Einsamkeit der Opfer konfrontiert wurde. Sie war sein Gegengewicht. Sie gab ihm alles, was er brauchte, indem sie einfach sie war. Eine Gabe, die keinerlei Mühe bedurfte, weil sie war, wie sie war. Und weil jeder den anderen so gut kannte, wie das Liebende wirklich sollten.

Jack und Lisa. Sogar die Namen paßten wie bei einem Paar aus einem Kinderreim.

Und dann kam dieser Sonntag.

Wie passend, daß die Sonne an diesem Tag so strahlte. Sie waren spazierengegangen und hatten sich unterhalten, während Jamie lachend und plappernd auf Jacks Armen strampelte. Sie hatten über nichts Spezielles geredet, aber Jack hatte gespürt, wie ihn diese einzigartige, freudige und belebende Kraft durchströmte. Er konnte sie jetzt noch deutlich reden hören.

»Okay«, sagte sie, warf den Kopf zurück und schaute ihn mit einen gespielt bösen Blick an. »Du bist in einem Panda auf einer einsamen Landstraße, und direkt hinter dir ist ein Wagen, der dich verfolgt. Er ist voller Krimineller: Axtkiller, Verrückte, Kannibalen, Verbrecher sowie Immobilienmakler, alle bis auf die Zähne bewaffnet, und sie wollen dich umbringen. Ihr Auto rast mit achtzig Meilen pro Stunde hinter dir her. Was würdest du tun?«

»Neunzig fahren«, hatte er erwidert, und sie hatte ihn angeprustet, ihn beim Arm genommen und gelacht, als Jamie eine ihrer roten Strähnen packte und sie in seinem dicken Fäustchen drehte.

Und dann hatte sie sich zu ihm gedreht und gesagt: »Weißt du, was ich wirklich gerne zu Weihnachten hätte?« Er hatte sich ihr zugewandt, ihre geheimnisvoll und zugleich belustigt funkelnden Augen gesehen, das Kind höher auf die Schulter gesetzt und wollte gerade fragen, was sie sagen wollte.

Jedes Nervenende seines Körpers verkrampfte sich plötzlich, als das gräßliche, kreischende Geräusch begann. Die Intensität dieses schrillen, dämonischen Kreischens war wie ein körperlicher Angriff. Er drehte sich um und sah gerade noch, wie das Auto, außer Kontrolle geraten, den Gehsteig erklomm wie ein mechanisches Spielzeug. Wie in Traum, unfähig sich zu bewegen, sah er, daß – wer oder was auch immer diesen Wagen fuhr – *da kein Gesicht war.* In dem Bruchteil einer Sekunde, bevor der Wagen auf sie prallte, sah er nur die verschwommene weiße Maske einer Gestalt hinter dem Steuer.

Das Kreischen der Reifen wurde zu einem anderen Kreischen, als Cardiff gegen die Haube des Wagens knallte und das Kind aus seinen Armen gerissen wurde. Das Kreischen ging weiter, als Cardiff über das Autodach geschleudert wurde. Er war sich der Agonie in seinen Beinen zwar bewußt, fühlte sie aber nicht. Er wirbelte in einen schwarzen Strudel, und das Kreischen veränderte sich zum Geräusch von Krankenwagensirenen, als sein Schmerz plötzlich zu echter Agonie wurde. Er lag auf einer Bahre, Leute schrien, Lichter blitzten. Aus dem Doppelbild wurde ein Bild, und jetzt sah er das Auto wieder. Es war ein Schrotthaufen. Der Motor hatte sich in die Wand gebohrt, gebrochenes Glas übersäte den Gehsteig, und etwas Dunkles lief aus dem zertrümmerten vorderen Teil des Autos in den Gully.

Und dann hatte sein eigenes Schreien begonnen.

Wieder quietschten Reifen, gruben sich tief in Cardiffs Erinnerungen mit dergleichen entsetzlichen Wirkung. Der Schock des vertrauten Geräusches riß ihn brutal aus jener Zeit zurück. Er klammerte sich an den Vordersitz.

»Verzeihung, Sir«, sagte Evans, und Cardiffs Verstand war in die Gegenwart zurückgekehrt. Er saß in diesem Auto und fuhr durch Newcastle, um Hirngespinsten nachzujagen. Der Regen verschmierte die Windschutzscheibe, die Scheibenwischer schafften es kaum, sie freizukriegen. »Dieses verdammte Wetter. Ich hab' ihn nicht kommen sehen.« Der Wagen überquerte den Mittelstreifen in einer Fontäne von Matsch. Irgendwo blökte wütend eine Hupe.

Cardiff wischte sich den Schweiß aus dem Gesicht. Sein Herz hämmerte bis zum Hals. Er schluckte, holte tief Luft und starrte aus dem Seitenfenster, als der Wagen auf den Platz vor Fernley House einbog.

Pearce drehte sich zu seinem Spiegelbild im Seitenfenster und schüttelte den Kopf.

Total ausgebrannt, der Typ.

Etwas bewegte sich aus der Dunkelheit des Vorplatzes auf den Wagen zu, als er langsam anhielt. Die Wagen dahinter

stoppten ebenfalls. Cardiff öffnete die Tür und stieg aus, in der Erwartung, die zusammengekauerte Gestalt wäre Sergeant Lawrence.
Aber die Gestalt trug keine Polizeiuniform. Sie trug einen Wintermantel, hatte den Kragen gegen den Wind hochgeschlagen, und ihr Haar tanzte im Wind. Sie hatte einen Bart, weiß gefleckt – und Cardiff fluchte, als er endlich das Gesicht erkannt hatte.
»Abend, Mr. Cardiff«, sagte Farley Peters, Lokalreporter des *Evening Despatch.* »Scheißnacht, um Dienst zu haben, was?«
Angewidert stiegen Pearce und Cardiff aus dem Wagen.
»Evans«, sagte Cardiff.
»Ja?«
»Würden Sie Mr. Peters freundlicherweise von hier weg begleiten, bevor er im Weg ist?«
»Mit welcher Begründung?« fragte Peters wutentbrannt.
»Mit der Begründung, daß Sie eine Nervensäge sind und ich nicht möchte, daß Sie sich hier in unsere Arbeit einmischen.«
»Dann geben Sie mir doch einfach ein paar Einzelheiten, mit denen ich etwas anfangen kann. So etwas können Sie nicht lange totschweigen. In kürzester Zeit wird es hier vor Presseleuten wimmeln, auch wenn es Heiligabend ist.«
»Vor Leuten wie Ihnen, Peters? Leute, die nichts Besseres zu tun haben, als den Polizeifunk nach saftigen Geschichten abzuhören – *sogar* an Weihnachten?«
»Ach, kommen Sie, Cardiff. Sagen Sie mir bloß ...«
»Ein Spinner hat angerufen, mehr nicht. Schaffen Sie ihn aus dem Weg, Evans.«
»Sie nehmen das anscheinend sehr ernst, Cardiff. Ich meine, die vielen Bullen ...«
»Und wenn er sich wehrt, wird er wegen Behinderung der Polizei in der Ausübung ihrer Pflicht angezeigt.«
»Herzlichen Dank für nichts ...«, begann Peters, als Evans

ihn fortzerrte und Cardiff auf die Eingangstür zuging, dicht gefolgt von den anderen.
»Fröhliche Weihnachten«, murmelte Cardiff grimmig.
Eine Böe von eisigem Wind bohrte an dem Fundament des Bürohauses. Sie schnappte nach ihren Gesichtern und Händen, als Cardiff und Pearce die Tür erreichten.
Nun waren sie in der vergleichsweise warmen Empfangshalle, und der Alptraum eskalierte erneut.

20

Okay, wo ist sie?«

Ein nervöser PC Simpson öffnete die Tür hinter dem Empfangstresen und winkte mit schlaffer Hand.

»Hier durch, Sir.«

Cardiff und Pearce gingen an dem alten Mann vorbei, der zusammengesunken und ziemlich mitgenommen in dem gepolsterten Stuhl saß. Sergeant Lawrence stand neben ihm.

»Mr. Beaton?« fragte Cardiff im Vorbeigehen.

»Ja, Sir«, erwiderte Lawrence. »Er ist ein bißchen ...«

»Aufgeregt?«

»Genau.«

Cardiff ging rasch, gefolgt von den anderen, hinter den Empfangstresen. Die anderen Polizeioffiziere betraten jetzt die Empfangshalle und stöhnten über die Kälte, als Cardiff weiter durch eine Tür in das Wartezimmer dahinter ging.

»Wo?«

»Da ist so eine Art Schrankzimmer dort drüben links, Sir. Da ist sie drin ... in einem Kühlschrank«, sagte Simpson verlegen.

»Im Kühlschrank.« Cardiff und Pearce betraten den Lagerraum. Dort gab es ein Waschbecken, Regale voller Putzmaterial und Domestosflaschen. Eine Reihe von Wischern und Schrubbern stand neben einer Reihe Putzkittel stramm. Dahinter war der Kühlschrank.

»Sie haben gesagt ... irgendwo, wo's kalt ist, Sir.«

Cardiff öffnete die Kühlschranktür.

Die Hand lag auf einem Plastiktablett, umgeben von Eiswürfeln – wie ein exotisches Gericht, das ein sadistischer Meister-

koch zubereitet hatte. Sie war am Gelenk abgetrennt, dunkles Fleisch und Knorpel ragten aus der Haut. Die Finger waren nach innen gekrümmt.
Cardiff kniete sich davor und untersuchte sie, ohne sie aber zu berühren.
»Eine Hand?« fragte Pearce.
Cardiff schloß die Kühlschranktür und stand wieder auf.
»Es ist eine Hand«, erwiderte er. »Jetzt müssen wir nur noch herausfinden, wem sie gehört.«
Die Tür zum Empfang ging auf, und Sergeant Lawrence beugte sich herein.
»Dr. Craig ist hier, Boß.«
»Ja, ich hab' um ihn gebeten ...«
Ein massiger Mann in einem etwas schäbigen Mantel, mit weichem Filzhut und buntem Schal drängte sich an Lawrence vorbei in den Vorraum. Sein Gesicht war rot, aber nicht von der Kälte.
»Und hier bin ich schon. Hab' den Anruf gekriegt. Keine zwei Blocks von hier. Gleich zur *Hand*, was?«
Cardiff schnitt eine säuerliche Grimasse und zeigte nach hinten auf den Kühlschrank. »Da drin ist sie.«
»Sie haben ja eine kleine Armee da draußen, Cardiff. Alle *Hände* voll zu tun, da gibt's keinen Zweifel.«
»Verschonen Sie uns«, sagte Cardiff und ging an ihm vorbei zurück in die Empfangshalle. Craig hatte einen Beutel für Beweismaterial dabei. Geradezu fröhlich zog er ihn auf, ließ ihn auf den Boden fallen und öffnete dann die Kühlschranktür, als wollte er sich einen kleinen Imbiß holen. »Auf geht's.«
In der Empfangshalle warteten Sergeant Lawrence und die sechs uniformierten Polizisten auf ihre nächsten Anweisungen. Beaton sah erschöpft aus und schlief fast ein. Er rieb sich mit der Hand übers Gesicht. Cardiff hatte den Whisky längst gerochen und stellte sich auf eine Märchenstunde ein.

Es würde sich sicher schnell aufklären, warum Lawrence und Simpson oben spielende Plattenspieler und wirbelnde Discolichter vorgefunden hatten, obwohl doch offensichtlich alle längst nach Hause gegangen waren, um Weihnachten zu feiern oder in einer Kneipe weiterzusaufen. Vielleicht hatte Beaton sich betrunken, sich einsam gefühlt und selbst alles eingeschaltet. Aber die abgetrennte Hand konnte man nicht so einfach ignorieren.

»Okay!« sagte Cardiff. »Barry, gibt es irgendeinen Platz, wo wir Mr. Beaton anständig verhören können?«

»Da ist ein kleines Büro am Ende des Korridors«, erwiderte der Sergeant.

»Gut, Sergeant Pearce und ich übernehmen das. Es gibt drei Schlüsselträger für das Gebäude, die hätten wir gerne gesprochen. Inzwischen, Barry, möchte ich, daß Sie und PC ...«

»Simpson, Sir«, erwiderte der Constable und versuchte, den Leichenfleddererblick des Gerichtsmediziners zu vergessen und den albernen Teil seines Verstandes zu ignorieren, der ihm einreden wollte, daß der Kerl die Hand essen würde oder so was.

»Okay, von Ihnen, Simpson und den anderen Jungs möchte ich eine vorläufige Durchsuchung aller Etagen, angefangen von oben, wo die Hand gefunden wurde, mit den üblichen Formalitäten, Fotos und so weiter ... Dann arbeitet ihr euch nach unten und gebt dem Hauptquartier einen Lagebericht.«

»Ja, Boß.«

»Moment ... noch etwas. Simpson?«

»Ja, Sir.«

»Ich möchte, daß Sie alle Nummernschilder der Autos notieren, die auf dem hinteren Parkplatz stehen. Überprüfen Sie alles über Funk. So kriegen wir die Namen und Adressen der sogenannten vermißten Personen, während wir auf die Schlüsselhalter warten.«

»Ja, Sir.« Simpson eilte zur Eingangstür, während Lawrence und die anderen Offiziere zu den Aufzügen gingen. In diesem Moment tauchte Craig aus dem Vorzimmer auf.
»Sie haben wirklich ein *Händchen*, Cardiff. Interessanter kleiner Fall für einen Heiligabend.«
»Sie sind krank, Craig. Hab' ich immer schon gesagt.«
»Die einzige Möglichkeit, wie man die Polizeiarbeit überlebt. Das sollten Sie wissen.«
»Sie haben die Hand?«
»Im Täschchen, wie man so schön sagt. Männlich. Mittleren Alters, glaube ich. Schwielen an den Fingern. Kann Ihnen mehr sagen, wenn ich sie wiederkriege.«
Pearce half Beaton bereits aufzustehen, für Cardiffs Geschmack etwas zu heftig.
»Cardiff?« rief Dr. Craig.
Er drehte sich zurück zu dem Gerichtsmediziner, der Simpson hinaus in den Sturm folgte.
»*Hände* hoch!« Craig zeigte mit dem Finger auf ihn, mit abgewinkeltem Daumen wie eine Pistole.
»Krank, Craig. Einfach krank.«
Der Gerichtsmediziner verließ lachend das Gebäude, und Cardiff wandte sich wieder dem alten Säufer zu, den man ihm gerade zuführte.
»Als denn, Mr. Beaton«, sagte Pearce. »Suchen wir das Büro und setzen uns dort eine Tasse Tee auf. Danach können Sie versuchen, sich zu erinnern, wo Sie diese Leute verloren haben.«

21

Notruf. Welche Dienststelle möchten Sie bitte?«
»Die Polizei bitte ... und, ich weiß nicht ... vielleicht einen Krankenwagen ...«
»Ihren Namen und Ihre Adresse, bitte.«
»McNichol, 67 Collingwood Avenue, Jarrow. Da ist ein Mann ... o Gott ...«
»Ich verbinde.«
»Einsatzleitung. Nachtigall hier. Nachricht auf Monitor: ›Mann in Treibhaus gestürzt, wahrscheinlich tot – schicken Sie nächststationierten Panda und informieren Sie Inspektor vom Dienst im Revier Jarrow. Soll Tatort mit dem Sergeanten der Streife besichtigen.‹«

22

Miriam stand mit Paul in der Küchentür, den Tränen nahe. Diese Polizisten hatten nicht einmal ihre Schuhe abgestreift, und jetzt waren der Gang und der Wohnzimmerteppich voller Schlamm. Draußen auf der Hauptstraße kreisten die blauen Lichter der Polizeipandas, und krächzende Funkmeldungen schnitten durch das Geräusch des Regens und des nahenden Sturms. Die beiden hatten gesehen, wie die Vorhänge gegenüber sich bewegten, und das machte sie wütend und traurig. Was würden die Leute bloß denken. Und zu allem Überfluß war auch noch der Truthahn ruiniert.

Im Garten hoben Polizisten und Männer in Zivilkleidung angeknackste Glasscheiben aus der Ruine des Treibhauses. Regen funkelte auf den knallgelben Polizeiregenmänteln und Stiefeln. Abgesehen von der Gruppe Gestalten neben dem Treibhaus suchte ein weiteres halbes Dutzend Männer in wasserdichten Mänteln das durchweichte Gras des Gartens mit Taschenlampen ab. Ein Sergeant, der in der Nähe stand, unterhielt sich mit dem Polizeipathologen, der kniend untersuchte, was da unter dem Schutt lag. Der Pathologe schüttelte den Kopf.

Einer der Männer begann, mit Blitzlicht zu fotografieren, was sie da freigelegt hatten. Die grellen weißen Blitze erleuchteten sekundenlang den Garten und die Leute darin wie leise Vorboten des nahenden Gewitters. Der Sergeant und der Mann, der sich über die Leiche beugte, tauschten Worte, die im Geräusch des Windes und des Regens untergingen. Der Sergeant bewegte sich ein Stück weg, dann griff er in seinen Mantel und sprach in sein Funkgerät.

»Foxtrott vier. Lagebericht. Definitiv ein Toter. Superintendent in Jarrow muß informiert werden.«
Der leitende Offizier – die McNichols hatten den Namen des Superintendenten nicht mitgekriegt – nahm den Sergeanten am Ärmel und sagte etwas. Der Sergeant hörte sich das an und fuhr dann mit seinem Lagebericht fort. »Tatort-Team ist fast komplett. Durchsuchung folgt demnächst. Over.« Der Superintendent ging zurück zum Pathologen und bedeutete den uniformierten Männern, näher zu kommen. Sie hoben die Leiche aus dem Schutt und begannen, die Taschen zu durchsuchen.
Die McNichols beobachteten das alles von der Hintertür in den Garten aus. Paul bemerkte plötzlich, daß seine Frau zitterte. Sie waren beide naß und durchgefroren. Paul sah, wie der Sergeant sich in ihre Richtung bewegte, als er die Tür schloß. Er führte Miriam in die Küche und setzte sie an den Tisch.
»Ich mach' dir was Heißes. Tee vielleicht.«
Miriam begrub ihr Gesicht in den Händen und fing an zu weinen. Er ging schnell zu ihr und versuchte, sie zu trösten, während der Kessel auf dem Feuer zu zischen begann. Die Küchentür öffnete sich wieder, und der Sergeant kam ins Zimmer. Miriam wollte nicht, daß jemand fremdes sie weinen sah, trocknete ihre Tränen am Ärmel und riß sich zusammen.
»Alles in Ordnung, gute Frau?« fragte der Sergeant mit einem schuldbewußten Blick auf die schlammigen Fußspuren auf dem Linoleum. Seine Frau würde ihm den Kopf abreißen, wenn er sich die Füße nicht abstreifte. Der ein Meter neunzig große, knallharte Sergeant trat sich verlegen die Schuhe auf der Matte ab.
»Ja ... ja ... es ist nur alles so *furchtbar.*«
»Ich weiß, ich weiß ... aber jetzt ist es gleich vorbei.«
»Tee?« fragte Paul.

»Ja«, erwiderte der Sergeant und schaute durch das Küchenfenster in den Garten. »Danke. Nur eine Tasse.«
»Wer ist es denn? Wissen Sie's schon? Was ist passiert?« fragte Paul und goß noch eine Tasse ein.
»Wir wissen nicht, wer er ist. Aber die Sache ist sehr seltsam.«
»Seltsam?«
»Ja, Sie haben doch Ihr Treibhaus gesehen. Es ist total zertrümmert. Der Kerl, wer immer es ist, ist nicht einfach über den Zaun geflogen. Er ist gefallen. Und zwar aus einer ganz schönen Höhe. Furchtbar.«
»Von oben? Aber das versteh' ich nicht. Wie? Über uns ist doch nichts, außer er ist aus ...«
»Genau das glauben sie auch.«
»Was? Was soll das heißen?« fragte Miriam.
»Er muß aus einem Flugzeug gefallen sein oder so was. Die Leiche ist fürchterlich zugerichtet.«
»O wie entsetzlich!« Miriams Augen füllten sich erneut mit Tränen. »Warum durchsuchen denn die anderen Männer den Garten? Was suchen die denn noch?«
»Er ist nicht ... also, der Kerl in Ihrem Treibhaus, nun, er ist nicht ... komplett.«
»Fehlt etwas?«
»Sie können seine rechte Hand nicht finden.«
Miriam brach wieder in Tränen aus, während Paul den Tee eingoß.

23

»... und dann sind Ihre Polizisten gekommen«, schloß Beaton. »Das war's.«
Cardiff tauschte einen kurzen Blick mit Pearce.
»Wieviel haben Sie getrunken?«
»Hören Sie ... ich hab' mir einen Kleinen genehmigt, mehr nicht. Es ist Heiligabend.«
Beaton sah verstört in die teilnahmslosen Gesichter seiner Befrager. »Warum zum Teufel sollte ich mir so etwas ausdenken?«
»Wieviel?« wiederholte Pearce.
»Ich weiß es nicht. Vielleicht eine dreiviertel Flasche.«
»Das ist ein Haufen Fusel, Mr. Beaton«, sagte Cardiff.
»Ich sag's Ihnen doch. Ich bin hinterher aus dem Keller gekommen ... nach diesem ... Geräusch. Und sie waren alle weg.«
»Klingt nicht sehr gut, was?« sagte Pearce. »Ein Haufen Fusel. Seltsame Geräusche. Erscheinungen ...«
»Für mich hört sich das an wie Delirium tremens«, sagte Cardiff.
»Was?«
»Delirium tremens, Mr. Beaton. Das große Zittern. Rosa Elefanten und psychedelische Krokodile.«
Beaton stöhnte und hielt sich den Kopf. »Ich brauch' einen Drink.«
Cardiff stand auf. »Ich glaube, es wird Zeit, daß wir uns den Platz anschauen, von dem die komischen Geräusche gekommen sind.«

24

Licht aus der offenen Tür ergoß sich über die Treppe und hinunter in den Keller. Cardiff konnte die Boiler fast nicht erkennen. Er kippte den Lichtschalter, aber es passierte nichts.

»Es geht nicht«, sagte Beaton. »Die Birne ist kaputtgegangen, als der Lärm angefangen hat. Einen Moment ...« Der Hausmeister fingerte in der Dunkelheit an der äußeren Wand herum, bis er einen hölzernen Sockel ertastet hatte. Dort hing ein halbes Dutzend wasserdichter Taschenlampen. Er nahm eine aus der Halterung, trat vor und schwang den Strahl hin und her, damit Cardiff und Pearce die ganze Anlage sehen konnten. Nach etwa dreißig Sekunden schaltete er die Lampe aus und wandte sich zum Gehen.

»Moment mal«, sagte Cardiff und packte ihn am Arm. »Wir wollen uns da unten umschauen.«

»Da kriegen mich keine zehn Pferde runter«, sagte Beaton und entwand sich Cardiffs Griff. »Nicht nach allem, was ich durchgemacht habe. Ich geh' nicht mehr da runter in dieses Höllenloch.«

»Unsere Mechaniker haben die Boiler überprüft. Sie sind ausgeschaltet, und es besteht keinerlei Gefahr.«

»Schöne Mechaniker. Haben nicht mal 'ne neue Birne einsetzen können.«

»Mr. Beaton, ich möchte, daß Sie mit uns nach unten kommen und uns genau zeigen, wo Sie waren und was Sie getan haben, als der Lärm begann.«

»Ich hab' Ihnen doch gesagt ...«

»Sie wollen doch nicht wirklich, daß Ihr Arbeitgeber erfährt, daß Sie während Ihres Dienstes getrunken haben, oder?« sagte Pearce.

Beaton runzelte die Stirn, zögerte, dann drängte er sich an ihnen vorbei, schaltete die Taschenlampe wieder ein und stapfte die Stufen hinunter. Cardiff und Pearce folgten, ihre Schuhe knirschten auf den Splittern der explodierten Lampe.

»Wie viele gottverdammte Beweise braucht ihr denn noch?« murrte Beaton auf dem Weg nach unten. »Vorsicht bei der letzten Stufe da unten, wenn Sie sich nicht den Hals brechen wollen. Da hab' ich gekotzt. Vielleicht möchten Sie's in eine Plastiktüte kratzen und zur Analyse geben?«

»Nun seien Sie nicht so, Mr. Beaton«, sagte Cardiff. »Es wird nicht lange dauern.«

Am Fuß der Treppe nahm Cardiff ihm die Taschenlampe ab und ließ den Strahl durch den Keller schweifen. Das Licht wurde von den stumpfglänzenden Kupferboilern und Röhren reflektiert und fiel dann auf die Scherben von Beatons Whiskyflasche. Der Hausmeister sah Cardiffs Gesichtsausdruck und sagte: »Ich hab' nicht alles getrunken. Der Rest ist ausgelaufen.«

Sie gingen in die Mitte des Kellers, ihre Silhouetten zeichneten sich vor dem Licht ab, das von oben kam.

»Und Sie haben hier gesessen, als der Lärm anfing?« fragte Cardiff und zeigte mit der Taschenlampe auf den Korbstuhl, der umgestürzt neben einem der Boiler lag.

»Ja«, sagte Beaton und wischte sich nervös über den Mund. Seine Augen suchten ängstlich die krassen Schatten ab, die der Lichtstrahl warf. »Direkt da. Hab' gedacht, mir platzt das Trommelfell.« Draußen grollte wieder Donner über den Himmel, das Haus erbebte bis in die Grundfesten ... und Beaton zuckte verschreckt zusammen.

»Nur der Sturm«, sagte Pearce, ging und richtete den Stuhl auf. Er klopfte gegen den nächstgelegenen Boiler. Es hallte.

»Wenn das so weitergeht, sind wir bald eingeschneit.«
Beaton schnaubte verächtlich. »Haben Sie den menschlichen Unrat da draußen auf den Straßen gesehen? Hier bleibt nichts Weißes kleben.«
»Muß ziemlich heiß hier drunten werden, Mr. Beaton, wenn man so direkt neben dem Boiler sitzt. Das macht richtig fiebrig, nicht wahr?«
»Nein! Und ich hab' auch keine rosa Elefanten hier unten gesehen. War's das dann? Ich möchte nämlich weg von hier. Ich krieg' hier Gänsehaut.«
Etwas blitzte vor den Fenstern unter der Decke, und der Himmel grummelte erneut. Cardiff nahm an, daß die Fenster oben ebenerdig waren. Regen und Matsch rannen über die Scheiben.
»Mr. Beaton, sind Sie sicher, daß es nicht bloß Donner war, was Sie da gehört haben?« fragte Cardiff. »Vielleicht ... einen ganz lauten Donnerknall?« Cardiff trat gegen einen der Boiler. Es gab ein dumpfes, hohles Geräusch. »Komische Akustik hier unten. Könnte einen Haufen Echos ausgelöst haben. Oder es hätte sich zumindest wie Echos angehört, wenn man ein paar zuviel getrunken hat.«
»Es war *kein* Donnerknall.«
»Was dann?«
»Also wenn's nicht die Boiler waren, weiß ich verdammt noch mal auch nicht, was es war. Ich weiß nur, daß mir immer noch der Kopf davon dröhnt, und mir wär's lieber, wenn wir nicht allzulange hier unten bleiben würden, vielen Dank auch, wenn's Ihnen nichts ausmacht.«
An den Deckenfenstern flackerte es erneut auf. Zwei Sekunden später rumpelte es am Himmel. Das Geräusch war dem hohlen Dröhnen der Boiler nicht unähnlich, und dazu klirrten die Scheiben.
»Verdammt komischer Sturm«, sagte Pearce. »Scheint immer näher zu kommen, kommt aber nicht an.«

»Also gut, Mr. Beaton«, sagte Cardiff schließlich. »Ich glaube, es besteht kein weiterer Grund mehr, hier unten zu bleiben.«
Beaton war schon fast an der Treppe, ängstlich darauf bedacht, möglichst schnell hier wegzukommen, als es wieder aufblitzte und die Fenster klirrten.
»Der Sturm kommt wirklich näher ...«, sagte Cardiff.
Und dann explodierten mit ungeheurer Wucht und ohrenbetäubendem Knall die Fenster.
Beaton schrie wie am Spieß, als er auf die Treppe geschleudert wurde. Cardiff und Pearce taumelten rückwärts von der Druckwelle, die Hände vorm Gesicht. Cardiff war näher an den Fenstern gewesen und spürte, wie Glassplitter seine Finger zerschnitten. Die Taschenlampe wurde ihm aus der Hand gerissen, rollte über den Boden, und ihr Lichtstrahl ließ verrückte Schatten durch den Keller tanzen.
Regen prasselte durch die geborstenen Fenster.
»Was zur *Hölle* ...«, begann Cardiff, und dann sah er trotz der Dunkelheit die Blutflecken an seinen Händen.
»Der Blitz hat eingeschlagen!« rief Pearce, der allmählich wieder die Orientierung fand. »Muß das Gebäude getroffen haben!«
Beaton kratzte hektisch auf der Treppe herum, anscheinend hatte er etwas verloren. Er stöhnte leise. Und dann fand er sie – seine falschen Zähne. Sie waren ihm auf der Treppe herausgefallen, und Cardiff wußte nicht, ob er das komisch oder tragisch finden sollte. Wasserrinnsale vom Gehsteig plätscherten durch die Fenster.
Auf einmal hörten sie alle den Lärm. Das Geräusch war zuerst in weiter Ferne gewesen, gefolgt von dem explosiven Knall des Blitzes, aber es schwoll an. Wie eine ferne, gedämpfte Explosion. Wie der Anfang eines fernen Mörsersperrfeuers. Wie das Zuschlagen der großen Stahltür einer Gruft.

Einmal ... zweimal ... dreimal, immer lauter werdend.
Und jetzt drehte Beaton völlig durch. Jaulend wie ein verwundetes Tier, die Zähne wieder im Mund, mit den Händen über den Ohren, krabbelte er die Treppe zur offenen Tür hinauf.
Cardiff und Pearce sahen sich an. Das vierte ›Echo‹ – wenn es das war – dröhnte noch lauter. Pearce ging schnell zum nächsten Boiler und legte die Hand darauf. Der fünfte Knall dröhnte in ihren Ohren, und Beaton huschte aus dem Keller und war nicht mehr zu sehen. Pearce bestätigte durch Kopfschütteln, daß das Geräusch nicht von den Boilern kam.
Die sechste Explosion war wie eine Handgranate, die im Keller explodierte. Das Geräusch ging wie ein Messer durch ihr Trommelfell. Cardiff krümmte sich und hielt sich den Kopf. Die Druckwelle schleuderte Pearce gegen den Boiler.
»Raus hier! *Raus hier!*« brüllte Cardiff, packte Pearce am Ärmel und zerrte ihn zur Treppe.
Cardiff rutschte auf Beatons Kotze aus. Er versuchte, sein Gleichgewicht zu finden und stieß Pearce die Treppe hoch, als die siebte Detonation seine optischen Nerven erschütterte. Sie drohte, ihn von der Treppe zu werfen. Er schrie – ein wortloses Angstgebrüll – und schob Pearce mit aller Kraft nach oben. Dabei hörte er, daß auch sein Sergeant vor Schmerzen brüllte. Cardiff war sehr kräftig, er stemmte den Kollegen bis zum oberen Treppenabsatz hinauf. Pearce hielt sich am Türstock fest, drehte sich um, ergriff den nach oben taumelnden Cardiff und riß ihn durch den Türrahmen in die Empfangshalle.
Mit summenden Ohren stützte sich Cardiff an die kalten Kacheln der Wand und wartete auf den nächsten, buchstäblich ohrenbetäubenden Knall. Aber es kam hier oben im Erdgeschoß zu keinem weiteren Lärmausbruch. Er hielt sich wieder den Kopf. Da drinnen war ein klingelndes, zischendes, singendes Geräusch, genau wie jenes, das er gehört

hatte, nachdem er sich betrunken die Kopfhörer aufgesetzt und die Lautstärke voll aufgedreht hatte, um seinen Kummer zu ertränken. Pearce war zu den Aufzügen direkt gegenüber gestolpert und litt anscheinend unter den gleichen Nebeneffekten. Von Beaton keine Spur.

Cardiff ging zurück zur Kellertür und schaute nach unten. Der Regen prasselte immer noch zischend in den Raum. Die Taschenlampe war unter einem der Boiler liegengeblieben, der Strahl schuf ein surreales Spiel von Licht und Schatten. Aber der Lärm hatte aufgehört.

Irgendwo stöhnte Donner über den Himmel. Aber die ohrenbetäubenden Explosionen hatten aufgehört.

»Ein paar Drinks zuviel erwischt, Pearce?« fragte Cardiff.

»Nein.« Pearce kam zu ihm an die Tür.

»Glauben Sie, das waren bloß Echos?«

»Keinesfalls.«

»Dann glaube ich, daß wir gerade das komische Geräusch gehört haben, das auch Beaton gehört hat.«

Hinter ihnen raschelte etwas, und als sie sich vom Keller abwandten sahen sie, wie Beaton auf allen vieren hinter der Ecke des Empfangstresens auftauchte. Er stand auf, lehnte sich gegen die Wand und hustete ein bellendes Husten, entsetzlich anzuhören. Er stützte sich gegen die Wand und stolperte auf sie zu.

»Ihr Schweine! Ich hab' euch von dem Geräusch erzählt ... aber ihr habt gedacht, ich wär bloß besoffen, was? Also, eins sag' ich euch ... ich sag' euch ... zu meiner Zeit auf hoher See, da hätte ich jeden fertiggemacht, der mich einen Lügner genannt hätte ... total fertig ...«

Beaton stieß sich von der Wand ab und machte einen halbherzigen Versuch, sie zu betasten, aber die Schwerkraft holte ihn ein; er ging kopfüber zu Boden. Pearce, der ihm am nächsten stand, gelang es, ihm an beiden rudernden Armen aufzufangen. Cardiff half ihm, den alten Mann vor in die eigentliche Empfangshalle zu bringen. Er warf noch einen kurzen Blick zurück zur Kellertür. Aber es war nichts zu hören, außer dem Zischen und Pladdern des Regens und dem Donnergrollen am Himmel. Sie manövrierten Beaton in den Stuhl zurück, in dem Cardiff ihn zuerst gesehen hatte. Beaton schien dankbar dafür zu sein und hielt sich wieder wie am Anfang den Kopf.

»Sir.«

Cardiff hob den Kopf und sah PC Simpson an der Eingangstür stehen, Regen funkelte auf seinem wasserdichten Mantel.

»Sergeant Lawrence ist draußen, Sir. Er mußte die anderen allein lassen. Er hat versucht, einen Lagebericht durchzugeben, aber sein Funkgerät hat oben nicht funktioniert. Also ist er schnell raus und will es über den Autofunk versuchen. Aber die statischen Störungen sind immer noch zu groß, also können wir nicht ...« Jetzt merkte Simpson, daß etwas passiert war, und hielt den Mund.

»Lawrence ist draußen?« fragte Cardiff barsch.

»Und macht einen Lagebericht, wie Sie angeordnet haben, Sir.«

»Sagen Sie ihm, er soll sofort hierherkommen.«

Simpson drehte sich zur offenen Tür und rief nach Lawrence. Er hatte anscheinend immer noch nicht realisiert, was passiert war. Ein kalter Winterwind jagte Regengischt in die Empfangshalle.

»Haben Sie es gehört?« fragte Pearce, als der Constable sich wieder zu ihnen gesellte.

»Was gehört, Sir?« fragte Simpson.

»Ich hatte befürchtet, daß Sie das sagen«, sagte Pearce.

»Wollen Sie damit sagen, Sie haben *überhaupt* nichts gehört?« warf Cardiff ein. Beaton hing jetzt stöhnend im Sessel. Das kalkweiße Gesicht des Hausmeisters gefiel ihm gar nicht.

»Nichts, Sir ... abgesehen von einem Blitzschlag. Ein ziemlich lauter.«

»Laut genug, um die Kellerfenster rauszupusten, ohne daß Sie es gemerkt haben«, sagte Cardiff ungeduldig und lockerte Beaton den Kragen. »Aber sonst nichts? Sie haben keine anderen lauten Geräusche gehört – beispielsweise Explosionen?«

»Nein, Sir«, erwiderte der inzwischen völlig verwirrte Simpson, als Lawrence wieder durch die Eingangstür kam. »Ich hab' sonst nichts gehört. Wir können die Kellerfenster nicht sehen. Sie sind verdeckt. Implodiert, sagen Sie?«

»Und wie. Barry ... Sind Sie durchgekommen?«

»Ja, Boß. Aber ziemlich schlechter Empfang. Muß am Sturm liegen.«

»Wir brauchen noch einen Lagebericht«, sagte Cardiff. »Wo zum Teufel bleibt der Sanka für Beaton?«

Lawrence griff automatisch nach seinem Funkgerät, dann fiel ihm ein, daß er es wegen der Störungen nicht benutzen konnte. Fluchend ging er wieder hinaus in den Regen.

»Pearce«, sagte Cardiff. »Ich möchte, daß Sie die Jungs, die die oberen Stockwerke durchsuchen, zurückrufen. Ich möchte wissen, ob sie etwas gehört haben.«

Pearce nickte und ging in Richtung Aufzüge. Der Constable folgte ihm.

»Total fertiggemacht ...«, murmelte Beaton, als Cardiff versuchte, ihn daran zu hindern, aus dem Stuhl zu rutschen.

»Ja, ich weiß«, sagte Cardiff. Seine Ohren dröhnten immer noch von dem Geräusch, das keiner gehört hatte.

Du bist nicht der einzige, der hier schwimmt, dachte er. *Was zum Teufel geht hier vor?*

25

Farley Peters, Kolumnist, Interviewer, Besitzer eines Decknamens und Romancier in spe, war gerade drauf und dran gewesen, diese lächerliche Wache am Bürohaus aufzugeben, als mit einemmal interessante Dinge passierten.

An Heiligabend nichts Besseres zu tun, hatte Cardiff gesagt und recht gehabt. Peters hatte mit halbem Ohr den Polizeifunk über das Kurzwellenradio abgehört, das er zu diesem Zweck im Büro stehen hatte. Es war eine praktische Methode, an spektakuläre Geschichten ranzukommen und Leute an die Front zu bringen. Der heutige langweilige Heiligabend hatte ihm eine *wirklich* saftige beschert.

Irgendein total verängstigter Hausmeister mit einer Wahnsinnsgeschichte, daß ein ganzes Bürohaus voller Leute verschwunden wäre. Das Szenario war verrückt genug. Vielleicht war es aber doch nur die Einbildung irgendeines besoffenen alten Penners oder ein schlechter Scherz. Aber etwas an dem Bericht, etwas an seiner bizarren Natur, hatte Peters aufhorchen lassen. Vielleicht war doch was dran an dieser Geschichte. Die meisten von Peters' Kollegen waren augenblicklich in der Kneipe, die anderen arbeiteten Schicht. Wenn das tatsächlich eine heiße Story war, er mußte über den klischeehaften Ausdruck lächeln, dann würde er sie haben.

Er war kaum zwei oder drei Minuten an dem Bürohaus gewesen und hatte sich zum Schutz vor dem Sturm hinter der Arbeiterhütte auf dem Parkplatz vor dem Gebäude verschanzt, als der erste Panda eintraf. Der alte Mann war ihnen aus dem Haus entgegengelaufen. Durch die regenver-

schmierten Fenster hatte Peters nicht sehen können, was drinnen vorging, nur, daß der alte Mann, wahrscheinlich der Hausmeister, der den Anruf von der Telefonzelle am Eingang zum Parkplatz gemacht hatte, sehr aufgeregt war.
Peters suchte alle vierzehn Stockwerke nach Anzeichen von Bewegung ab. In den meisten Etagen brannte Licht, aber sonst war gar nichts zu sehen.
Der Sturm war immer heftiger geworden, und die Kälte der Winternacht und der beißend kalte Regen auf Peters' Gesicht hatten ihn nach einer weiteren Stunde überzeugt, daß er hier wirklich seine Zeit verschwendete. Er war wohl nicht ganz dicht. Ein fünfundvierzigjähriger Profi mit Frau und drei Kindern zu Hause, die aufgeregt auf Heiligabend warteten; er aber stand hier, stand auf einem Scheißparkplatz im eisigen Regen, während seine Kumpel in ihrer Stammkneipe einen draufmachten. Er hatte weiter versucht, etwas über sein Kurzwellenradio aufzufangen, aber die Störungen waren immer schlimmer geworden, ein wirres Krachen, das sicher der Sturm ausgelöst hatte. Er hatte verzweifelt versucht, sich einzuklinken, als der Sergeant aus dem Haus gekommen war und in einem der Streifenwagen einen Lagebericht durchgegeben hatte. Aber sein Radio war kein so fortschrittliches Gerät wie das Polizeimodell, und die Bruchteile von Wörtern, die er aufgeschnappt hatte, hatten ihm nicht viel weitergeholfen. Er verfluchte den Wind, die Worte wurden ihm von den Lippen gerissen.
Vielleicht war's an der Zeit, einzupacken.
Zwanzig Minuten später machte er sich auf den Weg zum Parkplatzeingang.
Und alles wegen – sein Lachen hatte einen Unterton von Bitterkeit und Selbstverachtung – dieser sogenannten heißen Story.
Dann war der Wagen der Spurensicherung in einer Fontäne von Dreckwasser vorgefahren, und Peters' Selbstverachtung

verflog in Sekundenschnelle. Er rannte zurück zur Arbeiterhütte. Vier Männer in gelben Regenmänteln mit irgendwelchen Geräten waren in die Empfangshalle geeilt.
Vielleicht passierte da doch etwas.
Peters' neu aufgekommener Enthusiasmus und die Selbstbestätigung erhielten neuen Zündstoff, als weitere Pandas mit Offizieren unter dem grollenden Himmel angekommen waren.
Als er Cardiff erkannte, hatte Peters sein Versteck verlassen und seinen Vorstoß gewagt – aber der Dank für seine Mühe war die Androhung, ihn verhaften zu lassen. Er kannte Cardiff schon seit ewigen Zeiten. Er war ein eisenhartes Arschloch, und seine Drohungen waren ganz bestimmt keine leeren Worte.
Aber alle Vermutungen Peters' hatten sich bestätigt.
Da war etwas *Großes* im Gange, und er wußte, daß inzwischen alle anderen mit vagem Interesse am Polizeifunk – er allein kannte mindestens ein halbes Dutzend Plätze, an denen auch mitgehört wurde – höchst interessiert die weiteren Meldungen verfolgt hatten, die durchgegeben worden waren.
Die Polizei war viel zu beschäftigt, um sich für ihn zu interessieren, nachdem sie ihn verjagt hatten. Sobald sie in der Empfangshalle verschwunden waren, hatte er sich über die Straße zurückgeschlichen und seinen Posten hinter der Arbeiterhütte wieder eingenommen.
Von dort aus hatte er die Ankunft des Gerichtsmediziners verfolgt und hätte nur zu gerne gewußt, was der Mann mitgenommen hatte. Das atmosphärische Knistern seines Radios war so heftig, daß er nicht einmal mehr Wortfetzen empfangen konnte – da war nur das elektrische Zischen, das ihn fast zum Wahnsinn trieb. Peters wischte sich das Wasser aus dem Gesicht. Er sah, wie die Polizei in der Empfangshalle zu den Aufzügen ging, und wußte, daß eine Durchsuchung

im Gange war. Er eilte gebückt weiter vor, versteckte sich hinter einem Auto.
Autos?
Er drehte sich um. Es waren etwa dreißig oder vierzig Autos auf dem Parkplatz, die wahrscheinlich den Leuten im Bürohaus gehörten. Er wandte sich wieder dem Bürohaus zu.
Alle verschwunden? Wohin denn nur, verdammt noch mal?
Auf einmal wurde Peters klar, daß sein Beobachtungsposten in kürzester Zeit gefährdet sein würde. Es war nur eine Frage der Zeit, bevor die Polizei anfing, die Nummernschilder der Wagen auf dem Parkplatz zu überprüfen. Dadurch könnten sie die vermißten Personen identifizieren.
Er wartete ab und beobachtete das Bürohaus, bereit, sofort den Standort zu wechseln. Ein Police Constable kam heraus auf den Gehsteig und ging zu einem der Pandas.
Über seinem Kopf knallte ein entsetzlicher Donnerschlag. Der Himmel war für den Bruchteil einer Sekunde blauweiß erleuchtet, und Peters erschien es, als würde die Erde unter ihm erbeben.
Das war verdammt knapp gewesen!
Peters wußte, es galt jetzt oder nie.
Er rannte aus seinem Versteck hinter dem Wagen direkt in den beißenden Wind und den peitschenden Regen, ohne den Constable eine Sekunde aus den Augen zu lassen.
Bis auf die Haut durchnäßt, sprintete er über den Vorplatz des Parkplatzes zur anderen Seite des Gebäudes. Die Baufirma hatte im Sommer dort den Garten angelegt, und junge Setzlinge in Drahtkäfigen peitschten im Wind.
Im Schatten des Bürohauses fand Peters den Hintereingang zum Gebäude, wo die schweren Laster ihre Lieferungen abluden.
Er kletterte über eine niedrige Ziegelmauer, fluchend über seine schlechte Kondition, und lief um einen Außengenerator herum.

Auf der Servicetür des Bürohauses stand »Nur für Personal«, und Peters überlegte, ob die Hintertüren wohl alarmgesichert waren. Er zog die Dietriche heraus, die er für solche Zwecke immer bei sich hatte, und beim vierten Versuch hatte er den richtigen gefunden.
Die Servicetür klickte auf. Dahinter war nur Dunkelheit.
Aufgeregt wie noch nie trat er ein und schloß die Tür hinter sich. Es gab so viele Fragen.
Peters tastete sich in der Finsternis auf der Suche nach einem Lichtschalter die Wand entlang und fragte sich, was das Suchteam der Polizei wohl gefunden hatte.

26

Funk?« fragte Cardiff, als Sergeant Lawrence triefend naß wieder zur Tür hereinkam.

»Sense, Boß. Nur die verdammten Störungen. Wie geht's Beaton?«

»Nicht gut.« Cardiff prüfte noch einmal den Puls des Hausmeisters. Er röchelte beim Atmen. »Hören Sie, Barry. Ich hab' keine Ahnung, wo Pearce und Simpson so lange bleiben. Aber ich glaube, Beaton kann nicht warten. Ich möchte, daß Sie ihn jetzt ins Krankenhaus fahren. Dann möchte ich, daß Sie ...«

Die Aufzugstüren öffneten sich mit leisem Ping.

Pearce und Simpson traten aus der Kabine.

»Eine Sekunde, Barry. Sind Sie das, Pearce?«

Der Detective Sergeant und der Constable bogen vom Gang in den Hauptteil der Halle, als Cardiff den Ausdruck auf beiden Gesichtern sah: eine unverständliche Mischung von Zweifel, Scham und schlichter Verwirrung.

»Was ist passiert?«

Simpson wandte sich Pearce zu, überließ dem Ranghöheren den Versuch, etwas Licht in die Ereignisse der heutigen Nacht zu bringen.

»Die anderen«, sagte Pearce. »Die anderen, die die Stockwerke durchsucht haben.«

»Los, raus damit. Was haben sie gefunden?«

»Ja, also, ja ... *sie* haben nichts gefunden. Es ist nur ...«

»Was?«

»Wir können *sie* nicht finden, Sir. Sie sind alle verschwunden. Wir können sie nirgendwo im Haus finden.«

Donner grollte wieder über den Himmel, und die Glasscheiben der Empfangshalle klirrten.
»Sie sind verschwunden«, fuhr Pearce fort. »Sie sind, verdammt noch mal, einfach in der Täfelung verschwunden.«
Cardiff musterte wutentbrannt die Gesichter von Pearce und Simpson. Allmählich legte sich aber die Wut, und er spürte das überwältigende Gefühl, das sie ihm vermittelte: Angst. Er unterdrückte gewaltsam das Verkrampfen in seinem Magen und wandte sich wieder an Sergeant Lawrence.
»Barry. Ich möchte, daß Sie und Simpson Mr. Beaton ins Krankenhaus schaffen. Pearce, die Funkgeräte funktionieren hier nicht. Wir geh'n zurück ins Hauptquartier. Im Eiltempo. Ich brauche ein volles Einsatzteam. Dringend. Und ich will ein zweites Team, das eine Durchsuchung unter Beaufsichtigung durchführt. Das Bürohaus muß abgeriegelt, unter Bewachung gestellt und patrouilliert werden. Simpson, wie weit sind Sie mit den Nummernschildern gekommen?«
»Nicht sehr weit«, sagte der Constable.
»In Ordnung. Das spielt jetzt keine Rolle, bis wir zurück sind. Dann möchte ich aber, daß die Nummernschilder auf dem Parkplatz identifiziert werden, auch, daß die Männer aus dem Labor hier erscheinen. Und zwar pronto.«
Der nervöse Lawrence und der ebenso nervöse Simpson halfen Beaton beim Aufstehen. Sie gingen in Richtung Eingangstür, und einen beängstigenden, irrwitzigen Augenblick lang war Simpson überzeugt, daß die Türen verschlossen sein würden, daß sie das Bürohaus nicht verlassen könnten. Sie würden in diesem gottverlassenen Haus eingesperrt sein, bis, was immer den Büroangestellten – und dem Suchteam der Polizei – passiert war, auch ihnen passieren würde. Sein Magen drehte sich vor Angst um, als die Tür sich tatsächlich nicht öffnen ließ.
Aber es war nur die Macht des Sturms und des Regens, die

sie zuhielt. Sekunden später waren sie draußen auf dem Gehsteig und gingen mit Beaton, der wie ein Mehlsack zwischen ihnen hing, zu dem Panda-Streifenwagen.
Cardiff wechselte einen Blick mit Pearce, als er die leeren Pandawagen sah, die gegenüber parkten, und dann waren auch sie draußen im Sturm und eilten zu ihrem Auto. Nachdem sie eingestiegen waren, griff Cardiff nach dem Zündschlüssel, hielt inne und sah Pearce an.
Pearce wußte, wie die unausgesprochene Frage lauten würde, und erwiderte:
»Verschwunden, Boß. Wenn ich's Ihnen doch sage – sie sind einfach nicht mehr da.«
Die Täfelung, dachte Cardiff.
Beide Wagen entfernten sich vom Bürohaus.
Aus irgendeinem Grund war es Cardiff nicht möglich, ein gräßliches Bild aus seinem Bewußtsein zu verdrängen, ein Bild, das ihn Tag und Nacht verfolgte, seit der Tragödie, die ihm Lisa und Jamie entrissen hatte. Es war das Bild des Fahrers dieses Autos. Das Bild dieses schrecklich *leeren* Gesichts, das keine Gesichtszüge, keine Augen, keinen Mund hatte, eine leere Fleischmaske war. Die Polizei hatte den Fahrer nie gefunden. Das Auto war einige Stunden zuvor an diesem furchtbaren Junitag gestohlen worden, wahrscheinlich für eine »Spritztour«. Seither verfolgte Cardiff das, was er gesehen hatte – oder was er glaubte, »nicht« gesehen zu haben. Das Gesicht schien jetzt plötzlich aus ihm unerklärlichen Gründen von besonderer Bedeutung zu sein. Er versuchte, es aus seinem Verstand zu schütteln, als Lawrences Panda in die Hauptstraße einbog und hinter einem zischenden Regenvorhang verschwand.
Cardiffs gespenstisches Spiegelbild im Seitenfenster schien ihn obszön anzugrinsen. Er schüttelte das Gefühl ab, daß sich dieses Spiegelbild in das gräßliche Nichtgesicht verwandeln würde, wenn er noch länger hinsah, und wandte sich

Pearce zu, der auf dem Fahrersitz saß und Lawrences Panda folgte.

Vorhin saß Evans auf dem Fahrersitz. Jetzt ist er weg. Verschwunden wie die anderen. Was zum Teufel geht hier vor?

Ein plötzlicher Impuls ließ Cardiff nach dem Funkgerät greifen.

Auf der Schnellstraße in Richtung Stadtzentrum erwachte der Funk in Sergeant Lawrences Panda mit viel Getöse und Geknister wieder zum Leben.

»Panda neun an Panda vier.«

Lawrence schnappte sich das Telefon. »Panda vier, bitte kommen.«

»Cardiff hier, Barry. Direkt hinter Ihnen. Kaum sind wir von dem Bürohaus weg, geht das verdammte Radio wieder. Empfangen Sie mich? Over.«

»Laut und deutlich, Boß. Der Sturm muß direkt über uns gewesen sein oder so was. Over«

»Hören Sie, Barry. Schaffen Sie Beaton so schnell es geht ins Krankenhaus. Wir fahren zurück ins Hauptquartier. Dort werden wir alles für einen anständigen Einsatz im Fernley House arrangieren. Nach allem, was passiert ist, möchte ich das Haus nicht unbewacht lassen, also werde ich es abriegeln lassen. Dann werden wir wieder reingehen und herausfinden, was zum Teufel da vorgeht. Verstanden? Over.«

»Alles verstanden, Panda neun. Jack? Was zur Hölle geht da bloß vor? Over.«

Cardiff zog es vor, die Frage zu ignorieren, aber seine nächsten Worte verwirrten Pearce total.

»Erinnern Sie sich an Jimmy Devlin, Barry? Schmalspurgangster. Hat zwei Jahre für Überfall auf einen Juwelierladen im Einkaufszentrum abgesessen. Er ist jetzt wieder draußen, glaube ich. Over.«

»Devlin? Klar kenn' ich den. Harte Nuß. Sergeant Pearce hat ihn damals wegen der Sache verhaftet. Over.«

»Und Pearce und ich haben dafür gesorgt, daß er hinter Gitter geht. Glauben Sie, Sie könnten ihn für mich finden, wenn Sie Beaton ins Krankenhaus gebracht haben und mit Ihrem Bericht fertig sind?«
»Ja, ich denke schon. Ich kenn' unseren Jimmy ziemlich gut. Ich glaube, ich weiß, in welchem Pub er sich heute abend einen genehmigt. Over.«
»Gut. Wenn Sie ihn haben, möchte ich, daß Sie ihn ins Fernley House bringen. Ich möchte mit ihm reden. Over.«
»Welche Anklage? Over.«
»Keine Anklage, Barry.«
»Dann wird er nicht kommen, Boß. So einfach ist das. Over.«
»Es ist sehr wichtig, daß ich mit ihm rede. Over.«
»Okay, Boß. Überlassen Sie das nur mir. Over und out.«
Die beiden Wagen trennten sich an einer Kreuzung. Nach einer Weile wandte Pearce sich an Cardiff.
»Devlin?« fragte er.
Cardiff gab keine Antwort.

27

Peters war schon seit Jahren, seit er zum professionellen Zyniker geworden war, nicht mehr so aufgeregt gewesen. Trotzdem kam er sich ziemlich dämlich vor, als er jetzt in der Dunkelheit den schmalen Gang entlangtastete.

Er kam zu einer Tür und war überzeugt, daß da irgendwo ein Lichtschalter sein mußte. Ein Riesenschreck durchfuhr plötzlich seinen Körper, als er gegen etwas stieß, das mit einem metallischen Klappern zu Boden fiel. Peters hielt für einen Moment die Luft an. Sicher hatte jemand das Geräusch gehört und würde nachschauen kommen. Langsam atmete er wieder aus, sein Herz klopfte bis zum Hals. Wessen würde ihn die Polizei anklagen? Hausfriedensbruch? Wahrscheinlich. Cardiff würde ihn sicher nicht laufenlassen, nachdem er ihn schon einmal verwarnt hatte. Als Peters vor kurzem an einem Tatort aufgetaucht war, hatte der Bastard doch tatsächlich versucht, ihm Behinderung der Polizei in der Ausführung ihrer Pflicht vorzuwerfen. Entschuldigungen, Ausreden und schlichtes Betteln schossen Peters durch den Kopf, und erst nach einigen Minuten dämmerte ihm: Da kam gar keiner. Man konnte ihn offensichtlich nicht hören. Mit einem Seufzer der Erleichterung stellte er fest, daß er sich in einer Putzkammer befand. Er tastete sich weiter und stieß an einen Türgriff, rüttelte, aber die Tür war verschlossen. Er arbeitete sich weiter vor. Da, noch eine Tür, aber auch die war versperrt. Halblaut fluchend kam er schließlich an eine dritte Tür. Die war nicht abgesperrt, und als er sie vorsichtig einen Spalt öffnete, war auch dahinter kein Lichtschimmer zu sehen. Endlich fand er einen Schalter und drückte ihn herunter.

Vor ihm lag ein Lagerraum mit einem Stapel Kartons voller Putz- und Waschmittel. Er schaute kurz zurück und stellte mit Erstaunen fest, daß er kaum zehn Meter von der Ausgangstür entfernt war. In der Dunkelheit war es ihm viel weiter vorgekommen. Auf dem Boden standen drei große Farbeimer, die er umgeworfen hatte. Aber sie waren zum Glück versiegelt.
Peters eilte den Korridor zurück, holte die Farbeimer, stellte sie vor er die Tür, schlich bis zum Ende des Korridors und blieb lauschend stehen. Es gab keine Anzeichen von Bewegung oder Stimmen auf der anderen Seite.
Vorsichtig öffnete er die Tür und sah nur gekachelte Wände und den gekachelten Boden. Er schob die Tür ein Stück weiter auf. Vor ihm lag der Hauptkorridor, der vom Empfangsbereich wegführte. Es war der Korridor, den er von der Arbeiterhütte aus beobachtet hatte. Er konnte zwar den Empfangstresen sehen, sonst niemanden. Waren sie *alle* oben bei der Durchsuchung?
Verdammt!
Es wäre viel besser für ihn gewesen, wenn er sich hätte hier verschanzen können, um sie zu belauschen. Er brauchte nur einen reißerischen Aufmacher, dann wäre er den gleichen Weg zurückgeschlichen und abgehauen, bevor irgend jemand etwas gemerkt hätte. Jetzt aber mußte er ihnen nachspionieren.
Peters schob behutsam die Tür auf, trat hinaus auf den Korridor, schloß vorsichtig die Tür hinter sich und horchte wieder.
Nichts.
Zu seiner Rechten konnte er die beiden Aufzüge sehen. Ihnen gegenüber waren zwei Türen. Auf einer stand »Keller«, auf der anderen »Nur für Personal«. Peters schlich den Korridor entlang, als er plötzlich rechts von sich eine Bewegung aus dem Augenwinkel sah und erstarrte. Doch es war nur sein Spiegelbild in den Empfangsfenstern.

Schnell hatte er die Tür zum Treppenhaus erreicht, das Beaton vor nicht allzulanger Zeit hochgestiegen war. Er öffnete sie leise, ließ sie behutsam ins Schloß fallen und lauschte. Draußen rumpelte der Donner, im Treppenhaus konnte er jedoch nur das Zischen und Prasseln des Regens gegen ein Oberlicht hören.

Das ist zum Verrücktwerden! Hier entdecken die mich todsicher.

Peters blieb im Schatten und überlegte seinen nächsten Schritt. Die Treppe hoch? Auf das erste Geräusch warten? Was, wenn ...?

Ach, scheiß drauf!

Es war doch wirklich lächerlich. Er war schließlich der Autor einer beliebten und angesehenen Zeitungskolumne und verfügte über ein respektables Einkommen. Er war Farley Peters, nun ja, nicht wirklich, es war nicht sein *richtiger* Name – aber Dick Tracy war er ganz bestimmt nicht.

Er hatte sich schon fast entschlossen, wieder den Rückzug anzutreten und sich davonzumachen, als er das Geräusch hörte.

Er blieb mit der Hand an der Türklinke stehen und horchte wieder.

Über sich röhrte der Sturm, der seine Wut in den Wolken austobte.

Aber hatte sich das nicht ...

Hilfe ... bitte ...

... wie eine Stimme angehört? Eine flüsternde, gepeinigte Stimme, die leise durchs Treppenhaus hallte?

Bitte ... gütiger Gott ... bitte ...

Es *war* eine Stimme.

Peters ging zurück zum Fuß des Treppenhauses. Die Stimme flüsterte zwar, hatte aber eine seltsame Kraft – es war die Stimme eines Menschen in Agonie.

HELFT MIR!

Der plötzliche laute, gepeinigte Schmerzensschrei ließ Pe-

ters schockiert stehenbleiben. Das Echo des ersterbenden Hilferufes hallte durch das Treppenhaus. Peters vergaß alle Vorsicht und hastete die Treppe hoch. Grundanständig und längst nicht als der egoistische Pessimist, für den er sich gerne hielt, rief Peters:
»Wo sind Sie? Sagen Sie's mir!«
Seine eigene Stimme klang irgendwie platt und tot, ganz anders als die akustischen Effekte des Schmerzensschreis, den er gerade gehört hatte.
Mein Gott ... ich bin hier ... hier ... HIER!
Die Stimme kam von irgendwo oben. Vielleicht aus dem dritten oder vierten Stock.
»Halten Sie durch! Ich komme ...« Peters hastete keuchend die Treppe hoch. Ihm blieb gar keine Zeit, darüber nachzudenken, was da passieren könnte oder ob da was faul war.
Bitte, o bitte! Ich halt's nicht aus ...
Peters blieb nur kurz stehen. Das war doch eine andere Stimme gewesen. Die erste hatte einem Mann gehört, aber diese gehörte einer Frau. Sie hatte die gleiche seltsame, flüsternde Qualität, aus ihr klang ebenfalls Agonie. Peters war inzwischen im vierten Stock angelangt. Auf dem Treppenabsatz war zwar keiner zu sehen, aber er war sich sicher, daß die Stimmen von hier gekommen waren.
»Wo ...?«
ES TUT WEH! O MEIN GOTT; ES TUT MIR WEEEEH!
Auf einmal schien diese schrecklich gepeinigte Stimme nicht nur über ihm, sondern auch unter ihm zu sein. Peters erfaßte Grauen, stürzte zum Geländer und schaute nach unten. Weder über noch unter ihm war etwas zu sehen.
Hiiiillllfeeee ...
Diesmal kam die Stimme des Mannes durch die Treppenhaustür zum vierten Stock. Er lief hin und riß sie auf. Es war niemand im Gang zu sehen. Peters stieß die Tür zum Bürotrakt auf und schaute einen abgedunkelten Korridor hinun-

ter, mit Büros zu beiden Seiten. Er war sich jetzt ganz sicher, daß die Rufe von hier gekommen waren.
... *biiiitteee* ..., flehte die Frauenstimme. Sie kam vom Ende des Korridors. Für Peters bestand kein Zweifel, daß die Frau im Sterben lag.
»Warten Sie! Halten Sie durch! Ich will Ihnen helfen.«
Peters lief den Korridor entlang. Sein Spiegelbild folgte ihm links und rechts in den mit Glas abgeteilten Wänden.
Ich will nicht hier sein! flehte die Stimme des Mannes. Er war offensichtlich da unten bei der Frau.
»Warten Sie!«
Jetzt sah Peters, wie sich etwas im Schatten am Ende des Korridors bewegte. Da kauerte doch jemand an der Wand, eine seltsam gekrümmte Gestalt.
Mitten im Lauf blieb er abrupt stehen. Irgend etwas war da faul.
Er konnte sich nicht bewegen, konnte nicht atmen, als der an der Wand kauernde Schatten ihm sein Gesicht zudrehte ... und sein Lächeln des Irrsinns lächelte.
Als es aus den Schatten nach ihm griff, fand Peters endlich die Kraft, wegzulaufen. Wie blind prallte er gegen die Trennwände und glaubte, wieder flehende Schmerzensschreie zu hören; dann wurde ihm klar, daß es seine eigene Stimme war.
Peters hastete durch die Tür am Ende des Korridors, hinauf in den vierten Stock, griff nach der Treppenhaustür, zog dann aber erschrocken die Hand zurück. Nein, dahinein wollte er ganz bestimmt nicht mehr. Denn inzwischen war ihm klar geworden, daß es mehr als eines von den schrecklichen Dingern gab, wie er eben eines gefunden hatte. Und daß die anderen wahrscheinlich jetzt im Treppenhaus auf ihn warteten.
Etwas machte *Ping!* Peters drehte sich um und sah, daß sich eine der Aufzugstüren geöffnet hatte. Keuchend stürzte er quer durch den Vorraum und warf sich mit solcher Wucht in

die Kabine, daß sie ins Wackeln geriet. Er schlug mit beiden Händen auf den Knopf für das Erdgeschoß, den Blick immer noch starr auf den Vorraum gerichtet.
Wimmernd hämmerte Peters immer und immer wieder auf den Knopf.
Endlich glitten die Türen langsam zu, der Aufzug begann seine Fahrt nach unten. Peters preßte sich gegen die Wand und beobachtete, wie die Kontrollichter von vier auf drei sprangen, auf zwei, auf ...
Plötzlich hielt der Aufzug mit einem Ruck zwischen den Stockwerken.
Peters fing an, heiser um Hilfe zu schreien. Wenn der Aufzug sich jetzt wieder nach oben in Bewegung setzte, würde er dem Wahnsinn verfallen. Wie besessen hämmerte er gegen die Aufzugstüren.
Das Licht im Aufzug erlosch.
Schluchzend tastete sich Peters die Aufzugswand entlang. Wenn es der gleiche Aufzug war wie der in seinem Verlagshaus, dann gab es direkt über den Liftknöpfen ein Metallpaneel. Hinter diesem befanden sich eine Notbeleuchtung, ein Telefon und ein Alarmknopf. Er tastete sich dahin, wo er das Paneel vermutete.
Und in der Dunkelheit legten sich seine Hände plötzlich auf ein Gesicht.
Ein Gesicht, das fast eins mit der Wand war.
Du hast mich gefunden, sagte es mit einer feucht krächzenden Stimme. *Gott sei Dank hast du mich gefunden.*
Peters schrie wie am Spieß und versuchte, sich loszureißen, aber der Eigentümer der Stimme hatte ihn irgendwie an beiden Handgelenken gepackt mit Händen, die hart wie Beton waren, die ihn wie Handschellen umklammerten.
Komm zu uns, sagte das Gesicht und begann, ihn an sich zu ziehen.
Peters trat um sich, konnte sich aber nicht losreißen.

Und dann realisierte er in verzweifelter Angst, daß das Ding in der Aufzugswand ihn küssen wollte. Es würde ihn festhalten, bis zum nächsten Blitzeinschlag. Weil er nur beim nächsten Blitzschlag eins mit ihnen werden konnte.

Viel später setzte sich der Aufzug in Bewegung und fuhr zum Erdgeschoß.

Das Kontrollicht in der Wand über dem Aufzug machte *Ping*, und die Tür öffnete sich.

Der Aufzug war leer.

28

Noch einen«, sagte Jimmy Devlin. »Und dann geh' ich heim.«

Der Barmann lachte und nahm Jimmys Glas vom biergetränkten Tresen. Er klopfte mit dem Glas auf seine Armbanduhr und hielt sie ihm unter die Nase. »Weißt du noch, was du gesagt hast? Du hast gesagt, du mußt um sechs zu Hause sein, und ich würde es bereuen, wenn ich dich nicht daran erinnere.«

Die drei anderen Männer an der Bar fingen an zu lachen; ein bißchen zu laut, schließlich hatte jeder sechs große Bier getrunken. Jimmy grinste und fuhr sich mit der Hand durch sein kurzgeschorenes dunkles Haar.

»Nur eins. Mach schon, Frank.«

Der Barmann begann kopfschüttelnd die Gläser zu füllen. Jimmy war einen Meter neunundachtzig groß, sein größter Begleiter reichte ihm bis knapp an die Schulter, was erklärte, warum er sich über die Bar beugte, während sie redeten.

Sie waren in einem Club der arbeitenden Bevölkerung, wie es hier in der Gegend so nett bezeichnet wurde. In der Bar gab es keine Lichtorgeln, keinen Chrom, keine Messingbeschläge, nur einen Tresen, ein paar ramponierte Stühle und abgeteilte Trinknischen mit einem fadenscheinigen, verblichenen Teppich, der einfach schon zu viele Bierlachen erlebt hatte.

Jimmys Gesicht war geradezu knabenhaft schön für seine dreiundzwanzig. Diesen Effekt ruinierte leider die Nase, die vor Jahren bei einer Straßenschlacht zu Bruch gegangen und sehr unschön verheilt war. Jimmy nahm einen tiefen

Zug aus seinem frischen Glas, bevor er sich wieder mit einer wohlüberlegten und entschlossen verkündeten Bemerkung in die Diskussion einmischte: »Schafscheiße!«
»Was?« fragte der Mann mit dem Schnurrbart und der Schiebermütze.
»Schafscheiße. So was wie Weihnachten gibt's gar nicht mehr.«
»Wie meinst du das?«
»Die Werbung hat's doch totgetrampelt, oder? Die verfluchte Fernsehwerbung *befiehlt* doch allen einfach, was sie angeblich haben wollen. Und von wegen Fest der Liebe! Scheiße, ein Witz ist das. Ein oder zwei Maß Newcastle Brown Ale in der Kneipe, ein paar Chöre, die ›Auld Lang Syne‹ an Silvester grölen – und am Morgen soll sich alles geändert haben. Alle sind dann angeblich wieder Busenfreunde. Ist es vielleicht so? Nein! Denn wenn der Fusel und der Truthahn verdaut sind, sind alle wieder dieselben egoistischen, habgierigen Schweine wie zuvor.«
»Und was ist dann damit?« fragte ein anderer von Jimmys Kumpanen und stieß mit dem Fuß gegen die zwei Pakete neben Jimmys Füßen, beide in Weihnachtspapier gewickelt und mit Plastikschleifen.
»Ja, also ... das ist doch für die Kinder, oder? Geschenke für die Kinder muß man haben.«
»Aber wenn du an den Weihnachtsmist nicht glaubst, würdest du doch keine Geschenke für die Kinder kaufen, oder?«
Jimmy nahm noch einen Zug, wischte sich den Mund und ließ die Phrase vom Stapel, mit der er sich immer aus schwierigen Situationen herausredete und die immer einen Lacher von seinen Saufkumpanen brachte.
»Nicht unbedingt.«
Die Phrase zeigte wieder ihre gewohnte Wirkung. Jimmys Freunde lachten immer noch, als die Pubtür aufging und zwei Polizisten hereinkamen, in einem Wirbel von Schnee,

Wind und Flüchen der anderen Bargäste, die sich über den Einbruch von Kaltluft beschwerten.
Sergeant Lawrence und Constable Simpson schüttelten sich den Schnee von den Uniformen und ließen den Blick durch die Bar schweifen. Der Sergeant entdeckte Jimmy und gab seinem Partner einen Stoß zwischen die Rippen. Es wurde merklich ruhiger am Tresen, als die Polizisten darauf zugingen. Nur das Gelächter von Jimmys Freunden war noch zu hören, und auch das verstummte, als die beiden Polizisten den Tresen erreicht hatten.
Jimmys Kumpane rutschten beiseite und schufen freie Bahn zwischen Jimmy und den Neuankömmlingen. Jimmy lehnte weiterhin an der Bar, hob sein Glas zum Mund und schaute teilnahmslos drein. Er hatte sie gesehen, weigerte sich aber, ihre Präsenz wahrzunehmen. Unverhohlene Verachtung schwebte in der Luft.
»Abend, Mr. Devlin«, sagte der Sergeant.
Jimmy drehte sich langsam auf dem Ellbogen und musterte den Polizisten von Kopf bis Fuß, dann nippte er wieder an seinem Bier. Der Sergeant sah aus wie ein Boxer in Uniform. Er sah auch aus, als hätte er genauso viele, wenn nicht mehr Straßenkämpfe wie Jimmy mitgemacht. Die Augenbrauen waren vor lauter Narben kaum mehr vorhanden.
»Ja, der bin ich wohl«, sagte Jimmy. Der Constable trat nervös von einem Fuß auf den anderen.
»Wir sind heute abend auf der Suche nach dir, Jimmy«, sagte Sergeant Lawrence. »Das ist schon das vierte Pub, in dem wir's versuchen. Du bist ganz schön unterwegs an Heiligabend, was?«
»Sollten Sie nicht da draußen sein und Frauenschänder und Mörder oder so was fangen?«
»Mr. Cardiff möchte sich ein bißchen mit dir unterhalten.«
Jimmy knallte sein Bierglas auf den Tresen. Bei dem Geräusch wichen seine Saufkumpane entsetzt ein Stück zurück.

Das Bier schäumte auf, schwappte über den Glasrand, und es wurde totenstill im Pub.

»Aber, aber, Jimmy«, sagte Lawrence. »Kein Grund zur Aggressivität.«

»Cardiff zieht mal wieder seine Nummer ab, was?« fragte Jimmy. »Was will er mir denn diesmal anhängen?«

»Wir wollen nur ...«

»Von wegen, ihr Bullen. Ihr wollt nur eins ... einen Scheißhaftbefehl. Richtig?«

»Wie ich schon sagte, Jimmy, reg dich nicht auf. Wir wollen nur reden.«

»Wie lautet die Anklage?«

»Keine Anklage.«

»Dann könnt ihr euch verpissen. Alle beide. Geht zu Cardiff und sagt ihm, was er machen kann, schöne Grüße von mir, wenn ihr's nicht schon erraten habt. Ich lass' mich an Heiligabend nicht von ihm einlochen.«

»Hören Sie, Jimmy ...« PC Simpson trat vor und legte eine Hand auf Jimmys Arm. Bei dieser Berührung sah er etwas in dessen Augen auflodern, etwas Gefährliches, und er wußte, daß er einen Fehler gemacht hatte. Eine Grenze war überschritten worden. Er wußte, daß er reagieren sollte, aber er war nicht schnell genug. Jimmy holte aus und landete einen soliden Haken genau auf der Nase des Polizisten.

Die Nase des Constable explodierte. Er taumelte rückwärts gegen einen Tisch und Gläser klirrten in einer Fontäne von Bier zu Boden. Jimmy schnappte sich seinen Bierkrug, zerschmetterte ihn an der Bar, bereit, den Scherben in seiner Linken zu benutzen, um zu verhindern, daß man ihn abführte. Aber der ältere Polizist war in denselben Straßen wie Jimmy aufgewachsen. Mit einer raschen Bewegung drückte er Jimmys Unterarm und Waffe mit einer fleischigen Hand auf den Tresen und verpaßte Jimmy einen kurzen Haken ans Kinn. Jimmy ging sofort in die Knie, und die Scherben seines

Glases klimperten zu Boden. Simpson torkelte mit blutüberströmter Nase zurück an die Bar. Er packte Jimmys linken Arm und bog ihn rückwärts über die Bar. Es war gar nicht nötig, Jimmy war schon halb bewußtlos.
»Ich ... versteh' jetzt ... was Sie wegen Jimmy Devlin gemeint haben«, sagte der jüngere Mann.
Jimmy versuchte, den Kopf zu schütteln und sich zu wehren, aber nur sehr halbherzig. Seine Saufkumpane waren von der Bar zurückgewichen.
»Ich geh' ... nicht ... in den Bau ... es gibt *keine* Anklage ...«
»Jetzt schon«, sagte der Sergeant und zog ihn von der Bar weg. »Angriff auf einen Polizisten in der Ausübung seiner Pflicht.« Er bog Jimmys widerstandslosen Arm nach hinten und marschierte mit ihm, flankiert von seinem blutverschmierten Partner, quer durchs Lokal zur Eingangstür.
»Ich muß ...«, sagte Jimmy, immer noch benommen von dem Kinnhaken, »ich muß nach Hause. Es ist Heiligabend, ihr Schweine. Die Kinder warten ... die Kinder ...«
Die beiden Polizisten drängten Jimmy auf die Straße hinaus und über den gefrorenen Gehsteig zu dem nahen Pandawagen.
»... die Kinder ...«
Der Streifenwagen fuhr los, hinein in den fast vertikalen Sturzbach von Graupel, Sturm und Regen.
Zurück blieben nur zwei bunt eingepackte Weihnachtspakete an der Fußstütze der Bar.

29

Sie war anders und wußte es auch.
Und diese Veränderung entsetzte und entzückte sie abwechselnd, je nachdem, wie ihr Verstand sich neu drehte und wirbelte, auf ganz neue Art. Sie konnte sich immer noch nicht erinnern, wer oder auch nur was sie war oder woher sie kam. Sie stolperte immer noch durch diese fremden Straßen voller Leute, die, wie sie manchmal wußte, verspätete Weihnachtseinkäufer waren, und dann wieder sah sie sie als seltsame fremdartige Horden, die ihr gelegentlich Angst und sie manchmal auch unheimlich gierig auf etwas machten, sie wußte nur nicht auf was.

Und während sie durch diese Straßen taumelte und die Menschenmengen sich vor ihr teilten – mit angewiderten oder entsetzten Gesichtern –, war sie sich bewußt, daß sie völlig durchnäßt war und der Wind an ihrem Gesicht und an ihren Händen nagte. Manchmal war das Gefühl himmlisch, dann wieder war es Agonie. Emotionen durchfuhren sie: Hunger, Angst, Haß, dann wieder Hunger. Diese Emotionen schienen sich in den blauschwarzen Sturmwolken, die sich am Himmel über ihr bauschten, zu spiegeln und in geheimnisvoll intimer Bindung zu ihnen zu stehen.

Sie erinnerte sich an die Gasse, an den Jungen, der angeboten hatte, ihr zu helfen. Davor an nichts. Sie war sich sicher gewesen, daß der Junge ihr helfen könnte zu begreifen, was mit ihr passierte. Als er sie in die Türnische gezogen und diese Worte gesagt hatte, die keinen Sinn ergaben, hatte sie gespürt, wie ein neuer unkontrollierbarer Impuls von ihr Besitz ergriffen hatte. Ein rasender, alles verschlingender

Hunger nach etwas. Sie konnte sich nicht mehr genau erinnern, was passiert war, nur, daß sie diesen Hunger gestillt hatte, sich auf seltsame, fremdartige Weise befriedigt hatte. Tief in ihrem Inneren, irgendwo in dieser verängstigten, verirrten Frau war eine andere Person. Ein neues *Ich*. Und diese neue Person hatte sie in dieser Türnische komplett übernommen, auf eine Art, die sie nicht beschreiben konnte. Es war, als wäre sie eingeschlafen und hätte das neue *Ich* übernehmen lassen. In diesem Schlaf hörte sie andere, weniger angenehme Geräusche. Geräusche, die flüssig waren, und ein fernes, abstraktes Schreien.

Nachdem der Junge die Sättigung geliefert hatte, die sie nicht beschreiben konnte, war sie aus dem Traum erwacht und fand sich wieder auf der Straße, mitten im Gewühl. Das neue *Ich* war verschwunden und hatte das alte, verirrte und verängstigte *Ich* zurückgelassen.

»Bitte ...«, bettelte sie niemand speziellen und alle gleichzeitig an. »Bitte, helfen Sie mir. Ich weiß nicht, wo ... ich hab' mich verirrt.«

Ein älterer Mann mit einer Marks and Spencer's Tüte in jeder Hand blieb vor ihr stehen, mit ehrlich besorgtem Blick. Er wollte etwas sagen, aber sie breitete flehend die Arme aus – und aus irgendeinem Grund wurde das Gesicht des Mannes plötzlich aschfahl vor Entsetzen. Zitternd murmelte er eine Entschuldigung und drängte sich an ihr vorbei. Sie schaute ihm nach, wie er hastig im Gedränge verschwand. Ihre Emotionen waren wieder im Umbruch. Jetzt hatte sie nicht nur keine Ahnung, wo sie war, sondern sie erkannte nicht einmal, daß die Spezies Tier, die um sie herum wimmelte, Menschen waren. Diese Dinger waren etwas anderes. Etwas zum Hassen, etwas, das man irgendwie benutzen mußte, um diesen gräßlichen Appetit zu stillen. Mit diesem Zorn kam ein heftiges Gefühl von Stärke, das neue *Ich* brandete wieder durch ihren Körper. Wenn sie zuschlug und einen packte, dann würden Dinge passieren, die sie nicht erklären konnte, die aber dazu dienen würden, sie noch stärker zu machen; und schließlich würde sie dann diesen seltsamen Traum begreifen, in dem sie sich befand.

Kommen Sie schon, Eleanor, schien eine Stimme in ihrem Kopf zu sagen. *Trinken Sie noch einen.* Und der Klang dieser Stimme fegte den Haß und die Stärke weg und brachte die Angst und die hoffnungslose Überzeugung, daß sie in diesem Alptraum verloren war, wieder zurück. *Hab' gewußt, daß Sie mehr am Ball sind als ich, Eleanor. Los, nehmen Sie einen von meinen Drinks. Sie müssen doch nicht heimfahren oder so was? Los, kommen Sie, es ist Weihnachten.*

»Hilfe!« schrie Eleanor in die Nacht. »Komm aus meinem Kopf und hilf mir, den Weg nach Hause zu finden!«

Sie stolperte in die Mitte der Straße.

Ein Auto wich ihr wütend hupend aus und krachte frontal gegen einen entgegenkommenden Wagen. Eleanor drehte ungerührt ihre Kreise auf der Straße, als der gerammte Wagen den Gehsteig hochschoß, um Haaresbreite Passanten verfehlte und sich dann in das Schaufenster von Thornton's Toffee Kabin pflügte. Der andere Wagen schlingerte zur gegenüberliegenden Seite der Straße, immer noch wild hupend. Er knallte gegen den Gehsteig, schaukelte wild hin und her und blieb dann stehen. Die Hupe schrillte immer noch. Einkäufer zu beiden Seiten der Straße schrien.

Und ihr Geschrei zerstreute erneut Eleanors Angst, brachte den Haß wieder zurück und den Wolfshunger, den sie bei dem jungen Mann in der Gasse verspürt hatte.

Sie taumelte zu dem gerammten Wagen auf dem Gehsteig neben dem Toffee Kabin. Zwei Männer versuchten bereits, die Tür aufzuzerren, um den Fahrer zu retten, der über dem Steuerrad zusammengesunken war. Vor ihm auf der Windschutzscheibe war ein dunkler Fleck. Erfüllt von Abscheu gegen die, die um sie herum schrien, und diejenigen, die an der Wagentür zerrten, ging Eleanor zur anderen Vordertür und zog am Griff. Die Tür schwang auf, und jetzt kletterte Eleanor auf den Beifahrersitz, den Blick starr auf den Mann am Steuer gerichtet. Seine Augen stierten durch die Speichen des Lenkrades nach unten, als würde zu seinen Füßen etwas ungeheuer Interessantes passieren. Er hatte einen scharlachroten Spritzer auf dem Gesicht. und mehr von dem Scharlachrot tropfte dick wie Thorntons Toffee aus seiner Nase und seinem Mund.

Sie beugte sich vor, bemerkte gar nicht die Männer auf der anderen Seite des Fahrerfensters, die sie anschauten und angewidert schrien: »Oh, verdammt noch mal, *MISSUS . . . !*« als sie ihre Finger gierig in sein Gesicht tauchte und es langsam an ihren Mund zog.

Jetzt gab es noch mehr Schreie, und jemand würgte, als sie den Mann vom Lenkrad wegzog, so daß sein Kopf nach hinten baumelte. Jetzt war er leichter zugänglich. Sie nährte rücksichtslos diesen schrecklichen Wolfshunger. Und wenn sie hier fertig war, gab es noch viele andere auf den Straßen, von denen sie sich Kraft holen konnte, wenn sie sie brauchte.

»Verdammt noch mal, laß ihn los!« schrie ihr jemand ins Gesicht. Sie fühlte einen Schlag auf ihrem Gesicht, schlug mit ihrer neugefundenen Kraft zurück und fühlte, wie ihr ein Teil des Angreifers in der Hand blieb. Neues Kreischen war zu hören, und das Geräusch regte ihren Appetit noch mehr an.

Lange Zeit später hörte sie, wie die Schreie zum schrillen monotonen Heulen einer Polizeisirene wurden. Aber sie wußte weder, was es war, noch interessierte sie das. Sie wurde immer stärker.

30

Sieben einundzwanzig? Hab' da eine nette kleine Weihnachtsgeschichte für die lieben Kinder. Wie's ausschaut, haben wir einen Kannibalen auf der Regent Street.«

»Sag das noch mal, einunddreißig. Einen Karneval?«

»Kannibale heißt das. Du verstehst schon. Ein Ding, das Menschen frißt.«

»Netter Versuch, einunddreißig. Aber wir haben Weihnachten und nicht ersten April. Komm zur Sache, oder mach die Leitung frei.«

»Kein Grund zur Aufregung, einundzwanzig. Ohne Quatsch. Autounfall auf der Regent Street. Nette alte Dame, total blutverschmiert. Nur daß es nicht ihr eigenes ist.«

»Einzelheiten bitte, einunddreißig.«

»Wir bringen sie mit Zwangsjacke. Medizinische Unterstützung dringend erforderlich. Grund für meinen Anruf ist, daß sie auf der Liste der vermißten Personen ist. Sie wird seit ... hier, bleib dran ... das stimmt doch nicht ...«

»Wiederholen, einunddreißig.«

»Fehler auf der Fahndungsliste. Hier steht, daß Mrs. Eleanor Parkins als vermißt gemeldet ist, seit ... zwei Stunden. Das kann doch nicht stimmen.«

»Moment mal. Ist das nicht die Fahndungsliste zu dem Vorfall in Fernley House, Newcastle?«

»Warte ... ja ... das ist sie.«

»Kein Fehler, einunddreißig. Adresse bitte?«

»23 Wellingbroke Gardens, Jesmond.«

»Mrs. Eleanor Parkins, eine aus der Liste von fünfundachtzig Personen. Aktenzeichen 65498. Alter vierundfünfzig. Verheiratet. Zwei Kinder.«

»Das ist sie.«

»Definitiv kein Fehler. Bitte alle Einzelheiten durchgeben, einunddreißig. Ich muß das an die Einsatzleitung in Fernley House weiterleiten.«

»Sie ist heute abend in Newcastle als vermißt gemeldet worden? Aber wir haben sie vor kaum einer Stunde in London aufgegriffen. Hat die Flügel, oder was?«

»Geben Sie Bericht durch, einunddreißig. Ich habe das Gefühl, irgendwo hat da einer einen Riesenwurm reingebracht. Dem steht jetzt eine Tracht Prügel von Santa Claus' kleinen Helfern ins Haus.«

31

Cardiff starrte sein bläulich-weißes Spiegelbild im Fenster an. Er befand sich in dem Büro-Vorraum des Empfangs vom Fernley House. Draußen war jetzt nichts mehr zu sehen, nicht einmal die Bernsteinlichter vorbeifahrender Autos auf der Schnellstraße, obwohl der immer noch heftiger werdende Sturm die Straßen blockiert und den Verkehr lahmgelegt hatte. Da war nur eine schwarze Leere, gepeitscht von dreckigem Stadtregen und Matsch, der gegen die Fenster trommelte. Cardiffs Gesicht sah gespenstisch aus und beschwor wieder ungebetene Gedanken herauf, während er dieses Gesicht ansah.

Bin das wirklich ich? Bin ich das geworden?

Und dann das Allerschlimmste: *Werde ich so aussehen, wenn ich tot bin?*

Das Bild dieses gesichtslosen Mannes hinter dem Steuerrad des Wagens, der seine Familie getötet hatte, erschien wieder vor seinem geistigen Auge. Er bemühte sich, auf andere Gedanken zu kommen, und wandte sich etwas zur Seite. Da sah er endlich die verschwommenen gelben Lichter des Polizeikordons, der auf dem Vorplatz des Gebäudes errichtet worden war und den Eingang zum Gebäude abriegelte. Das vollzählige Team, das er vom Hauptquartier angefordert hatte, war zwar nicht erschienen, denn schließlich *war* heute Heiligabend, aber es würde so bald wie möglich ergänzt werden müssen.

Endlich waren die zweiten Schlüsselhalter für die Alarmanlagen der verschiedenen Bereiche von Fernley House benachrichtigt worden; alle, die »außerhalb normaler Arbeitszeit« Kontakte für Notfälle wie Feuer oder Einbruch hatten. Vorläufige und immer noch unvollständige Listen des Personals waren erstellt worden, und die Nachforschungen hatten inzwischen bestätigt, was Cardiff bereits vermutete. Menschen, die hier arbeiteten und wegen der Weihnachtsfeiern hiergeblieben waren, waren immer noch nicht zu Hause eingetroffen. Die beachtliche Anzahl Autos, deren Nummernschilder man über den landesweiten Polizeicomputer überprüft hatte, bestätigte, daß die Wagenbesitzer, wenn alles mit rechten Dingen zuging, noch im Fernley House Weihnachten feiern sollten.

Cardiff beobachtete, wie die sieben Hauptverantwortlichen – einschließlich Pearce –, aus denen sich sein Tatort-Team zusammensetzte, sich schnell mit den tragbaren Computerterminals in seinem »Büro« einrichteten, damit die Verbindung mit dem zentralen Hauptquartier aufgenommen werden konnte. Vielleicht würde es auch ein Todeskommando sein, wenn es ihnen gelänge, jemanden zu finden.

Die Männer sahen nicht sehr glücklich aus.

Der Sturm veranstaltete immer noch ein Chaos auf der Kurzwelle und schien nun auch noch den Computerempfang zu stören. Zwei der Leute, die mit der Einrichtung des Todeskommandos beschäftigt waren, das Informationen und Ein- und Ausgänge für die Mitglieder von Familien mit vermißten Personen liefern würde, hatten Schwierigkeiten mit einem PC, der nur wirres Zeug anstatt der notwendigen Informationen anzeigte.

Im Hauptquartier liefen die Vorbereitungen für eine vorläufige Polizeikonferenz mit Einsatzbesprechung und Berichterstattung und eine mögliche Pressekonferenz. Die Zentrale spielte bereits mit dem Gedanken, intern nur teilweise Informationen auszugeben, auf strikter »notwendiges Wissen«-Basis, was immer zu Querelen führte. Cardiff hoffte, daß sich daraus keine internen Konflikte ergeben würden, die die

ohnehin angeschlagene Kommunikation noch weiter beeinträchtigte.
Eine zweite Durchsuchung der Räume war vorgenommen worden.
Ein gerichtsmedizinisches Team von drei Pathologen untersuchte gerade erneut die Stelle, an der man die abgetrennte Hand gefunden hatte. Cardiff wartete auch noch auf den Bericht des Polizeipathologen, der die abgetrennte Hand mitgenommen hatte.
Und in kurzer Zeit, das wußte Cardiff, würde die Presse eintreffen, selbst wenn die Heftigkeit des Sturms alle anderen am Kommen hinderte.
Das Verschwinden der ursprünglichen sieben Polizisten, die das Gebäude durchsucht hatten, war vom Zentralbüro nicht sonderlich ernst genommen worden. Die Reaktion von Cardiffs Vorgesetzten war wieder einmal typisch gewesen. *Sind wahrscheinlich irgendwo bei einer Weihnachtsfeier hängengeblieben.* Aber die Zeit war knapp. Er hatte die Sache bewußt heruntergespielt, obwohl das bereits zu Verstimmungen mit dem zentralen Hauptquartier führte. Obendrein hatte er Pearce angewiesen, selbst den »Lärm« nicht zu dramatisieren, den sie im Keller gehört hatten, bis das Einsatzkommando zusammengestellt war. Polizeimechaniker hatten erneut den Keller besichtigt, die Boiler überprüft und die zerschmetterten Fenster vernagelt. Es war schlicht und einfach ein Blitzschlag gewesen. Ein *zweiter* Blitzschlag, um genau zu sein. Der erste hatte Beaton durch die seltsamen akustischen Effekte unterhalb des Erdgeschosses erschreckt. Es waren schon seltsamere Dinge passiert.
Die Ernsthaftigkeit des tatsächlichen Verschwindens zahlreicher Personen und der grausige Fund im vierzehnten Stock hatten anscheinend eine Art von Schizophrenie unter dem Polizeipersonal im Gebäude ausgelöst. Die Spaltung von unterdrücktem Mitgefühl und totalem Sarkasmus, die der

Polizei in gefährlichen oder zermürbenden Situationen den Verstand bewahrte, hatte Cardiff schon früher mal erlebt.
»Verdammte Scheiße!«
Cardiff drehte sich zu Pearce. Der beugte sich gerade über die Schulter einer Polizistin, die einen Computer-Terminal angeschlossen hatte und vorläufige Informationen sammelte. »Hier haben wir's, Sir. Wir kriegen das direkt ... hier steht ... weil Sie es nicht durchtelefonieren konnten. Natürlich konnte man nicht, das weiß doch jeder Trottel! Die Telefone sind tot! Und die ... Moment ...« Pearce drückte seine Zigarette aus und bat die Polizistin, die Information auszudrucken. Wieder erschien etwas auf dem Monitor, während der Computerdrucker klappernd mit dem Ausdruck begann. Pearce' Atem zischte durch zusammengebissene Zähne, wie immer, wenn offensichtlich etwas Seltsames im Gange war.
»Was ist es denn?«
»Ein Fall für Sherlock Holmes, glaub' ich.«
»Na denn, Pearce. Seien Sie mein Dr. Watson.«
Pearce riß den Ausdruck aus dem Computer und las ihn laut vor, während er auf Cardiff zuging.
»Craigs Bericht über die Hand ist da. Er hat die Fingerabdrücke überprüft und ist fündig geworden. Die Fingerabdrücke des Eigentümers waren wegen eines Verkehrsvergehens von 1988 im Archiv. Sehr ›handlich‹, steht hier.«
»Krank, dieser Craig. Einfach krank. Und der Name?«
»Vincent Saville. Leitender Verwaltungsangestellter für Magnus Inc., das ist die Speditionsfirma.«
»In Etage vierzehn. Wo wir die Hand gefunden haben.«
»Das ist aber noch nicht alles. Sie haben auch die Leiche gefunden.«
»Er ist tot ...?«
»Und wie. Wir haben hier schon den gesonderten Bericht von der Abteilung Jarrow. Ist in irgendeinem Garten ins

Treibhaus gefallen, und … das wird immer idiotischer … hier steht, seine Verletzungen ›deuten auf einen Sturz aus großer Höhe hin, möglicherweise tausend bis eintausendzweihundert Meter‹. Sie haben die hiesigen und die regionalen Flughäfen auf Flüge über dieses Gebiet bereits überprüft. Aber es gab keine.«
»Was zur Hölle geht hier vor?«
»Er verliert dort oben seine Hand. Dann läuft er raus, schnappt sich irgendwo ein Flugzeug, springt raus und …«
»Welche Uhrzeit wird für den Vorfall in Jarrow angegeben?«
»Bin mir nicht sicher.« Pearce nickte der Polizistin zu, die sich sofort am Keyboard zu schaffen machte.
»Ich brauche die genaue Zeit des Anrufs in der Notrufzentrale. Ich nehme an, die erste Benachrichtigung erfolgte nach einer polizeilichen Reaktion auf einen Notruf?«
»Ja«, antwortete die Polizistin. »18 Uhr 15. Anruf erhalten und gespeichert.«
»Das hab' ich mir gedacht«, sagte Cardiff. »Noch mehr Unwahrscheinliches.«
»Sir?« Pearce zündete sich eine weitere Zigarette an.
»Das gibt's doch nicht. Beaton – unser Hausmeister. Sein Notruf wurde um 18 Uhr 32 aufgenommen. Wie kann Victor Saville eine Hand hier in Newcastle verlieren – sagen wir mal um 18 Uhr – und eine Viertelstunde später in Jarrow in ein Treibhaus stürzen, das, wie sie wissen, Dr. Watson …«
»… mehr als zehn Meilen entfernt liegt.« Das Streichholz versengte Pearce' Hand, und er schüttelte es hastig aus.
»Wissen Sie was?« fragte Cardiff.
»Was?«
»Das ist hier wohl eher Halloween und nicht Heiligabend.« Pearce ging zurück zu der Polizistin am Computer. Sie war nervös. Und Cardiff sah, unter welcher Spannung auch die anderen standen. Das hier war mehr als verlängerte Schichten und Leute reinholen, die geglaubt hatten, sie könnten

Heiligabend bei ihrer Familie verbringen. Das mit den verschwundenen Leuten war, schlicht gesagt, entnervend. Selbst für die Profis. Das, was eigentlich als riesengroßer, dämlicher Weihnachtsscherz behandelt werden müßte, wurde von der Chefetage ernst genommen.
Vierundachtzig Menschen verschwanden nicht einfach sang- und klanglos.
Nicht heute abend.
Nicht hier.
Das Personal hier wußte bereits, daß ein erstes Suchteam von sieben Polizisten plötzlich wie vom Erdboden verschluckt war und keiner darüber redete.
Donner grollte am Himmel, und ein strahlend blauweißer Blitz zischte an den Fenstern vorbei, daß die Scheiben klirrten. Über ihren Köpfen begannen die Lichter zu flackern. Cardiff wechselte einen kurzen Blick mit Pearce und verfluchte sich insgeheim selbst, als er sah, daß die Polizistin mitbekommen hatte, wie gestreßt sie selber waren.
Keiner wollte in *diesem* Bürohaus sein.
»Wir haben wieder Störungen, Sir«, sagte die Polizistin.
»Der Sturm?«
»Ja ... und wir haben Schwierigkeiten, Informationen zu kriegen. Die Leitungen sind alle überbelastet durch Anfragen von Familien, die wissen wollen, wo ihre Leute sind.«
Pearce setzte sich resigniert an den Schreibtisch und schaute hinaus in den Sturm. »Haben wir denn keine Abteilung für vermißte Personen? Vielleicht könnten wir der die Sache zuschustern und uns dann in die Kneipe trollen.«
»Da kommt was Neues rein, Sir«, sagte die Polizistin. Ihre Stimme war so ruhig, daß jeder sofort merkte, wie nervös sie war.
»Leitung steht hier drüben, Boß«, sagte einer der uniformierten Polizisten. Sie hatten die Geräte erfolgreich angeschlossen, eine direkte Zuleitung über Computer, wodurch

die Daten, die von den anderen nationalen Büros übermittelt wurden, überprüft werden konnten. Das zweite Modell war wesentlich ausgefeilter als das erste, das sie bis jetzt benutzt hatten.

»Übergebe an Sie«, sagte die Polizistin, und Cardiff konnte den Gedanken nicht loswerden, daß die ganze Sache wie eine Art kleine Combo war, bei der jeder Instrumentalist sein eigenes »Solo« in irgendein bizarres Musikstück einbringen durfte.

»Ihr Wort in Gottes Ohr!« sagte Pearce sarkastisch und ging zu dem Mann mit dem neu angeschlossenen Terminal.

Cardiff drehte sich wieder zum Fenster. Er hatte die Sache nicht so im Griff, wie er das gerne gehabt hätte. Er schaute sich wieder sein widerspiegelndes Gesicht an. Der Regen vor dem Fenster versuchte ihm einzureden, er würde weinen. Aber dieser Trick war ihm vertraut. Er lauschte dem Summen und Klappern der Word Processor und Computer hinter sich, traute dem aber nicht, was sie ihm erzählten.

Es war viel besser, mit den Leuten von Angesicht zu Angesicht zu reden, egal, ob das nun Untergebene, Opfer oder Kriminelle waren. Wenn er nämlich ihre Gesichter sah, konnte er sich auf seinen Instinkt verlassen und Feinheiten erkennen, die eine Maschine nie und nimmer zu registrieren vermochte. Aber er war wieder einmal total isoliert und mußte sich auf das verlassen, was der Computer ausspuckte.

Heute abend hatte er die Hoffnung gehabt, daß die Komplikationen ihn von dem ablenken würden, was ihm seit vier Jahren zu schaffen machte. Jeder Polizist wurde darin geschult, alle Dinge möglichst abstrakt zu sehen. Er hatte diese Fähigkeit verloren, als Lisa und Jamie ...

Ermordet wurden! schrie sein Unterbewußtsein, und er blickte wieder in das Fenster, das ihn immer noch davon überzeugen wollten, daß er weinte. Dann sah er schemenhaft, daß drei Autos vom Polizeikordon gestoppt worden waren, und er wußte instinktiv, daß die Medienspürhunde und Reporter endlich die Witterung aufgenommen hatten. *Sogar an Heiligabend. Selbst in einer solch beschissenen Nacht wie dieser. Sie riechen das potentielle Blut von ...*

... *Opfern und Mördern,* dachte er.

Das war eben die Aufgabe eines Polizisten. Egal welcher Dienstgrad, er durfte sich nie erlauben, daß der Kontakt mit einem der beiden ihn persönlich tangierte oder ihn in der Ausführung seines geheiligten Jobs beeinträchtigte. Jetzt wußte er nicht mehr, ob der Job ihn am Leben hielt oder dabei war, ihn umzubringen. Denn nach Lisas und Jamies Tod hatte ihn das Schicksal jedes Opfers, mit dem er in Berührung kam, tangiert – und das gründlich. Seine professionelle Distanz war verloren, und er spürte, wie jeder Fall, mit dem er zu tun hatte, ihn innerlich umbrachte. Jeder Kontakt mit Schmerz wurde auch sein Schmerz, fraß an seiner Seele, zerstörte ihn innerlich. Und dann waren da die anderen; diejenigen, die sich ihre Beute von anderen holten, diejenigen, die töteten. Und Cardiffs Umgang mit ihnen zerstörte auch etwas in ihm, seinen Glauben an die Menschheit und jedes Gefühl dafür, daß das Leben einen Sinn hatte.

Er dachte wieder an Lisa und Jamie, an den Mann ohne Gesicht, der sie getötet hatte – und an die potentielle Antwort auf all seine Fragen in seiner rechten Schreibtischschublade.

»Wir haben wieder Störungen bei dem hier, Sir«, sagte Pearce. »Aber, wie es scheint, haben wir eine der vermißten Personen aufgegriffen. Mrs. Eleanor Parkins. Angestellt bei ...«

»Wo wurde sie gefunden?«

»Moment. Angestellt bei ›Johnson und ...‹ Mist!« Die Frau am Monitor seufzte resigniert. »Wir haben es verloren. Das ganze Bild ist weg.«

»Dieser verfluchte Sturm«, sagte der Mann am Terminal. »Versuchen wir's noch mal. Irgendwas on line?«
»Müll. Aber wir versuchen's weiter. Es kommt immer wieder rein und verschwindet ...«
Die Lichter an der Decke flackerten wieder und Donner grollte.
»Sir?«
Cardiff drehte sich zu dem Mann am Computer. »Ja?«
»Da kommt jetzt was anderes rein. Ich glaube, das sollten Sie sich ansehen.«
Cardiff ging zum Monitor und beobachtete, wie die strahlend grüne Schrift auf dem Monitor auftauchte:
Cardiff: Betrifft Fernley House.
Divisional Commander hat sich mit Chef des CID getroffen. Demnächst Polizeikonferenz: Assistant Chief Constable (Verbrechen), Divisional Commanders von Newcastle und Sunderland, Sub Divisional Commanders der obengenannten Divisions, Detective Superintendents und Presseoffiziere der Polizei.
Damit hatte Cardiff gerechnet. Eine Konferenz, damit die bis dahin erhaltenen Informationen koordiniert und ausgewertet werden konnten, im Anschluß daran Überlegungen und Theorien über Strategie und Eingreifen.
»Okay«, sagte Cardiff. »Aber wir müssen diese Computerverbindungen auf die Reihe kriegen, wenn sie uns hier etwas nutzen sollen. Was gibt's Neues von British Telecom, Parker? Irgendein Anhaltspunkt, wann die Telefone wieder einsatzbereit sind?«
»Hier kommt noch mehr, Sir«, sagte der Mann am Monitor.
Cardiff schaute wieder auf den Bildschirm.
Einsatzkommando unterwegs. Codename: Darkfall. Wiederhole: Darkfall. Zur Unterstützung gerichtlicher und anderer wissenschaftlicher Untersuchungen. Allgemeine Befehlsgewalt bleibt bei ... Und dann purzelten die Worte zu einem sinnlosen Gewirr durcheinander.

»Wieder der Sturm, Sir.«
»Einsatzkommando?« sagte Cardiff und stellte irritiert fest, daß Pearce hinter ihm stand und die Nachricht auf dem Monitor über seine Schulter mitgelesen hatte. »Was zum Teufel hat denn das zu bedeuten?«
»Darkfall?« wiederholte Pearce.
»Sagt Ihnen das nichts?« fragte Cardiff.
»Nein, Sir.«
»Mir noch weniger.«
»Was zum Teufel geht hier vor? Entweder leite ich die Untersuchung oder nicht. Übermitteln Sie eine Botschaft für mich.«
»Ich werd's versuchen, Sir. Aber der Sturm ...«
»Verdammt, ich werd's von einem der Autos da draußen über Funk versuchen. Scheiß moderne Technologie.«
»Ja, Sir.« Der Mann schnitt eine Grimasse und wandte sich wieder seinem Monitor zu.
»Autofunk funktioniert nicht«, sagte Pearce. »Nur atmosphärisches Knistern. Ich hab's vor fünf Minuten noch mal versucht. Für den Augenblick müssen wir uns auf den Computer verlassen – oder einen Kurier per Auto schicken.«
»Dann versuchen Sie's weiter.«
Der Mann am Computer nickte und hackte weiter auf die Tastatur.
»Darkfall«, sagte Cardiff wieder und ging zurück zum Fenster. »Was zum Teufel soll denn das nun wieder sein?«
Donner krachte, und Blitze zischten über den Himmel und brachten die Deckenlampen erneut zum Flackern.
»Darkfall ...«

32

Sie saß alleine in der Polizeizelle auf einem ramponierten, abgenutzten Plastikstuhl. Die Frau schaute sich ihre Handflächen an, mit hochgezogenen Schultern starrte sie sie an – schon fünfundzwanzig Minuten lang. An diesen Händen war Blut gewesen, als man sie in das Polizeirevier gebracht hatte, aber sie hatte inzwischen ihre Hände sauber geleckt. Der Geschmack war eine angenehme Erinnerung. Bald, das wußte sie, würde der Hunger wiederkommen.

Sie schaute hinauf zu den gekachelten Wänden der Zelle. Da gab es ein Filzstiftgraffiti, und ein verschwiegener Teil von ihr wußte, daß es *Worte* waren, aber sie wußte nicht, was sie bedeuteten, wußte gar nicht mehr, was Worte überhaupt waren. Das Echo irgendeines nicht präzisierten Zorns, der hinter diesem bedeutungslosen Gekritzel steckte, wurde von ihrem neugeborenen Instinkt aufgenommen. Sie ließ den Blick über die Wand schweifen, wo er nur kurz auf der sparsamen Zellenpritsche verweilte. Die Matratze war zerrissen und zerfleddert; Schaumgummi und zerrupftes Kapok lagen auf dem Boden verstreut. Da war auch Blut auf dem Boden gewesen – aber das hatte sie auch aufgeleckt, als der Hunger gekommen war.

So sauber, daß man vom Boden essen kann, Eleanor, sagte eine Stimme in ihrem Kopf. Diese Stimmen kamen gelegentlich wieder zu ihr zurück, aber die Bedeutung dieser »Worte« wurde mit jeder Minute vager. Sie schaute die geschlossene Zellentür an und dann die Decke. Sie lächelte, als sie dort eine Affinität spürte zu den Kacheln, dem Putz und dem Beton.

Sie wurde ständig stärker, und die da draußen ahnten es nicht.
Wenn der Hunger kam, nährte sie sich. Und wenn sie sich nährte, beschleunigte das die großen Veränderungen, die in ihr stattfanden. Die dachten, sie wäre hier eingesperrt. Ihr Lächeln wurde breiter, und sie kicherte. Ihr Blick wanderte zu den Händen in ihrem Schoß, zu den ausgestreckten Handflächen. Die Haut war weiß und hart wie Zement, die oberen Schichten der Haut bröckelten wie Putz, wenn sie ihre Finger bewegte. Mit mehr Nahrung würde das Bröckeln aufhören.
Nur noch einen Drink, Eleanor, sagte die Stimme in ihrem Kopf wieder. *Es sind doch keine kleinen Kinder mehr. Die können schon auf sich selbst aufpassen, bis Sie wieder zurück sind.* Die Stimme löste einen Anflug von Angst und Zweifel aus, eine flüchtige Erinnerung an ein anderes, vages Leben. Er ging schnell unter, als ihr *neues* Bewußtsein sich wieder behauptete.
Sie kicherte erneut, und diesmal rasselte und pfiff es in ihrem Brustkorb. Sie hustete, dabei rieselte Putz von ihren Lippen und aus ihren Nasenlöchern und legte sich wie Schuppen auf ihre Schultern und ihre Kleidung. Als sie sich auf ihrem Sitz bewegte, raschelten und knisterten ihre Innereien wie Zeitungspapier.
»Was macht sie jetzt?« fragte eine Stimme, und Eleanor wußte, daß das keine der Stimmen aus ihrem Kopf war. Diese Stimme kam von der anderen Seite einer der Zellenwände. Ihr Gehör war jetzt übernatürlich verstärkt, und sie drehte sich grinsend zur Wand. Das Knirschen ihrer Zähne hörte sich wie Schleifpapier auf Marmor an.
»Nichts, sitzt einfach nur so da.«
»Laß mal sehen.«
Pause. Und dann hörte Eleanor, wie sich das Guckloch der Zelle öffnete. Sie legte den Kopf zur Seite und grinste in die Richtung.

»Heiliger Strohsack«, sagte dieselbe Stimme.

»Hören Sie, das ist nur ein einfaches Polizeirevier«, sagte eine dritte Stimme. »Und ich habe keinen blassen Dunst, was hier läuft, aber ich will dieses ... dieses Ding ... hier weghaben. An einen sichereren Ort. Der Himmel weiß, wie lange sie so ruhig bleiben wird, und ich kann nicht noch mehr von meinen Leuten in Gefahr bringen, wenn sie plötzlich wieder ... umschwenkt.«

»Lassen Sie uns mal eins klarstellen«, sagte die andere Stimme. »Sie hat drei Ihrer Männer beim ersten Einsatz angegriffen?«

»Sind alle drei im Krankenhaus. Ich hab' so was noch nie gesehen. Ich glaube nicht, daß Jackson es schaffen wird.«

»Und dann ...?«

»Hören Sie, Sie haben doch den Bericht gesehen.«

»Und *dann?*«

»Wir haben ein Kommando geschickt. Aber sie war zahm wie ein Kätzchen. Hat sich einfach in den Van führen lassen. Hat etwas gesagt, von wegen sie müßte nach Hause und nach dem Essen schauen. Hat gemurmelt, sie hätte nicht auf diesen letzten Drink bleiben dürfen. Und als wir dann hier angekommen sind, hat sie wieder ... umgeschwenkt. Sie war wie ein gottverdammtes wildes Tier. Wir haben's gerade noch geschafft, sie da reinzukriegen und zuzusperren. Noch zwei von meinen Leuten ... lieber Gott im Himmel ... sie ist ... sie ist unmenschlich. Schafft sie nur weg von hier!«

»Und seither ist sie ruhig?«

Eleanor hörte eilige Schritte auf der anderen Seite der Mauer, die sich in Richtung Zellentür bewegten. Sie lächelte wieder. Das Essen war unterwegs. Ein vierter Mann gesellte sich zu ihnen.

Atemlos: »Okay, ich hab's. Und unsere Leute steh'n mit dem Hochsicherheitsvan bereit.«

»Also gut, machen wir uns fertig.«

»Wollen Sie damit sagen, daß Sie beide da alleine reingeh'n wollen?«

»So sieht der Plan aus. Wir haben hier etwas, das sie ruhigstellen sollte.«

»Hören Sie, ich habe Ihre Vollmachten gesehen und weiß, daß ich eigentlich keine Fragen stellen soll ... verdammt, ich hab' ja noch nicht einmal von Darkfall *gehört*, aber Sie werden mehr als nur zwei Leute brauchen.«

»Kommen Sie uns nur nicht in die Quere, wir wissen, was wir tun.«

Selbst von ihrem Standpunkt aus, mit geneigtem Kopf und knirschendem Lächeln, konnte Eleanor das Öffnen einer Tasche und das metallische Klinken hören, als man etwas aus ihr entnahm. Die Tasche schnappte wieder zu, auch das Guckloch wurde wieder geschlossen.

»Bereit?«

Jemand murmelte zustimmend, und die Zellentür öffnete sich.

Eleanor kicherte. Wieder rieselte Gipsstaub wie Talkum-Puder aus ihrem Mund.

Zwei Männer betraten den Raum. Einer war klein und mollig, mit angehender Glatze und einem rosa Gesicht. Er trug dicke Brillengläser, die seine Augen vergrößerten. Der andere Mann war wesentlich größer, trug einen dunklen Mantel und hatte blondes Haar. Sie kamen langsam in die Zelle. Die Tür ging hinter ihnen zu.

»Nahrung«, sagte Eleanor und kicherte wieder.

Der größere Mann mit dem blonden Haar ging auf sie zu und lächelte sie an. Hinter ihm sah sie, daß der Mann mit dem rosa Gesicht eine Spritze in einer Hand hielt und verängstigt aussah. Der andere Mann bewegte sich unerbittlich auf sie zu.

»Mrs. Parkins«, sagte der blonde Mann. »Können Sie mich hören, Mrs. Parkins? Der Arzt und ich sind nur hier,

um Ihnen zu helfen. Es besteht kein Grund, Angst zu haben.«
Diesmal lachte Eleanor, doch es war mehr ein bellendes Gackern, das ihren ganzen Brustkorb erschütterte. Sie hob die Hände und krümmte ihre Finger: trockener weißer Puder blätterte ab und rieselte zu Boden.
»O Gott«, sagte der Doktor mit trockener Zunge.
Der blonde Mann schaute über die Schulter, um sich zu vergewissern, daß der Doktor ihm noch folgte. Das Gesicht des Arztes war aschfahl. Dann sagte er wütend: »Los jetzt, Gilbert! Du hast das doch schon öfter gesehen.« Die Augen des Arztes quollen aus den Höhlen, und jetzt realisierte der blonde Mann, daß etwas passiert sein mußte. Blitzschnell wendete er den Kopf herum.
Die Frau war aufgestanden und bewegte sich ungelenk auf ihn zu. Ihre Gliedmaßen krachten bei jeder Bewegung. Der Boden um ihrem Stuhl war übersät mit weißem Puder, und sie hinterließ Fußspuren, als sie auf ihn zuging, die Arme hob und mit ihrem pergamentartigen Gesicht gräßlich lächelte.
»Wenn du mir helfen willst«, sagte sie, »dann gib mir etwas zu *essen.*«
Der große Mann wich entsetzt dorthin zurück, wo der Arzt mit der Spritze herumfummelte, nahm sie ihm ab und machte einen großen Schritt auf die Frau zu. Der Arzt duckte sich voll Panik weg, als er merkte, daß sie anscheinend mehr an ihm als an dem blonden Mann interessiert war.
»Mrs. Parkins, Mrs. Parkins ...«, hauchte er und versuchte, sich von der alten Lady wegzuschlängeln, die mit ruckartigen Schritten auf ihn zukam. Sie schielte aus dem Augenwinkel immer wieder nach dem blonden Mann, verfolgte aber den Doktor unbeirrbar weiter.
»Komm schon, Rohmer!« stöhnte der Doktor. »Um Himmels willen.«

»Was zum Teufel hast du denn mit dieser verdammten Spritze gemacht?«

»Ich sollte gar nicht hier sein. Das ist Duvalls Job, nicht meiner.«

»Du hast die verdammte Spritze *verklemmt!*«

»Steck das Scheißding einfach in sie rein!«

Der rosagesichtige Arzt streckte ihr eine Hand abwehrend entgegen, und Eleanor schnappte nach ihr, als wäre sie ein Stück Fleisch, das man einer wilden Bestie im Zoo am Ende einer Stange anbot. Gilbert riß im letzten Moment seine Hand zurück. Eleanor brach in ein schrilles Jammergeheul aus, wie ein Kind, dem man seinen Schokoriegel weggenommen hat. Das Heulen wurde zu einem höhnischen Lachen, als sie sich wie ein kreischender Dämon auf ihn stürzte. Der Mann rutschte auf den Knien die Wand entlang ins äußerste Eck der Zelle. Eleanors Hände gingen ins Leere, prallten gegen die Wand und sprengten die Glasur der Kacheln.

Rohmer war im Nu hinter ihr, rammte die Spritze in den Nacken und drückte den Kolben mit aller Kraft runter. Eleanor schrie wie am Spieß auf, wirbelte herum und schlug nach ihm. Rohmer spürte, wie ein klauenähnlicher Fingernagel eine blutige Spur über sein Gesicht zog, und schnellte zurück. Gilbert sah, wie die alte Frau sich krümmte, um die Nadel aus ihrem Nacken zu reißen, und er hörte das Knakken, als es ihr endlich gelang, die gebrochene Spritze herauszuziehen. Mit diesem gräßlichen Lachgeräusch hielt sie die Nadel triumphierend mit beiden klauenähnlichen, betonharten Händen fest, um sie dann zu zermalmen, in ihren Mund zu stopfen und zu zerkauen. Glas und Plastik krachten zwischen diesen grauenhaften Zähnen.

»Will *weichere* Nahrung«, kreischte sie dann und stolperte weiter auf Gilbert zu, die gekrümmten Klauen nach ihm ausgestreckt.

»O Jesus ...«, wimmerte Gilbert und hastete in eine andere Zellenecke.
»Mrs. Parkins«, sagte Rohmer plötzlich mit einer Stimme, die gefährlich ruhig war. Die Frau legte aufhorchend den Kopf zur Seite und grinste den blonden Mann an.
Und dann explodierte etwas mit ungeheurem Getöse in der Zelle, so daß Gilbert fast das Trommelfell platzte. Das Gesicht der alten Frau zerbarst vor seinen Augen, und Gilbert schrie, als sie auf seinen Körper klatschte. Mühsam befreite er sich von dem Ungeheuer, wischte sich das Blut aus den Augen und sah, daß Rohmer die Leiche anstarrte, die Dienstpistole immer noch im Anschlag.
»Mist«, sagte er ruhig. »*Noch jemand*, den wir verloren haben.«

TEIL ZWEI

Gefangene des Sturms

»Ich habe den Odem der Schwingen
des Wahnsinns gespürt!«

BAUDELAIRE

1

Jimmy saß auf dem Rücksitz des Streifenwagens, als er allmählich wieder zur Besinnung kam. Der Alkohol dämpfte jetzt den Schmerz in seinem Kinn nur noch leicht. Er versuchte, es zu reiben, und dabei realisierte er, daß er mit Handschellen an den Police Constable neben sich gekettet war. Der Sergeant saß am Steuer, und die Scheibenwischer schoben Halbmonde Matsch vom Glas, während sich der Wagen in den Schlund des Sturmes vorkämpften.

»Ich bin also verhaftet?« fragte Jimmy schüttelte die gefesselte Hand und riß die des Polizisten mit hoch. Simpson zerrte ihre Hände wütend wieder nach unten.

»Kommt drauf an«, sagte der Sergeant am Steuer.

»Worauf?«

»Darauf, ob du ein braver Junge bist, Jimmy.«

Simpson putzte sich wieder die Nase, und Jimmy sah voller Befriedigung am Taschentuch, daß sie immer noch blutete.

»Wird das denn lange dauern?«

»Nicht lange. Vielleicht höchstens eine Stunde«, antwortete Lawrence. Er log, hatte aber ohnehin keinen blassen Schimmer, was Cardiff von ihm wollte.

»Eine Stunde *vor* oder *nachdem* wir irgendwo in einer dunklen Gasse angehalten haben?«

»Was?«

»Soll das heißen, ihr wollt mich diesmal nicht weichklopfen wie sonst? Mir nicht die blutige Nase heimzahlen, auch wenn ihr mir fast die Birne eingeschlagen habt?«

»Reiz mich nicht«, murmelte Simpson in sein Taschentuch.

»Das reicht jetzt!« keifte Lawrence. Und dann zu Devlin: »Du solltest mich besser kennen, Jimmy.«
»Ja, wahrscheinlich«, gab Jimmy widerwillig zu. »Aber ich wünschte, das gleiche könnte ich von deinen Vorgesetzten behaupten.«
»Was meint er damit?« fragte Simpson.
»Vergiß es«, erwiderte Lawrence.
Jimmy lachte verächtlich. Er schaute hinaus auf den regennassen Gehsteig und die verfallenen Ziegelfassaden leerstehender und heruntergekommener Fabriken, als versuche er, etwas zu erkennen. Dann wandte er sich wieder an Lawrence. Er sah sich seinen Hinterkopf genau an, bevor er sagte: »Zwei Jahre im Bau, Sergeant.«
»Du hast es wahrscheinlich verdient.«
Jimmy lachte ironisch: »Davor hatte ich zwei Jahre Ausbildung auf einer Werft. Dann ist die Werft mit Mann und Maus untergegangen, und ich war drei Jahre auf Stütze. Meinst du, das hab' ich auch verdient?«
»Keiner verdient das, Jimmy.«
»O ja, ich hab' ganz vergessen, du warst ja selber Schweißer auf einer Werft, nicht wahr, Sergeant?« Jimmy ließ den Mann am Steuer nicht aus den Augen. Simpson sah, daß sich die beiden viel besser kannten, als er angenommen hatte.
»Dreizehn Jahre, Kleiner. Aber das weißt du ja alles.«
»Vielleicht hätte ich auch zur Polizei gehen sollen wie du. Das wär' doch ein echter Knüller gewesen, oder?«
»Der absolute, Jimmy. Der absolute Knüller.«
Jimmys Blick wurde von grell auf dem Gehsteig reflektierenden Neonlichtern aus einer Arbeiterbar angezogen. Er hatte eine flüchtige Vision von einer Bar, der Leute darin und von jemandem, der Chris Reas »Joys of Christmas Northern Style« sang, dann war alles schon wieder vorbei, nach kaum einer Sekunde. Jetzt fuhren sie durch dunklere, dreckige

Straßen. Aber die flüchtigen Bilder brachten bohrende Gefühle mit sich. Und genau wie die Diashow von Licht und Dunkel, die vorbeiziehende Straßenlaternen in das dahinrasende Auto warfen, waren diese Gefühle abwechselnd gut und schlecht.

Er hatte Pamela in einem Club kennengelernt. Sie war Sängerin. Nicht eine von diesen Trällerlerchen, die endlose Runden durch die Kneipen mit anonymen Hintergrundgruppen drehten. Pamela betrachtete sich als »Solo«. Sie spielte selbst Keyboard und sang Versionen von populären Songs, die für Jimmy besser klangen als das Original. Er hatte sich auf Anhieb in sie verliebt und folgte ihren Auftritten von Club zu Club, zu schüchtern, sie so anzusprechen, wie er sonst Frauen ansprach, die er attraktiv fand. Jetzt mußte er bei dem Gedanken lachen, daß das Wort »schüchtern« je auf ihn zugetroffen hatte. Pamela war etwas Besonderes. Tief in seinem Innersten wußte er, daß die direkte Masche des Anmachens bei ihr falsch war. Er hatte oftmals gesehen, wie andere das bei ihr versuchten, und obwohl er zu gerne eingegriffen hätte, wenn die Typen zudringlich wurden, hatte er nur voller Ehrfurcht ihre ungeheuer wirksamen Abfuhren beobachtet. Auf keinen Fall durfte sie ihn als einen von denen sehen. Nach einiger Zeit hatte sie ihn bemerkt. Und er kam sich vor wie der Größte, aber auf eine Art, die nichts mit diesen Machonummern zu tun hatte. Sie war etwas Besonderes – und sie hatten gut zusammengepaßt. Sie war natürlich schon einmal verheiratet gewesen, und es überraschte ihn auch nicht, als er herausfand, daß sie zwei Kinder hatte: Cathy und Noel, sieben und fünf. Ihr Exmann war aus nicht näher erläuterten Gründen eines Tages einfach abgehauen und ward nie wieder gesehen. Jimmy schimpfte ihn einen Narren und dankte ihm gleichzeitig, daß er den Weg für ihn freigemacht hatte. Pamela und er lebten jetzt schon eine Weile zusammen, und bis vor kurzem

war Jimmy nahe daran, so glücklich zu sein, wie es ihm bis jetzt verwehrt gewesen war: sowohl als Liebhaber als auch als Ersatzvater.
Aber dann hatten sich die Dinge plötzlich geändert – bei Pamela, nicht bei ihm. Sie hatte ihn zunächst regelmäßig im Gefängnis besucht. Im Lauf der Monate konnte er feststellen, daß das Besondere, was zwischen ihnen gewesen war, allmählich abnahm. Pamela war der eigentliche Grund für seine Verhaftung gewesen. Sie war diejenige mit den Schulden und Geldproblemen gewesen, und sie hatte den Überfall auf den Juwelierladen vorgeschlagen.
Nach seiner Entlassung und Rückkehr wußte er, daß seine Abwesenheit alles ruiniert hatte. Eines Tages war er früher nach Hause gekommen und hatte sie mit einem anderen im Bett erwischt. Die Kinder hatte sie zu ihrer Mutter geschickt.
Auf einmal fielen ihm die Geschenke ein.
»Wo sind die Geschenke?«
»Welche Geschenke?« nuschelte Simpson durch sein blutiges Taschentuch.
»Die Weihnachtsgeschenke, die ich für die Kinder gekauft habe. Ihr habt sie in dieser Scheißbar gelassen, stimmt's? Ich sollte euch ...!«
»Beruhige dich.« Lawrence griff zum Mikrofon, funkte zum Hauptquartier und forderte einen Polizisten an, der in die Bar gehen sollte.
»Verfluchte Idioten«, murmelte Jimmy. »Wie ich *diesen* Club kenne, sind sie inzwischen gestohlen.«
»Verklag uns auf Schadensersatz«, sagte Lawrence, bog von der Schnellstraße ab und hielt im Vorhof vom Fernley House.
Jimmy war vorübergehend geblendet durch das orange Licht, das plötzlich die Windschutzscheibe erleuchtete. Allmählich löste sich das Orange in vier Baustellenlampen auf, und dann sah er den Kordon und die Straßensperre mit

ihrem schwarzweißen Pfosten, die vor ihnen die Zufahrt zur Einfahrt des Bürohauses und des Parkplatzes blockierte. Eine kleine Gruppe Menschen stand davor, in dicken Mänteln gehüllt und mit Kappen und Hütten, die anscheinend versuchte, sich an einem halben Dutzend Polizisten auf der anderen Seite der Barriere vorbeizuquetschen. Die Männer und Frauen sahen den Wagen heranfahren und stehenbleiben. Hektisch gestikulierend liefen sie durch den Regen auf das Auto zu.

»Was zum Teufel ist denn hier los?« fragte Jimmy.

Und da hatten die ersten auch schon das Auto erreicht. Gesichter preßten sich gegen die Scheiben, aufgeregte Stimmen übertönten das Geräusch des Regens und des Windes, und Fäuste hämmerten gegen die Autofenster. Irgendwo zuckte ein Blitzlicht auf, und endlich wußte er, wer diese Leute waren.

»Scheißpresse«, murmelte Sergeant Lawrence.

Einer der gelb angezogenen Polizisten kämpfte sich per Ellbogen zu Lawrence' Fenster durch. Der Sergeant kurbelte es herunter, und während er seine Marke zeigte, konnten sie die gebrüllten Fragen hören. Eisige Luft strömte in den Wagen.

»Kommen Sie, Sergeant. Was ist da drinnen los?«

»Stimmt es, daß *alle* Leute da drin verschwunden sind?«

»Einen Massenmord können Sie nicht so lange geheimhalten ...«

»Verpiß dich!« sagte der Polizist, der Lawrence' Ausweis überprüfte.

»Dürfen wir das zitieren?« fragte ein weißgesichtiger, rotnasiger Reporter.

»Hören Sie, Sie müssen ...«

»Wir haben Jimmy Devlin da hinten drin«, sagte Lawrence.

Der Polizist steckte seinen Kopf durchs Fenster und musterte Jimmy wie ein seltenes, exotisches Tier.

»Das ist er also, ja?« fragte der Polizist unnötigerweise.
Lawrence murmelte etwas, das Blitzlicht leuchtete wieder auf und wurde sofort von einem blauweißen Blitz und grollendem Donner erwidert.
Zu spät hielt sich Jimmy seine nicht gefesselte Hand vors Gesicht.
»Wir machen die Schranke auf. Ihr könnt ihn direkt reinfahren.«
»Was immer da los ist«, sagte Jimmy ehrfürchtig, »ich war's nicht.«

2

Bis Jimmy sich überlegt hatte, daß jetzt die beste Gelegenheit zur Flucht wäre, war es bereits zu spät. Man führte ihn im Eiltempo durch den Sturm in die Empfangshalle, wobei er sich wie auf dem Weg zur Hinrichtung vorkam. Durchgefroren und bis auf die Haut durchnäßt, führte man ihn am Empfangsschalter und den hektischen Polizeiaktivitäten vorbei in das Büro, das als Basis für die Untersuchung diente.

Aufgrund einer Geste von Lawrence hatte Simpson die Handschellen entfernt. Blitzschnell überlegte sich Jimmy, ob er sich gegen die Sicherheitsglasscheiben werfen sollte, verwarf aber gleich darauf den Gedanken. Dann sah er die Reflektionen der grünen PC-Monitore und die davor sitzenden Polizisten. Lawrence ging weiter zu einem anderen Büro, klopfte und schob die Tür auf.

Jimmy blieb zwischen den beiden Polizisten stehen, als er Cardiff an einem Schreibtisch sitzen sah; hinter ihm prasselte der Regen gegen ein Außenfenster. Der Sergeant und der Constable waren bereits zwei Schritte weiter auf ihren Vorgesetzten zugegangen, als sie merkten, daß sie Jimmy hinter sich gelassen hatten. Sie schickten sich an, ihn zu holen, etwas betreten und ängstlich, weil er vielleicht versuchen würde zu fliehen, aber das war nicht nötig. Jimmy würde nirgends hingehen.

»Sie?« fragte Jimmy überrascht und mit einem schiefen Lächeln, das aber keine Spur von Humor zeigte.

»Hallo, Jimmy«, sagte Cardiff.

Sie starrten sich lange fünf Sekunden an. Dann gab der

Sergeant Devlin einen Schubs, und er ging auf den Schreibtisch zu, hinter dem Cardiff saß.
»Also gut, Cardiff. Werden Sie mir meine Rechte vorlesen?«
Cardiff beugte sich vor. »Kommt drauf an, ob Sie verhaftet sind oder nicht, nicht wahr, Jimmy?«
»Was soll das heißen?«
»Also, was mich betrifft, sind Sie nur hier, um uns bei einer Untersuchung zu helfen. Wenn wir uns unterhalten haben, steht es Ihnen frei, nach Hause zu Frau und Kindern zu gehen und Ihr Weihnachten zu genießen. Andererseits, wenn Sie Schwierigkeiten machen wollen, dann werden wir Sie tatsächlich wegen Körperverletzung anzeigen. Ich lese Ihnen Ihre Rechte vor, Sie können Ihren Anruf machen und dann Weihnachten in der Zelle verbringen.«
»Sie sind ein Schwein, Cardiff. Das waren Sie immer.«
»Also?«
»Na schön, aber ich werde bald zu Hause erwartet.«
»Zum Geschenkeeinpacken?«
»Vorsicht, Cardiff. Wenn ich über Weihnachten in der Zelle bleiben muß, reiß' ich Ihnen die Hochzeitsausrüstung ab, bevor Sie mich einbuchten.«
»Schon gut, Jimmy. Schon gut. Laß uns jetzt höflich zueinander sein.« Cardiff zeigte auf den Stuhl gegenüber seines Schreibtisches, und Jimmy setzte sich widerwillig.
»Brauchen Sie das auf Band, Sir?« fragte der Sergeant.
»Nein, ich glaube nicht«, erwiderte Cardiff, den Blick immer noch auf Jimmy gerichtet. »Noch nicht.« Jetzt schaute Cardiff den Constable an, der versuchte, erneutes Nasenbluten mit einem inzwischen scharlachroten Taschentuch wegzutupfen. »Sie sollten die Nase besser einem Arzt zeigen.«
»Ja, Sir.« Der Constable ging zur Tür. Jimmy schaute ihm nach und fragte sich, wie lange es wohl dauern würde, bis er den Typen auf der Straße wiedertreffen würde. Sicher dach-

te er, daß da eine Schuld zu begleichen war. Das war Jimmy schon öfter passiert. Er hatte sich dran gewöhnt.
Jimmy drehte sich zu Cardiff um. »Okay, hier bin ich wie ein braver Junge. Und ich kooperiere. Was wollen Sie wissen?«
»13. Juli 1988. Einkaufszentrum Fernley.«
»Scheiße!« Teils wütend, teils verächtlich wandte Jimmy sich von ihm ab und starrte die Tür an, während er versuchte, seine Gefühle wieder unter Kontrolle zu bringen. »Das ist es also ...«, sagte er leise, brach dann aber vor Wut ab. Etwas ruhiger geworden, fuhr er fort: »Das haben wir doch alles schon einmal durchgekaut, damals, als es passiert ist, Cardiff. Da gibt's nichts mehr zu sagen. Es ist alles ... wie heißt das noch? ... Teil des offiziellen Berichts.«
Cardiff öffnete eine Akte auf seinem Schreibtisch. »Jimmy Devlin. Andrew MacAndrews, bekannt als Mac. Und Donald Flannery. Alle drei vorbestraft. Am 13. Juli 1988, 23 Uhr 32, wurde Devlin während eines Raubüberfalls auf einen Juwelierladen im Einkaufszentrum Fernley festgenommen ...«
»Festgenommen?«
»Das steht hier.«
»Schafscheiße! Sie und Pearce hatten in der Nacht das Kommando. Und ich hab' euch angerufen, als es ... passiert ist.«
»In Panik angerufen. Irgendeinen ungereimten Quatsch geredet, daß etwas passiert wäre, während ihr den Laden ausgeraubt habt.«
Jimmy sagte nichts, wartete, daß Cardiff fortfuhr. Aber Cardiff saß ungerührt da und sah ihn an.
»Okay«, fuhr Jimmy fort. »Also, aus keinem ersichtlichen Grund rufe ich die Bullen an und sage ihnen, sie sollen zum Einkaufszentrum Fernley kommen, weil etwas Schlimmes passiert ist. Weil Mac und Flannery tot sind.«
»Und als Sie da abhauen, laufen Sie direkt einem Streifenwagen in die Arme, der Sie nach einer Verfolgungsjagd verhaftet. Erst dann sagen Sie, daß Sie es waren, der angerufen hat.

Es war ein anonymer Anruf. Erinnern Sie sich an den Teil der Geschichte? Das haben Sie alles ausgelassen, Jimmy.«

»Sie haben mich reingelegt, Sie Schwein. Mich nach allen Regeln der Kunst reingelegt.«

»Mir kommen die Tränen.«

»Sie und Ihre verfluchten Kumpel haben mir die drei anderen Überfälle angehängt. Obwohl ich sie nicht gemacht hab', bin ich dafür zwei Jahre in den Bau gegangen. Das Ding im Juwelierladen geht nicht auf mein Konto.«

»Armer Jimmy. Ein Opfer der Polizei.«

»Hören Sie ... was zum Teufel soll ich hier, Cardiff? Ich hab' meine Zeit für das Ding abgesessen und auch für die anderen, die Sie mir angehängt haben. Was zum Teufel soll das also hier?«

»MacAndrews und Flannery.«

»Was ... soll das heißen, sind sie wieder aufgetaucht? Aber das ist unmöglich. Ich hab' gesehen, was mit ihnen passiert ist. Sie *müssen* tot sein, nach dem ...«

»Nein, sie sind immer noch vermißt, Jimmy. Ich möchte nur, daß Sie mir noch mal erzählen, was mit ihnen passiert ist.«

»Ich hab' Ihnen doch alles erzählt! Ich hab' alles erzählt, und keiner wollt's mir glauben, also hab' ich meine Geschichte geändert.«

»Dann erzählen Sie mir's noch mal, und zwar die *Original*-Geschichte.«

»Ja, also ... die haben wir doch damals auch schon durchgekaut, nicht wahr?«

»Sie haben Ihre Geschichte aber geändert.«

»Keiner hat mir geglaubt, Cardiff. Sie am allerwenigsten. Sie haben gedacht, ich will mich mit verminderter Zurechnungsfähigkeit rausreden. Keine Gerichtsverhandlung, nur ein gemütliches Irrenhaus.«

»Und Ihre Komplizen sind verschwunden – auf Nimmerwiederseh'n.«

Jimmy biß die Zähne zusammen. Cardiff sah, daß die Knöchel seiner Hand, mit der er den Stuhl umklammerte, schneeweiß waren. Er fing an zu reden, und seine Stimme klang verbittert und guttural.

»Das ist, weil sie tot sind.«

»Das sagen Sie. Aber wo sind die Leichen? So wie wir das sehen, haben sie die Fliege gemacht und verstecken sich seitdem.«

»Zwei Jahre lang?«

»Sie hatten beide Stil, Jimmy. Mehr Stil als Sie. Und es gab noch andere Gründe, warum wir die beiden haben wollten. Andere Dinger, die sie im Laufe der Jahre gedreht haben, für die wir sie festsetzen können.«

»So wie Sie mich festgesetzt haben? Ich hab' wegen Ihnen zwei Jahre gesessen, Cardiff.«

»Ein unschuldiger Mann, was? Sie sind also *kein* Dieb?«

»Hören Sie, Cardiff. Wir haben diesen Juwelier ausgeraubt. Wäre sinnlos, das abzustreiten. Dann ist dieses ... *Ding* passiert. Und sie sind beide getötet worden, egal, was Sie sagen. Ich hab' Sie angerufen. *Ich!* Warum zum Teufel hätte ich das wohl tun sollen, wenn nicht etwas Schlimmes passiert war? Wir hätten das Ding einfach durchziehen können, und das wär's gewesen. Wir waren an den Sicherheitsleuten vorbeigekommen und schon im Laden, um das Zeug rauszuholen. Glauben Sie mir, die Sache war kinderleicht. Wir wollten gerade abhauen. Macht keinen Sinn, was?«

Jimmy schwieg eine Weile, und Cardiff sah, daß er die Situation neu überdachte. Schließlich fuhr er fort: »Hören Sie, Cardiff, es war dunkel. In der Nacht war ein Sturm. Genau wie heute nacht, Lichter und Schatten. Ich weiß es nicht. Vielleicht hab' ich Gespenster gesehen. Vielleicht ist das, was ich geglaubt habe zu sehen, den beiden gar nicht passiert.«

Jimmys Worte setzten sich in Cardiffs Bewußtsein fest. *In der Nacht war ein Sturm. Genau wie heute nacht.* »Also, erzählen Sie mir's noch einmal. Was ist mit MacAndrews und Flannery passiert?«

»Sie ...«

Irgendwo draußen gab es einen Aufruhr. Laute Stimmen und das Klappern von Glastüren waren zu hören. Die Tür zum »Verhörraum« öffnete sich wieder, und Sergeant Lawrence steckte den Kopf um die Ecke.

»Sir ...?«

Das Geräusch näherte sich.

»Was zur Hölle ist denn da los?« fragte Cardiff.

»Ich glaube, Sie sollten besser kommen, Sir. Wir haben Besucher.«

Cardiff stand fluchend auf, und PC Simpson kam wieder ins Zimmer.

»Und was ist mit mir?« fragte Jimmy wütend.

»Sie bleiben hier«, sagte Cardiff. »Sie behalten ihn im Auge, Simpson.«

Der Police Constable mit der blutigen Nase nieste in sein Taschentuch und warf Jimmy einen wütenden Blick zu, als Cardiff mit Lawrence den Raum verließ.

Jimmy lächelte, lehnte sich im Stuhl zurück und verschränkte die Hände über dem Bauch.

»Sie wären mit dem zerbrochenen Glas wirklich auf mich losgegangen, stimmt's?« fragte Simpson.

»Nein«, erwiderte Jimmy. »Ich mach' nur immer viel Wind, mehr nicht. Aber das glauben Sie wahrscheinlich nicht. Also, was soll's, hm?«

»Nicht alle Polizisten sind Schweine.«

Jimmy lächelte.

»Und was bringt der gute Santa Claus denn dir heuer?« fragte er. Simpson schnitt eine Grimasse und putzte sich wieder die Nase.

3

Cardiff war am Korridor zum Empfangsbereich angelangt und sah die Ursache des Aufruhrs sofort.
Ein großer, blonder Mann mit weitem Mantel stand neben der gläsernen Eingangstür und schüttelte sich die Nässe von seinem Mantel.
Pearce stand vor ihm. Er redete wütend auf ihn ein und zeigte auf die Türen, durch die sich gerade zwei andere Männer mühsam hereinzwängten, begleitet von einer Böe eisiger Luft, die Cardiff sogar trotz der Entfernung spürte.
Die Männer trugen große Metallbehälter, eine Art Metallkoffer, und Cardiff hörte Pearce rufen: »Wer, verdammt noch mal, sind diese Leute?«
Der blonde Mann schien ihn vollkommen zu ignorieren. Ein Police Constable mit gelber Jacke, einer der Posten von der Sicherheitsschranke, folgte verlegen den beiden Männer mit den Koffern, die jetzt den Empfangsbereich betraten. Pearce fuhr ihn wütend an, und der Polizist breitete resigniert die Arme aus.
Cardiff schritt den Korridor entlang auf sie zu, gefolgt von Lawrence.
Die Außentür schlug wieder auf. Ein vierter Fremder, ebenfalls mit weitem Mantel, kam herein und drängte sich an Pearce und dem Constable vorbei.
»Und wer zum Teufel ist *das?«* fragte Pearce den Constable. »Dieses Ding da draußen ... das Ding, das Sie angeblich überwachen sollen, falls Sie das vergessen haben, ist eine Sicherheitsabsperrung. Aber nach dem, was sie nützt, könnten wir genausogut auf sie verzichten!«

»Sie haben sich ausgewiesen, Sir«, sagte der Constable kleinlaut. »Es sind Männer vom ...«
»Das ist mir egal. Auch wenn sie vom Raumschiff Enterprise sind, Sie sollen alle Leute ...«
»Ist schon in Ordnung, Pearce«, sagte Cardiff, der jetzt bei ihnen angelangt war.
Der blonde Mann hob endlich den Kopf, und sein Blick begegnete dem Cardiffs.
Und dann passierte anscheinend etwas. Etwas, das Cardiff nicht erklären konnte, aber es war von einer seltsamen Klarheit und Intensität, die ihn erschütterte. Weil er glaubte, daß von den eisig blauen Augen des großen, blonden Fremden diese Frage ausging.
Bist du es?
Draußen flackerten Blitze und erleuchteten die gläserne Empfangshalle. Das Krachen und hohle Rumpeln des Donners ließ die Scheiben klirren. Und Cardiff glaubte wieder, diese unausgesprochene Frage zu hören:
Bist du es?
Cardiff behielt Augenkontakt mit dem Fremden, bis er vor ihm stand.
Der Fremde begann zu sprechen, und seine Stimme war absolut ausgeglichen und ruhig. Es überraschte Cardiff nicht sonderlich, daß die Stimme des Mannes vertraut klang, obwohl sie sich noch nie begegnet waren.
»Mein Name ist Rohmer«, sagte er eigenartig lächelnd. »Ich bin von D21. Und das sind meine Männer.« Rohmer holte seinen Ausweis heraus und zeigte ihn Cardiff. Der hatte etwas Ähnliches an Ausweis nur viermal während seiner Laufbahn gesehen. Und jedesmal hatte es bedeutet, daß ihm die Untersuchung, mit der er gerade beschäftigt war, bald entzogen werden würde. »Mein Kollege heißt Duvall.« Der andere Mann mit dem weiten Mantel klappte kurz seinen Ausweis auf. Er hatte kurzes, schwarzes Haar mit einem

akkuraten Scheitel. Sein blasses, etwas ausdrucksloses Gesicht täuschte aber nicht über eine unzweifelhaft harte und gnadenlose Effizienz hinweg.

Pearce tauchte neben Cardiff auf. »Tut mir leid, Sir. Man hätte sie an der Sperre aufhalten müssen.«

»Vergessen Sie's.« Cardiff schaute hinüber zu den anderen beiden Männern, die unter den wachsamen Augen von Pearce' Männern ihre Metallkoffer vorsichtig im Hauptempfangsbereich abstellten. Der Polizist mit der gelben Jacke trat nervös von einem Fuß auf den anderen. Er war verunsichert und wußte nicht, was er jetzt tun sollte.

»Und die anderen beiden?« fragte Cardiff.

»Gilbert und Frye. Sie sind ... Wissenschaftler.« Rohmer drehte sich von Cardiff weg und ging auf sie zu. Zu viele Fragen waren offen. So schnell wollte Cardiff sich aber nicht aus der Untersuchung drängen lassen. Zumindest so lange nicht, bis er herausgefunden hatte, was in diesem höllischen Bürohaus vor sich ging.

»Rohmer?«

Der blonde Mann drehte sich zu ihm um.

»Das reicht nicht.«

Rohmer lächelte wieder so seltsam und kam zu ihm zurück.

»Sie haben doch sicherlich Anweisungen von D21 erhalten?«

»Nein.«

Rohmer überlegte kurz, als würde er Cardiff abschätzen. Irgendwo am Himmel donnerte es wieder, und Regen prasselte gegen die Fenster.

»Top Security Clearance von Ihrem Hauptquartier? Wir haben einen Codenamen für unsere Operation.«

Cardiff schüttelte den Kopf, und jetzt verschwand auch der kleine Anflug von Humor in Rohmers Augen. Seine Stimme war jetzt barsch und zackig.

»Darkfall.«

»Hab' keine Ahnung, wovon Sie reden«, sagte Cardiff und

sah aus dem Augenwinkel, daß Pearce ihn fragend ansah. *Darkfall.* Das Wort auf dem Computermonitor, kurz bevor die Nachricht abstürzte.
»Das ist nicht möglich«, fuhr Rohmer fort. »Sie müssen Anweisungen erhalten haben.«
»Der Sturm hat die Telefonleitungen lahmgelegt. Unser Funk spielt verrückt.« Die Köpfe der beiden Neuankömmlinge am Empfang schnellten hoch.
»Und ihr Computer-Link?«
»Die Nachrichten sind verstümmelt. Wie ich schon sagte – der Sturm.«
Rohmer lächelte wieder, und diesmal sah es aus, als hätte er gerade die beste Nachricht des Abends erhalten. Einer der Neuankömmlinge eilte auf sie zu.
»Dann schlage ich vor, daß Sie einen Ihrer Leute ins Hauptquartier zurückschicken und sich Ihre Befehle schriftlich geben lassen.«
»Das habe ich bereits getan. Wir warten darauf.«
Cardiff wandte sich jetzt dem auf sie zuhastenden Neuankömmling zu. Der Mann war schmächtig, mit hängenden Schultern, einem rosa Gesicht und einer Brille, die seine Augen vergrößerte, so daß die Höhlen wie tiefe Furchen in seinem Schädel aussahen. Er ordnete die nassen Haarsträhnen über seine Glatze, und seine vergrößerten Augen sahen erschrocken aus.
»Telefone und Funk ausgefallen?« fragte er.
»Ja«, sagte Rohmer, ohne den Blick von Cardiff zu wenden.
»Und Sie ... Sie sagten, die Computerbotschaften wären ...«
»Verstümmelt«, vollendete Rohmer den Satz für ihn. »Das hat der Mann gesagt.«
»Hör mal, Rohmer, wir haben Anweisung ...«
»Klär das mit Frye.«
»Wenn das, was er sagt, stimmt, können das keine wetterbedingten Effekte sein.«

»Wir haben doch vorher Messungen vorgenommen, nicht wahr?«
»Ja, aber ...«
»Und Frye macht jetzt auch Messungen, nicht wahr?«
»Sie sind negativ«, sagte der Mann am Empfangsbereich. Cardiff drehte sich um und sah, daß der andere Mann einen der Metallkoffer geöffnet und eine Art Kopfhörer herausgezogen hatte, die er jetzt aufsetzte. Der Metallkoffer war ein tragbarer Computer.
»Die Anzeigen sind alle negativ.«
»Sehen Sie, Gilbert. Kein Grund zur Sorge.«
»Vielleicht können wir damit anfangen, daß Sie mir erzählen, was das alles soll, Rohmer?« sagte Cardiff. »Wir stecken mitten in einer Untersuchung, und, offen gesagt, wir wollen nicht, daß irgend jemand von Central Headquarters uns bei der Arbeit behindert.«
»Wir sind jetzt ein Teil Ihrer Untersuchung.«
»Erklären Sie das.«
»Für den Augenblick haben Sie noch das Kommando, Cardiff. Wir werden eine Reihe wissenschaftlicher Tests durchführen – ganz unabhängig von Ihrem gerichtsmedizinischen Team. Wenn Sie dann Ihre Order vom Hauptquartier bekommen, werden Sie sehen, daß Sie Ihre Leute abziehen und alles uns überlassen sollen. Für den Augenblick werden Sie die Vor-Ort-Verantwortung für die Operation behalten, aber uns jede geforderte Unterstützung geben. Lassen Sie uns einfach weitermachen.«
»Keine Fragen, keine Behinderungen?«
»Richtig. Ihre neuen Order werden auch bestätigen, daß ich die Gesamtleitung der Untersuchung übernehmen soll. Wir sind das vorläufige Forschungsteam. Eine weitere Einheit von Regierungsbeamten und Kriminologen ist bereits auf dem Weg hierher, um Ihre Leute abzulösen.«
»Nicht gut genug, Rohmer.«

»Für den Augenblick sollen Sie ganz normal weitermachen.«
»Immer noch nicht gut genug.«
Rohmer lächelte wieder so merkwürdig.
»Ich habe nur Ihr Wort«, fuhr Cardiff fort. »Das reicht nicht. Wenn Sie Hilfe wollen und keine Steine in den Weg gelegt kriegen wollen, werden Sie einige Fragen beantworten müssen.«
»Sie könnten ernsthafte Schwierigkeiten bekommen, Cardiff. Diese Anweisungen ...«
»*Falls* sie eintreffen.«
»Wie Sie schon sagten, falls diese Anweisungen eintreffen, werden Sie sehen, daß Sie von ganz oben kommen. Ich glaube nicht, daß irgendwelche Hindernisse von Ihrer Seite zu diesem Zeitpunkt auf Gegenliebe stoßen werden.«
»Lassen Sie mich das anders formulieren. Beantworten Sie ein paar Fragen, ansonsten treffe ich meine eigenen Vorkehrungen.«
»Und was sind das für Vorkehrungen?« fragte Rohmer lächelnd.
»Ich werde Sie in den gottverdammten Schnee rauswerfen lassen, bis meine neuen Order da sind.«
»Gilbert!« Der Mann mit den Kopfhörern gestikulierte heftig. Gilbert drehte sich um und eilte zu ihm.
»Dann sind wir wohl bei einem Patt angelangt, bis ...«, begann Rohmer.
Und dann waren da plötzlich die Schreie.
Cardiff wirbelte erschrocken herum und sah, daß alle anderen genauso reagierten. Ein gräßlich gepeinigter Mißklang hallte dröhnend durch das ganze Haus. Es war ein ohrenbetäubender Chor menschlicher Agonie, vielleicht Hunderte von Männer- und Frauenstimmen, die in Todesqualen heulten und kreischten.
Aber es war niemand zu sehen.
Cardiffs Augen suchten blitzschnell den Korridor und den

umliegenden Bereich ab; die Schreie schienen von überall und nirgends herzukommen. Das grauenhafte Erleben wurde durch die entsetzliche *Nähe* dieser Stimmen noch verstärkt. Cardiff rannte zu den Glastüren, wischte die Kondensation von der Scheibe und schaute hinaus in die Nacht, in das verschwommene orange Leuchten des Verkehrskordons – aber er konnte nichts entdecken. Pearce lief schnell hinter den Empfangstresen und riß die Tür auf. Dahinter saß zu Salzsäulen erstarrt das Computerpersonal. Einige hielten sich die Ohren zu, und die Schreie wollten kein Ende nehmen.

Cardiff stürzte wieder zurück in die Lobby. Nur Rohmer ließ das entsetzliche Geschehen anscheinend kalt, soweit Cardiff sehen konnte, als er an ihm vorbeieilte. Die Tür des Einsatzraumes sprang auf, und Simpson stürmte in den Empfangsbereich, gefolgt von Jimmy Devlin.

»Was zur Hölle ...?« fragte Simpson und sah sich voller Entsetzen um.

Es waren die ersten Worte seit Beginn des Tumultes, und in Cardiff prägten sich diese Worte unerbittlich ein. Diese kreischenden, heulenden, gequälten Stimmen klangen tatsächlich wie eine Horde Verdammter in der Hölle. Jemand mußte irgendwo eine Tür zum Hades geöffnet haben.

»Woher kommt das?« brüllte Pearce gegen die Schreie an.

O Gott, steh mir bei! GOTT STEH MIR BEI, jammerte eine Stimme lauter, als die anderen. *ES TUT WEEEEEH!*

Donner krachte, und Cardiff spürte die Vibrationen unter seinen Füßen. Und dann hörte er noch etwas, das ihn total entsetzte. Eine andere, wieder eine Männerstimme, rief, und diesmal hallte es deutlich verständlich durch die Empfangshalle:

Hilf mir! Hilf mir! HILF MIR, CARDIFF!

Es war eine Stimme, die er kannte.

Der Schock vergrößerte sich, als Cardiff eine weitere Stimme in diesem Chaos der Qualen erkannte.

Laßt mich raus! LASST MICH RAUS! LASST MICH ...
Und dann krachte wieder ein Donner, und seine Wucht schlug die Tür zur Hölle zu. Die Stimmen verstummten abrupt.
Alle blieben wie versteinert stehen, schauten sich an und warteten darauf, daß der Tumult erneut begann. Nichts geschah. Sekunden später hörte Cardiff aufgeregte Stimmen aus dem Einsatzzimmer. Die Schreckensstarre der Leute löste sich allmählich. Durch die offene Tür konnte er die Computerleute sehen; einige hielten sich noch immer die Ohren zu, andere schauten sich irritiert die Wände und die Decke an.
»Alle okay da drin, Simpson?«
»Ja ... ja ...«, erwiderte der Constable. »Ich glaube schon, aber ...«
»Mein Gott, Jack«, sagte Sergeant Lawrence. »Was war das?«
Alle kamen langsam wieder zu sich. Pearce ging auf Cardiff zu.
»Was zur Hölle war *das?*« brüllte Jimmy und versuchte, sich an Simpson vorbei in die Lobby zu drängen. Simpson versuchte sein Bestes, ihn aufzuhalten. Seine Nase blutete wieder.
»Devlin!« rief Cardiff barsch. »Benehmen Sie sich, wenn Sie nach Hause wollen.«
Rohmer drehte sich schnell um und schaute Jimmy an.
»Devlin«, flüsterte er verwundert.
Pearce packte Cardiff am Ärmel. Seine Augen flackerten vor Erregung.
»Einer von ihnen hat Ihren Namen gerufen«, sagte er.
»Ich weiß ...«
Im nächsten Moment standen Rohmer und Gilbert neben ihm.
»Wissen Sie, wer es war?« fragte Rohmer mit dieser ruhigen, wohlklingenden Stimme. Cardiff sah ihm an, daß er der einzige war, den das soeben Gehörte anscheinend kalt ließ. Sein Gesicht zeigte lediglich großes Interesse.

»Ja«, antwortete Cardiff. »Der, der meinen Namen gerufen hat, war Evans, mein Fahrer – einer von den Police Constables, die verschwunden sind. Der andere war Farley Peters – ein Journalist.«
»Wollen Sie damit sagen, daß noch *mehr* verschwunden sind?« fragte Gilbert fassungslos. Sein Gesicht war schweißnaß und voller Angst. Cardiff sah, daß er Handschuhe trug und nervös an ihnen zupfte, als hätte er Angst, sie zu verlieren. »Ich meine … seit dem ersten Verschwinden?«
Und dann erinnerte sich Cardiff: »O mein Gott. Die Leute von der Gerichtsmedizin oben. Sie suchen am selben Platz, an dem …«
Pearce eilte zu den Aufzügen.
»Da kommt jemand runter.«
Cardiff drängte sich an Rohmer und Gilbert vorbei zu ihm, und sie beide beobachteten, wie das Kontrollicht des Aufzugs langsam seinen Abstieg vom vierzehnten Stock begann.
… neun … acht … sieben …
Und hinter sich hörte Cardiff, wie Rohmer und Gilbert sich leise unterhielten.
»Frye hatte eine Anzeige«, sagte Gilbert mit seiner gebrochenen Stimme. »Nur ganz kurz, bevor diese … Geräusche angefangen haben. Jetzt hat es aufgehört. Aber es könnte ein Einschlag gewesen sein. Nicht wahr, Rohmer?«
… sechs … fünf … vier …
»Rohmer«, fuhr Gilbert fort. »Haben Sie gelogen? Es passiert doch immer noch, nicht wahr?«
»Nein, tut es nicht. Wir sind absolut sicher.«
… drei … zwei …
»Aber was, wenn wir einen Umkehrer kriegen?«
»Dafür haben wir Duvall.«
Cardiff sah, wie Duvall sich langsam seinen Mantel aufknöpfte und sich hinter sie vor den Aufzug stellte.
… eins … Erdgeschoß …

»Bitte gehen Sie von den Aufzügen weg«, sagte Duvall. Es war das erste Mal, daß er etwas sagte. Seine Stimme war kultiviertes Oxbridge, und sein grimmig entschlossener Ton ließ Cardiff und Pearce gehorsam beiseite treten. Etwas wie Haß begann in Cardiff aufzukommen, Haß darauf, daß er jetzt den Befehlen dieser Neuankömmlinge gehorchte – dieser Neuankömmlinge, die anscheinend wesentlich mehr als er über die Vorfälle hier wußten.

»Was zur Hölle ...?« begann Cardiff, und dann sah er, wie Duvall in seine Manteltasche griff. Er spürte seine Spannung, als sich die Aufzugstüren langsam öffneten.

»Vorsicht!« brüllte Pearce, als eine Gestalt aus dem Aufzug taumelte. Cardiff schob Duvall zur Seite, da er die Gestalt sofort erkannt hatte. Es war einer der Leute aus dem Labor: Edgar.

»Diese Geräusche!« keuchte Edgar, als er in den Korridor torkelte.

Duvall nahm die Hand aus der Tasche und ging beiseite. Drei weitere Mitglieder des gerichtsmedizinischen Teams taumelten aus dem Aufzug heraus. Cardiffs Haß explodierte, und er fuhr Rohmer an.

»Ihr tickt doch wohl alle nicht richtig! Was habt ihr denn erwartet?« Rohmer schwieg.

»Was hat um Himmels willen diese Geräusche gemacht?« stammelte Edgar und sah sich um, als erwarte er den Schauplatz eines Blutbades.

»Ihr habt es auch gehört?« fragte Pearce. »Dort oben?«

»Grauenhaft war das. Überall um uns herum. Hat sich wie ein Gemetzel angehört. Was passiert hier, Cardiff?«

Cardiff drehte sich zu Pearce um, als sich die Aufzugstüren wieder schlossen. Aus dem Augenwinkel sah er, daß Rohmer geradezu nonchalant mit dem Rücken zur Korridorwand dastand und wieder dieses entnervende Lächeln im Gesicht hatte. Er beherrschte sich nur mit Mühe. »Also gut, Pearce.

Ich möchte alle hier raushaben, ehe es zu einer Panik kommt. Die Computerleute sollen so schnell wie möglich alles abbauen. Edgar, ich weiß nicht, wie weit Ihre Leute da oben gekommen sind.«

»Nichts gefunden. Nur kleine Blutflecken auf dem Teppich, wo die Hand gefunden wurde. Das war alles.«

»Okay. Dann brauch' ich's ja wohl nicht zweimal zu sagen. Ich möchte euch alle hier raushaben.«

Rohmer löste sich lächelnd von der Korridorwand.

»Sehr vernünftig, Cardiff. Sie sind mir zuvorgekommen.«

»Spielen Sie ja nicht den Gönnerhaften«, sagte Cardiff grimmig. »Ich möchte immer noch ein paar Antworten.«

»Vielleicht kriegen Sie sie doch noch.«

Cardiff wandte sich wieder an Pearce. »Ich möchte, daß das ganze Gebäude geräumt wird ...« Cardiff drehte sich zu Rohmer und sah ihm direkt in die Augen, »... und ich bleibe.«

Pearce machte Simpson, der immer noch versuchte, Jimmy Devlin zurückzuhalten, ein Zeichen. »Kommen Sie, Sie haben doch gehört, was er gesagt hat.« Simpson wollte losgehen und zerrte Jimmy am Ärmel.

»Er bleibt da«, sagte Rohmer ruhig.

Cardiff drehte sich um. »Was?«

»Jimmy Devlin. Dreiundzwanzig Jahre alt. Kleindiebstähle. Hat 1988 Hansons Juwelierladen ausgeraubt.«

»Ich wollte immer schon eine Berühmtheit werden«, sagte Jimmy. Und dann zu Cardiff: »Und wer zum Teufel ist Blondie?«

»Vielleicht wissen Sie tatsächlich mehr, als ich Ihnen zugetraut habe, Cardiff«, sagte Rohmer. »Er bleibt.«

»Den Teufel werd' ich«, sagte Jimmy und entwand sich Simpsons Griff.

»Er unterstützt uns bei unseren Nachforschungen«, sagte Cardiff. »Er steht nicht unter Arrest.«

»Also kann er bleiben und mich bei meinen Nachforschungen unterstützen.«
»Fick dich ins Knie«, sagt Jimmy.
»In dem Fall, Mr. Devlin«, sagte Rohmer, »sind Sie verhaftet.«
»Wie lautet die Anklage?« fragte Cardiff.
»Fluchen in einem geschlossenen Raum.«
Cardiff fixierte Rohmer wütend. Duvall kam hinzu, um seiner Autorität Gewicht zu verleihen.
»Okay, Simpson«, sagte Cardiff. »Sie geh'n zu den anderen. Sieht so aus, als würden wir beide bleiben, Jimmy.«
Duvall stellte sich zu Jimmy, während Simpson wütend wegging, das Taschentuch an der Nase. Jimmy lehnte sich lässig gegen die Wand, und Cardiff sah zu seiner Überraschung, daß Rohmer mit ernsthaft besorgtem Blick vortrat und Jimmy von der Wand wegzog. Die Besorgnis wich einem amüsierten Blick, als Rohmer sah, daß Cardiff ihn beobachtete.
»Schlechte Haltung«, sagte der blonde Mann. »So ungesund.«
»Wenn das Gebäude geräumt ist«, sagte Cardiff, »reden wir.«
Rohmer lächelte und nickte.

4

Cardiff sah zu, wie die drei Polizisten an der Sperre die hölzerne Schranke hochhoben, der letzte der Polizeiwagen hindurchglitt und im Sturm verschwand. Gleichgültig, wie oft er die Kondensation von den Fenstern wischte, er konnte kaum sehen, was da draußen vorging. Der Sturm tobte immer heftiger, und Schnee peitschte jetzt vom Himmel. Aber selbst in diesem Strudel von gefrorenem Stadtunrat blieben die finster glänzenden Gehsteige und der Asphalt rabenschwarz. Cardiff mußte sich unwillkürlich an Beatons Worte erinnern: *Was Weißes bleibt hier nie kleben.* Die Sicht war praktisch null, und die Polizisten, die jetzt noch am Kordon Wache schoben, waren nur verschwommene Kleckse, wie auch Pearce, der inzwischen da draußen war und die Abfahrt derer überwachte, die als Suchteam herzlich wenig ausgerichtet hatten.

Donner ließ die Scheiben klirren, durch die Cardiff schaute, und die Neonlichter flackerten wieder.

Dieser Effekt beunruhigte ihn, und er stellte interessiert fest, daß es doch tatsächlich etwas gab, was ihn noch beunruhigen konnte. Er erinnerte sich an den Vorfall im Boilerraum, als er und Pearce von den gleichen Geräuschen attackiert worden waren, die Beaton gehört hatte. Ein Blitzeinschlag? Das mußte es wohl gewesen sein. Das war die naheliegende Antwort. Aber warum wurde er das Gefühl nicht los, daß mehr dahintersteckte, und warum handelte er nicht auf Grund dieses Instinkts, so wie er immer gehandelt hatte? Warum wollte er sich ruhig verhalten? Warum hatte er Pearce verboten, von ihrem Erlebnis zu erzählen? Und was, zum

Teufel, war passiert, als er Rohmer das erste Mal gegenüberstand?
Bist du es?
Die Intensität dieses halben Erkennens, obwohl sie sich nie begegnet waren, war verwirrend und beunruhigend. Die Macht dieser Frage und dieser drei Worte hatten Cardiff bis ins Mark erschüttert.
Bist du es?
Was zum Teufel sollte das heißen? Und hatte Rohmer wirklich das gleiche gefühlt?
Vielleicht nicht, sagte sich Cardiff. Vielleicht werde ich verrückt, und das ist ein Teil davon.
Cardiff hatte die Räumung des Bürohauses überwacht und mußte zu seinem Leidwesen zugeben, daß es wesentlich einfacher war, alle aus dem Haus zu bringen, als das ursprüngliche Team hier zu etablieren.
Die Geräusche, das Geschrei hatten alle verängstigt.
Pearce hatte die notwendigen Instruktionen an den deprimierten, desillusionierten Polizeikordon, der schlicht und einfach die Schnauze voll hatte, weitergegeben. Die »Blockade« mußte aufrechterhalten werden. Zwei Männer würden hier »Schichtdienst schieben«, bis zwei andere sie ablösten, die nach Rückkehr des Teams durch den tobenden Sturm ins Hauptquartier geschickt werden würden. Die beiden Männer dort waren jetzt schon seit zwei Stunden im Einsatz. Selbst ihre Polizeiübermäntel hatten nicht gereicht, die Kälte und Nässe dieses Unwetters abzuhalten. Die Warterei draußen im Sturm und der Schnee waren inzwischen dem Großteil der ursprünglich erschienenen Zeitungsleute zuviel geworden. Proportional zur wachsenden Heftigkeit des Sturms war die Begeisterung der Presseleute für das »Recht der Öffentlichkeit auf Information« abgeflacht, und die Tatsache, daß die Pubs der Stadt noch geöffnet waren, hatte ein Weiteres dazugetan. Nur ein dürftiges Häuflein geradezu

pervers diensteifriger Presseleute blieb noch vor dem Kordon – aber ihre Hartnäckigkeit hatte sich anscheinend ausgezahlt, als die Polizei anfing, das Gebäude zu räumen und eilends in ihre Autos und Vans stieg.
Die Polizisten an der Sperre hatten die Schranke hochgehoben, um den kleinen Polizeikonvoi durchzulassen, und sie ignorierten ziemlich ungehalten die Fragen, mit denen man sie bombardierte.
»Warum fahren sie ab?«
»Wer sind die neuen Leute? Haben sie schon rausgefunden, was mit all den Leuten da drinnen passiert ist?«
»Da sind doch noch andere im Haus. Könnt ihr uns sagen, was ...?«
Jetzt gaben auch die letzten Reporter ihre ungemütlichen Posten auf. Sie wollten die Nachricht von dieser neuen Entwicklung so schnell wie möglich an ihre Büros weiterleiten und sahen ein, daß sie wohl heute nichts Neues mehr erfahren würden. Sie brachen auf, als der kleine Polizeikonvoi im Schlund des Blizzards verschwand.
Sie waren die letzten, die den Fängen des Sturms entkommen konnten.
Cardiff wandte sich vom regenverspritzten Fenster ab, als die letzten Wagen in die Nacht tauchten. Seine Aufmerksamkeit galt Gilbert, der Rohmer wieder nervös Fragen stellte.
»Bist du sicher, Rohmer? Du mußt dir ganz sicher sein, daß es vorbei ist.«
Cardiff drehte sich zu ihnen um, und als Gilbert sah, daß er sie beobachtete, verstummte er sofort. Er ging zurück zu Frye, der jetzt mit nachdenklich gerunzelter Stirn dastand. Cardiff sah, daß er eine Art Mikrofon an den Metallbehälter angeschlossen hatte, der immer noch auf dem Stuhl stand und angeblich diese sogenannten geheimnisvollen »Anzeigen« gemacht hatte. Cardiff beobachtete, wie er die Wand

absuchte und das Mikrofon dann in Richtung Decke hielt. Der Metallbehälter begann sofort zu klicken.

Ein Geigerzähler? Ist es das, was er macht – Radioaktivität messen?

Rohmer konnte anscheinend seine Gedanken lesen. Er hatte Cardiff beobachtet und lächelte jetzt wieder dieses entnervende Lächeln. Er schüttelte den Kopf.

»Nein, Cardiff. Kein Geigerzähler.«

»Hören Sie«, sagte Jimmy. »Wie lange wollen Sie mich noch hier festhalten?«

Seit Simpson das Haus verlassen hatte, hatte offenbar Duvall die Position als Jimmys persönlicher Bewacher übernommen. Während Jimmy lässig mit dem Rücken am Empfangstresen lümmelte, beide Arme hinten wie vorhin in der Bar aufgestützt, blieb Duvall einfach einen halben Meter neben ihm und beobachtete ihn. Cardiff erinnerte er tatsächlich an einen Gestapo-Offizier: gut angezogen, gepflegt und mit diesem zackigen, perfekten Akzent. Aber eines war auf jeden Fall sicher, egal, was er hier zu suchen hatte und wessen Interesse er vertrat, er war ohne Zweifel ein gefährlicher Mann. Jimmy schien das auch zu spüren und beobachtete ihn mißtrauisch, während er mit Cardiff redete.

Rohmer konzentrierte sich wieder auf Jimmy, während Frye und Gilbert weiter ihre geheimnisvollen Messungen vornahmen. Cardiff sah, daß sie jetzt das Mikrofon auf den Boden gerichtet hatten, aber das Klicken aus dem Metallbehälter hatte aufgehört.

»Diese Schreie«, sagte Rohmer, »so etwas haben Sie doch schon einmal gehört, nicht wahr, Jimmy?«

Jimmy hatten diese Geräusche erschüttert, wesentlich mehr als all die anderen, aus gutem Grund. Und Cardiff sah, daß er auf diese Frage nicht vorbereitet gewesen war, als er sich vom Tresen aufrichtete. Cardiff schwieg. Wie es schien, würde jetzt Cardiffs seltsamer Patchwork-Kilt von Instinkt und

Bauchempfindungen von Rohmer zu einem verständlichen Ganzen zusammengenäht werden.
»Ja«, sagte Jimmy. »Ich hab' so etwas schon einmal gehört. Auch so ein ... Echo. Irgendwelche wahnsinnigen Qualen, wie von Leuten, die in Stücke gerissen werden. Nur waren es damals ... meine Freunde.«
»MacAndrews und Flannery«, sagte Cardiff.
»Ja. Genau wie ich es allen von Anfang an versucht habe zu sagen.«
»Sie haben diese Geräusche in der Nacht gehört, in der Sie den Juwelier ausgeraubt haben«, fuhr Rohmer fort. »In dieser Nacht sind ihre Freunde ...«
»Hören Sie«, warf Cardiff ungeduldig ein. Rohmer zog dieses Spiel zu lange hinaus. »Wo *sind* sie, Rohmer? Vor zwei Stunden waren zweiundachtzig Leute hier drin. Abgesehen von Saville und Mrs. Parkins, die meilenweit von hier entfernt aufgetaucht sind, sind alle anderen verschwunden. Wo zum Teufel sind sie?«
»Sie wissen also von den beiden? Ich dachte, die Information wäre zurückgehalten worden.«
»Zurückgehalten? *Zurückgehalten?* Was zum Teufel soll das heißen?«
Die Empfangstür schwang wieder auf. Cardiff erschrak, sah aber dann, daß es Pearce war, bis auf die Haut durchnäßt. Wütend über die Unterbrechung wandte Cardiff sich wieder an Rohmer.
»Antworten, Rohmer. *Antworten!* Wo zum Teufel sind sie?«
»Sie wissen es, nicht wahr, Jimmy? Sie haben ihnen allen erzählt, was mit Ihren Freunden beim Juwelier passiert ist. Sie haben es Mr. Cardiff und Mr. Pearce schon einmal erzählt. Erzählen Sie's den beiden noch mal.«
»Sie sind ein ziemlicher Bastard, was, Blondie?« sagte Jimmy, und Duvall näherte sich ihm bedrohlich. Jimmy blieb dennoch ruhig stehen, würdigte seine neue Eskorte keines Blik-

kes und sagte: »Wenn er hier eine Schlägerei anfangen will, steh' ich ihm gerne zur Verfügung.«

»Erzählen Sie's uns noch mal«, wiederholte Rohmer mit sanfter Stimme.

»Die Wahrheit? Na schön, die könnt ihr haben.«

Duvall lehnte sich bequem gegen den Empfangstresen, und Pearce klopfte weiter Wasser aus seinem Mantel, aber die anderen schwiegen. Selbst Gilbert und Frye hatten ihr Prüfen eingestellt und lauschten aufmerksam. Irgendwo am Himmel ertönte ein stöhnendes Donnergrollen. Jimmy schaute hinauf an die Decke, als er es hörte.

»Es war ein Sturm in dieser Nacht. Genau wie der heute. Ich hab' am Safe gearbeitet. Die anderen lehnten an der Wand, haben einfach gewartet, bis ich fertig bin. Dann war da ein Geräusch wie eine Explosion. Das ganze Gebäude hat gebebt. Es muß ein Blitzeinschlag gewesen sein. Sie lehnten immer noch an der Wand, als es anfing ...«

Wieder krachender Donner. Schwarz und Weiß zischten gegen die Fenster. Es hörte sich an, als wäre der Sturm jetzt direkt über ihnen.

»Sie haben angefangen zu schreien«, fuhr Jimmy fort. »Als ob etwas sie ... umbringen würde. Ich bin völlig erstarrt dagestanden, konnte mich nicht bewegen, habe sie nur beobachtet. Sie haben ... sich irgendwie ... gewunden ... um sich geschlagen ... versucht, sich von der Wand wegzuschieben. Aber sie waren dort festgeklebt. Sie waren *an der Wand festgeklebt* – wie Fliegen am Fliegenfänger.«

Cardiff sah die Schweißperlen auf Jimmys Stirn.

»Mac hat mich angebrüllt, geschrien: ›Hilf mir, Jimmy! Ich klebe fest!‹ Aber ich konnte mich nicht bewegen. Ich konnte nur zusehen, wie der Blitz die Fenster erleuchtete und sie versuchten, sich von der Wand loszureißen.«

»Schafscheiße«, sagte Pearce schließlich.

Jimmy starrte ihn haßerfüllt an. *»Die Wand hat sie verschluckt.*

Ich hab's mit angesehen und konnte ihnen nicht helfen. Sie hat sie einfach eingesaugt, als wäre sie aus Schlamm oder so was. Sie haben gestrampelt, um sich getreten und geschrien und mich angefleht, ihnen zu helfen ... aber ich konnte mich nicht bewegen. Flannery war als erster weg. Sein Gesicht klebte an der Wand. Als sie seinen Kopf eingesaugt hatte, konnte er nicht mehr schreien. Es ging sehr schnell. Aber Mac hat sich heftiger gewehrt. Seine Arme sind in der Wand versunken, und er hat den Kopf hin- und hergedreht, um die Wand nicht zu berühren – aber sie hat ihn trotzdem aufgesaugt.«

»Genau wie das Teerbaby, was?« sagte Pearce.

»Halt die Klappe«, sagte Cardiff, und Rohmer lächelte wieder, als er Cardiffs grimmigen Gesichtsausdruck sah. »Weiter, Jimmy. Was ist dann passiert?« Endlich erzählte Jimmy die Geschichte, die Cardiff veranlaßt hatte, ihn hierherbringen zu lassen. Pearce' Kommentar über die verschwundenen Polizisten hatte ihn an Jimmy Devlin und die bizarre Geschichte des Vorfalls vor zwei Jahren erinnert.

Sie sind einfach in der Täfelung verschwunden, hatte Pearce gesagt.

»Ich bin weggerannt«, fuhr Jimmy fort. »Ich bin einfach abgehauen, obwohl Mac immer noch um Hilfe geschrien hat. Ich hab mich aus der Tür von dem Laden gestürzt und bin in die Einkaufspassage gerannt. Hinter mir hörte ich, wie Macs Schreie ... *gedämpft* ... wurden, das war wohl, als sein Gesicht von der Wand aufgesaugt worden ist. Dann sind sie einfach ... weggegurgelt ... und ich bin weitergerannt.«

»Aber es hat wieder angefangen, nicht wahr?« fragt Rohmer.

Jimmy musterte Rohmer eindringlich. »Sie wissen wohl alles über mich, was?«

»Alles.«

»Ja, es hat wieder angefangen, als ich weggerannt bin. Mac und Flannery haben meinen Namen geschrien, haben um

Hilfe geschrien. Sie waren in Agonie – und die Geräusche ... haben irgendwie ... *gehallt.*«

»Und woher kamen die Schreie, Jimmy?«

Jimmy wartete, schluckte heftig.

»Aus den Wänden, aus den Böden ... aus der gottverdammten Decke. Wie die Geräusche, die wir gerade gehört haben.« Jimmy trat zurück. »Das war's. Mehr gibt es nicht.«

»Total dämlich«, sagte Pearce.

»Nein, ist es nicht«, sagte Cardiff ruhig. »Deshalb wollte ich Devlin hierhaben. Der Himmel weiß, wieso mir diese verrückte Geschichte wieder eingefallen ist. Vielleicht wegen der Art, wie er es erzählt hat, als würde er das tatsächlich glauben ... vielleicht die verschwundenen Leute ... oder wegen des Sturms ...«

»Oder vielleicht, weil Sie einfach ein viel besserer Polizist sind als Sie glauben«, sagte Rohmer. »Ein Mann mit Instinkt, was, Cardiff? Und ich hab' immer gedacht, Sie wissen viel mehr.«

Der Alptraum hatte weiter Gestalt angenommen. Sein Instinkt in bezug auf Jimmy war richtig gewesen – auch wenn das alles keinen Sinn ergab.

»Verstehen Sie, Cardiff?« sagte Rohmer, offensichtlich sehr zufrieden mit sich. Er strich sich mit der Hand durch die blonden Haare und schaute kurz zu Gilbert und Frye. »Versteht ihr? Es ist das gleiche.«

»Hab' ich da etwas verpaßt?« fragte Pearce.

»Die Leute in diesem Bürohaus«, fuhr Rohmer fort. »Alle vierundachtzig. Sie sind nicht wirklich verschwunden, weil sie alle immer noch hier sind.« Rohmer breitete die Arme aus, als wolle er den ganzen Empfangsbereich in einer Art Schadenfreude umarmen. »In den Wänden, der Decke, dem Boden. Sie sind absorbiert worden ... und wir haben diese Schreie gehört – weil sie immer noch da sind!«

Gilbert schien jetzt noch aufgeregter zu sein als vorhin. Er zupfte wieder an seinen Handschuhen und sagte: »Was tust du da, Rohmer? Das sind alles Geheiminformationen, und ich *weiß*, daß diese Leute keine Befugnis haben.«

»Gilbert, Gilbert ...«, sagte Rohmer, als müsse er ein nervöses Kind beruhigen. »Du machst dir zu viele Sorgen.«

»Aber ich versteh' nicht, wieso ...«

»Vertrau mir, vertrau mir.«

»Erklärungen?« sagte Cardiff grimmig.

Rohmer sah ihn an und lächelte wieder sein entnervendes Lächeln.

»In Ordnung.«

5

Fernley House ist kein Einzelfall«, sagte Rohmer.

Er saß auf der Kante des Schreibtisches, an dem Jimmy Devlin vorher verhört worden war. Sie hatten sich für die Erklärungen in das Zimmer zurückgezogen. Duvall, Frye und Gilbert blieben auf Rohmers Anweisung im Empfangsbereich. Cardiff, Jimmy und Pearce saßen auf unkomfortablen Plastikstühlen und hörten sich an, was Rohmer zu sagen hatte. »Es sind schon öfter Leute auf diese Weise verschwunden.«

»Ich hab's gewußt«, sagte Jimmy leise. »Ich hab' gewußt, daß ich nicht den Verstand verliere.«

»Erst vor kurzem«, fuhr Rohmer fort, »ist etwas Ähnliches in einer Schule in Norfolk und in einer Fabrik in Leeds passiert. Aber diese Geschichte reicht viel weiter zurück, nun, um ehrlich zu sein, bis in die Zeit, in der noch keiner etwas aufzeichnete. In den letzten fünf Jahren ist die Anzahl der Vorfälle eskaliert. Aber davor ... all diese berühmten Fälle von Verschwinden, von denen die Sonntagsblätter berichten, sie sind ein Teil desgleichen Phänomens. Die Marie Celeste, 1852, als eine ganze Schiffsmannschaft verschwand. Flug 19, der kurz vor den Bermudas verschwand ...«

»Jetzt mal halblang«, sagte Jimmy verächtlich. »Sie wollen doch nicht etwa sagen, daß das so was wie dieser Quatsch über das Bermuda-Dreieck ist.«

»Dort passiert es auch, ja. Häufig sogar. Aber das Phänomen ist nicht auf dieses Gebiet beschränkt. Es passiert schon seit einiger Zeit überall auf der Welt.«

»Wer sind Sie wirklich, Rohmer?« fragte Cardiff.

»Das Verteidigungsministerium und die Regierung haben vor zehn Jahren, als die Fälle von Verschwinden sich zu sehr häuften und geradezu beängstigend wurden, als daß man sie weiter hätte ignorieren können, ein Team gegründet. Dieses Team ist in drei Abteilungen unterteilt, und ich leite eine von ihnen. Gilbert und Frye sind Wissenschaftler, die die Sache analysieren. Der Rest des Teams ist unterwegs ...«

»Und Duvall?« fragte Cardiff. »Was macht er?«

Rohmer ignorierte die Frage und fuhr lächelnd fort.

»Wir wissen, was passiert. Aber nicht, warum es passiert. Und obwohl wir bei solchen Ereignissen ›D‹-Aktennotizen herausgegeben haben, ist es nur eine Frage der Zeit, bis wir eine Panik am Hals haben.«

»D-Aktennotiz?« fragte Jimmy.

»Das ist ein Maulkorb für Pressemeldungen«, sagte Cardiff. »Ein Abkommen zwischen den Medien und der Regierung, über bestimmte Angelegenheiten nicht zu berichten.«

»Aus diesem Grund wird keiner der Reporter, die sich heute vor dem Bürohaus wichtig gemacht haben, je seine Geschichte gedruckt sehen.«

»Sie sagen, Sie wissen nicht, warum das passiert«, sagte Cardiff. »Aber *wie* passiert es denn?«

»Sie wissen, daß der Codename für unsere Operation ›Darkfall‹ lautet. So heißt auch unser dreiteiliges Untersuchungsteam: ein Team mit der Befehlsgewalt, Untersuchungen wie die Ihren abbrechen zu lassen, Cardiff. Und diesen Namen haben wir auch dem Phänomen gegeben, das die Leute verschwinden läßt.«

Donner dröhnte am Himmel, und Rohmer schaute wieder zur Decke. Einige Sekunden lang starrte er sie äußerst konzentriert an. Und als er wieder zu reden begann, klang er seltsamerweise ehrfürchtig.

»*Genau so* hört sich ein Darkfall an.«

Er hielt inne, der Donner erstarb – und im nächsten Moment war seine Stimme zackig, präzise und energisch.
»Ein Darkfall ist eine besondere Art von Sturm. Wie so ein Sturm genau entsteht, untersuchen wir augenblicklich noch, obwohl wir schon eine gewisse Vorstellung haben, was ihn auslöst. Alle Stürme enthalten Kräfte, die wir als selbstverständlich betrachten. Kräfte, die uns Essen, Wärme und Licht liefern, und von denen wir sehr abhängig geworden sind, vielleicht auf unsere Kosten. Denn obwohl wir diese Kräfte eingespannt haben und wissen, wie wir sie erzeugen und nutzen können, sind es doch immer noch Kräfte, von denen wir sehr wenig wissen, was ihre Wirkung auf *uns* betrifft.
Ich spreche von Elektrizität.
Diese Kraft hat eine positive Seite. Die Einsatzmöglichkeiten, die ich gerade erwähnt habe. Aber diese Kraft hat auch eine dunkle Seite. Und ein Darkfall-Sturm scheint all diese dunklen Elemente zu verkörpern.«
»Ein Darkfall ist ein elektrischer Sturm?«
»Grundsätzlich ja. Aber er hat besondere Charakteristiken. Er baut sich in einer sehr beschränkten Umgebung auf und bleibt da auch. Er ist besonders heftig und wird von einem merkwürdigen Zustand der Finsternis begleitet. Durch meteorologische Mittel können wir inzwischen mit größerer Genauigkeit lokalisieren, wo so ein Sturm stattfinden wird, und wir können Schritte unternehmen, daß Menschen aus diesem Gebiet ferngehalten werden, oder eine Evakuierung veranlassen. Aber es gibt immer noch Vorfälle wie diesen hier, wo uns das Phänomen entwischt. Der Sturm baut sich zu besonderer Heftigkeit auf. Sein zentraler ›Kern‹ ist der Platz, an dem das Phänomen passiert. Und alles innerhalb dieser Sturm-Röhre, wie wir das nennen, gerät unter den Einfluß des Phänomens, so wie alles, was durch diese Röhre kommt. Die Elektrizität innerhalb dieses Sturms wird durch

Blitze freigesetzt. Wir glauben, daß das Phänomen geschieht, wenn der Blitz einschlägt.«

»Der Blitz hat in dieses Gebäude eingeschlagen?«

»Ja, ich glaube schon. Mehr als einmal. Beim erstenmal sind Ihre Partygäste verschwunden, beim zweitenmal Ihr gerichtsmedizinisches Team im obersten Stock.«

»Was zum Teufel ist mit ihnen passiert?«

»Der Darkfall-Einschlag erzeugt etwas, das wir im Augenblick nur als chemische Reaktion bezeichnen können. Diese chemische Reaktion wirkt sich auf träge Komponenten aus, wie Beton, Stahl, Plastik – und lebendiges Gewebe. Durch Hautkontakt wird die Absorption ausgelöst. Jeder Ungeschützte, der etwas berührt, das mit dem Gebäude in Verbindung steht, würde absorbiert werden. Die Reaktion der trägen Komponente wird durch lebendiges Gewebe ausgelöst und kann dann den ganzen Körper absorbieren. Können Sie sich vorstellen, was hier passiert ist? Der Darkfall-Sturm hat sich schon über einen längeren Zeitraum aufgebaut, sich selbst geschaffen, an Kraft gewonnen. Die Energie wurde durch einen Blitzeinschlag in das Gebäude freigesetzt. Jeder, der direkten Hautkontakt mit einer Wand oder dem Boden hatte, wurde davon betroffen – sie wurden von der Substanz des Gebäudes aufgesaugt, wie Mr. Devlin es beschrieben hat.«

»Aber nicht jeder hatte doch wohl Kontakt ...«, begann Cardiff.

»Es ist sicherlich eine Panik ausgebrochen. Leute, die einen Türgriff packten, wurden von der Tür eingesaugt. Keiner war imstande zu realisieren, was da passierte.«

»Das muß ja da drinnen wie in der Hölle gewesen sein«, sagte Jimmy.

»Hautkontakt«, sagte Cardiff. »Aber was ist mit ihren Kleidern?«

»Die chemische Reaktion erstreckt sich auch auf das, was

eine Person am Leib trägt, sobald die Wirkung einsetzt. Aber es würde keine Wirkung geben, wenn sie, sagen wir mal, Schuhe oder Handschuhe trügen und ansonsten keinen Hautkontakt mit den Wänden, den Türen oder auch nur mit einem Lichtschalter hätten, wenn der Blitz einschlägt. Eigentlich müßte eine Person, die mitten in einem Darkfall-Sturm steht, nur ganz ruhig stehenbleiben, nichts berühren – außer sie trägt Handschuhe – und warten, bis die Wirkung wieder aussetzt. Schuhe oder Handschuhe würden einen ausreichend vor der Wirkung schützen. Aber wenn man auch nur mit einem Zentimeter nackter Haut Kontakt hat, würde das Gebäude einen absorbieren. Man würde eingesaugt werden, absorbiert und verschmolzen mit dem Stahl, dem Plastik und dem Beton.«

»Aber diese Schreie, die wir gehört haben?« sagte Cardiff. »Ich habe gehört, wie einer meiner Männer meinen Namen gerufen hat. Irgendwie sind sie demnach immer noch am Leben. Wie kann denn das sein?«

»O ja, sie sind am Leben. Absorbiert, mit dem Gebäude verschmolzen, wie, das müssen wir erst noch feststellen. Gelegentlich, sehr, sehr selten, um ehrlich zu sein, gibt es vokale Effekte, wie die, die wir gehört haben und von denen Mr. Devlin gesprochen hat. Wir verstehen es nicht. Es ist in der Fabrik in Leeds passiert, dort haben wir die Wand Stück für Stück auseinandergenommen, als wir positive Messungen einer ›Präsenz‹ in ihrer Substanz hatten. Sie haben vorhin gesehen, wie Frye Messungen vornimmt, nicht wahr? Wir haben diese Wand mit äußerster Vorsicht zerlegt, geradezu chirurgisch, bis nur noch ein Haufen Geröll übrig war. Aber kein Anzeichen von irgend etwas Lebendigem war darunter. Und trotzdem haben unsere Geräte in diesem Haufen Geröll Anzeichen einer Lebensform gemessen. Wer immer von dieser Wand absorbiert worden war, war irgendwie immer noch da ... war irgendwie immer noch *am Leben.*«

»Höllisch«, sagte Cardiff.

»Ja, es ist die Hölle. Haben Sie Aldous Huxleys *Himmel und Hölle* gelesen?« Rohmer lächelte nachsichtig. »Nein, vielleicht nicht. Nun ja, er weist darauf hin, daß viele der Strafen, die in den verschiedenen Schilderungen der Hölle erwähnt werden, etwas mit Druck und Bewegungseinschränkung zu tun haben. Dantes Sünder werden in Schlamm begraben, in Baumstämmen eingeschlossen, in Eisblöcke eingefroren, unter Steinen zerquetscht. Das ›Inferno‹ mag psychologisch richtig sein – Darkfall, Cardiff, ist eine buchstäbliche Hölle. Ich bin aber der Meinung, daß dieser Darkfall-Effekt uns auch einiges aus unserer abergläubischen Vergangenheit erklären kann. Ich glaube, daß die Fälle von Geistererscheinungen im Laufe der Jahrhunderte in Wirklichkeit von einem Darkfall ausgelöst wurden. Stellen Sie sich das vor: ein Darkfall-Sturm auf oder in der Nähe einer menschlichen Behausung; sagen wir mal ... in einem alten Landhaus. Die Eigentümer verschwinden, werden von der Substanz des Gebäudes eingesaugt. Sie sind bis in alle Ewigkeit mit den Ziegeln und dem Stein verschmolzen. Im Laufe der Jahre wird der ›vokale Effekt‹ gehört. Gequälte Schreie der Menschen, die dort eingeschlossen sind. Schreie, die unsichtbaren Ursprungs sind. Was soll da der Durchschnittsmensch, der sie hört, glauben? Doch nur, daß dieses Geräusch ein Gespenst macht, ein Spuk ist.«

»Warum hat Gilbert solche Angst?« fragte Cardiff nach einiger Zeit.

»Er hat immer Angst bei diesen Einsätzen.«

»Der Darkfall ist immer noch aktiv, stimmt's? Hat er deshalb solche Angst?«

Jimmy rutschte nervös auf seinem Stuhl herum.

»Nein, das Darkfall-Phänomen hat sich aufgelöst. Sonst hätten unsere Geräte bei unserer Ankunft etwas angezeigt. Im anderen Fall hätten wir sofort das Gebäude geräumt und uns von hier zurückgezogen, bis es verschwunden wäre.«

»Mir kommt's vor, als ob der Sturm immer noch stärker wird«, sagte Jimmy.

»Jetzt ist es nur noch ein Sturm«, erwiderte Rohmer. »Kein Darkfall.«

»Gilbert behält seine Handschuhe an«, sagte Cardiff.

»Wie ich schon sagte, er ist immer nervös.«

Jimmy starrte Pearce mit grimmigem Blick an, der während der ganzen Zeit seine verächtliche Miene beibehalten hatte.

»Wer ist jetzt der Irre, Pearce?« fragte er.

Pearce erwiderte den Blick, stand von seinem Stuhl auf und streckte Rohmer eine Hand entgegen. »Zeigen Sie mir noch mal Ihren Ausweis.« Rohmer überreichte ihn bereitwillig, Pearce setzte sich wieder und studierte ihn, als müßte er das Kleingedruckte lesen.

»Also, jeder, der eine Wand berührt ...?« sagte Cardiff.

»Oder etwas von dem trägen Material, das darin enthalten ist«, fuhr Rohmer fort.

»... würde einfach ... aufgesaugt ...«

»In die Wand, den Boden, die Möbel, was auch immer. Ja.«

»Lebendes Fleisch, Knochen, Gewebe ... sogar Kleider, die mit der Substanz des Gebäudes verschmolzen werden. Klingt absolut lächerlich.«

»Schönheitschirurgen verwenden Titanium für die Wiederherstellung von Unfallopfern. Der Knochen verbindet sich mit dem Metall. Das ist eine wissenschaftliche Tatsache. Es ist also nicht so unglaublich, wie Sie denken.«

»Aber wie können sie denn noch leben?« fragte Cardiff. »Der Vorgang müßte sie doch töten.«

»Das würden wir auch gerne wissen.«

»Die Hand«, begann Pearce und gab Rohmer seinen Ausweis zurück. »Was ist mit der abgetrennten Hand, die wir oben ...«

Und dann explodierte etwas vor dem Haus.

Etwas, das definitiv kein Donner und kein Blitz war. Etwas, das mit dem Geräusch von zerfetzendem Metall und berstendem Glas explodierte.

»Noch so ein verdammter Blitzeinschlag!« rief Pearce, als alle aufsprangen.

»Nein«, sagte Rohmer grimmig und schritt zur Tür. »Kein Blitzeinschlag. Das ist etwas anderes.«

Und dann waren alle im Korridor und liefen in Richtung Empfangsbereich.

6

Gilbert und Frye standen an den Glasscheiben der Empfangshalle und starrten hinaus in die sturmgepeitschte Nacht. Duvall zog bereits eine der großen Doppeltüren auf, als Rohmer und die anderen vom Korridor her auf sie zurannten. Wind zerrte an Duvalls Haaren und den Revers seines Mantels, während er mit zusammengekniffenen Augen in die regengepeitschte Dunkelheit hinausstarrte und zu erkennen versuchte, was zur Hölle da passiert war.

»Duvall?« sagte Rohmer streng, als sie ihn erreicht hatten.

»Draußen«, erwiderte Duvall. »Etwas ist da draußen am Polizeikordon passiert.«

Cardiff lief zu einem der Fenster, dicht gefolgt von Jimmy Devlin. Pearce bekam Jimmy am Ärmel zu fassen und zerrte ihn zurück. Jimmy riß sich los.

»Ich hau' nicht ab, Pearce. Keine Sorge.«

»Mein Gott ...«, sagte Cardiff tonlos, als er sah, was draußen im Sturm passiert war.

»Was ist denn?« fragte Pearce, und man hörte, daß er es eigentlich gar nicht wissen wollte.

»Behalte Jimmy hier«, sagte Cardiff. Rohmer drängte sich bereits hinter Duvall aus der Eingangstür.

»Von wegen«, sagte Jimmy.

Pearce hielt ihn mit einer Hand gegen die Brust auf, und einen Augenblick lang sah es aus, als würde die längst fällige Schlägerei jetzt beginnen.

»Sei ein guter Junge, Jimmy«, sagte Cardiff noch und verschwand draußen in dem Sturm.

Jimmy riß sich wieder los und stellte sich zu Gilbert und Frye

ans Fenster. Als er die Zerstörung sah, blieb ihm der Mund offenstehen.
»Ach du Scheiße ...!«
Zuerst, während er sich durch den tobenden Wind über den Gehsteig kämpfte, war Cardiff überzeugt, daß auf dem Vorhof des Bürohauses eine Bombe explodiert war. Ein Gewirr von Metallstücken und Drähten, anscheinend Reste irgendeiner explodierten Maschine, lag da, wo die Polizeisperre gewesen war. Die Trümmer waren in flackernde blaugelbe Flammen gehüllt, die auf auslaufendes Benzin hindeuteten.
Ein Auto! dachte Cardiff, während er sich über die Straße kämpfte. Die verschwommenen Gestalten von Rohmer und Duvall waren direkt vor ihm. *Eine gottverdammte Autobombe.*
Keine Spur von den beiden Polizisten, die Dienst an der Sperre hatten. Der Wagen hatte anscheinend die Sperre direkt gerammt und war dann explodiert. Abgesehen von dem zertrümmerten Wrack des Führerhauses sah Cardiff verbogene Metallstücke auf der Straße und dem Gehsteig herumliegen. Die schwarzweiße Holzstange, die als Schranke der Polizeisperre gedient hatte, war total zersplittert. Cardiff schützte mit einer Hand seine Augen gegen den Regen, als er die beiden anderen Männer endlich eingeholt hatte. Inzwischen hatten der Regen und der Sturm bereits die flackernden Flammen in der zertrümmerten Schale des Autos gelöscht. Rauch und Dampf strömten und zischten aus der zerschmetterten Windschutzscheibe und den Seitenfenstern.
»Warum sollte jemand eine Autobombe gegen eine Polizeisperre fahren?« brüllte Cardiff in den heulenden Sturm.
»Keine Autobombe!« schrie Duvall.
»Was?«
»Das war keine Autobombe. Sehen Sie ...« Er zeigte zurück auf das Bürohaus, und Cardiff sah die undeutlichen Umrisse der anderen Gesichter in der Rezeption. »Bei einer Autobombe hätte es die Fenster zertrümmert.«

»Aber es ist doch ein *Auto,* oder?«
»Ja!« brüllte Rohmer. »Es ist aus großer Höhe heruntergestürzt.«
Vincent Saville, dachte Cardiff. *Verletzungen deuten auf Sturz aus großer Höhe hin.*
»Und meine Männer?«
»Tot«, rief Duvall und ging näher an das Wrack heran. »Es ist direkt auf die Sperre gefallen.« Er wedelte den Rauch vom Seitenfenster weg und versuchte, in das Innere des zertrümmerten Wagens zu schauen. Der Sturm saugte jetzt ohnehin den Rauch und den Dampf aus dem Wrack, und als das Innere plötzlich deutlich zu sehen war, zuckte Duvall vom Autofenster zurück.
»Rohmer ...!«
Cardiff konnte jetzt selbst erkennen, was Duvall gesehen hatte.
Eine verkohlte, geschwärzte Gestalt kauerte hinter dem Steuerrad.
»O mein Gott.«
Die Gestalt war irgendwie zu groß für den Fahrersitz. Zusammengekauert, knorrig und verrußt war sie, aber trotz seiner aufgedunsenen Größe ein Mensch, der jetzt langsam in dem zischenden Dampf erkennbar wurde. Verkohlte Finger umklammerten das Steuerrad ... und der Gestank schmorenden Fleisches wäre unerträglich gewesen, wenn da nicht der gierig saugende Wind gewesen wäre.
Früher einmal hätte Cardiff sich wohl vorstellen können, daß er sich bei solch einen Anblick des Grauens übergeben hätte. Irgendein verschwiegener Teil von ihm wünschte sich sogar, er könnte es, weil sich durch diesen erkennbar menschlichen Akt der Abscheu seine eigene Menschlichkeit bestätigt hätte. Aber das Grauen machte nur das mit ihm, was es immer mit ihm machte. Er registrierte den neuerlichen Schaden, den es bei ihm verursachte. Aber sein anfäng-

licher Eindruck über den Vorfall im Bürohaus bestätigte sich.
Der Tod war hier.
Irrsinn und Tod.
Vielleicht würde er den beiden schon bald begegnen und ihnen die eine Frage stellen, die er so gerne stellen wollte: *Warum?*
In einer Augenhöhle der undefinierbaren Monstrosität hinter dem Steuer platzte etwas mit lautem Plopp. Vielleicht war es ein Auge gewesen; zähe gelbe Flüssigkeit strömte über das zerschmetterte Gesicht der Leiche.
»Mist!« Duvall wich angewidert noch weiter vom Auto zurück; seine harte Maske war für einen Augenblick verrutscht.
Rohmer hob den Kopf zum Himmel und schaute, wie der Strudel von Rauch und Dampf gierig von den schwarzen, wabernden Sturmwolken aufgesogen wurde.
»Es ist heruntergestürzt?« schrie Cardiff wütend.
»Ja.« Rohmer suchte immer noch den tobenden Himmel ab.
»Wie kann ...?« Auf einmal überkam Cardiff die nackte Wut. Er packte Rohmer am Arm und riß ihn herum, wodurch er gezwungen war, ihn anzusehen. »Zwei meiner Männer sind tot! Tot! Wie kann ein Scheißauto vom Scheißhimmel fallen, Rohmer? Sie wollen doch wohl damit sagen, daß es von der Schnellstraße hierhergewirbelt wurde, nicht wahr? *Nicht wahr?*«
»Es ist heruntergestürzt«, sagte Rohmer schlicht.
Duvall befreite Rohmer aus Cardiffs Griff.
»Leute und Autos fallen nicht vom Himmel«, sagte Cardiff.
»Im Darkfall tun sie's«, erwiderte Rohmer. Und dann war er schon wieder unterwegs durch den beißenden Regen Richtung Bürohaus. Duvall folgte dicht hinter ihm, sein Mantel flatterte wie wild hin und her.
Cardiff wandte sich zurück zum Auto. Die aufgedunsene Monstrosität hinter dem Steuer, eingehüllt in Rauch und

Dampf, war doch sicherlich zu groß, um je menschlich gewesen zu sein. Dieser verkohlte Horror hätte doch wohl durch die Hitze schrumpfen und zerfallen müssen.

Vincent Saville, sagte die Stimme in Cardiffs Kopf. *Er ist einfach vom Himmel gefallen.*

Voller Wut über seine eigene Unzulänglichkeit und die Art, in der Rohmer ihn in diesem Alptraum zu einem unbeteiligten Zuschauer gemacht hatte, folgte Cardiff den Männern durch die brutalen Wirbel des Windes zurück zum Bürohaus.

7

Es war gar nicht Cardiff, stimmt's?« fragte Jimmy. »Das waren Sie.«

»Was?« Pearce hatte Devlin in einen der gepolsterten Stühle an der Rezeption gedrängt, behielt ihn mit einem Auge im Blickfeld, mit dem anderen versuchte er, draußen die Übersicht zu halten. Gilbert und Frye standen immer noch an der regenverschmierten Fensterscheibe.

»Sie waren derjenige, der mir das in die Schuhe geschoben hat. Sie haben mir das angehängt. Cardiff hatte zwar das Kommando, aber Sie haben die Beweise geliefert.«

Pearce ging zu ihm und schaute mit unverhohlener Verachtung auf ihn herunter.

»Werd ja nicht frech, Devlin. Dieser Rohmer hat vielleicht den richtigen Ausweis und bestätigt wohl auch deine komische Geschichte, aber glaub ja nicht, daß ich auf diesen Quatsch reinfalle.«

»Die ganze lange Zeit im Bau für etwas, das ich nicht getan habe.«

»Du hast den Juwelier ausgeraubt, falls du das vergessen hast.«

»Das will ich gar nicht abstreiten. Aber die anderen Dinger, die Sie mir angelastet haben, hab' ich nicht gedreht, Pearce. Was war denn los? Haben Sie ein paar ungelöste Verbrechen gehabt, die vom Tapet mußten?«

»Du bist ein Dieb, Devlin. Das warst du immer, und das wirst du immer sein. Und mein Job ist es, Diebe zu fangen und sie einzusperren.«

»Selbst wenn dafür Beweise getürkt werden müssen?«

Pearce warf einen Blick zu Gilbert und Frye hinüber, um sich

zu vergewissern, daß sie nicht zuhörten. Als er sich zurück zu Jimmy drehte, grinste er verächtlich.
»Sogar das.«
»Sie kommen zurück«, sagte Frye.
Alle Aufmerksamkeit richtete sich jetzt wieder auf die Eingangstür. Jimmy ließ das, was hier vorging, und das, was da draußen passiert war, seltsam kalt. Das war nur ein weiteres Puzzlestück dieser bizarren Ereignisse von heute nacht. Er hatte die ganze Zeit gewußt, daß er der Verbrechen, wegen denen er gesessen hatte, nicht schuldig war. Jetzt hatte Pearce offen zugegeben, daß die Beweise getürkt gewesen waren, und er reagierte, wie er sich es nie hätte träumen lassen. Er dachte gar nicht daran, aufzuspringen und Pearce an die Gurgel zu gehen, eine seltsame Trägheit hatte sich in seinen Knochen festgesetzt. Vielleicht hatte es auch etwas damit zu tun, daß dieser große, blonde Regierungsbeamte seine Geschichte über die Vorfälle in jener Nacht im Juwelierladen bestätigt hatte. Zu wissen, daß jemand, jemand irgendwo in Regierungskreisen, gewußt hatte, daß das, was er gesehen und erlebt hatte, tatsächlich passiert war, hätte allein schon genügen müssen, um Jimmy in rechtschaffene Rage zu versetzen. Es hatte schließlich und endlich, während er im Bau war, Zeiten gegeben, in denen er sich gefragt hatte, ob es vielleicht doch eine Halluzination gewesen war und er allmählich den Verstand verlor. Das Einkaufszentrum konnte er selbst jetzt noch nicht betreten. Die Wände seiner Zelle hatten bei ihm Alpträume ausgelöst. Das hallende Echo von Macs Stimme aus diesen Wänden hatte ihn aus seinen Träumen wachgerüttelt und schweißüberströmt an seinen Laken festklammern lassen.
Aber die Wut wollte nicht kommen. Die Wut, die so lange an seinen Eingeweiden genagt hatte und ihn auf Sergeant Lawrence hatte losgehen lassen, der, wie selbst Jimmy wußte, ein herzensguter Mensch war, wollte ihm jetzt nicht beistehen.

Die Türen zum Empfangsraum öffneten sich wieder. Der Sturm hauchte seinen keuchenden, eisigen Atem in die Korridore. Rohmer kam herein, gefolgt von Duvall. Rohmer ging gleich auf Pearce zu.
»Das Hausmeisterzimmer im Keller. Wo ist es?«
Gilbert stellte sich zwischen sie. Von seiner Warte aus auf dem Stuhl, enerviert von diesem neuen, kraftlosen Gefühl, sah Jimmy, daß Gilberts Nervosität inzwischen einen neuen Höhepunkt erreicht hatte. Er klammerte sich an Rohmers Revers.
»Das ist ein Umkehrer, nicht wahr, Rohmer? Du hast mich die ganze Zeit angelogen.«
»Aus dem Weg«, keifte Rohmer, schob ihn zur Seite und wandte sich an Pearce. »Der Kellerraum?«
»Was zur Hölle ist denn draußen passiert?«
»Der Kellerraum. *Jetzt!* Wo ist er?«
Die Eingangstür ging wieder auf, und Jimmy spürte teilnahmslos den eiskalten Schwall auf seinem Gesicht, als Cardiff hereinkam.
»Den Korridor entlang. Erste Tür rechts«, sagte Pearce. »Aber mich kriegen Sie da nicht mehr runter nach den verdammten Geräuschen, die wir dort gehört haben. Ich hab' gedacht, mir platzt das Trommelfell.«
Rohmer wandte sich rasch von ihm ab und schritt den Korridor hinunter, Duvall folgte ihm. Dann fummelte Gilbert plötzlich an Pearce' Revers, und in seinen Augen sah Pearce nackte Angst.
»Geräusche? Was für Geräusche? Sie meinen schreiende Stimmen, wie wir sie vorhin gehört haben, nicht wahr? Nicht wahr?«
»Nein ... hau ab, laß mich los, du verrückter alter Trottel.«
»Was für Geräusche? Sie müssen es mir sagen.«
Pearce schubste Gilbert von sich weg. »Geräusche wie ... Explosionen, wie Donnerschläge, und gleich darauf das

Echo. Cardiff hat sie auch gehört. Die haben die gottverdammten Fenster da unten rausgeblasen.«

»Dieses Hausmeisterzimmer ... der Keller ... ist der die Treppe runter? Unterirdisch?«

»Ja, aber ...«

Gilbert wich mit käsebleichem Gesicht zurück und fummelte nervös an seinen Handschuhen. »Er *hat* gelogen. Er hat es die ganze Zeit gewußt.«

Irgendwo im Korridor knallte die Kellertür. Jimmy beobachtete den Blickwechsel zwischen Gilbert und Frye, der ebenso sprachlos vor Entsetzen war. Im nächsten Moment eilte Gilbert zur Eingangstür.

Cardiff konnte ihn gerade noch am Arm festhalten.

»Laß mich hier raus, du verdammter Narr!«

»Warum? Was zum Teufel passiert denn *jetzt?«* schrie Cardiff ihn an. Gilbert versuchte sich loszureißen, aber Cardiff ließ nicht locker. »Sie werden nirgendwohin gehen, bis ich weiß, was ...«

»Hören Sie ... hören Sie ...« Gilbert wurde ruhig. Er hatte begriffen, daß Cardiff ihn nicht loslassen würde, bis er mehr erfahren hatte. Gilbert holte tief Luft, dann begann er zu erzählen. »Rohmer lügt. Er muß Ihnen vorhin von einem Darkfall erzählt haben. Aber vielleicht nicht alles ... auf jeden Fall lügt er, wenn er behauptet, der Darkfall wäre vorbei. Er ist nicht vorbei. Es passiert immer noch.«

»O gütiger Herr Jesus ...«, sagte Frye.

»Diese Geräusche«, fuhr Gilbert fort. »Diese Explosionsgeräusche, die Sie im Keller gehört haben. Nun ja, die sind symptomatisch für einen Darkfall-Einschlag.«

»Wir befinden uns in einem *sekundären* Darkfall?« fragte Frye in plötzlicher Erkenntnis mit zittriger Stimme.

»Einem was?« keifte Cardiff.

»Wir haben Erfahrungen mit zwei Arten von Darkfall«, berichtete Gilbert. »Ein primärer Darkfall ist, wenn der Sturm sich zu einem Höhepunkt steigert und es einen Einschlag gibt. Je nach den Umständen kann es dabei Fälle von Verschwinden geben. Aber es gibt auch einen sekundären Darkfall. Wir haben erst zwei davon erlebt. In dem Fall steigert sich der Effekt und eskaliert mit ständigen Darkfall-Einschlägen. Die Auswirkungen können grauenhaft sein. In beiden früheren Fällen wurde das betroffene Gebiet evakuiert und abgeriegelt, bis der Sturm sich ausgetobt hatte. Das passiert gerade jetzt... und deshalb müssen wir weg von hier. Die Geräusche, die Sie gehört haben, die Explosionsgeräusche waren die akustischen Auswirkungen eines zweiten Darkfall-Einschlags. Das war der Zeitpunkt, an dem Ihre sekundären Fälle von Verschwinden passiert sind. Und dieser zweite Einschlag bedeutet, daß das hier ein sekundärer Darkfall ist. Also lassen Sie mich vorbei, der Darkfall ist immer noch aktiv!«

»Warum sind wir dann nicht auch vom Gebäude aufgesaugt worden wie all die anderen?« fragte Cardiff verblüfft. »Wir waren hier, haben Sachen angefaßt, hatten im Keller sogar Hautkontakt, aber der Darkfall hat uns nicht tangiert.«

Noch immer frustriert von seinen vergeblichen Versuchen, von Cardiff loszukommen, explodierte Gilbert jetzt vor Wut. »Weil Sie *unter der Erdoberfläche* waren! Hören Sie ... wir haben den ersten Bericht über diesen Vorfall gelesen. Hier im Keller war ein Hausmeister, als der erste Einschlag passierte. Der Mann, der Sie alarmiert hat!«

»Beaton?«

»Ja, ja, ja! Er hat aus dem gleichen Grund den ersten Einschlag überlebt, wie Sie alle den zweiten. Sie waren unter der Erdoberfläche, als es passiert ist. Und wir wissen, daß aus irgendwelchen Gründen der Schwerkraft, die wir noch klären müssen, der Absorptionseffekt unter der Erdoberfläche neutralisiert wird. Auf diejenigen außerhalb des Gebäudes hat der Einschlag keinerlei Wirkung. Und jetzt lassen Sie mich *vorbei*...«

»Wir sind *hier* mitten in einem *sekundären* Darkfall. Aber warum? Warum sollte Rohmer uns diese Information vorenthalten? Es ergibt keinen Sinn. Warum sollte er sich selbst in Gefahr bringen?« fragte Frye.

»Es gibt keine Gefahr«, erklang Rohmers Stimme. Alle drehten sich um und sahen, daß Rohmer und Duvall zurückgekehrt waren.

Duvall trug zwei Plastikbehälter. Cardiff konnte das Etikett des einen lesen: »Paraffin«.

»Du hast gewußt, daß der Darkfall hier noch aktiv ist, als du uns reingeschickt hast?« Gilbert schaute ihm direkt ins Gesicht.

»Ja, die Messungen haben das angezeigt.«

»Um Himmels willen, warum denn?« jammerte Frye, ging zum Fenster und schaute hinaus in die Nacht zu dem verschwommen sichtbaren Wrack im Vorhof. »Das ist ein Umkehrer da draußen, Rohmer.«

»Duvall ist da, um das in die Hand zu nehmen.«

»Aber warum? Wir müssen fort von hier.«

»Wir gehen nirgendwohin.« Rohmer lächelte. »Wir werden den Sturm bis zum Ende erleben.«

»Was ist ein Umkehrer?« fragte Cardiff.

»Manchmal«, sagte Rohmer, »kommen sie zurück. Wir wissen noch nicht, wie das passiert. Die trägen Komponenten, die Gebäude oder was auch immer ... können gelegentlich ...« Er suchte nach einem Wort. »... können gelegentlich *heraushusten*, was sie absorbiert haben. Manchmal buchstäblich genau aus dem gleichen Fleck, an dem die Absorption stattgefunden hat. Bei anderer Gelegenheit wurden Leute in die Atmosphäre gespuckt und sind Hunderte von Meilen weiter weg wieder aufgetaucht. Ihre Molekularstruktur ist verändert. Das könnte erklären, wieso sie ein solches Ausschleudern überleben. Es passiert schon seit Hunderten von Jahren. Vielleicht haben Sie von Kaspar Hauser in

Deutschland gehört? Wohl eher nicht. Bei Ihrem Bürohausvorfall ist es bereits zweimal passiert. Erstens bei Eleanor Parkins in London und zweitens bei ...«

»Vincent Saville«, vollendete Cardiff den Satz.

»Wieder herausgehustet«, sagte Rohmer. »Manchmal sind sie tot, manchmal leben sie, wenn man das noch so nennen kann. Aber wenn sie zurückkehren, sind sie nicht ... wie soll ich sagen ... nicht sie selbst.«

»Sie haben sich verändert«, sagte Gilbert. »Ihre Molekularstruktur verbindet sich mit dem trägen Material, das sie absorbiert hat.«

»Und was zum Teufel soll das alles heißen?« fragte Pearce.

»Das heißt«, sagte Duvall und hielt einen der Paraffinbehälter hoch, »daß wir das, was wir in dem Autowrack da draußen gefunden haben, verbrennen müssen.«

»Es könnte noch am Leben sein«, sagte Rohmer ganz sachlich. »Und wenn ja, könnte es hier, na ja, etwas unangenehm werden, milde gesagt.«

Duvall marschierte mit seinen beiden Paraffindosen los.

»Das Auto«, sagte Pearce. »Ich hab' gehört, wie sie sagten, daß die Körper von der Wand aufgesaugt ... und manchmal auch wieder ausgespuckt werden. Aber wie paßt das Auto in diese Geschichte rein? Wollen Sie damit sagen, daß auch das Auto von einem Gebäude aufgesaugt worden ist? Menschenfleisch, haben Sie gesagt ...«

»Ich weiß es nicht«, sagte Rohmer. »Es gibt sehr vieles, was wir nicht wissen. Deshalb sind wir hier, Duvall – kümmere dich um die Geschichte da draußen.«

»Ich will sehen«, sagte Pearce, den Blick starr auf Rohmer gerichtet. »Ich höre diese Märchen, aber schlucken kann ich sie nicht. Ich will sehen, was da draußen in dem Auto ist.«

»Wollen Sie ihm einen Strafzettel verpassen?« fragte Jimmy ironisch.

»Ruhe, Jimmy«, sagte Cardiff. »Okay, Pearce. Wenn Sie das

wollen. Aber Sie brauchen das Ding nicht zu verbrennen, Rohmer. Es ist schon verbrannt.«

»Lassen Sie mir doch die kleine Freude«, sagte Rohmer und gab Duvall noch ein Zeichen. Der Sturm rauschte wieder ins Haus, als Pearce und Duvall nach draußen gingen. Gilbert und Frye schauten ihnen nach, und einen Moment lang schien es, als wolle Gilbert hinter ihnen herlaufen. Doch Rohmer packte ihn am Ärmel und führte ihn zu einem der gepolsterten Sitze neben Jimmy.

»Warum, Rohmer?« fragte Gilbert. »Warum hast du uns nicht erzählt, daß es ein sekundärer Darkfall ist? Was machen wir bloß hier?«

»Ihr seid beide hier, um die Lage zu beobachten«, sagte Rohmer. »Aber ihr seid leider schwach und kriegt leicht Angst. Es hat zwei Einschläge hier gegeben, das stimmt. Aber ihr wißt, daß der beschleunigende Effekt eines sekundären Darkfalls langsam beginnt und dann allmählich an Wucht gewinnt. Für uns bestand bisher keine Gefahr, es wird auch keine geben.«

»Danke für die Warnung, Rohmer«, sagte Cardiff. »Vielleicht bestand keine Gefahr für Sie. Aber für *uns* bestand sie ganz bestimmt. Wenn einer von uns eine Wand über der Erdoberfläche angefaßt hätte, wären wir inzwischen ein Teil der gottverdammten Architektur.«

»Aber du hättest es mir sagen müssen ...«, unterbrach Gilbert weinerlich.

»Und mir auch.« Frye stand jetzt wieder am Fenster und beobachtete, wie Duvall und Pearce sich zu dem Autowrack durchkämpften.

»Ich habe euch beide gebraucht«, sagte Rohmer. »Ihr seid die besten, die wir haben. Und ich hatte keine Zeit, lange rumzumachen. Und nun zu Ihnen, Cardiff. Man hat Ihnen Instruktionen für die Evakuierung geschickt, aber ihre Computerausrüstung war nicht imstande, unsere Anweisungen und Empfehlungen zu empfangen, wie Sie wissen. Die Auswirkungen des sekundären Darkfalls eskalieren. Seit dem zweiten Einschlag waren weder Sie noch Ihre Leute in Gefahr. Es wird mindestens vierzig Minuten bis zum nächsten Einschlag dauern, deshalb möchte ich, daß Sie und Pearce jetzt von hier verschwinden. Sie stören die Untersuchung.«

»Und ich?« fragte Jimmy.

»Wie ich vorhin schon sagte, Sie bleiben.«

»Den Teufel wird er«, sagte Cardiff. »Er ist Zivilist, und er untersteht meiner Rechtsgewalt und nicht Ihrer. Er geht mit uns. Sie können ja in diesem verfluchten Block bleiben, wenn Sie wollen.«

»Sie haben meine Vollmachten gesehen. Sie wissen, daß ich die Befugnis dazu habe.«

»Von wegen. Ich möchte eine Bestätigung von der Zentrale.«

»Und wie sollen wir das bewerkstelligen, wenn der Sturm alle Telefone und den Funk lahmgelegt hat?«

»Genau das ist es«, erwiderte Cardiff. »Keine Bestätigung, keine Befugnis. Sie werden mir nicht sagen, was ich zu tun habe, und Devlin behalten Sie auch nicht hier.«

»Hatte ja keine Ahnung, daß Sie mich so ins Herz geschlossen haben.« Jimmy wurde plötzlich munter, stand auf und stellte sich zu Frye an die schwarzen, regenverwischten Fenster. Gilbert rieb sich mit beiden Händen das Gesicht, als versuche er, schlechte Träume wegzuwischen.

»Halt den Mund, Jimmy. Wenn Pearce und ich gehen, gehst du auch.«

»Ich glaube, nein«, sagte Rohmer.

Blitze zerrissen noch einmal den Himmel und erleuchteten kurz die Rezeptionsfenster, als Rohmer und Cardiff sich wie zwei Duellanten gegenüberstanden. Keiner wollte nachgeben.

»Nettes Auto«, sagte Jimmy und wischte die Kondensation von seinem Stück Fenster. Die Szene blieb trotzdem ziemlich verschwommen. »Oder zumindest war es mal ein nettes Auto.« Auch Pearce und Duvall waren nur schemenhafte Gestalten neben dem Wrack und nur dadurch zu unterscheiden, daß Duvall die Paraffinbehälter trug, die er jetzt gerade auf dem Gehsteig abstellte.

»Das ist ein Ford Zodiac«, sagte Jimmy. »Oder das war er zumindest. Man sieht es an den Flügeln hinten. Baujahr 1964, schätze ich. Von denen gibt's nicht mehr viele. Auf jeden Fall jetzt einen weniger, soviel ist sicher.«

»Sind Sie sicher, daß das Ding da tot ist?« fragte Frye jammernd. »Das Ding im Auto?«

»Nein«, sagte Rohmer, ohne den Blick von Cardiff zu wenden. »Deshalb wird Duvall es mit Paraffin tränken und es anzünden, wenn der Sturm das zuläßt.«

»Schönes Auto«, sagte Jimmy. »Wetten, daß es Weißwandreifen hatte, zweifarbig, grün mit creme.«

»Ich hab' eine Aufgabe zu erledigen«, sagte Cardiff und starrte Rohmer ebenfalls in die Augen. »Wenn es gefährlich ist, sollten wir alle von hier verschwinden. Aber Sie reden, als wären diese ... Rückkehrer ... Freaks oder Filmmonster oder so etwas«, sagte Cardiff.

»Das sind sie auch«, sagte Rohmer. »Eleanor Parkins. Eine von Ihren eigenen Rückkehrern. Ihr Körper war mit Beton, Plastik, Gips und Stahl verschmolzen. Unsere Autopsie hat eine mutierte Legierung all dieser Materialien in ihrem Gewebe gezeigt. Unseren Definitionen nach konnte sie eigentlich gar nicht mehr am Leben sein.«

»Sie ist also gestorben?«

»Sie wurde ausgeschaltet. Wir hatten keine Wahl.«

»Sie haben sie *umgebracht?*«

»Sie hätten es sehen müssen, Cardiff. Glauben Sie mir, wir hatten keine andere Wahl.«

»Einige von ihnen kehren mit einem Minimum von Mutation oder ganz ohne zurück«, murmelte Gilbert von seinem

Platz aus. »Wir haben zwei in Gefangenschaft. Sie reden davon, daß sie die ›andere Seite‹ gesehen haben.«
»Die andere Seite?« fragte Cardiff, den Blick immer noch starr auf Rohmer gerichtet.
»Geistige Desorientierung«, erwiderte Rohmer. »Gehirnerweichung. Halluzinationen, durch Traumata ausgelöst. Wir müssen sie irgendwann auch loswerden, genau wie die anderen.«
»Sie *töten* Leute, die zurückkehren?«
»Wir eliminieren sie, Cardiff. Mehr nicht.«
»Nebellampen«, sagte Jimmy. »Spotlampen. Lederpolster. Durchgehende Sitzbänke, vorne und hinten.«
»Sie reden von Himmel und Hölle«, murmelte Gilbert. »Diejenigen von den Zurückgekommenen, die noch nicht zu Monstern mutiert sind, sagen, daß sie es gesehen haben. In diesem Jenseitsstadium, während sie absorbiert waren.«
»Ein Dreigangauto mit Knüppelschaltung. Ozelotschonsitze. Absolute Spitze. Ein wirklich geschmackvolles Auto.«
»Glaubt ihr an den Himmel und die Hölle?« murmelte Gilbert.
»Wollt ihr wohl verdammt noch mal alle die Klappe halten!« schrie Jimmy und drehte sich vom Fenster weg. Die Lethargie und Schwäche waren verflogen. »Wie lange muß ich mir diesen Scheiß noch anhören? Ich hab' das Gefühl, man hat mich direkt aus dem Pub in einen Videohorror gezerrt. Verdammt! Wenn es hier gefährlich ist, dann hau'n wir doch ab!«
Donner dröhnte über ihren Köpfen.
Die Fensterscheiben der Empfangshalle klirrten.
Und dann flackerten die Neonlichter an der Decke – und erloschen.
Die Empfangshalle tauchte in blauschwarze Dunkelheit. Ferne, durch den Regen nur verschwommen sichtbare Straßenlampen warfen unheimliches blaues Licht in die Lobby. Die

Neonlichter flackerten wieder auf und lieferten schwaches Licht. Gilbert stieß einen gedämpften Schrei aus, und die rinnenden Regentropfen auf den Fensterscheiben warfen seltsame Schatten auf sein gespenstisch weißes Gesicht, als er aufsprang. Frye zuckte vom Fenster zurück.

»Mist!« Cardiff tastete da herum, wo er glaubte, einen Lichtschalter gesehen zu haben, streckte die Hand danach aus – und hielt inne. »War das ein Einschlag? Ein Darkfall-Einschlag?«

»Nein«, sagte Rohmer in die geisterhafte Finsternis. »Zu früh.«

»Zum Teufel damit«, erwiderte Cardiff. »Geben Sie mir ein Paar Handschuhe.«

»In Fryes Koffer sind welche.«

»Geben Sie sie mir.«

Frye ging zu seinem Koffer, klappte ihn auf und kramte darin herum. Er zuckte zusammen, als Jimmy ihn am Arm packte. »Ich will auch welche.« Frye kramte noch einmal und tauchte dann mit zwei Paar hautengen braunen Handschuhen auf, die aus irgendeinem künstlichen Material hergestellt waren. Während Jimmy sich das eine Paar überstreifte, ging Cardiff zu Frye, nahm das andere Paar und ging zum Lichtschalter.

»Überflüssig«, sagte Rohmer gelassen.

»Fahren Sie doch zur Hölle«, erwiderte Cardiff und zog sich die Handschuhe an.

Er drückte den Lichtschalter. Es machte keinen Unterschied. Die Neonbeleuchtung war tot. Er griff über den Empfangstresen und nahm den Telefonhörer. Aber da war kein Knistern, die Leitung war tot.

»Alle Leitungen sind tot.«

»O nein ... o nein ... nein, nein, nein!«

Cardiff warf einen Blick zu den Fenstern und auf Fryes Silhouette. Er reagierte nicht auf diese neueste Entwicklung, sondern auf etwas, das da draußen passierte.

Irgendwo da draußen, wahrscheinlich im Vorhof, flackerte und loderte eine orange Flamme in der Dunkelheit.
»Irgendwas passiert da draußen«, sagte Frye und drückte sich näher ans Glas. »Ich kann fast nichts erkennen, aber neben dem Auto schlägt etwas wie wild um sich. Irgend etwas brennt und schlägt um sich und ... o nein, nein, nein!«
Jimmy schob Frye zur Seite, um besser sehen zu können. Rohmer war bereits unterwegs zu den beiden, als Cardiff den Hörer auflegte und sich vom Tresen entfernte. Gilbert stieß Cardiff beiseite.
Geräusche drangen von draußen herein.
Es waren Schreie, schreckliche Angst- und Wutschreie, und doch wiederum keine, die ein Mensch ausstößt.
Und dann folgte ein lauter Knall. Das konnte nur ein Pistolenschuß sein. Ein rumpelnder, brüllender Donner am Himmel war die Antwort.
»Duvall!« rief Rohmer.
»Der Bastard hat also doch eine Pistole«, sagte Jimmy.
»Was zum Teufel ist da draußen los?« Cardiff drängte Frye zur Seite und spähte hinaus in die Finsternis. Da brannte etwas, nicht im Autowrack, aber daneben. Die beschlagenen Fenster behinderten die Sicht.
Im nächsten Moment krachte etwas mit ungeheurer Wucht gegen die Eingangstür. Gilbert schrie vor Angst wie am Spieß, als die Türen aufflogen und eine dunkle, flatternde Gestalt hereinstürzte, begleitet von Regen und Schnee.
Jimmy und Cardiff sahen, wie Rohmer in die Tasche seines Mantels griff. Mit einer raschen Bewegung zog er eine Pistole, eine Automatik, wie beide Männer trotz des diffusen Lichts erkannten. Er zielte ruhig auf die Gestalt, die sich auf den Fliesen wand.
»Nein, Rohmer, ich bin's!« rief die Gestalt und entpuppte sich als Duvall.

Er rappelte sich auf und stemmte sich gegen die Gewalt des Sturms Richtung Empfangstüren und drückte sie zu.
»Duvall, was zur Hölle …?« begann Rohmer und steckte seine Pistole weg.
»Ich hab' noch nie … nie … nie so eins wie das gesehen …«
»Was ist passiert?« rief Cardiff. »Wo ist Pearce?«
»Wir … wir haben es im Auto mit Paraffin getränkt … Nicht leicht bei dem Sturm. Wir … haben es … angezündet.«
»Wo ist Pearce?«
»Das verfluchte Ding ist einfach lebendig geworden … hat sich aus dem Auto auf uns gestürzt … Mein Gott … es war … es hätte mich fast erwischt, Rohmer.«
Cardiff wandte sich zum Fenster und wischte den Dunst seines Atems vom Glas. Er versuchte, draußen etwas zu erkennen …
Genau in diesem Moment schlug Pearce' entsetztes, schreiendes Gesicht von der anderen Seite gegen das Glas, keine drei Zentimeter von Cardiffs entfernt.
Cardiff machte erschrocken einen Satz rückwärts.
Die anderen erschraken durch den Aufprall und beobachteten mit Entsetzen, wie Pearce in Panik mit gespenstisch weißen Händen gegen die Scheibe trommelte. Die Augen starrten zu den Glastüren, Angst konnte Cardiff darin erkennen.
»Laßt mich rein! Laßt mich rein! LASST MICH REIN!«
Pearce' Blick wanderte zu Cardiff. Der Regen hatte das Haar an seinen Kopf geklatscht, außerdem bedeckte Schlamm das Gesicht. In panischer Angst sah er wieder zu den Türen. Aber was immer da gewesen war, war anscheinend verschwunden. Er wandte sich zum Gehen, als ein Blitz aufloderte, der ihn wie eine Silhouette erschienen ließ und den Empfang in weißes Licht tauchte.
Keiner war fähig, sich zu bewegen.
Nur Pearce tastete sich Hand über Hand an der Scheibe

entlang, starrte herein und drehte wieder verängstigt den Kopf hin und her.

»Helft mir ... um Gottes willen, so helft mir doch! Es ist da draußen ... mein Gott, *Cardiff!*«

Und Cardiff erinnerte sich an die Schreie aus der Wand, dem Boden und der Decke, an die vertraute Stimme, die seinen Namen genannt hatte. Er ging in Richtung Glastür.

»Weg von der Tür!« zischte Rohmer und zückte erneut seine Waffe. Cardiff drehte sich um und sah, daß die Automatik auf ihn gerichtet war.

»Wir müssen ihn hereinlassen!«

»Noch einen Schritt und ...«

»Und was, Sie Bastard? Wollen Sie mich erschießen?«

»Nein ... aber eine Kugel im Bein wird wohl nicht so angenehm für Sie sein.«

»Sie ...«

Und wieder schrie Pearce, aber diesmal nicht vor Angst.

Cardiff wirbelte herum und sah, daß Pearce' Gesicht gegen das Glas gequetscht war, nur etwa zehn Meter entfernt von der Eingangstür. Das Gesicht war völlig verzerrt, der Mund vor Schmerz aufgerissen. Hinter ihm war ein vager, alles umfassender Schatten, der sich jetzt über ihn beugte. Pearce schrie in Agonie.

Frye murmelte immer wieder: »Mein Gott, mein Gott, mein Gott ...«

Plötzlich wurde Pearce von dem riesigen Schatten hochgehoben, dann spritzte Blut aus Pearce' offenem Mund auf das Glas. Die Blutspritzer wurden zu einem dunklen, gräßlichen Rinnsal.

Duvall stürzte vor und feuerte auf den Schatten. Die Detonation erschütterte den Empfang und bohrte sich schmerzhaft in aller Ohren. Ein Loch klaffte neben Pearce' schreiendem scharlachrotem Gesicht im Glas.

Etwas Unmenschliches brüllte auf, der Schatten riß Pearce

weg vom Fenster, dann trug der Sturm die Schreie mit sich fort.
Duvall wollte noch einmal feuern, aber Rohmer zog ihn zurück.
Ein Blitz loderte auf.
Da waren keine Schatten mehr, nur Rauchfetzen, die das tosende Unwetter fortwirbelte.
»Geht zurück«, sagte Rohmer. »Weg von den Fenstern.«
Wieder grollte Donner über den Himmel, flaute ab und zurück blieb ein merkwürdiges Knurren, ein schweres Atmen. Da sahen sie es.
Schleichend, schlurfend bewegte es sich da draußen.
Wieder ein Donnerkrachen, dann wurde die fast dunkle Lobby wieder grell erleuchtet. Jimmy suchte die Fenster ab, in Erwartung, daß etwas Gräßliches durch die verletzlichen Glasscheiben dringen würde.
Zischender Regen auf rauher Haut, die keine Haut war, die Flamme erstickend, in vernarbten Furchen triefend ...
Gebeutelt von grauenhafter Vorahnung, wartete Cardiff, während Rohmer und Duvall mit entsicherten Waffen auf die Fenster starrten.
Blind, taub, aber fähig zu wittern, fähig, sie selbst in dieser tobenden, sturm- und regengepeitschten Nacht durch ihren Nahrungsgeruch aufzuspüren ...
Der Sturm drückte gegen die Fassade, ließ die Scheiben erzittern – und Gilbert wimmerte wieder auf.
Zornig labt es sich kurz an seinem Fang, wirft die Reste auf den Gehsteig, in den Regen. Spürt, wie die Kraft zurückkehrt, der Haß ...
Sie warteten.
Der Donner schien das Haus bis in die Grundfesten zu erschüttern. Blitze loderten auf, zackige Risse im Himmel ließen Schatten in krassem Schwarz und Weiß tanzen.
Sie warteten.

Etwas kratzte an den Fenstern.
Dann begann Frye zu schreien, und das Geräusch ließ alle wieder vor Angst erstarren.
»Frye!« zischte Rohmer. »Reiß dich zusammen!«
»Um Gottes willen!« Cardiff ging zu dem an der Wand kauernden Frye. »Nicht schreien! Das Ding wird hören ...« Cardiff nahm den Mann, schüttelte ihn, damit er wieder zu Besinnung kam, als Jimmy ihn wegzerrte.
»Was zum Teufel ...«
»Fassen Sie ihn nicht an«, sagte Jimmy so leise, daß er kaum zu hören war.
Frye verstummte und sah verwundert auf die Rezeptionswand.
Und jetzt sahen sie alle, was passierte.
Fryes Hand war bereits bis zum Handgelenk in der Wand verschwunden, die völlig ohne Naht, ohne einen Makel an ihrer Oberfläche war.
»Nein, nein, nein ...«, wimmerte er und streckte flehentlich den anderen Arm Cardiff entgegen.
»Nein!« sagte Rohmer. »Es ist ein Darkfall-Treffer. Wir können ihm nicht mehr helfen.«
»*O Gott!*« kreischte Frye, als sein Unterarm unerbittlich weiter in die Wand glitt. Er stemmte sich mit dem Knie gegen die Wand und – blieb kleben. Geschmeidig glitt es durch die glatte Tapetenwand. »Du hast gesagt, es wäre zu früh, Rohmer!« schrie Frye wieder. »Zu früh ... zu ... ich habe keine ...« Frye begann zu schluchzen, fuchtelte wild mit seinem noch freien Arm herum, streifte die Wand und blieb haften. »*Bitte! So hilf mir doch einer!*«
»Um Himmels willen, Rohmer!« bettelte Cardiff. »Es muß doch *etwas* geben, was wir tun können.«
»Bitte, Rohmer! Bitte!« Fryes eine Schulter war bereits in der Wand verschwunden, ebenso sein Bein bis zur Hüfte. Er versuchte, seinen Kopf von der Wand fernzuhalten, die ihn

jedoch unerbittlich näher zog. Seine Schreie gingen in ein hysterisches Gelächter über.
»Ich bin das Teerbaby ...«, gackerte er.
Da ging Duvall entschlossen zu ihm, richtete den Lauf seiner Automatik gegen Fryes Hinterkopf und blies ihm das Gehirn raus.
Jimmy und Cardiff wichen entsetzt zurück. Nur Rohmer blieb ruhig stehen, zeigte keine Rührung, als die Wucht des Einschlags Fryes zertrümmertes Gesicht gegen die Wand klatschte, das in rasendem Tempo von ihr absorbiert wurde. Selbst der blutige Fleck auf der Wand verschwand rasch, sie absorbierte das Blut wie Löschpapier, ohne eine Spur zu hinterlassen. Fryes willenlos gewordener Körper drehte sich und wurde leicht vibrierend in die Wand wie in Treibsand aufgesaugt – bis auf den Fuß. Sie schloß sich hinter ihm, makellos wie eh und je.
Gilbert schluchzte immer noch.
Wieder dröhnte Donner, und alle spürten, wie sich plötzlich der Druck veränderte. Cardiffs Ohren ploppten. Erschaudernd drehte er sich weg, als der Fuß von der Wand auf den Kachelboden fiel, direkt am Knöchel abgehackt, wie durch ein Metzgermesser.
Gelähmt vor Entsetzen starrten ihn die übrigen Männer an. Es war ein absurder und grauenhafter Anblick. Rohmer durchbrach als erster das Schweigen.
»Die Wirkung des Treffers hat nachgelassen. Jetzt wissen Sie, wie das mit der abgetrennten Hand gekommen ist, Cardiff.«
»Das arme Schwein«, sagte Jimmy.
»Die Wirkung eskaliert hier schneller als je zuvor. Behaltet eure Handschuhe an. Keinen Hautkontakt.«
»Wir müssen hier raus«, sagte Cardiff.
»Solange das Ding da draußen ist?«
»Ist es immer noch da?« jammerte Gilbert.
Duvall schlich sich näher an die Glasfassade. Jetzt waren

keine monströsen Geräusche mehr draußen im Sturm zu hören. Auch der häßliche Blutfleck auf der Scheibe zerrann langsam scharlachrot im Regen. Aber es gab keine Möglichkeit festzustellen, ob das Ding noch da draußen war.

»Mein Gott«, murmelte Duvall. »Wenn ihr das *gesehen* hättet. Ich bin überrascht, daß die Schreie es nicht angelockt haben.«

Jimmy starrte immer noch voller Entsetzen auf die Wand, in der Frye verschwunden war. »Was zum Teufel machen wir jetzt?«

»Wir müssen unter die Erdoberfläche«, sagte Cardiff. »Wie Gilbert vorhin gesagt hat. Das ist der einzige Platz, an dem wir sicher sind. Wir können uns im Keller einschließen, außer Reichweite von dem verfluchten Ding da draußen – bis dieser Darkfall-Sturm vorbeigezogen ist.«

»Erstaunlich, wie schnell Sie sich anpassen, Cardiff«, sagte Rohmer ironisch. »Vielleicht finde ich doch noch einen Job für Sie.«

»Fahren Sie zur Hölle! Wir hätten Pearce retten können!«

»Nein, hätten wir nicht«, sagte Duvall. »Das Ding war direkt hinter mir. Es war bereits an der Eingangstür. Daß es Pearce erwischt hat, hat uns wahrscheinlich das Leben gerettet. Ansonsten wär es hier reingekommen.«

»Ihr habt Kanonen, Kumpel. Wollt ihr damit sagen, daß das Ding mit Kugeln nicht aufgehalten werden kann?«

»Sie geh'n mir auf die Nerven, Cardiff«, sagte Duvall. »Warum geh'n Sie nicht einfach raus und versuchen, es zu Tode zu quatschen!«

»Unter die Erde«, sagte Jimmy ablenkend. »Wie der Mann gesagt hat. Machen wir, daß wir in den Keller kommen, und verriegeln die Tür.«

»Wir werden meine Ausrüstung brauchen«, sagte Gilbert leise. »Die akustischen Auswirkungen fortgesetzter Treffer könnten uns taub machen. Ich kann meine Ausrüstung auf eine Frequenz einstellen, die Geräuschwellen ausschickt, die diesen Effekt umgehen. Wir brauchen ...«

»Hol es«, sagte Rohmer.

Gilbert holte die tragbare Ausrüstung, die Frye benutzt hatte, und ging vorsichtig zum nur schwach beleuchteten Korridor voraus. »Welche Tür? Wo?«

Cardiff drängte sich an ihm vorbei. Die anderen folgten ihnen, sich immer wieder vergewissernd, ob der monströse Schatten auftauchen würde.

»Wir müssen die Bevölkerung warnen«, sagte Cardiff.

»Wie sollen wir das bewerkstelligen, wenn die Telefone tot sind?« fragte Rohmer.

Gilbert war jetzt an der Tür mit der Aufschrift »Keller« angelangt. Er wollte gerade eine behandschuhte Hand nach der Türklinke ausstrecken, riß sie aber ängstlich wieder zurück, eingedenk dessen, was Frye passiert war. Donner grollte, und Gilbert sah sich mit ängstlich flackernden Augen um.

»Nein ...«, sagte Cardiff. »Ich geh' nicht da runter. Nehmt Devlin mit, aber ich geh' zurück.«

»Zurück, da *raus?«* fragte Jimmy. »Vorbei an dem ... Ding?«

»Es schleicht da draußen rum. Jeder, der auf der Straße vorbeigeht, ist in Gefahr.«

»Bei dem Scheißsturm ist doch niemand unterwegs«, sagte Jimmy.

»Entweder ist das Mut oder Dummheit«, sagte Rohmer. »Ich weiß nur nicht, welches von beiden.«

»Ich auch nicht«, erwiderte Cardiff. »Ich bin eben Polizist. Es ist mein Job. Die Sache ist ... was zum Teufel sind *Sie*, Rohmer?«

Sie schauten sich sekundenlang eindringlich an.

Dann wandte Cardiff sich ab und ging zurück zur Rezeption. Die Fenster waren in ein grelles Weiß getaucht, als ein Blitz die Nacht erhellte, gleichzeitig ließ die Explosion des Donners die Scheiben erzittern.

Was mach' ich denn hier? dachte Cardiff. *Mach' ich wirklich nur meinen Job?*
»Sie sind total ausgeklinkt«, sagte Jimmy hinter ihm. »Jetzt machen Sie hier nicht den Idioten. Kommen Sie zurück.«
Nein, so selbstlos bist du nicht, sagte eine innere Stimme zu Cardiff. *Es ist dieses Ding da draußen, nicht wahr? Das Ding, das unmöglich existieren kann. Du glaubst, es hat das Gesicht des Mannes hinter dem Steuer, nicht wahr? Das Gesicht, das sich vor dir versteckt hat. Du glaubst, das Ding da draußen hat die Antworten. Es ist der Tod ... und du willst ihn fragen ...*
Gilbert schrie auf; es war ein heiserer, gutturaler Schrei, voller Angst und Überraschung. Die anderen fuhren erschrocken herum, wichen automatisch vor der Kellertür zurück. Neben ihr war Bewegung und Licht, als würde jemand eine Taschenlampe draufhalten und sie hin- und herschwenken. Sie sahen sich bewegende Schatten, kriechende, wogende Schatten.
»Was ist denn los?« rief Cardiff, machte kehrt, dann konnte er auch sehen, was los war. Ein Teil der Wand wogte in Licht und Schatten. Cardiff wirbelte herum, um zu sehen, ob dieses bizarre Wabern von Schatten irgendwie von einem Blitzschlag ausgelöst worden war, doch er konnte nichts entdecken. Nur das Grollen am Himmel und der prasselnde Regen waren zu hören.
Plötzlich war da noch etwas anderes; das, was die anderen sofort gesehen hatten und sie vor der Wand zurückweichen ließ: ein perlendes, weißes Licht. Die Wand sah aus wie ein geheimnisvolles Fresko, über dem schwarze, wirbelnde Gewitterwolken dahinzogen mit gelegentlichen, knisternden Blitzen.
Und dann bog sich die Wand nach außen.
Cardiff und die anderen starrten fassungslos auf diesen unbegreiflichen Anblick. Und dann war noch ein Geräusch zu hören. Es war das Geräusch von etwas, das sich unter ungeheurem Druck streckt und dehnt, als müsse die Substanz der

Wand plötzlich implodieren und die Davorstehenden mit einen tödlichen Hagel von zertrümmerten Gestein überschütten. Unglaublicherweise entstanden keine Risse in der Wand. Die mahlenden Geräusche steigerten sich zu einem Crescendo, als ein neuer tiefer Ton zu hören war; zuerst noch leise, dann immer lauter. Bald ließ er ihre Trommelfelle vibrieren.
»Was denn jetzt noch?« fragte Jimmy erstaunt. »Was zum Teufel ist *das?«*
Jimmy sah, daß Rohmer merkwürdigerweise lächelte. »Erstaunlich«, sagte er leise. »Erstaunlich. Ich hätte nie gedacht...«
»Das Haus fällt auseinander...«, begann Cardiff, als Gilbert, ziellos herumirrend, gegen ihn taumelte.
»Nein, es fällt nicht auseinander«, sagte Rohmer und hob die Stimme, damit er sich über dem Lärm noch verständlich machen konnte. Gleich würde es eine Explosion geben, und sie würden dabei umkommen.
»Zurück...« *hinter die Rezeption,* wollte Cardiff sagen, um ein bißchen Deckung zu haben. Aber da war das Geräusch schon so unerträglich geworden, daß sie gezwungen waren, sich die Ohren zuzuhalten. Die Agonie, die dieses Geräusch in seinem Kopf auslöste, war die gleiche, die er und Pearce im Keller erlebt hatten. Jimmy hatte sich auf die Knie fallen lassen und hielt seinen Kopf umklammert, als das Geräusch plötzlich schlagartig verstummte.
Cardiff taumelte im Kreis und sah, daß Rohmer stocksteif dastand, die Hände über den Ohren und immer noch die Wand anstarrend. Duvall lehnte sich würgend an sie und rang nach Luft. Da merkte er, daß seine behandschuhte Hand die Wand berührte. Erschrocken riß er sie zurück. Gilbert kniete neben Jimmy und hielt sich die Hände über dem Kopf, den er wie besessen schüttelte, obwohl das Geräusch verstummt war. Ängstlich blickte er auf.

Die kriechenden Lichter und Schatten waren verschwunden. Auch die Wandmitte war nicht mehr gebauscht; keine Risse, auch dort nicht, wo der Putz unter dem Druck abgefallen war. Die Wand war fast wie immer, bis auf einen schwarzen Rußfleck. Als hätte jemand einen Schweißapparat dagegengehalten, dachte er. Rohmer machte einen Schritt darauf zu, während sich die anderen allmählich wieder fingen.

»Rü...«, begann Gilbert, aber seine Stimme verstummte sogleich wieder. Er schluckte. Cardiff sah, daß Rohmer Gilbert fast hoffnungsvoll anschaute. »Es ist ein ... Rückkehrer.«

Und plötzlich wurde etwas mit Wucht und einem Geräusch wie gurgelndes Ersticken aus dem rußigen Fleck gehustet. Die undefinierbare Form landete mit lautem Klatschen auf dem Korridorboden in eineinhalb Meter Entfernung von der Wand.

»Gütiger Gott im Himmel ...«, sagte Jimmy.

Im nächsten Moment loderte draußen wieder ein Blitz auf, und jetzt konnten alle sehen, was da ausgestoßen worden war: ein Mädchen.

Es war um die siebzehn und hatte langes, dunkles Haar, das ihm zerzaust im Gesicht hing. Es trug eine weiße Bluse mit Rüschen am Ärmel und einen schlichten, schwarzen Minirock. Ein jadegrüner Anhänger hing an einer Kette um den Hals. Es war offensichtlich völlig verstört, richtete sich auf, warf sich das Haar aus dem Gesicht und starrte erstaunt die Wand an, aus der es gerade gekommen war. Der rußige Fleck auf der Wand war verschwunden.

»Bleib, wo du bist!«

Die junge Frau schrie vor Schreck auf, als Rohmer sie anbrüllte, drehte sich um und sah nun die Männer. Sie schlug die Hände vors Gesicht, blieb zusammengekauert in der Mitte des Korridors hocken und fing an zu weinen.

»Bitte ...«, schluchzte sie. »Bitte, helft mir.«

Rohmer ging entschlossen auf sie zu und griff in seinen Mantel.

»Bitte ... bitte ...«

»Manchmal kommen sie zurück«, sagte Rohmer, hatte inzwischen die Pistole gezogen und zielte. Das Mädchen sah, was er tat, aber es senkte wieder schluchzend den Kopf.

»Es ist doch nur ein Mädchen!« schrie Cardiff. »Das können Sie nicht machen!«

»Halten Sie sich da raus, Cardiff. Sie haben das Ding da draußen gesehen. Sie haben gesehen, was mit Pearce passiert ist.«

»Es ist ein Rückkehrer«, murmelte Gilbert. »Mein Gott, tatsächlich ...«

Die Angst des Mädchens löste etwas in Cardiff aus. Da waren plötzlich Gefühle, die er nicht wieder haben wollte. Das Geräusch dieses verzweifelten Weinens brachte mit bohrendem Schmerz jenen Juninachmittag zurück. Im Bruchteil einer Sekunde sah er den Wagen auf sich zu rasen, hörte Lisa schreien, sah, wie Jamie in Zeitlupe aus seinen Armen flog. Das Weinen war *sein* Weinen. Die Grauen jener Nacht hatten irgendwie dieses bizarre In-sich-Gehen ausgelöst.

»Es ist doch nur ein *Mädchen!«* brüllte er wieder und sah, wie Rohmer den Lauf der Automatik direkt auf den Kopf der jungen Frau richtete.

Cardiff würde das nicht zulassen, und Rohmer würde es nicht noch einmal wagen, eine Pistole auf ihn zu richten. Blitzschnell warf er sich wie ein Rugbyspieler mit der Schulter gegen Rohmer und packte den Arm mit der Pistole. Rohmer war zwar überraschend stark, aber die Wucht von Cardiffs Angriff schleuderte ihn einige Meter zurück. Das Mädchen wich schreiend vor den kämpfenden Gestalten zurück. Rohmer versuchte, Cardiff mit seiner freien Hand ins Gesicht zu schlagen, aber Cardiff hatte damit gerechnet. Er duckte sich, so daß die geballte Faust seinen Kopf nur streifte. Dann schleuderte er Rohmer gegen die Wand, ließ ihn aber nicht los und merkte, wie dem Gegner schlagartig die Luft wegblieb.

»Cardiff!«

Er schaute sich um und sah, daß Duvall vorgetreten war. Der hatte seine eigene Waffe gezogen und sie auf ihn gerichtet.

»Laß ihn los und geh zurück!«

»Das könnt ihr nicht machen!« keuchte Cardiff und spürte, wie Rohmer mühsam versuchte, sich aus seiner Umklammerung zu lösen, mit einer Hand, die sich wie ein Schraubstock anfühlte. Cardiff hörte das Klicken von Duvalls Waffe, als er sie entsicherte. »Ihr wollt mich also erschießen, wenn ich nicht loslasse, richtig? Wo bleibt da das Fair play, Duvall? Hast du den Trick in Eton gelernt?«

»Harrow, um ehrlich zu sein«, sagte Duvall grimmig.

»Duvall ...?« sagte Jimmy und kam seitlich auf eine seltsame, fast unterwürfige Art auf den Mann zu. Er hatte den Kopf gesenkt und strich sich über die Stirn, als würde er noch unter den Nachwehen des Lärms von eben leiden. Duvall drehte sich zu ihm. »Ich halte es für das Beste ...«

Plötzlich richtete Jimmy sich auf, machte einen Schritt nach vorn, packte Duvalls Arm und knallte ihm seinen Kopf ins Gesicht. Duvall brach grunzend auf dem Boden zusammen. Jetzt hatte Jimmy die Pistole in der Hand und richtete sie eiskalt und entschlossen auf Rohmer.

Cardiff klammerte sich immer noch an Rohmers Hand mit der Waffe.

»Also gut«, sagte Jimmy. »Laß die Pistole fallen, Rohmer.«

»Steck das verdammte Ding weg, Devlin!« zischte Rohmer. »Du weißt ja nicht, wie man damit umgeht.«

Jimmy packte die Pistole mit beiden Händen.

»Es ist ganz einfach. Hab's schon hundertmal in der Glotze gesehen. Jetzt lassen Sie sie schon fallen.«

Die Szene erstarrte, als wären alle plötzlich versteinert. Jimmy mit der Pistole, die auf Rohmer zielte, den Cardiff gegen die Korridorwand drückte. Gilbert etwas dahinter, zitternd vor Angst. Duvall halb ohnmächtig und stöhnend auf dem Boden, wie auch das Mädchen, dieses verzweifelte, siebzehnjährige Mädchen irgendwo aus dem Nichts, das immer noch schluchzend mit angstgeweiteten Augen das Drama verfolgte, das sich vor ihren Augen abspielte. Und draußen das allgegenwärtige Zischen des Regens sowie der Odem des wachsenden Sturms.

»Es wäre besser, wenn Sie sie fallen lassen«, sagte Cardiff, als Donner über den Himmel grollte und ein Blitz wieder die Fenster der Rezeption erleuchtete. »Das könnte doch ein weiterer Darkfall-Einschlag sein, nicht wahr? Sind Sie sicher, daß Ihr Mantel keine Risse hat, Rohmer? Sicher, daß Sie keinen Hautkontakt zu dieser Wand haben?«

Rohmers Finger öffneten sich langsam, die Waffe fiel scheppernd zu Boden. Cardiff bückte sich rasch, nahm die Pistole und machte einen Schritt weg von ihm auf Jimmy zu. Rohmer taumelte und massierte sich sein Handgelenk mit vor Wut funkelnden Augen.

»Netter Trick, Jimmy«, sagte Cardiff. »Hast du *den* in Eton gelernt?«

»Im hiesigen Pub, um ehrlich zu sein«, erwiderte Jimmy. »Außerhalb der Geschäftszeiten.«

8

Draußen im Sturm drehte es das, was einmal sein Kopf gewesen war, nach oben, um in den Sturm zu schauen. Regen schäumte und schwappte in seinem offenen Mund, während es die rollenden schwarzen Wolken und die Eruptionen des Blitzes betrachtete. Irgendwie wußte es, daß es dorthin gehörte und nicht hierher, und als es am Himmel donnerte, vernahm es diesen Donner durch seinen frisch umgekrempelten Körper. Es spürte ihn, denn sein Hörvermögen war durch den Absorptionsprozeß zerstört worden. Es schrie seine Antwort; es war ein brüllendes Gurgeln von Schmerz und Haß und Erkennen. Regenwasser und Benzin strömten aus seinen Mundwinkeln. Der Wind peitschte die Fetzen der verbrannten und zerfledderten Kleider auf seinem ungeheuerlich geschwollenen Körper.

Es wandte sich vom Sturm und denen im Bürohaus ab. Sein Bedürfnis konzentrierte sich auf die zerschmetterte Leiche, die auf dem Gehsteig neben ihm lag. Sie lag mit dem Gesicht nach oben.

Nachdem ihm zuerst nur grob bewußt war, was sein neuer Körper zum Überleben brauchte, hatte es den Mann grob genommen. Jetzt wußte es instinktiv, wie seine umgekrempelte Form eingesetzt werden konnte, um diesen furchtbaren Hunger zu stillen.

Es schaufelte die Leiche von ihrem scharlachroten Lager auf dem Gehsteig. Eine Flut regenverwässertes Blut ergoß sich in den Rinnstein. Umhüllt von zischendem Regen, nahm das Ding Pearce' blutige Leiche, quetschte den Körper an seine Brust und fühlte, wie sein neues Fleisch ausschwärmte und ihn absorbierte, ihn in sich aufnahm und weiterwuchs.

Selbst als Pearce' Innereien vollkommen absorbiert und verdaut waren, war der Hunger des Dings immer noch groß. Es schritt durch den schwarzen Regen zum Autowrack im Vorhof, wo es mehr Nah-

rung witterte. Es bückte sich, griff mit einer verkrusteten Klaue unter das Auto neben der Fahrertür, richtete sich wieder auf und hievte mit unglaublicher Kraft das Wrack hoch. Der Wagen kippte knirschend und krachend um, und darunter wurde das blutige Fleisch der beiden Polizisten sichtbar, die die Sperre bewacht hatten.

Es fraß.

9

Duvall richtete sich stöhnend auf und hielt sich die Stirn. Er hatte nicht geblutet. Aber die Stirn war schon geschwollen, wo Jimmys Kopf ihn getroffen hatte.

Rohmer machte einen Schritt auf die anderen zu, rieb sich immer noch die Hand und schaute dann auf das Mädchen. Es hatte aufgehört zu schluchzen, doch Tränen glänzten noch immer in seinen verängstigten Augen. »Hören Sie, Cardiff«, sagte Rohmer und wandte sich wieder den anderen zu. »Devlin, Sie wissen nicht, was Sie tun. Die Kleine sieht vielleicht normal aus, aber keiner von denen, die zurückkommen, ist je wieder richtig menschlich. Das Ding da draußen ... das war auch einmal ein Mensch. Und seh'n Sie, was jetzt daraus geworden ist.«

»Schnauze, Rohmer«, sagte Cardiff. »Und gehen Sie da rüber zu Duvall.«

Rohmer ging an ihnen vorbei und stellte sich neben seinen Handlanger. Cardiff ging zu dem Mädchen, ließ aber die anderen beiden nicht aus den Augen.

»Wollte er ...«, sagte es mit zitternder Stimme. »Ich meine, wollte der Mann mich *erschießen?«* Es kämpfte erneut gegen Tränen, konnte sich aber noch beherrschen.

»Wie heißt du?« fragte Cardiff.

»Barbara ... ich heiße Barbara Harrison. Können Sie mir sagen ... wo ich bin? Und was seid ihr für Leute?«

»Kannst du dich denn an gar nichts erinnern? Du warst hier ... in diesem Bürohaus. Es ist Heiligabend. Du mußt auf einer Party gewesen sein.«

»Eine Party ...? Wovon reden Sie? Ich war auf keiner Party.

Wer sind Sie? Was passiert mit mir?« Die junge Frau fing wieder an zu weinen und versuchte mühsam, sich aufzurichten. Jimmy war jetzt bei ihr, nahm ihren Arm und half ihr aufzustehen.
»Nicht ...«, zischte Gilbert. »Nicht anfassen!«
»Warum halten Sie nicht die Klappe?« fragte Jimmy. »Die ist in Ordnung.« Sie war etwa dreißig Zentimeter kleiner als Jimmy, circa eins sechzig groß. Ihr langes, dunkles Haar hatte einen altmodischen Schnitt der sechziger Jahre. Ihr Mini war voller Mörtelstaub, und ihre Beine waren übersät mit blauen Flecken; abgesehen davon und von ihrer Desorientierung und der offensichtlichen Verzweiflung schien sie körperlich in Ordnung zu sein. Jimmy warf einen ungläubigen Blick auf die Wand.
»Jetzt hör mal, Barbara. Wir müssen wissen, was dir passiert ist ...«
»Der ewige Polizist, Cardiff«, sagte Rohmer, als er Duvall beim Aufstehen half. »Werden Sie denn nie etwas glauben, was ich sage?«
»Wir müssen wissen, was mit dir passiert ist«, fuhr Cardiff fort. »Du warst auf einer Weihnachtsfeier im Büro, hier in diesem Büroblock, Fernley House. Ein Sturm kam. Und alle ...«
»Warum sagen Sie das immer wieder?« fragte das Mädchen und lehnte sich jetzt an Jimmy. »Ich hab's Ihnen gesagt, ich war auf keiner Party. Oh, mein Kopf tut so weh ...«
»Du warst auf keiner Party? Dann erzähl mir, an was du dich erinnern kannst.«
»Wir ... wir sind mit dem Auto gefahren.«
»Gefahren?«
»John, mein Bruder ... er hat gerade sein neues Auto gekriegt. Und er wollte mit mir eine Probefahrt machen. Ja, das war's. Wir sind gefahren ... gefahren und ...«
»Du willst damit sagen, daß du gar nicht hier im Bürohaus warst?«

»Das sag' ich doch! Wir sind gefahren! Das Wetter ist immer schlechter geworden, und wir sind ... wir sind direkt in diesen Sturm gefahren oder so was. Und John hat sich zu mir gedreht, wollte etwas zu mir sagen, daß etwas passiert und ... o mein Gott! Es ist tatsächlich etwas passiert, und John hat mir zugebrüllt, ich soll mir den Kopf zudecken, weil die Straße voller Licht sei; und dabei hat es gedonnert und geblitzt wie verrückt. Die Windschutzscheibe war ganz gräßlich hell, und dann hab' ich gewußt, daß wir einen Crash machen, weil ich gesehen hab', wie sich das Steuerrad in Johns Hand gedreht hat ...« Das Mädchen umklammerte Jimmy, es war einem Zusammenbruch nahe.
»Los jetzt, Cardiff. Bringen wir zunächst alle in Sicherheit, und dann können Sie da rausgehen und ihre John-Wayne-Nummer abziehen, wenn Sie das immer noch wollen. Ich werde Sie nicht daran hindern«, sagte Jimmy und merkte, daß das Mädchen in Ohnmacht gefallen war.
»In Ordnung ... aber Sie werden erst diese verdammte Pistole sichern, bevor noch etwas passiert.«
Cardiff berührte vorsichtig die Klinke der Kellertür mit seiner behandschuhten Hand, ließ aber die anderen nicht aus den Augen. Es schien nichts zu passieren, also riß er die Tür auf.
»In Ordnung, Jimmy. Aber sei vorsichtig. Wir sind vielleicht geschützt ... aber die Kleine nicht. Paß auf ihre Hände, ihr Gesicht und ihre Beine auf, wenn du hier durchgehst.«
Jimmy stieg vorsichtig über die Schwelle, Cardiff hielt die Tür mit einem Fuß auf und versuchte wieder, den Lichtschalter zu drücken – nichts, absolute Dunkelheit.
»Verdammt, Cardiff, ich seh' überhaupt nichts!«
»Gilbert, komm hierher!«
Der Wissenschaftler trat verlegen von einem Bein aufs andere, und sein Blick huschte zwischen Rohmer und Cardiff hin und her.

»Komm *her*, verdammt noch mal!«
Gilbert schlurfte zu ihm.
»Da ist eine hölzerne Halterung an der Wand, gleich hinter dieser Tür, neben dem Lichtschalter. Dort hängen Taschenlampen. Geh an Devlin und dem Mädchen vorbei, nimm eine der Taschenlampen und dann leuchte uns die Treppe runter in den Keller. Dort sind wir in Sicherheit, weißt du noch? Genau wie du gesagt hast.«
»Jaja«, sagte Gilbert eifrig und ging vorsichtig über die Schwelle, von Rohmer und Duvall genau beobachtet. Cardiff ließ die beiden immer noch nicht aus den Augen.
»Was jetzt?« fragte Rohmer, als Gilbert an der Halterung herumfummelte und schließlich eine Taschenlampe fand. Lichtspiralen tanzten über die Kellerwände, als er langsam nach unten ging. Jimmy folgte ihm mit dem ohnmächtigen Mädchen und verschwand.
»Wir gehen jetzt alle da runter und warten, bis der Sturm vorbei ist«, sagte Cardiff.
»Sie machen wohl Scherze«, sagte Duvall. Selbst in der spärlichen Notbeleuchtung konnte Cardiff die Beule an seiner Stirn noch erkennen. »Da runtergehen? Mit diesem *Ding*?«
»Ist doch bloß ein Mädchen.«
»Sie sind ein verdammter Narr«, erwiderte Duvall. »Einige von den Rückkehrern sehen ganz normal aus, Cardiff. Aber wir haben diese Dinger aus der Nähe gesehen. Sie können sich verändern. Ich hab' gesehen, wie ein erwachsener Mann in Stücke gerissen wurde.«
»Los jetzt, geh'n wir.«
»Sie wollen also nicht die anderen warnen?« fragte Rohmer. »Sie wollen nach all dem nicht den Polizisten spielen?«
»Damit ihr Jimmy überwältigen oder ihn dazu überreden könnt, daß er die Pistole zurückgibt? Nein, ich denke nicht.«
»Das ist kein Mädchen!« keifte Rohmer. »Das ist ein Monster!«

»Ich mach' euch einen Vorschlag. Ich bleib' bei euch und pass' auf die Pistolen auf. Wenn der Kleinen ein zweiter Kopf oder Vampirzähne wachsen, werde *ich* sie erschießen. Okay?«
»Das wird Ihnen noch leid tun«, sagte Rohmer grimmig. Blitze zuckten erneut draußen vor den Fenstern im Empfang, ein Spiegelbild überschäumender Wut.
»Nun tut mir endlich den Gefallen«, sagte Cardiff und wedelte mit der Pistole herum.
Nachdem Rohmer und Duvall die Treppe in den Keller hinuntergestiegen waren, folgte ihnen Cardiff und ließ behutsam die Tür hinter sich zufallen. Unten sah er im Schein der Taschenlampe Devlin, das Mädchen und Gilbert. Jimmy hatte das Mädchen auf den rauhen Boden gelegt. Cardiff nahm noch zwei weitere Taschenlampen aus der hölzernen Halterung, steckte eine in die Tasche und ging dann die Treppe hinunter. Er leuchtete kurz die Holzbretter ab, mit denen die zertrümmerten Deckenfenster zugenagelt waren, und fand alles unverändert. Nach wie vor waren deutlich das Prasseln des Regens auf dem Gehsteig und das Donnergrollen zu hören.
»Gilbert«, sagte Cardiff, als sie unten angelangt waren. »Jetzt bring deine Maschine, was immer das auch ist, in Gang, ich will diese höllischen Geräusche nämlich nicht noch ein drittes Mal ertragen müssen.«
»Aber ich kann nichts sehen ...«
Cardiff nahm die zweite Lampe aus seiner Jacke und warf sie Jimmy zu.
»Klemm die da drüben an die Wand und schalt sie ein. Dann holst du von da oben die restlichen und machst dasselbe damit.«
Jimmy eilte die Treppe hoch, als das Mädchen sich langsam aufrichtete. Rohmer und Duvall rückten von ihr weg, so weit es ging. Rohmers Gesicht verriet keinen Zorn mehr, aber

Duvall sah aus, als ob er bereit wäre, Schaden anzurichten, falls Cardiff nicht aufpaßte. Das Mädchen setzte sich auf und begann, tief Luft zu holen. Es sah sich neugierig im Keller um und schien dann Cardiff als einzigen der Männer zu erkennen.
»O Gott, es war kein Traum, nicht wahr? Ich bin noch … noch …«
»Schon gut, Barbara, ganz ruhig«, sagte Cardiff. »Du bist in Sicherheit. Wir sind hier alle sicher, und keiner wird dir etwas tun … nicht einmal die Gentlemen dort in der Ecke.«
»Wo sind wir?«
»Wir sind immer noch im Bürohaus. Im Keller. Hier ist es sicher.«
Jimmy kam mit dem Arm voll Taschenlampen zurück, klemmte sie in die Halterung der riesigen Kupferboiler oder stellte sie auf den Boden und schaltete sie der Reihe nach ein. Surreale Lichtfächer erschienen auf den schmutzigen, unverputzten Wänden und tauchten den Raum wie in eine Avantgardebühne.
»Wie komm' ich denn in das Bürohaus?« fragte Barbara. »Ich war …«
»Im Auto, ich weiß. Du hast es uns erzählt. Wo wohnst du, Barbara?«
»Browning Place 10 … in Fernley.«
»Fernley, Newcastle?« fragte Cardiff.
»Natürlich Newcastle. Wo denn sonst? Wo bin ich hier?«
»Du bist in Newcastle, keine Sorge.«
»Wo ist John? Was habt ihr mit John gemacht?«
»Wir haben John nicht gesehen, Barbara. Wir wissen nicht, wo er ist. Du sagst, du wohnst am Browning Place?«
»Ja, das hab' ich doch gesagt. Wer sind Sie überhaupt? Bitte sagen Sie mir, was hier los ist. Ich versteh' es nicht.«
»Du weißt, daß du mir nicht die Wahrheit sagst, Barbara«, sagte Cardiff und richtete den Strahl der Taschenlampe auf

sie. »Am Browning Place lebt niemand mehr. Die wenigen Häuser, die noch stehen, sind verfallen und werden abgerissen. Alle Leute, die dort lebten, sind von der Gemeindeverwaltung umgesiedelt worden.«

»Ich lüge *nicht!* Was seid ihr für Leute? Was habt ihr mit John gemacht?«

Statt zu antworten, sah Cardiff das Mädchen nachdenklich an. In was für einer verrückte Lage waren sie alle. Die reinsten Horrorgeschichten passierten. Leute, die in Wänden verschwanden, ein Mädchen wurde sogar unversehrt ausgespuckt, dann der gräßliche Tod von vier Menschen, drei davon waren seine eigenen Männer, ein jagendes Monster wie aus einem Comic irgendwo da draußen in der Nacht, ganz zu schweigen von Autos, die vom Himmel fielen. Welch ein Wahnsinn, dachte Cardiff und konzentrierte sich wieder auf das Mädchen.

»Barbara, an welchem Tag bist du verschwunden?«

»Mein Gott ...«, begann sie wütend, beherrschte sich aber und sagte dann mit zusammengebissenen Zähnen: »Samstag. Es war Samstag, der 15. März.« Mit Erstaunen sah sie die Verwirrung in den Gesichtern der Männer.

»März?« wiederholte Cardiff.

»Was soll das? Was ist daran falsch? Welchen Monat haben wir jetzt?«

»Heute ist Heiligabend.«

»Aber das gibt's doch nicht!«

»Du warst also neun Monate fort«, sagte Cardiff irritiert.

»Ich glaube, noch länger«, sagte Jimmy Devlin. Er kniete jetzt neben Barbara und schaute in ihre tränennassen Augen, die eisblau im Licht der Taschenlampe blitzten.

»Was meinen Sie damit?« fragte Rohmer, den das nun auch zu interessieren schien.

»Die Geschichte mit Alpträumen ist die«, sagte Jimmy, »man muß mit dem Strom schwimmen. Wenn alles um einen

herum einfach total verrückt ist, muß man auch nach den verrückten Antworten suchen.«
»Wovon redest du, Jimmy?« fragte Cardiff.
»Sind das neue Kleider, die du anhast, Barbara?« fragte Jimmy.
»Ja, sie sind nagelneu, aber ...«
»Die sind super. Mir gefällt deine grüne Jadehalskette.«
»Bitte, warum sagen Sie solche Sachen? Das klingt alles verrückt, wie ...«
»Wie ein Alptraum«, sagte Jimmy. »Ja, ich weiß. Du hast gesagt, du warst mit deinem Bruder im Auto unterwegs?«
»Ja, ja, ja! Warum stellen mir denn alle immer wieder so blöde Fragen?«
»In einem nagelneuen Ford Zodiac?«
»Ja. Sie wissen also doch, wo John ist?«
»Welches Jahr haben wir, Barbara?« fragte Jimmy.
»Sagen Sie mir, was Sie mit John gemacht haben. Wo ist er?«
»Welches *Jahr*, Barbara?«
»Was zur Hölle ist denn bloß mit euch allen los?« Barbaras Augen blitzten vor Wut, eiskaltes Feuer leuchtete in ihnen.
»Ich weiß, was los ist. Wir haben einen Crash gebaut ... und ich war krank oder hab' mein Gedächtnis verloren oder so was. Und ihr glaubt alle, ich spinne, stimmt's? Ihr glaubt, ich hab' 'ne Schraube locker! Also versucht ihr, mich zu testen!«
Barbara stand auf und schlug Jimmys dargebotene Hand beiseite. Tränen drohten wieder ihre Augen zu überfluten, während sie ins Weite starrte. Etwas an diesem Blick rührte Jimmy bis ins Herz, und er wußte nicht, warum. Jimmy Devlin der Zyniker. Bis ins Herz gerührt war er von der Ehrlichkeit, die aus der Auflehnung dieses Mädchens gegen die Autorität blitzte. Er fühlte die Kraft dieses unverfälschten Zorns, als sie ihn anbrüllte:
»Wißt *ihr* denn nicht, welches Jahr wir haben?«
Und dann schien der Alptraum neue Gestalt anzunehmen.

Sie schluckte und zwang sich, ihre Wut zu unterdrücken, als sie sagte: »Wir haben 1964. Samstag, 15. März 1964.«
Das anschließende Schweigen schien sie noch mehr zu verstören. Sie schaute von einem Gesicht zum anderen und sah harte, kantige Schatten auf ihnen.
Mit sanfter, aber besorgter Stimme sagte Cardiff: »Du warst sechsundzwanzig Jahre weg, Barbara.«
»Das Ding da draußen«, sagte Rohmer, »das muß ihr Bruder sein.«
»Was soll das heißen ... *sechsundzwanzig Jahre?!«* schrie Barbara wutentbrannt.
»Sehen Sie's jetzt endlich ein?« fragte Rohmer. »Sie kann nicht menschlich sein, Cardiff. Nicht nach allem, was sie durchgemacht hat. Deshalb können wir nicht einfach hier unten hocken bleiben und darauf warten, daß sie sich in ... irgend etwas verwandelt. Sie müssen sie töten. Jetzt sofort.«
»Bitte«, sagte Barbara, sie klang jetzt erschöpft und schien unter Schock zu stehen. »Ich weiß nicht, was hier los ist. Bitte, bringt mich nicht um. Bitte nicht ...«
»Schnauze, Rohmer!« keifte Jimmy. »Keiner wird dir weh tun, Barbara. Keine Sorge. Ich werde nicht zulassen, daß dir etwas passiert.«
»Erschießen Sie sie, Cardiff. Erschießen Sie sie. Ich regle das mit der Zentrale, wenn Sie sich deshalb Sorgen machen.«
»Schnauze! Sie ist genauso menschlich wie Sie und ich.«
»Wenn das hier vorbei ist, Cardiff«, sagte Rohmer mit leiser, drohender Stimme. »Wenn unsere Ablösung kommt ... selbst wenn sie sich nicht verändert, werden sie unsere Leute mitnehmen. Sie werden sie untersuchen ... und beseitigen. Das ist Routine.«
Gilbert sah erleichtert von der tragbaren Maschine auf. Sie machte ein kaum hörbares Geräusch. »Das war's«, sagte er. »Solange es läuft, werden die Effekte neutralisiert. Glaubst

du, Rohmer, glaubst du, daß das Hauptteam uns ablösen wird, glaubst du, sie werden ...?«

»Du kennst die Antwort darauf besser als ich«, erwiderte Rohmer. »Das ist ein sekundärer Darkfall. Sie werden abwarten, bis er vorbei ist, und sie werden auch Cardiffs Leute fernhalten. Das müssen wir auch, haben es immer beabsichtigt, also sorg dafür, daß deine Ausrüstung wirklich richtig blockiert *und* aufnimmt.« Rohmer hockte sich auf den Boden und stützte die Arme auf seine Schenkel. »Und wir können es uns genausogut bequem machen. Ich glaube, Sie werden die Pistole schneller benützen, als Sie denken.«

»Vielleicht nehm' ich sie Ihnen einfach weg«, sagte Duvall.

»Und vielleicht hätten Sie gerne eine Kugel ins Bein«, erwiderte Jimmy. »Notwehr natürlich.«

»Behalte ihn im Auge, Jimmy«, sagte Cardiff.

»He, wie find' ich denn das? Ich bin auf der Seite von Gesetz und Ordnung«, feixte Jimmy.

»Dafür wirst du wieder in den Bau geh'n, Devlin«, sagte Duvall. »Wart's nur ab.«

»Ja«, sagte Jimmy. »Das mach' ich.«

Cardiff wandte sich wieder dem Mädchen zu.

»Schon gut, Barbara. Alles ist okay. Glaub mir, keiner wird dir ein Haar krümmen. Aber du mußt meine Fragen beantworten. Also, du warst mit deinem Bruder im Auto unterwegs, und ihr seid in eine Art Sturm gefahren. Erinnerst du dich? Wo war das? Wo wart ihr?«

»Ich bin mir nicht sicher«, erwiderte sie. »Wir sind auf der Hauptstraße aus Fernley rausgefahren, glaub' ich ...«

»Es ist wichtig, Barbara. Versuch dich zu erinnern.«

»Das kann doch nicht wahr sein. Das gibt's doch nicht, daß mir so was passiert. Es ist 1964. Das *muß* es sein, es kann nicht so viel später sein ...«

»Wo, Barbara? Auf der Hauptstraße aus Fernley raus?«

»Ja ... ja ... ich erinnere mich, daß wir an einem Pub vorbeigefahren sind ...«
»The Jolly Miller?«
»Ja, genau das Pub.«
»Und ihr seid im März 1964 diese Straße gefahren?«
»Ja, ja, ja ...«
»Das ist es. *Das* ist passiert.«
»Was?« fragte Rohmer. »Was ist passiert?«
»Das Mädchen und ihr Bruder sind auf einem Stück Straße gefahren, das gar nicht mehr existiert. Ich kenne mein Revier ziemlich gut. Das Stück Straße an dem Pub, das sie gerade erwähnt hat, ist vor fünfzehn Jahren verlegt worden.«
»Und?«
»Und sie sind genau hier durchgefahren! Da war die Straße. Das Viertel ist seither erschlossen worden. Das Bürohaus hier hat damals nicht existiert. Die Straße ist genau hier durch verlaufen. Sie sind in einen Darkfall-Sturm gefahren. Direkt hier. Erinnern Sie sich, was Sie gesagt haben, Rohmer? Darkfall-Stürme ereignen sich regelmäßig, immer in einem gewissen Umkreis. Das war nicht der erste Darkfall. Es gab schon einen – am 15. März 1964. Und dieses Mädchen und ihr Bruder sind direkt in ihn hineingefahren.«
»Ja, ich glaube, ich verstehe«, sagte Gilbert. »Der Platz mit dem Bürohaus ist ein schwarzer Punkt, wie Rohmer Ihnen vorhin gesagt hat. Es gibt eine Theorie, daß gewisse Plätze ... überall auf der Welt ... etwas entwickeln, wo das Phänomen sich ereignen kann. Der Darkfall-Sturm ... ist eine etwas eingeschränktere Version des gleichen Phänomens. Das ist nicht das erste und vielleicht auch nicht das zweite Mal, daß sich hier ein Darkfall ereignet hat. Vielleicht ist es im Laufe von Hunderten, von Tausenden von Jahren mehrmals passiert.«
»Aber ich kann mich nicht erinnern, daß es hier in dieser Gegend jemals so einen Sturm gegeben hat«, sagte Cardiff.

»In den vergangenen zehn Jahren hat es eine Eskalation registrierter Darkfalls gegeben«, fuhr Gilbert fort. »Aber es könnte vielleicht ... o mein Gott!«

Etwas kratzte an den vernagelten Fenstern.

Sie schauten hinauf zu den Brettern, die man für die zertrümmerten Fenster eingesetzt hatte. Das Geräusch kam wieder: ein langgezogenes, feilendes, kratzendes Geräusch, als würde jemand da draußen etwas Scharfes über das Holz zerren. Es hörte auf ... und dann war auf den Brettern nur noch das Geräusch des prasselnden Regens zu hören sowie das monotone Summen von Gilberts Apparatur.

Jimmy zog das Mädchen mit sich weg, fort von der Außenwand und den Brettern, die eineinhalb Meter über ihnen auf die Straße führten.

»Es könnte vielleicht ...«, begann Gilbert wieder.

Etwas knallte gegen eines der Bretter. Nägel sprangen heraus, ein Brett zerbarst, als neuerlich etwas von draußen gegen das Holz krachte. Im Nu füllte sich der Keller mit dem Geräusch monströsen Atmens. Regenwasser strömte in den Keller.

Entsetzt wichen sie alle zurück und beobachteten, wie das Regenwasser auf die Gläser von zweien der Taschenlampen spritzte, die Jimmy auf den Boden gestellt hatte, was ein komisches Kaleidoskop von Licht durch den Keller tanzen ließ.

»Was ist das?« fragte das Mädchen mit erschöpfter Stimme. »Was ist ...?«

»Still!« zischte Cardiff. Draußen peitschte der Sturm und rüttelte an den gelockerten Brettern.

»Es ist ein Traum«, sagte Barbara. »Genau das ist es. Nur ein schlechter Traum ...«

»Wirst du wohl den Mund halten!« Jimmy schob sie weiter zurück, und alle starrten mit angehaltenem Atem auf die zugenagelten Fenster.

Draußen donnerte und blitzte es mit unglaublichem Getöse,

und unmittelbar darauf kam das zornige Brüllen eines Wesens aus der Hölle. Ein zweiter mächtiger Schlag zertrümmerte ein anderes Brett, dessen Splitter ein Wasserschwall in den Keller spülte. Gleich darauf schlug das schemenhafte, grauenerregende Etwas da oben auf dem Gehsteig erneut zu. Das Zerbersten eines weiteren Bretts und das Brüllen des Dings wurden nur von einem weiteren Donnerknall übertönt. Und dann schrie Rohmer:

»Raus hier! Raus hier, und faßt die Wände nicht an!«

... und schob den schreckensstarren Gilbert vor sich die Treppe hinauf. Vergessen waren die Pistolen, als Gilbert die Stufen hinaufstolperte, dicht gefolgt von Duvall und Rohmer. Cardiff schob Jimmy und Barbara hinterher und drehte sich dann noch einmal zu der klaffenden Öffnung um, durch die der Sturm seine Wut ausließ. Wieder blitzte es, und die monströse Gestalt draußen versuchte, sich kopfüber durch die Öffnung zu zwängen. Dabei zersplitterte ein weiteres Brett, und Cardiff sah im grellen Licht eines Blitzes ein gräßliches Gesicht, das nach ihm Ausschau hielt. Riesige Klauen, die einmal Hände gewesen waren, krallten sich in die Ziegelsteine des Kellers und versuchten, Halt zu finden.

Das Gesicht war nicht die leere Fratze, die Cardiff erwartet hatte. – Es war viel, viel schlimmer. Er kannte diese Grimasse. Es war dasselbe verbrannte, aufgedunsene Gesicht, das er hinter dem Steuer des explodierten Autos im Vorhof des Bürohauses gesehen hatte. Es war dieselbe grauenerregend verkohlte und geschwärzte Visage mit einem ausgelaufenen Auge in der leeren Höhle.

Sein zweites verschwollenes Auge war starr auf Cardiff gerichtet, während die geschwärzten, verlängerten und entsetzlich todbringenden Arme gegen die Steine schlugen und versuchten, sich in den Keller zu ziehen. Regenwasser umspülte immer wieder den Kopf, dessen Maul sich öffnete, so

daß das dreckige Wasser sich mit seinem schäumenden Speichel vereinte.
Cardiff riß sich zusammen angesichts dieser monströsen Erscheinung und ging auf das Ungeheuer zu.
»Cardiff!« brüllte Jimmy irgendwo hinter ihm. »Was verdammt noch mal machst du da?«
Cardiff wich nicht zurück, sondern sah für den Bruchteil einer Sekunde die Gesichter von Lisa und Jamie – und den Mann ohne Gesicht, der sie niedergemäht hatte. Es war genau das Gesicht, das Antlitz des Todes, das er seit dem Tod seiner Frau und seines Sohnes suchte.
Und jetzt hatte er es gefunden. Er konnte einfach darauf zugehen und die Frage stellen, die in seinen Eingeweiden brannte: *Warum?*
Aber dieses höllische, monströse Antlitz des Todes war auch das eines verachtungswürdigen Idioten. Und Cardiff wußte, daß er nie eine Antwort bekommen würde.
»Cardiff ... Komm jetzt!« brüllte Jimmy wieder.
»Du bist *nichts* ...«, sagte Cardiff verächtlich, hob die Browning Automatik, zielte auf das übriggebliebene, gelbe Auge – und drückte ab.
Der Knall des Schusses ging unter in dem ohrenbetäubenden Kreischen und Brüllen des Monsters, als die Kugel sein Auge zerfetzte. Die Klauen krallten sich in die Wand, während sein triefender Kopf in Agonie hin und her pendelte und etwas unter dem gräßlichen Körper hervorrutschte und klatschend in den Keller fiel. Es sah aus wie ein durchnäßter, zerfetzter, scharlachrot bis schwarz glänzender Mantel oder der Balg eines großen Tieres, von dem nur noch der Kopf intakt war.
Und als Cardiff in die toten Augen und das gräßliche, festgefrorene Grinsen dieses Kopfes sah, erkannte er das Gesicht sofort.
Es war Pearce, dem man die Haut abgezogen hatte.

Das Ding brüllte und senkte wieder den Kopf, Regenwasser, Geifer, Blut und Öl troffen aus seinem Maul. Und obwohl es kein Auge mehr hatte, wußte Cardiff instinktiv, daß es ihn noch *sehen* konnte. Das grauenhafte Schicksal von Pearce und die entsetzliche, unfaßbare Präsenz des Dings, das da im Fensterrahmen klemmte, brachten Cardiff wieder in Aktion. Er schwang die Pistole wieder nach oben und feuerte wie besessen auf die strampelnde Gestalt, bis das Magazin leer war. Dann drehte er sich zur Treppe und hastete nach oben. Jimmy stand mit kalkweißem Gesicht auf dem oberen Treppenabsatz, die Pistole im Anschlag, und schoß an Cardiff vorbei in das Kellergewölbe. Er hatte wohl noch nie eine Pistole abgefeuert, denn der Rückschlag traf ihn unerwartet. Er stolperte rückwärts, als Cardiff ihn packte, mit sich hinaus in den Korridor zog und die Tür rasch zuschlug. Die fiel dumpf ins Schloß, als im nächsten Moment ein tobendes Kreischen dahinter zu hören war.
Ehe sich Cardiffs Augen an die Dunkelheit des Korridors gewöhnt hatten, hörte er ein Grunzen, und dann klatschte etwas schwerfällig auf den gekachelten Boden. Duvall hatte Jimmy einen Schlag in den Magen verpaßt. Der kauerte würgend am Boden, wie Cardiff nun mit Hilfe seiner Taschenlampe sehen konnte. Duvall hielt die Pistole noch immer auf sein Opfer gerichtet, und sein befriedigetes Grinsen war nicht zu übersehen. Jetzt ging Rohmer mit ausgestreckter Hand lächelnd auf Cardiff zu.
»Geben Sie mir die Pistole zurück«, sagte er.
»Sie dämliches Arschloch«, sagte Cardiff. »Sie geben wohl nie auf, was?«
»Geben Sie mir die Pistole, oder Duvall erschießt die Kleine.«
Duvall hob langsam die Pistole und zielte auf sie.
»Er wird sie erschießen, egal, ob ich Ihnen die Pistole gebe oder nicht«, erwiderte Cardiff ruhig. »Also werde ich die

Pistole behalten. Wenn er sie erschießt, verpass' ich Ihnen auch eine Kugel.« Mit einem raschen Blick seitwärts hatte er die Situation erfaßt.
Barbara stand etwas abseits, die Hände geballt, und nagte an ihrer Unterlippe. Gilbert fummelte wieder an seinen Handschuhen herum und schaute verängstigt zur Kellertür, während Jimmy sich herumrollte und versuchte, nicht zu kotzen.
»Dieses Ding da unten«, sagte Gilbert hektisch. »Hör mal, Rohmer, das ist doch jetzt egal. Hau'n wir ab, solange es noch geht. Solange es im Keller ist.«
Rohmer starrte Cardiff wütend an. Duvall wartete. Es blitzte vor den Empfangsfenstern, als wäre eine Starkstromleitung gerissen und die Kabelreste würden am Fenster vorbeischnellen. Donner detonierte wie eine unterirdische Bombe.
»Die Tür ist nicht abgeschlossen«, sagte Cardiff. »Und selbst wenn sie das wäre, wett' ich drauf, daß unser Freund aus der Addams Family sie ohne Luft zu holen aus den Angeln reißen könnte.«
»Schon gut ... schon gut ...« Rohmer packte Gilberts Arm mit einem seltsam enttäuschten Gesichtsausdruck und schob den kleineren Mann vor sich her. Dann zu Duvall: »Wir gehen.«
»Das Mädchen?« fragte Duvall verwirrt. »Willst du damit sagen, wir lassen das Mädchen hier?«
»Ja.«
»Ist das ein Befehl?«
»Wir gehen, verdammt noch mal!«
Duvall senkte seine Pistole.
»Dort ist ein Seiteneingang«, sagte Cardiff und zeigte auf die Tür gegenüber. »Dahinter ist ein Korridor, der zu einem Wartungseingang und zu einer Hintertreppe führt.«
Gilbert ließ sich das nicht zweimal sagen. Er ging schnell zu der Tür, während Cardiff Jimmy hochriß. Seine Pistole zielte

unauffällig in Duvalls Richtung. Jimmy konnte sich jetzt ohne Hilfe auf den Beinen halten, und Cardiff wandte sich wieder der jungen Frau zu.

»Barbara?«

Sie starrte immer noch die Decke an. »So etwas wie dieses Ding existiert einfach nicht«, murmelte sie vor sich hin. »Das ist ein Alptraum, und ich muß aufwachen.«

»Barbara, beweg dich!« keifte Cardiff. »Wir hauen ab aus diesem Alptraum.« Cardiff war schlecht vor Angst, als er ihren Arm nahm und sie zur Tür führte. Jeden Moment konnte das Monster aus dem Keller herausgestürmt kommen.

Gilbert öffnete die Tür zum Seiteneingang, ging durch ... und wich zurück. Sein Gesicht war weiß. Wütend über Gilberts Panik drängte Rohmer sich an ihm vorbei, riß die Tür weit auf und leuchtete mit seiner Taschenlampe hinein.

Da war jemand im Korridor.

Rohmer stand zur Salzsäule erstarrt im Türrahmen, und Cardiff hörte eine vertraute Stimme flüstern.

»Ich bin hier reingekommen ... ich weiß, daß ich hier reingekommen bin ... ich bin ganz sicher, daß das die Stelle ist ... ich weiß, daß ich hier hereingekommen bin ...«

»Was ... wer ist da?« Duvall, der immer noch versuchte, Cardiff im Auge zu behalten, stellte sich neugierig neben Rohmer und schaute in den Korridor hinein.

Es donnerte ... und das Krachen schien der Flüsterstimme angst zu machen.

»O Gott, o Gott ... ich bin ganz sicher, daß ich hier hereingekommen bin! Ich muß! Ganz bestimmt! Ich kann nicht raus. ICH KANN NICHT RAUS!«

»Jesus Christus ...«, sagte Duvall.

Und jetzt konnten sie es alle sehen, was da im Korridor war.

Etwas, das versuchte, sich *aus* der Wand des Korridors zu

lösen. Eine menschliche Gestalt, die irgendwie an der Taille im Putz der Wand festsaß, sich krümmte und wand und versuchte, sich zu befreien. Sie spürte plötzlich die Präsenz der Männer an der Türschwelle und drehte sich wütend zu ihnen um.

Die Gestalt war entsetzlich deformiert. Die Augen waren nur gelbe Schlitze, die im Schein des Lichtkegels blitzten, während der Kopf verschwollen und verformt war. Speichel troff aus den aufgedunsenen, schlaffen Lippen, aber trotz allem war es ein Gesicht, das Cardiff erkannte.

»Farley Peters ...« Cardiff fühlte, wie sein Magen sich wieder umdrehte. »Der Idiot hat sich hier reingeschlichen und ist ...«

»KANN NICHT RAUS!« kreischte die Gestalt, die aus Peters geworden war. Obwohl sie versuchte, sich zu lösen und auf sie zu stürzen, blieb sie kleben und kreischte wild auf, mit den Armen um sich schlagend, als Duvall rasch die Tür vor diesem entsetzlichen Anblick zuschlug.

»Es ist noch ein Rückkehrer, Rohmer«, stotterte Gilbert. »Es klemmt zwar fest, aber wir kommen nicht dran vorbei ...«

»Der Haupteingang«, sagte Duvall grimmig.

Rohmer und Duvall schritten den Korridor entlang, Gilbert folgte dicht hinter ihnen. Jimmy versuchte den Anschluß zu halten, und Cardiff zog Barbara im Arm mit sich fort.

Und was jetzt? dachte Cardiff verzweifelt. *In die Autos, genau. Du hast den Panda. Die Schlüssel sind in deiner Tasche. Die anderen haben ihr eigenes Auto. Wir fahren zwar alle in diesen verdammten Sturm, aber dann wird sich dieser ganze Horrorcomic in Wohlgefallen auflösen, wenn wir wieder in der richtigen Welt sind.* Doch dann sagte diese andere innere Stimme: *Aber bist du dir sicher, daß die reale Welt da draußen noch existiert? Glaubst du, daß es da draußen hinter dem Darkfall noch etwas gibt? Vielleicht hat dieser Sturm aller Stürme alle anderen da draußen getötet? Und wenn nicht, kann Rohmer vielleicht dafür sorgen, daß du den Rest deines Lebens mit Jimmy Devlin hinter Gittern verbringst? Und vielleicht ...?*

Blitze peitschten wieder über das Rezeptionsfenster - und in dem kurzen Augenblick, in dem die Fenster erleuchtet waren, sahen sie alle die monströse Gestalt davor. Sie erstarrten beim Anblick dieser grotesk massigen Form, die sich gerade in irrsinniger Wut auf die Fenster stürzte. Dann hüllte Dunkelheit die Form wieder ein.

Und im nächsten Augenblick implodierten die gläsernen Eingangstüren.

Der Sturm tobte mit all seiner Macht in die Empfangshalle, begleitet von einem wirbelnden Strudel von Glassplittern und dem brüllenden Zorn veränderten, machthaberischen Fleisches mit haschenden Klauen. Cardiff sah, wie Rohmer, Gilbert und Duvall in seine Richtung zurückwichen und das gräßliche, schwarzglänzende Ding inmitten des Chaos, das es verursacht hatte, strampelte. Glas explodierte und zerstob in alle Richtungen in dem Sturm, der auf den Korridor einhämmerte. Jetzt sah er, daß es derselbe monströse Alptraum war, der sie schon im Keller angreifen wollte. Während sie durch Duvalls Attacke auf Devlin aufgehalten wurden, hatte das Ungeheuer sich vom Kellerfenster zurückgezogen und war durch den Sturm zum Eingang des Gebäudes getaumelt.

In diesen gespenstischen Aktivitäten sah Cardiff, wie Duvall, die Schultern in funkelnde Glassplitter getaucht, durch den Sturm zurück in ihre Richtung stürzte, wie Rohmer Gilbert am Kragen packte und ihn mit einem mächtigen Ruck außer Reichweite der monströsen, strampelnden Gestalt zog und ihn wegschleifte. In diesem Augenblick fiel ihm der einzig mögliche Zufluchtsort vor diesem Ungeheuer ein: das Treppenhaus.

Cardiff brüllte das Stichwort »Treppenhaus«, rannte los und hatte schon bald durch diesen Strudel von sturmgepeitschtem Wind, eiskaltem Regen und Glas- und Holzsplittern die Tür erreicht, riß sie mit einer behandschuhten Hand auf und schob Jimmy und Barbara in die Finsternis dahinter. Duvall prallte gegen ihn und hätte ihn fast zu Boden geschleudert, als Rohmer und Gilbert schon an ihm vorbeistürmten.

Aus den Augenwinkeln sah Cardiff das Ding bereits inmitten seiner Zerstörung stehen. Zu seiner Verwunderung schlug es nicht mehr mit seinen verkrusteten, verbrannten, sehnigen Armen um sich, brüllte auch nicht mehr mit den Stahlkiefern irgendeines gigantischen Insekts oder Apparates, sondern stand gekrümmt inmitten der Sturmschneise und schaute ihn mit seinen leeren Augenhöhlen an. Es war mindestens zwei Meter siebzig groß, schätzte Cardiff, noch wesentlich größer als der verbrannte Kadaver, den er hinter dem Steuer des Autos gesehen hatte. Er dachte an den absorbierten Pearce, der ausgeweidet wie ein Tierfell unten im Keller lag. Und dann kam das Ding direkt auf ihn zu. Cardiff machte einen Schritt ins Treppenhaus und hatte im nächsten Augenblick schon die Tür hinter sich zugeschlagen.

Hier waren die Geräusche des Sturms gedämpft, nur übertönt von dem keuchenden Atem des Ungeheuers. Cardiff sah, daß Jimmy und Barbara immer noch auf dem Treppenabsatz standen, während Rohmer, Duvall und Gilbert bereits die Treppe hinaufeilten. Das Geräusch ihrer klappernden Schritte war kaum zu hören.

»Worauf wartet ihr!« zischte Cardiff, riß sich die Krawatte auf und merkte erst jetzt, daß er seine Automatik noch in der anderen Hand hielt. »Los! Die Treppe rauf!«

»Was ist das?« fragte Barbara entsetzt. Fast hätte Cardiff sie angebrüllt: *Dein Bruder ist das! Dieses verfluchte Ding da draußen ist dein Bruder!* Statt dessen packte er sie beim Arm und schubste sie auf die ersten Stufen. Er aber drehte sich noch einmal um zur Tür, sah, daß sie keinen mechanischen Riegel, sondern nur eine runde Messingvertiefung hatte, für die man anscheinend einen Spezialschlüssel brauchte, und fummelte fluchend daran herum.

Etwas krachte mit großer Wucht von draußen gegen die Tür. Der ganze Türstock erbebte, und Cardiff taumelte zurück. Die Tür war zwar sehr stabil, aber nicht abgesperrt. Würde das Ding da draußen noch wissen, wie man einen einfachen Türknopf drehte? Wieder krachte und bebte die Tür, und das Echo des Schlages hallte laut und bedrohlich durchs Treppenhaus. Cardiff wandte sich mit hämmerndem Puls ab, packte das Treppengeländer und zog sich die Treppen hoch.

Jimmy war auf dem ersten Treppenabsatz stehengeblieben und schaute zurück. Cardiff winkte ihm zu, weiterzugehen, als von unten der Knall eines dritten Schlages zu hören war. Und von weiter oben vernahm er eine hektische Unterhaltung zwischen Rohmer und Duvall, konnte jedoch nicht verstehen, worüber sie stritten. Er kämpfte sich weiter nach oben, blieb einmal kurz stehen, um Atem zu schöpfen, und schaute nach unten.

Er sah gerade eine schwarze, bösartige Klaue mit einem Knall, der das ganze Treppenhaus erschütterte, durch die Tür kommen. Die Stimmen oben hörten auf zu streiten, und Cardiff ließ sich keuchend auf die oberste Stufe fallen, legte die Pistole an und zielte auf den Arm, der sich durch die Öffnung schlängelte.

»Es kommt ...«, rief er, drückte den Abzug, und das Echo des Schusses donnerte durchs Treppenhaus.

Duvall stand plötzlich auf der Stufe über ihm, schob ihn beiseite und ging an ihm vorbei. Er stützte sich mit einer Hand ans Treppengeländer und feuerte dann blindlings mehrere Schüsse ab. Inmitten der krachenden Echos hörte Cardiff den nach oben geeilten Jimmy schreien: »Es nutzt

nichts, Duvall. Siehst du das denn nicht? Cardiff hat es ins Gesicht geschossen und nicht aufhalten können.«
Rohmer schwieg zu alledem und beobachtete, daß plötzlich Barbara an Cardiffs Seite war. Der sah zu seiner Überraschung, daß ihre Wangen mit Wimperntusche von den Tränen verschmiert waren. Sein einziger Gedanke war: *Wie kann sie noch Wimperntusche dranhaben, wenn sie da hergekommen ist?*
Noch ehe er eine Antwort darauf fand, füllte erneut wutentbranntes Gebrüll das ganze Treppenhaus. Die Wände schienen von dem Geräusch zu erzittern. Darunter mischten sich Wortfetzen von Duvall:
»Kann dich nicht verbrennen! Kann dich nicht erschießen! Kann dich nicht . . .!«
Die Tür auf dem Treppenabsatz hinter Gilbert und Cardiff sprang plötzlich auf. Gilbert lief entsetzt einige Stufen hinunter, blieb dann aber stehen, als er sah, daß es der schweißnasse und keuchende Jimmy war. »Los, kommt schon her! Helft mir!« rief er und zog wieder an einem großen Aktenschrank aus Metall. Da endlich ergriff Rohmer die Türklinke, hielt die Tür auf, während Jimmy den Schrank durchschob.
Unten splitterte die Tür unter den kraftvollen Schlägen des Monsters entzwei. Duvall feuerte fluchend seinen letzten Schuß direkt auf die Tür ab, worauf wieder ein dröhnendes Wutgeschrei folgte, und hastete die Treppe hinauf. Er zwängte sich an dem Aktenschrank vorbei, den Jimmy und Rohmer inzwischen an den Rand vom Treppenabsatz geschoben hatten. Cardiff, der das Geschehen unten nicht aus dem Auge gelassen hatte, sah plötzlich den entstellten Kopf des Monsters, das zu ihnen hinaufschaute. In diesem Augenblick schoben Rohmer und Jimmy den Schrank über die Treppenkante.
Donnernd und knirschend polterte der Aktenschrank die Treppe hinunter und prallte mit voller Wucht gegen die Ge-

stalt, riß sie zu Boden und blieb auf ihr liegen. Alle sahen die wild um sich schlagenden, monströsen Arme, die gegen das verbeulte Eisenblech des Schranks trommelten und kratzten.
»Guten Appetit!« brüllte Jimmy hinunter.
»Ein Weg nach draußen?« keifte Duvall Cardiff an. »Sie kennen das Gebäude, es muß einen Weg nach draußen geben ...«
»Hintertreppe«, sagte Cardiff, der jetzt endlich wieder Luft bekam. »Durch die Büros im ersten Stock durch.«
»Worauf warten wir dann noch?« fragte Jimmy, als wieder Donner krachte und das Ding unten mit einem Wutschrei antwortete.
Cardiff führte die Fliehenden den Korridor im ersten Stock entlang. Auf der Eingangstür zu ihrer Rechten stand das Logo der Firma: Stasis Computer, und sie stand offen. Kein Zweifel, hier hatte Jimmy den Aktenschrank gefunden. Merkwürdige Geräusche und Lichteffekte drangen heraus. Cardiff betrat vorsichtig, aber neugierig das Büro, ein Großraumbüro, das nur durch Stoffparavents in Schulterhöhe von den einzelnen Abteilungen getrennt und auf drei Seiten von Panzerglasscheiben umgeben war. Und was Cardiff dann durch diese Fenster sah, ließ ihn entsetzt stehenbleiben. Die anderen drängten sich zunächst an ihm vorbei, blieben dann aber auch abrupt stehen.
Das Bürohaus stand inmitten eines tobenden Wirbelwindes. Er drehte sich mit atemberaubender Geschwindigkeit, im Strudel Schnee und Regen mit sich führend. Die Stimme des Sturms war ein jaulendes Klagelied. Über ihren Köpfen war das gespenstisch flackernde Blau der Neonröhren.
»Darkfall«, sagte Rohmer mit geradezu ehrfürchtiger Stimme, und Cardiff beobachtete ihn höchst interessiert. Seit dem Beginn dieses Alptraums hatte er sich verändert. Trotz der unmittelbaren Gefahr, in der sie schwebten, war er irgendwie ganz mit sich selbst beschäftigt.

»He, wofür haltet ihr mich eigentlich?« rief Jimmy vorwurfsvoll. »Einen Möbelpacker?«
Cardiff drehte sich um und sah, daß Jimmy noch einen Aktenschrank in Richtung Tür zerrte. Duvall eilte zu ihm und fing an zu schieben, bis sie an der Bürotür waren. »Paß auf, daß du keinen Hautkontakt damit kriegst, Duvall«, sagte Jimmy keuchend und stemmte den Schrank als Barriere genau in die Türfüllung. »Du willst doch wohl nicht für alle Ewigkeit da drin abgelegt werden, oder?« Duvalls Blick war wie ein Dolch. Jimmy zuckte verächtlich mit der Schulter und wandte sich ab.
Auch Jimmy schien sich in Cardiffs Augen verändert zu haben, er hatte aber keine Zeit, weiter darüber nachzudenken, sondern führte seine kleine Gruppe durch das Büro zwischen den Paravents entlang auf eine Doppeltür zu, die der Zugang zur Behelfstreppe war.
»Wie kommen wir denn raus, wenn die Tür unten zu ist?« fragte Gilbert unterm Gehen.
»Wir werden aus dem ersten Stock springen müssen«, sagte Cardiff.
»Springen?«
»Hinter dem Bürohaus ist eine erhöhte Böschung. Die Baufirma hat dort Erde zur Bepflanzung weggebaggert. Der Höhenunterschied vom ersten Stock bis zu dem Erdhaufen kann höchsten drei Meter sein, wenn wir das richtige Fenster nehmen.«
Plötzlich hörte man das ohrenbetäubende Quietschen und Krachen zertrümmerten Metalls, gefolgt von einem weiteren Darkfall-Blitz, der in das Gebäude einschlug.
Der Donnerschlag ließ die Gruppe sich die Hände auf die Ohren pressen und unter der Wucht an eine Wand schleudern. Der Boden unter ihren Füßen vibrierte, sie torkelten noch hin und her, da brach vor ihnen ein breiter Riß in der Wand mit der Doppeltür auf. In dem Tohuwabohu von

Zerbersten und Zersplittern des Büromobiliars tanzten wild die glitzernden grünen Weihnachtsgirlanden, die an der Decke befestigt waren. Mörtelstaub rieselte herab und legte sich auf die Atemwege.
Etwas passierte an den Fenstern. Zuerst schien es, als wäre die ganze Fensterfront unter der Wucht des Aufpralls geplatzt, denn ein Netz von weißen Bruchlinien zog sich über das gesamte Glas. Aber diese Risse waren irgendwie lebendig, sie zischten und pulsierten blauweiß leuchtend.
»Blitz!« rief Gilbert.
Und sie beobachteten die lebendige Wolke von Elektrizität, die sie in Flackern einhüllte und mit Fingern dünner weißer Teilenergie ein Tänzchen machte.
Der zweite Treffer klang wie das Zuschlagen einer riesigen unterirdischen Stahltür ... genau das Geräusch, das Cardiff schon im Keller gehört hatte. Sie hielten sich wieder die Ohren zu, Schmerz bohrte sich in ihre Trommelfelle.
O Jesus, bloß das nicht! Cardiff drehte sich blitzschnell zu Gilbert. »Das Geräusch! Es wird uns töten!«
»Nein ... nein ...«, preßte Gilbert durch zusammengebissene Zähne heraus. »Nicht über der Erdoberfläche. Der akustische Effekt wird sich unter die Erde verlagern.«
Die Detonation verhallte.
»Was hab' ich gesagt, ha?« sagte Gilbert triumphierend.
Cardiff schüttelte den Kopf und rieb sich die Ohren. Er sah, daß Barbara an einem der Stoffparavents lehnte, stürzte auf sie zu und zerrte sie weg.
»Faß ja nichts an! Tu's nicht ...«
Und dann drehte er sich wieder zu Gilbert um.
»Das war doch ein Darkfall-Einschlag, oder?«
»Ja, wir dürfen also nichts ...«
»Anfassen?«
Gilbert sah sofort, was er meinte. Barbara hatte Hautkontakt

zu dem Paravent gehabt, war aber nicht absorbiert worden. Er schüttelte den Kopf.
»Sie ist immun. Sie ist ein Rückkehrer und gegen die Wirkung immun. Sie hat den Prozeß einmal durchgemacht und ist anscheinend gegen weitere Absorptionen gefeit. Das haben wir schon erlebt.«
Duvall stand vor der Doppeltür zur Behelfstreppe, deren Drahtglasscheiben fast alle aus dem Rahmen gesprungen waren und durch die nun Regen und Wind peitschten. Duvall schaute dennoch hindurch, drehte sich dann wütend zu Cardiff um und schrie ihn an: »Sie Arschloch! Sie haben uns in eine Falle gelockt!«
»Wovon zum Teufel reden Sie überhaupt?« schrie Cardiff zurück und drängte sich an ihm vorbei zur Tür. Jimmy war an seiner Seite, und gemeinsam sahen sie durch die verschiedenen Öffnungen, was passiert war:
Der Darkfall-Einschlag hatte die Behelfstreppe zerstört. Irgendwo über ihnen hatte der Blitz eingeschlagen, und der obere Teil der Treppe war in sich zusammengestürzt. Eine riesige Lawine von Stahl und Beton hatte sich durch den Schacht gewälzt und türmte sich vom Keller bis zum Erdgeschoß. Eingedrungene Wassermassen umspülten bereits dieses Gewirr von Zerstörung.
»Wir sind hier in der Falle!« schrie Duvall wieder und knipste seine Taschenlampe an; die anderen taten es ihm nach. Das elektrische Netz von Blitzen war auf einmal verschwunden, aber Schnee und Regen prasselten in endlosen Wirbeln weiter gegen die Fassade und drangen durch die Öffnungen.
»Also gut ... also gut ...«, sagte Duvall. Er klang jetzt eher beschwichtigend, so als wolle er ihre Probleme rationell lösen. »Als erstes werden wir *das* hier aus dem Weg schaffen!«
Er hob die Pistole, zielte auf Barbara, und bevor einer reagieren konnte, hatte er abgedrückt – doch der Schuß ging vorbei und schlug irgendwo mit donnerndem Getöse ein.

»Du mieser ...« Jimmy hatte einen Schreibtischstuhl gepackt, hob ihn mit beiden Händen hoch, um ihn Duvall über den Scheitel zu ziehen, als Duvall sich schon wieder von seiner Überraschung erholt hatte und sich auf Jimmy stürzen wollte.
»Aufhören!« brüllte Cardiff und richtete seine Pistole auf die beiden. »Schluß jetzt! Wir haben andere Sorgen.«
»Behaltet *es* aber bloß im Auge«, sagte Duvall, ließ Jimmy nicht aus den Augen, meinte aber Barbara. »Wenn *es* sich verändert, sollten Sie Ihre Pistole bereithalten.« Und wieder zu Jimmy gewandt: »Devlin, du und ich haben noch etwas zu regeln, wenn wir das hinter uns haben.«
Jimmy lachte, aber ohne eine Spur von Humor. »Du klingst schon genau wie ein Polizist.«
»Still!« zischte Gilbert und schaute zurück zu der Bürotür. Sein Gesicht war eine angstverzerrte Fratze. »Ich hab' es gehört. Ich bin sicher, daß ich es gehört habe ...«
Alle lauschten angestrengt, aber aus dem Korridor dahinter war nichts zu hören.
»Noch mehr Möbel vor die Tür«, flüsterte Gilbert. »Wir müssen noch mehr Stahlschränke vor die Tür schieben. Dafür sorgen, daß es nicht hereinkommt ...«
»Nein«, sagte Cardiff und stellte wütend fest, daß Rohmer einfach nur dastand und ihn wieder mit diesem seltsamen Lächeln beobachtete. »Macht nur *kein* Geräusch, das es anlocken könnte.«
Jimmy lief geduckt zurück zur Tür mit dem Aktenschrank davor.
»Jimmy ...«, begann Cardiff erschrocken und warnend. Doch der deutete ihm zu schweigen, richtete sich langsam auf und lugte vorsichtig über dem Schrank in den Bürogang. Dann kam er zurück zu ihnen.
»Nichts zu sehen von dem Ungeheuer. Keine Geräusche, nichts. Vielleicht ist es uns nicht gefolgt.«

Neuerlicher Donner erschütterte das Gebäude, verhallte, und zischender Regen und heulender Sturm blieben die einzigen Geräusche.

»Vielleicht ist es tot«, sagte Gilbert. »Das hat's doch schon öfter gegeben, Rohmer. Manchmal werden sie einfach krank und sterben. Wie der eine, mit dem du so lange geredet hast, Rohmer. Du erinnerst dich doch noch daran, ja?«

»O ja«, sagte Rohmer, noch immer mit diesem mysteriösen Gesichtsausdruck. »Ich erinnere mich.«

Das Zischen des Regens war jetzt irgendwie lauter geworden, der Klang begann sich zu verändern – ging in zahllose flüsternde Stimmen über. Cardiff sah Rohmer an. Er erinnerte sich wieder an das Gefühl bei ihrem ersten Zusammentreffen, an die deutliche Frage des Erkennens: *Bist du es?* War jetzt der richtige Zeitpunkt, um Rohmer zu fragen, wer zum Teufel er wirklich war, was hier eigentlich passierte ...?

Mit einem Mal erhob sich aus diesem Geflüster eine Stimme.

»Cardiffff ...«

»O mein Gott«, sagte Gilbert und schaute sich irritiert um.

»Cardiff, um Himmels willen, hol' mich da raus. Bitte ...«

Andere flüsternde Stimmen stimmten in das Flehen ein. Aber diesmal klangen die Stimmen nicht schmerzgepeinigt wie vorhin unten in der Rezeption, diesmal waren die Stimmen traurig. Hunderte von Stimmen flüsterten von überall her, Stimmen verlorener Seelen, angespornt von der einer Stimme, die Cardiffs Namen geflüstert hatte. Und dieselbe Stimme flehte ihn jetzt erneut um Hilfe an.

»Laß mich nicht hier, Cardiff. Ich weiß nicht, was passiert. Aber ich kann es nicht ertragen. Bitte, um Gottes willen ...«

»Evans«, flüsterte Cardiff erschüttert, als Barbara plötzlich zu ihm trat.

»Ich kann mich an sie erinnern ... aus einem anderen Traum. Ich glaube, irgendwie war ich mal bei ihnen. O mein Gott, bitte, helfen Sie ihnen, wenn Sie können, Mr. Cardiff.«

»Ich kann ihnen nicht helfen«, sagte Cardiff niedergeschlagen. »Ich wünschte, ich könnte es. Aber ich kann es nicht. Wir können uns jetzt nur noch selbst helfen.«
Evans einsame Stimme trieb davon, versank in der flüsternden See von Stimmen. Die Stimmen wurden wieder eins mit dem Zischen des Regens ... und verstummten.
»Und, was machen wir jetzt?« fragte Jimmy und schaute zu dem Aktenschrank, der vor der Bürotür festgeklemmt war.
»Wir verhalten uns ruhig und warten ab«, sagte Cardiff. »Laßt euch nicht sehen ... und wartet.«

TEIL DREI

Darkfall

»Ich sah wohl Satan vom Himmel fallen,
als einen Blitz.«

LUKAS 10,18

1

Eine große Müdigkeit hatte es plötzlich ergriffen.
Der gigantische Donner, der es gegen ihr Versteck unter der Erde geschleudert hatte, war irgendwie verebbt. Sie hatten gekämpft und sich gewehrt, und es hatte den Stachel ihres Kampfes gespürt, der aber hatte seinen Hunger und seine gräßlichen Bedürfnisse nur noch weiter angespornt. Der kleine Schmerz, den man ihm zugefügt hatte, diente nur dazu, es irgendwie noch kräftiger zu machen. Es hatte ihre Flucht gewittert, als sie versuchten, aus ihrem Versteck in die Nacht zu entkommen. Verzehrt von diesem ungeheuren Bedürfnis, war es schließlich in ihr Versteck eingedrungen.
Besessen von seinem Hunger, hatte es trotzdem gespürt, daß das Weibchen irgendwie anders war. Es wußte, daß es vorher nicht dagewesen war, daß es irgendwo aus dem Nichts aufgetaucht war. Es wußte, daß es anders war. Rein instinktiv spürte es eine gewisse Verwandtschaft mit dieser Frau, aber das Ding konnte sich das nicht erklären.
Es schüttelte diese verwirrenden Gefühle für die Frau ab. Sie waren ihm wieder entkommen, aber nicht für lange.
Es hatte sich aus dem Treppenhaus befreit und konnte sie riechen. Sie waren nicht weit über ihm und leicht erreichbar. Es schickte sich gerade an, die Treppe hinaufzusteigen ... und dann hatte es die Müdigkeit ergriffen. Selbst die Macht des Sturms, mit dem es auch verwandt war, konnte diesen Hunger nicht stillen. Ein lebenswichtiger Teil des Dings schien zu verebben. Und als es auf der Treppe zusammenbrach, wurde ihm endlich klar, daß das Mädchen auch irgendeine Verbindung mit dem Sturm hatte. Die Bilder in seinem Kopf waren verwirrend und schienen das Gefühl von Sterben in ihm noch zu beschleunigen. Es gab sich der Müdigkeit hin.

Irgendwo hinter ihm war das Ding, das einmal Farley Peters gewesen war – immer noch in der Korridorwand gefangen, gibbernd und kratzend vor ungeheurem Hunger. Das Ding drehte sich erschöpft um und horchte, überwältigt von Trägheit und dem Bedürfnis zu schlafen.

2

»... Schlaf«, sagte Barbara. »Vielleicht ist es eingeschlafen.« Sie kauerten und hockten hinter den Paravents des Schreibbüros. Jeder vergewisserte sich, daß er keinen Hautkontakt mit Möbeln und Wand hatte. Barbara saß auf dem Teppich, beide Hände auf den Boden gestemmt.

»Was?« fragte Cardiff.

»Ich weiß nicht. Ich hab' nur gedacht, daß es vielleicht ...« Sie strich sich mit einer Hand durchs Haar, nahm dann die Jadekette und rieb sie zwischen den Fingern, als wäre sie ein Talisman, der sie irgendwie beschützen könnte. Sie schüttelte den Kopf. »Es war nichts. Gar nichts.«

»*Könnte* sie möglicherweise wissen, was es denkt?« fragte Rohmer. »Telepathische Kontakte bei freundlich gesinnten Rückkehrern hatten wir schon öfters.«

»Vielleicht«, erwiderte Gilbert. »Sie sind immerhin Bruder und Schwester. Sie haben beide die gleiche Umkrempelung durchgemacht.«

»Moment ...«, sagte Barbara. »Was sagen Sie da?«

»Dieses Ding da unten«, sagte Duvall giftig, »ist dein Bruder!«

Barbara griff sich an die Schläfen und fing an, sie zu massieren. Nach einiger Zeit sagte sie mit ruhiger Stimme: »Ich weiß, daß das ein Traum ist. Ich weiß, daß ich das durchstehen kann. Aber, wie das bei Träumen eben so ist, sind manche Teile total verrückt. Sie ergeben keinen Sinn. Also werde ich diese Teile einfach verdrängen ... sie verdrängen, bis alles vorbei ist.« Sie hob den Kopf, als Jimmy die Hand auf ihre Schulter legte.

»Genauso ist es richtig«, sagte er. »Keine Sorge, bald ist es vorbei.«
»Ich glaube, ich weiß, was mit Barbara und ihrem Bruder passiert ist«, sagte Gilbert. »Ich hab' mir überlegt, wie die entscheidenden Teile zweier Leute und des Autos umgekrempelt und wieder zusammengesetzt werden können – das heißt, wenn Cardiffs Vermutung stimmt.«
»Und?« fragte Rohmer.
»Es ist natürlich nur eine Theorie.«
»Spuck's aus.«
»Sie sind mitten auf der Straße in einen Darkfall-Sturm gefahren. Ich glaube, daß ein Blitz ins Auto eingeschlagen hat. Die Autobatterie könnte die Darkfall-Energie angelockt haben. Und das Ergebnis war, daß alle inneren und lebendigen Organismen wie Atome durcheinandergewirbelt und im Äther verstreut wurden. Nachdem jetzt ein weiterer Darkfall stattgefunden hat, hat diese Energie eine zufällige Wiedervereinigung ausgelöst.«
»Die Autobatterie?« wiederholte Jimmy ungläubig.
»Ja, das ist die einfachste Form eines galvanischen Elements: eine Kupfer- und eine Zinkplatte, die in einer verdünnten Lösung von Schwefelsäure eingetaucht werden. Strom fließt von der Kupfer- zur Zinkplatte, wenn zwischen den beiden Platten Drähte angeschlossen werden. Der Unterschied der elektrischen Ladung der beiden Metalle liefert die Kraft, die diesen Strom transportiert.«
»Ja«, sagte Jimmy ironisch und schaute immer noch zur Bürotür. »Wie ich schon sagte ... eine Autobatterie.«
»Die Energie, die in einem Darkfall produziert wird, würde durch diese Art Aktivität angezogen, gleichgültig, wie klein sie ist. Das *muß* passiert sein. Gewitterwolken sind bereits erheblich mit Elektrizität geladen. Und ein gewöhnlicher Blitzschlag ist lediglich der Zusammenbruch der Isolierungsfaktoren der Luft, die einen kurzen Stromstoß in die

Wolken entlädt. Ein Darkfall-Einschlag ist ... wie soll ich das ausdrücken ... ein wesentlich mächtigerer, *gefräßigerer* Einschlag. Er greift die Struktur von organischen und unorganischen Materialien an, was zur Fusion führt. Ein solcher Einschlag würde sofort durch die Aktivität der Autobatterie angezogen werden. Das gleiche ist bei diesen Fällen von Verschwinden im Bermuda-Dreieck passiert, verstehen Sie? In diesen Fällen waren es nicht Leute, sondern die Flugzeuge, Schiffe und Boote, die tatsächlich wie vom Erdboden verschwunden sind. Sie sind ... zerlegt worden und in den Äther verschwunden.«

»Ich krieg' Kopfweh«, sagte Jimmy. »Zu viele Worte, Mann. Zu viele Worte.«

Wieder krachte Donner. Schmerz bohrte sich in ihre Ohren, und diesmal ließen sie die Hände über den Ohren, bis der sekundäre Donnerknall vorbei war. Die Fensterscheiben klapperten wie verrückt, und Spinnenfingern gleich zuckten elektrische Ströme wieder über das Glas, schufen die Illusion, daß das ganze Bürohaus wie in einem riesigen Spinnennetz eingewebt war. Wirbelnde Wolken von Schnee und Regen verstärkten noch die Szene, doch die Menschen in dem Büro hatten kein Auge für dieses Schauspiel.

Sie beobachteten schweigend die Bürotür und den vorgeschobenen Schrank.

Nur Rohmer, der merkwürdig still geworden war, riskierte ab und zu einen Blick hinaus in den Darkfall und erinnerte sich.

3

Es war das erstemal, daß es Rohmers Einheit gelungen war, einen Rückkehrer in Gefangenschaft am Leben zu erhalten und für Analysen und Versuche auszuwerten. Für Rohmer zählte der Vorfall mit Eleanor Parkins aus dem Fernley House nicht. Sie war zerstört worden, bevor sie sie aus der Polizeizelle schaffen konnten. Die anderen Einheiten, das wußte er, hatten jede bis jetzt nur eines von den Dingern gehabt. Zwar waren dieselben Wissenschaftler an den Experimenten beteiligt, aber Rohmer konnte sich trotzdem eine Art Hochmut nicht verkneifen, daß seine Einheit mehr gehabt hatte als die anderen.

Der erste Rückkehrer hatte keine Stimme gehabt. Nicht sonderlich überraschend, nachdem er keine Stimmbänder mehr besaß. Röntgenbilder hatten einen komplexen Schlund aus Asbestfibern gezeigt, eine Gurgel, die hauptsächlich aus Industriekunststoff bestand, und eine Bauchhöhle aus Kupfer. Und doch war das Ding irgendwie fähig, die normalen Fette und Proteine zu verzehren, sie in Energie umzuwandeln, und das auf eine so komplizierte Art und Weise, daß sie nie wirklich erklärt werden konnte. Die Untersuchung hatte auch mehrere verdeckte Augen in Kopf, Brustkorb und Armen nachgewiesen, alle durch ein massives Kreislaufsystem von Nerven und Sehnen verbunden, die zwar mit keinem Gehirn verbunden waren, sie aber trotzdem *sahen* und ihnen während der Untersuchung auf Schritt und Tritt durchs Zimmer folgten. Diese Augen waren aus farbigem Glas. Und wie eigentlich dieser Hybride ohne erkennbares Gehirn funktionieren konnte, blieb ebenfalls ein Ge-

heimnis. Das Ding war gestorben, und für seinen Tod konnten sie auch keine Ursache finden – genausowenig, wieso es überhaupt lebensfähig war.
Der zweite Rückkehrer hatte zwei Männer getötet und war dabei ebenfalls zerstört worden, ehe eine volle Untersuchung eingeleitet werden konnte.
Aber beim dritten war es anders gewesen, er war einer von ihnen gewesen.
Vor vier Jahren war ein Darkfall-Sturm über einer Fabrik in Leeds niedergegangen. Es hätte schlimmer kommen können, aber der erste Einschlag fand um 21 Uhr 30 statt, außerhalb der Hauptarbeitszeit, und zu diesem Zeitpunkt war lediglich eine Notbelegschaft im Einsatz. Vierundzwanzig Menschen waren vom Erdboden verschwunden. Und ein Team war wie immer für einleitende Untersuchungen vorausgeschickt worden, hatte aber sofort den Rückzug angetreten, als ihre Geräte registrierten, daß es ein sekundärer Darkfall war.
Doch Charles Bissell war nicht aus der Fabrik zurückgekehrt. Er war ein Kollege Gilberts und hatte darauf bestanden, mit dem Team mitzugehen, obwohl seine Anwesenheit nicht erforderlich war, um aus erster Hand Untersuchungen zu machen.
Sie hatten gewartet, bis der Darkfall sich ausgetobt hatte, was er in äußerst spektakulärer Weise tat. Ein ganzer Teil der Fabrik war eingestürzt, ehe der Sturm endlich nachließ. Das Team war wieder hineingegangen, hatte alles sorgfältig durchsiebt und untersucht.
Bissells Körper fand sich in einem Haufen Geröll, mit dem Gesicht nach unten.
Aber er hatte den Darkfall nicht überlebt. Er war auf irgendeine Art und Weise absorbiert und dann zum Rückkehrer geworden. Aber als die Person, die ihn gefunden hatte, ihn, in der Annahme er wäre tot, umgedreht hatte, hatte er ihm

ein Stück aus dem Schenkel gebissen. Der Finder wäre fast gestorben, weswegen Bissell in eine Zwangsjacke gesteckt und zur Untersuchung in die Einheit gebracht worden war. Die vermißten dreiundzwanzig Personen blieben verschwunden – bis dahin. Aber es wurden Lebenszeichen in den Wänden, Böden und Turbinengeneratoren der Fabrik selbst gemessen.

Bissells eigene molekulare Zusammensetzung, inklusive die der Kleidung, die er getragen hatte, erwies sich als genauso chaotisch wie erwartet. Es wurde angenommen, daß er von irgendeiner Maschinerie absorbiert worden war, da sein Make-up hauptsächlich metallischer Natur war.

Man steckte ihn in eine Zwangsjacke zum Schutz vor seinen tödlichen, unberechenbaren Gliedmaßen und brachte ihn in das Institut zur Analyse und Untersuchung. Seine Gestalt war noch erkennbar menschlich und mit einer Haut überzogen, die der menschlichen nicht unähnlich war, Röntgenbilder hatten dann schon ein neues und wissenschaftlich nicht mögliches internes Netz von Industriestahl und Plastik gezeigt. Eine komplizierte Verbindung von Aluminium, Stahl und Kupfer hatte seine Knochenstruktur ersetzt, so daß er zu schwer war, um alleine stehen zu können, seine Haut wäre unter der Belastung gerissen. Ein speziell für ihn konzipiertes Geschirr wurde in einem der klinisch weißen Untersuchungsräume entwickelt. Äußerlich schien Bissell normal, mit nur wenig erkennbaren Spuren der Metamorphose – abgesehen von seinen Augen. Sie hatten keine Iris und waren glänzend ebenholzschwarz.

Aber das wichtigste für die Einheit war: Bissell redete.

Drei Tonbänder mit Aufnahmen unter der Leitung von Gilbert existierten. Und Rohmer kannte diese Gespräche praktisch auswendig.

Bissell saß grinsend in seinem Stuhl mit dem Geschirr. Er war mit Beruhigungsmitteln vollgepumpt, aber keines davon schien zu wir-

ken, so daß Gilbert sich entschlossen hatte, keine weiteren zu verabreichen, aus Angst, er könnte sterben. Man hatte Bissell ein Lätzchen um den Hals gebunden, das den rohen, flüssigen Mörtel, der aus seinem Mund troff, auffing, wo er dann stockte und hart wurde. Der Assistent, der ihm dieses Lätzchen angelegt hatte, war ihm dummerweise zu nahe gekommen. Bissell hatte ihn mit Zähnen, die aus weißem Aluminium hergestellt waren, gebissen. Er hatte gekaut, geschluckt und sich die Lippen geleckt, während man den Mann schreiend abtransportiert hatte.

Nach einiger Zeit hatte Gilbert das Tonband eingeschaltet und gefragt: »Hast du Lust zu reden, Bissell?«

Das Ding, das einmal Bissell gewesen war, hatte wieder gelacht, wobei flüssiger Mörtel auf den gekachelten Boden gespritzt war.

»Bist du schon mal unter einer Hochspannungsleitung gestanden? Hast du das elektrische Feld gespürt? Dem Summen gelauscht?« Seine Stimme hatte ein hohles Echo, als wäre er innen leer. »Sind dir je die Haare auf deiner Haut zu Berge gestanden?«

»Ja.«

»Aha ... aha ...« Und dann, in Agonie: »Um Himmels willen, Gilbert, so hilf mir doch ... mach etwas ...! Hast du gewußt, daß Feldfrüchte in der Nähe von Hochspannungsmasten und Leitungen nicht so gut gedeihen? Hast du das gewußt? Auf Farmen, durch die elektrische Leitungen gehen, gibt es mehr totgeborene oder deformierte Kälber als auf solchen ohne. Das kommt ... das kommt davon, weil Chromosomen von elektrischen Magnetfeldern angegriffen werden. Deshalb ... alb ...« Bissell lachte ein abstoßendes Lachen. »... bin ich, was ich bin.« Er kicherte wieder, diesmal wie Popeye, die Comicfigur. Das Geräusch war alles andere als komisch, es jagte einem die Kälteschauer über den Rücken.

»Und was bist du, Bissell?« fragte Gilbert. »Kannst du mir das sagen?«

Bissell starrte ihn zunächst haßerfüllt an, dann mit Pein. Die Neonlichter an der Decke funkelten in der Schwärze seiner Augen. »Ich ... ich habe mich geöffnet. Ich kann unter die Oberfläche der

Materie sehen. Fast eine andere Welt. Ich sehe dich nicht, Gilbert. Ich sehe ... ich sehe deinen Umriß und deine Vibration. Ich spüre deinen emotionellen Zustand. Du hast Angst vor mir. Und du hast guten Grund dazu ... denn ...«
»Denn?«
»Denn ... für mich bist du keine Person mehr, Gilbert. Wenn ich dich anschaue, sehe ich nur ... sehe ich nur ...«
»Was kannst du sehen?«
»Du bist Nahrung, Gilbert. Einfach ... Nahrung.« Und dann fing Bissell an zu heulen wie ein Tier, das den Verstand verloren hat. Als er wieder anfing zu reden, kämpfte er mit etwas in seinem Inneren, kämpfte, um die Kontrolle über seine Menschlichkeit zu behalten. »Der Körper hat einen Abwehrmechanismus, der ihn vor dem Eindringen fremder Substanzen beschützt. Darkfall gibt den unorganischen Materialien eine organische Struktur und läßt sie genauso auf die Absorption eines Menschen reagieren. Denn diesmal ... diesmal ... ist es kein Virus oder ein Pollen oder ein verpflanztes Organ ... es ist menschliches Material. Das unorganische Material verschlingt die fremde Substanz, die in Kontakt mit ihm steht. Dann kreisen es seine eigenen ›weißen Zellen‹ ein und versuchen, es zu fressen. Es zu entfernen. Aber sie können es nicht. Verstehst du, Gilbert? Es ist wie eine Reaktion des Immunsystems im menschlichen Körper. Die eindringende Substanz wird nicht ausgeschieden, sondern verändert. Und zwar durch die Abwehrmechanismen des Gebäudes, wie bei Antikörpern.« Bissell begann wieder zu lachen und würgte dann eine Welle flüssigen Mörtel hervor. »Ich bin ein Antikörper, bin voller Antikörper. Ist das nicht komisch, Gilbert? Der Antibody? Hast du's kapiert? Hast du ... O Gott, hilf mir, Gilbert!« Etwas in Bissells Körper schien zu krachen und zu splittern, und obwohl er kein erkennbar menschliches Gewebe mehr hatte, weder Nerven noch Organe, wußte Gilbert, daß der Wissenschaftler Todesqualen erduldete. Er zuckte zusammen, erwartete, daß die Haut platzte. Aber nichts dergleichen passierte, und Bissells Schreie verhallten. Der Wissenschaftler sank in seinem »Geschirr« zusammen.

»Bissell? Kannst du mich hören? Kannst du ...?«

»Gilbert, füttere mich. Gib mir, was ich will. Gib mir etwas zu essen.«

»Das haben wir versucht. Bissell. Wir haben versucht, die richtige Kombination flüssiger Proteine zu finden und ...«

»Scheiß drauf! Versucht's mit etwas Rohem. Du weißt, was ich will, nicht wahr? Komm hier rüber, Gilbert und ... und ... o Gott, Gilbert. Komm mir nicht zu nahe. Da sind ...« Bissell kämpfte gegen sein Grauen, biß mit den Aluminiumzähnen auf eine Zunge aus Industriegummi. Er konnte immer noch menschlichen Schmerz empfinden, und es wurde ihm speiübel davon. Die rein animalische Funktion des Kotzens brachte ihn wieder zurück. »... im Universum sind vier Mächte zugange, Gilbert. Das weißt du. Schwerkraft, die nukleare Kraft in den Atomkernen, stark und schwach ... und Elektromagnetismus. Kannst du mir sagen, was eine elektrische Ladung wirklich ist? Nein, das kannst du natürlich nicht. Das kann keiner von uns. Die Wissenschaft kann nie Fragen über die Essenz der Dinge beantworten. Stimmt ... stimmt das nicht? Auch wenn wir uns für so verdammt ... so verdammt gescheit halten! Gott ... o Gott ... Tod wird nicht durch fehlenden Herzschlag definiert. Er wird durch fehlende elektrische Aktivität im Gehirn definiert.«

»Was versuchst du denn zu sagen?«

»Hast du gewußt, daß das Leben auf der Erde begann, als ein Blitz im Meer eingeschlagen hat? Hast du das gewußt?«

»Was ...?«

»Elektrizität, Gilbert. Darum geht's. Die Natur der Elektrizität. Wir glauben, daß wir sie gezähmt haben. Wir glauben, sie zu begreifen. Aber das haben wir nicht ... und werden wir auch nicht. Es ist eine fundamentale Naturerscheinung, und wir haben die Vorteile seiner Lichtseite geerntet ...« Bissell lachte wieder, ein widerliches, schlabberndes Krächzen. »Aber es hat eine dunkle Seite. Und der Darkfall ist die Manifestation dieser dunklen Seite. Es steckt mehr hinter Darkfall, als die Wissenschaft erklären kann. Jetzt ist es schlimm. Aber es wird schlimmer werden. Viel schlimmer. Weil ...«

Und dann hatte Bissell mit diesen höllischen schwarzen Augen Rohmer direkt angeschaut ... und gelächelt.
»Mr. Rohmer? Warum klopft Ihr Herz so schnell? Was erregt Sie denn so?«
Mein Gott, kann es meine Gedanken lesen? *dachte Rohmer.* Kann es wirklich sehen, was ich ...?
»Natürlich kann ich das«, fuhr Bissell fort. »Und ich werde nicht mehr mit dir reden, Gilbert. Ich muß essen. Und du läßt mich nicht. Und wenn ich nicht essen kann, werde ich nicht reden.« Bissell ließ Rohmer, während er redete, nicht aus den Augen, und Rohmer wußte, was das Ding meinte, als es sagte, es würde nicht mehr mit Gilbert reden. Aber Rohmer mußte die Antworten auf die Fragen erfahren, die ihn schon so lange faszinierten und beschäftigten; die Fragen, die jetzt mit ständig wachsender Intensität während der durch Drogen ausgelösten halluzinogenen Phasen, die jetzt eine so häufige Erscheinung in seinem Leben waren, auf ihn niederprasselten. Jetzt wußte er, daß der Darkfall-Effekt die Antworten auf diese Fragen hatte, und daß Bissell ihm diese Antworten geben konnte. Und während Gilbert vergeblich versuchte, Bissell dazu zu bringen weiterzureden, sah Rohmer das Versprechen in diesen nachtschwarzen Augen und begann, seine eigenen Pläne zu schmieden.

4

Der Regen und das Heulen des Sturms holten Rohmer aus seinen Tagträumen. Gilbert redete leise und eindringlich auf die anderen ein, sein Flüstern war so leise und eindringlich wie der Regen, der gegen die bebenden Fenster brandete. Rohmer konzentrierte sich wieder auf die Gegenwart. In Gilberts Stimme schwang immer noch ein Unterton von Angst. Er redete, um den Verstand nicht zu verlieren, und die anderen hörten zu, weil sie versuchen wollten, einen Sinn in dem Alptraum, in dem sie sich befanden, zu finden. Sie waren Narren.

Nur Rohmer kannte die wirkliche Wahrheit.

»Was soll das heißen?« flüsterte Cardiff, und Rohmer fühlte, wie der kalte Zahn des Entzugs an seiner Seele nagte. Er warf ihnen einen verächtlichen Blick zu, kramte in seiner Tasche und fand die Pille. Er drehte sich zu den sturmgepeitschten, beschädigten Fenstern und dem gefährlichen, elektrischen Knistern von Darkfall-Blitzen davor, nahm die Pille ein und beobachtete, wie das Wasser in Rinnsalen das Glas hinunterlief.

»Das Gebäude ist krank«, fuhr Gilbert fort. »Sie haben doch sicher schon von dem Gebäude-Krankheits-Syndrom gehört?« Er lachte. Sein Lachen war brüchig und nicht sehr überzeugend. »Aber es ist wahr. In den fünfziger Jahren gab es einen deutschen Arzt. Sein Name war Hubert Palm. Und er bewies, daß viele der Krankheiten, die wir in unserer modernen Gesellschaft haben, in Zusammenhang damit stehen, wie wir unsere Gebäude bauen. Gebäude sind unsere ›dritte Haut‹. Moderne Bautechnologien, synthetische Verbindungen und Baumaterialien, die wir beim Bau dieser Gebäude, in denen wir leben oder arbeiten, verwenden ... gleichwie das Überziehen mit Elektrizität ... schaffen Elektrostreß oder ›elektrische Krankheiten‹.«

»Sie reden ja, als wäre dieses Gebäude *lebendig* oder so was«, sagte Cardiff.

»Das ist es«, erwiderte Gilbert. »Aber nur in dem Sinn, wie ein Baum lebendig ist. Nicht im Sinne von fühlend, aber lebendig. Und die Effekte, die wir gesehen haben, werden ausgelöst, wenn ein Darkfall-Einschlag von dem Gebäude absorbiert wird. Elektrizität wird in Massen aufgenommen. Und es ist die Elektrizität und der Mangel an Verständnis, was sie tatsächlich ist, die ...«

Die Pille begann zu wirken, und Rohmer klinkte sich wieder aus und in den Sturm ein. Während Gilberts Worte verblaßten, war er wieder in der Einheit und lauschte dem Ding, das einmal Dr. Bissell gewesen war und das sagte ...

5

Ich hab' gewußt, daß du kommst.«
»Ja ...«
»Hast du mir gebracht, was ich brauche?«
»Ja, ich hab' es hier.«
»Und es lebt noch?«
»Ja.«
»Dann gib es mir.«
»Nicht, bevor wir geredet haben.«
»Nein! Nein, gib es mir jetzt ... oder ...« Bissell kicherte, dann winselte er, eine häßliche Travestie eines verwöhnten Kindes. »... sonst rede ich nicht.«
Rohmer beobachtete, wie das Ding sich in seinen Händen wand, und fühlte, wie sein Puls in der Präsenz des Dings raste. Wußte es Bescheid?
»Natürlich weiß es Bescheid«, sagte Bissell, der wieder seine Gedanken gelesen hatte. »Jetzt gib's her.«
»Die Zwangsjacke bleibt dran.«
Wieder dieses gräßliche Gelächter. »Ohhh ... du vertraust mir nicht.«
»Richtig.«
Rohmer schaute auf das, was er in den Händen hielt, und fühlte, wie ihm die Galle hochkam.
»Du willst doch die echten Antworten, nicht wahr?«
»Ja ...«
»Dann mach es!«

Viel später, als es vorbei war, und nachdem Rohmer die Zelle verlassen hatte, um sich zu übergeben, war das Ding kopfüber zusammengesackt. War es tot? Nein, es konnte nicht tot sein. Nicht nachdem ...

»Du bist sehr klug«, sagte Bissell und hob wieder den Kopf. »Wie du das eingefädelt hast, daß du mit mir allein sein kannst, trotz aller Überwachung.«

Bissell schien jetzt, wo er gefressen hatte, so viel ruhiger. Er hatte keine Schmerzkrämpfe mehr.

»Du glaubst, du bist anders, nicht wahr, Rohmer? Das hast du immer schon geglaubt. Seit dem Tag, an dem du auf der Militärschule diesen Kadetten vergewaltigt und umgebracht hast ... nur um dir selbst zu beweisen, daß du es tun kannst. Damals warst du nicht krank, nicht wahr?«

Rohmer war in Sekunden schweißüberströmt. Das Ding fühlte sein Unbehagen und lachte wieder.

»Ja, ich kenne dich, Rohmer. Ich sehe dein wahres Ich. Und ich sehe, was du wirklich willst. Und du willst ...«

»Sehen, wie du siehst. Ich will ...«

»Mehr als nur menschlich sein. Du beneidest mich, Rohmer. Neidest du mir meine Agonie?«

»Ich habe dich gefüttert.«

»Du möchtest mich zu deinem Mentor machen, Rohmer? Du möchtest, daß ich dein Tor zu einer anderen Welt werde? Du möchtest deine Kraft der Wahrnehmung sensibilisiert haben ... und alle Ansätze menschlicher Moral abstreifen. Ist das richtig?«

»Als du mit Gilbert geredet hast, hast du gesagt, es würde mehr hinter einem Darkfall stecken, als die Wissenschaft erklären kann ...«

Das Ding lachte wieder.

»Rede mit mir, verdammt noch mal!«

»Schon gut, schon gut ... ich werde dir erzählen, was du wirklich wissen willst ...«

6

»He, Rohmer? Willst du bloß hier sitzen und aus dem verdammten Fenster starren?«

Rohmer war in die Gegenwart zurückgekehrt. Duvall schüttelte ihn am Ärmel und brachte ihn zurück.

»Was soll ich denn tun?«

»Ja, also ... sollen wir bloß hier herumsitzen und warten ... oder was?«

»Sie können gern nach unten gehen und nachschauen, ob das Ding noch da ist«, sagte Jimmy.

»Es stirbt«, sagte Barbara. Diese Erkenntnis machte ihr offensichtlich schwer zu schaffen. »Ich kann es fühlen.«

»Also werden wir *Mister* Cardiffs Rat befolgen«, sagte Rohmer. »Wir bleiben hier hocken und warten, bis der Sturm sich ausgetobt hat.«

»Wir sollten eines dieser Fenster zertrümmern«, fuhr Duvall fort. »Es können nicht mehr als zehn Meter zum Runterspringen sein. Da die verdammte Hintertreppe nicht mehr existiert, ist das also unsere beste Chance.«

»Da bin ich mir nicht mehr sicher«, sagte Gilbert. »Diese Darkfall-Blitze da draußen am Fenster, diese Elektrizität ...«

»Na und?« keifte Duvall etwas zu laut, so daß er einen ängstlichen Blick auf die Bürotür warf.

»Wenn wir das Glas zertrümmern, könnten wir die Energie auf uns selbst richten.«

»Toll. Willst du damit sagen, daß wir vom Blitz getroffen werden?«

»Nicht dein Tag, was, Duvall?« sagte Jimmy, und Duvalls Blick verhieß nichts Gutes. Jimmy erwiderte den Blick sekunden-

lang und wandte sich dann Barbara zu. Sie zitterte am ganzen Körper.
»1964 war ein tolles Jahr für Musik«, sagte er. Sie schaute ihn an. »Ernsthaft. Ein paar von meinen liebsten Stücken sind '64 gemacht worden.«
Barbara schluckte und versuchte, die Gefühle zu verdrängen, die ihr so zu schaffen machten. »Ich mag die Beatles am liebsten ...«
»Ja. Die Beatles. Eine fantastische Gruppe, wirklich. Warte mal, 1964. Da haben sie gerade erst angefangen. Hatten 1963 ihren ersten Hit mit ... ›I Wanna Hold Your Hand‹. Tolle Nummer. Und stell dir bloß vor, Barbara, du mußt all ihre anderen Songs erst noch kennenlernen.«
»Meine Freundin Angela und ich streiten uns immer wegen John Lennon und Paul McCartney. Sie mag Paul am liebsten. Ich mag John. Schreibt er ... Schreibt er immer noch Songs?«
»Ja, also John ist ... man hat ... Ja, ja, klar. Schreibt immer noch Lieder. Immer noch so gut wie eh und je. Warte mal, 1964. Cilla Black. Wie findest du die?«
»›You're My World‹. Das ist ein wunderschönes Lied.«
»Cilla ist immer noch schwer am Ball. Ehefrau und Mutter inzwischen. Macht Spielshows und so was. Überleg doch mal, all die Musik, die du kennenlernen mußt ...«
»Ich frage mich, ob meine Eltern noch ...«
»Hör mal, Barbara. Alles wird gut werden, das versprech' ich dir. Sobald wir hier raus sind, helf' ich dir sie suchen.«
»Alles wird gut«, sagte Cardiff.
Wieder krachte Donner und hämmerte gegen ihre Trommelfelle. Die Spinnennetz-Blitze zuckten und brandeten gegen die Fenster, als suchten sie Einlaß.
Duvall drehte sich erbost zu Rohmer.
»Wir warten also?«
Rohmer gab keine Antwort. Er beobachtete den Sturm und erinnerte sich.

»Elektrizität«, sagte Gilbert wieder, und alle außer Rohmer hörten ihm wieder zu. »Unsichtbar, unhörbar. Wir erzeugen sie willkürlich, drehen sie durch das Kippen eines Schalters an und aus. Wenn wir sie nicht hätten, könnten wir nicht leben. Alles würde zum Stillstand kommen. Unsere Gesellschaft würde in Finsternis gestürzt. Büros, Fabriken, Industrie, Kommunikation, Transport ... alles würde zusammenbrechen. Wir sind total abhängig davon ... und unsere Abhängigkeit macht uns so verletzlich gegenüber der dunklen Seite. Wir wissen wirklich sehr wenig darüber.«

»Halt die Klappe, Gilbert«, zischte Duvall.

»Laß ihn reden«, sagte Cardiff.

Gilbert fuhr fort, als hätte er die Unterbrechung gar nicht gehört. »Die Erde ist ein ungeheuer kompliziertes Netz von Mustern elektrischer Energie, deren Magnetfeld noch komplizierter gemacht wird durch die Mineralien, durch Wasser und Steine ... und dem, was die Menschheit noch hinzugefügt hat: von Menschenhand erbaute Gebäude. Und diese elektrische Energie wirkt auch auf menschliche Wesen. Sie wirkt körperlich, emotionell, mental auf uns ...«

Und geistig, dachte Rohmer, der jetzt Gilbert wieder zuhörte.

»In uns allen«, fuhr Gilbert fort, »existieren ungeheuer komplizierte und subtile elektrische Felder. Sie durchdringen jedes Gewebe, jeden Knochen, jede Zelle. Und unsere eigenen elektrischen Felder reagieren mit den elektrischen Feldern in unserem Umfeld ...«

Gilberts Augen waren schon ganz glasig, und Jimmy sah Cardiff an, als wolle er sagen: *Wir müssen ihn zum Schweigen bringen, Cardiff. Er dreht durch. Er bildet sich ein, er ist wieder im College und hält eine Vorlesung.* Cardiff beruhigte Jimmy mit einer Geste, die heißen sollte: *Laß ihn reden. Vielleicht erfahren wir etwas.*

»... diese Felder im Menschen wurden in den vierziger und fünfziger Jahren entdeckt. Nicht nur bei Menschen natürlich, auch bei Pflanzen, Tieren und Bäumen ... sogar in rohem Protoplasma. Sie heißen L-Felder: bioelektrische und elektrodynamische Lebensfelder. Und es ist die Reaktion dieser elektrischen Felder mit der Darkfall-Elektrizität, die diese ... Dinge verursacht.«

Du bist ein Narr, Gilbert, dachte Rohmer, der wie unbeteiligt den Sturm beobachtete. *All dieses Wissen, dabei hast du immer noch nicht die echte Wahrheit entdeckt, die hinter allem steckt.*

»Die Darkfall-Elektrizität ... diese Dunkel-Energie ... wird von elektrischen Feldern angezogen. Irgendwie gibt es eine Fusion neuer, roher Dunkel-Energie. Keiner von uns ist davor sicher. Überlegt doch mal! Überall, wo man hinschaut ... Kabel, Drähte, Leitungsmasten. Wir sind umzingelt davon. Radio, Fernsehen, Radar ... alle Arten von elektrischen Strahlungen in der Luft. Wie lange wird es noch dauern, bis Darkfall sich noch weiter ausbreitet? Im Augenblick haben wir das wiederholte Auftreten ›böser Strudel‹ identifiziert, dort, wo Darkfall regelmäßig passiert. So wie hier! Aber wie lange noch, ehe es ...« Gilbert verstummte erschaudernd. Er wischte sich mit zittriger Hand übers Gesicht und holte mehrmals tief Luft, um sich zu beruhigen.

So nah dran, Gilbert. Und doch so weit entfernt. Vielleicht werde ich die Gelegenheit haben, dein Lehrer zu sein. Vielleicht werde ich dir die echte Wahrheit zeigen können.

»Es ist tot«, sagte Barbara. »Ich fühle es.«

»Kann sie das wissen, Gilbert?« fragte Duvall aufgeregt.

»Ja, das ist möglich. Wenn sie telepathische Verbindung hat. So etwas haben wir schon erlebt.«

»Bist du sicher?« fragte Duvall das Mädchen.

»Ich hab' es gefühlt ... vorher konnte ich es auch fühlen. Jetzt fühle ich überhaupt nichts mehr. Es ist einfach abgestorben ... und jetzt ist es fort.«

»Rohmer?«

Rohmer drehte sich vom Fenster weg zu Duvall um.

»Komm schon, Rohmer, wenn das Ding wirklich tot ist, sollten wir es schon riskieren.«

»Dieser Darkfall-Blitz an den Fenstern ...«, begann Gilbert.

»Wir wissen nicht mit Bestimmtheit, ob er einschlägt«, sagte Duvall. »Wenn das Ding wirklich tot ist, wäre es dann nicht wert, das Risiko einzugehen, um von hier wegzukommen?«

»Es war immer unsere Absicht, den Darkfall abzuwarten und die Aktivitäten zu beobachten«, sagte Rohmer.

»Zur Hölle damit«, schimpfte Duvall. »Nach allem, was passiert ist, können wir nicht hierbleiben.«

»Rohmer?« sagte Cardiff leise. »Sie wollen nicht weg von hier, nicht wahr?«

Rohmer lächelte wieder sein entnervendes Lächeln.

»Ich wette, Sie haben gar keine offizielle Genehmigung«, fuhr Cardiff fort. »Etwas an dieser Operation ist mir von Anfang an sauer aufgestoßen. Sie haben die eigenen Leute hierhergebracht, die eigenen Wissenschaftler, aber Sie haben ihnen nichts gesagt, keine Anweisungen gegeben. Sie hatten da ganz etwas anderes im Sinn, nicht wahr? Etwas, das nichts mit euren Darkfall-Einheiten zu tun hat, stimmt's?«

»Wir können nicht weg von hier«, erwiderte Rohmer. »Sie haben doch gehört, was Gilbert sagt. Der Blitz ...«

»Ich glaube, er hat recht«, sagte Duvall. »Du führst dich schon seit Monaten verdammt komisch auf.«

»Wir bleiben«, sagte Rohmer. »Das ist ein Befehl.«

»Was meinen Sie?« sagte Duvall zu Cardiff. Anscheinend war er jetzt auf der Suche nach einem neuen Leithammel.

Cardiff sah zu Jimmy und Barbara.

»Was immer Sie sagen«, erwiderte Jimmy auf Cardiffs unausgesprochene Frage. »Ich denke, wir sind auf Ihrer Seite.«

»Wir werden es riskieren«, sagte Cardiff. »Immer noch besser als hierzubleiben, einen Fehler zu machen und von der Wand aufgesaugt zu werden. Aber Sie müssen für sich selbst entscheiden, Duvall. Ich habe keine Autorität über Sie.«

Während Duvall bereits unterwegs zur Bürotür war, standen alle außer Rohmer und Gilbert vorsichtig auf. Wieder explodierte ein Donnerschlag und ließ ihre Ohren dröhnen. Der sekundäre Knall war noch lauter. Gilbert reagierte auf das Beben, das er im Boden spürte, und auf die Tatsache, daß die anderen jetzt weggingen, indem er einen Blick auf Rohmer warf, der immer noch aus dem Fenster starrte.
»Rohmer, was ist los mit dir? Warum willst du nicht ...«
»Du bist ein Wissenschaftler, Gilbert«, erwiderte Rohmer. »Aber du bist blind.«
»Was für einen Sinn hat es denn, noch hierzubleiben? Meine Ausrüstung ist im Keller, Menschen sind tot, und ...«
»Es gibt so viele Dinge, die du nicht weißt. Dinge, die du lernen mußt. Dinge, die ich dir beibringen könnte.«
»Ich gehe mit ihnen.« Gilbert wartete auf irgendeine Reaktion von Rohmer. Es kam keine. Blitze spiegelten sich in seinen Augen, und Gilbert kam es vor, als wäre Rohmer von einer inneren, beängstigenden Macht besessen. Er rappelte sich auf und folgte den anderen.
Duvall zog behutsam den Aktenschrank von der Tür weg, und Jimmy half ihm. Duvall unterbrach kurz, als Cardiff und Barbara neben ihnen standen.
»Du bist sicher, daß es tot ist?« fragte er ohne Umschweife.
»Ich hab's Ihnen doch gesagt. Ich habe seine Präsenz gefühlt, und jetzt kann ich das nicht mehr. Es lag im Sterben.«
»Los jetzt«, sagte Jimmy und begann wieder, an dem Schrank zu zerren. Duvall unterstützte seine Bemühungen. Die Kante des Aktenschranks rieb sich auf einer der Bodenkacheln und quietschte erbärmlich kreischend darauf weiter. Draußen grollte und rumpelte der Donner, und das unheimliche blaue Licht der Neonlampen an der Decke flackerte wieder kurz auf. Jetzt war der Schrank aus dem Weg.
Duvall leckte sich die Lippen, warf einen kurzen Blick auf Cardiff, öffnete die Tür zum Korridor – nichts.

Duvall leuchtete mit seiner Taschenlampe hinein, konnte die beiden Aufzugstüren sehen und die Tür mit der Aufschrift »Treppenhaus«, durch die sie vorhin gestürmt waren. Sie war geschlossen. Duvall drehte sich zu Cardiff um.
»Geben Sie mir die Pistole.«
»Nichts für ungut«, sagte er. »Aber mit 'ner Pistole trau' ich Ihnen nicht.« Dann ging er an Duvall vorbei in den Korridor und blieb vor der Tür zum Treppenhaus stehen. Die anderen konnten sein Gesicht nicht sehen, also hob er die Augen kurz gen Himmel, biß die Zähne zusammen und sprach ein kurzes Gebet.
Er griff nach der Türklinke und öffnete beherzt, aber langsam die Tür zum Treppenhaus.

7

Blitze zuckten, und die Schwärze hinter der Tür wurde für den Bruchteil einer Sekunde erleuchtet. Schatten tanzten. Cardiffs Herz klopfte bis zum Hals. Er fühlte, wie der Sturmwind und der Regen durch den Korridor im Erdgeschoß rauschten und bis ins Treppenhaus gelangten. War dieses entsetzliche Ding irgendwo hier und lauerte? Gigantisch, monströs und von ungeheurer Kraft wartete es vielleicht auf sie alle bereits auf der Treppe, um sie zu packen, wegzuzerren und zu dem zu machen, was es aus Pearce gemacht hatte?

Ein Toben erfüllte das Treppenhaus, wurde leiser, und Cardiff wurde erleichtert klar, daß es nur der Sturm gewesen war.

Schweißtriefend trotz der Kälte, die sich über das Haus gelegt hatte, schob er die Tür noch ein Stück weiter auf, die Pistole im Anschlag.

»Ich kann es sehen«, flüsterte er im nächsten Moment den anderen zu und leuchtete hinunter.

Es lag tatsächlich auf der Treppe. Neben dem verbeulten, zerfetzten Aktenschrank war deutlich eine niedergestreckte Silhouette zu sehen. Und das merkwürdige war, daß im Tod das Ding auf die gleiche Größe wie im Autowrack zurückgeschrumpft war, an die Cardiff sich erinnern konnte.

Cardiff trat hinaus auf den Treppenabsatz, immer noch mit der Pistole im Anschlag, bereit, sie zu benutzen, falls sich das Bild als trügerisch erwies. Er blieb stehen und wandte sich zu Barbara um, die mit den anderen jetzt vorsichtig hinter ihm herkam.

»Barbara, bist du dir ganz sicher?«
»Ehrlich, Mr. Cardiff. Vorher konnte ich es *fühlen.* Aber jetzt ist da nichts mehr. Ich kann es nicht mehr in mir hören.«
Cardiff leuchtete wieder die Treppe hinunter. »Wir müssen ganz sicher sein.«
Langsam und leise begann er mit dem Abstieg, blieb nur einmal kurz stehen, drehte sich um und flüsterte: »Halte einer die Tür auf, falls ich schnell zurückkommen muß.«
Noch ein vorsichtiger Schritt.
Lieber Gott, laß es tot sein.
Noch ein Schritt. Donner hallte krachend durch das Treppenhaus.
Ich will nicht ... sterben? Hast du das gedacht? Nach all der Zeit, in der es dir egal war, ob du lebst oder stirbst? Willst du damit sagen, du willst leben, Cardiff?
Noch ein Schritt. Blitze zuckten durch die klaffende Öffnung, wo die Erdgeschoßtür zum Treppenhaus gewesen war. Die Schatten um das Ungeheuer wogten, ließen es lebendig erscheinen. Cardiff zögerte. Da bewegte sich nichts mehr. Er konnte jetzt sehen, daß es mit dem Gesicht nach unten lag.
Willst du damit sagen, daß dich dieser verdammte Alptraum verändert hat? Dir den Geschmack am Leben wiedergegeben hat? Na ja, Cardiff ... ich fahre zur Hölle.
»Wahrscheinlich«, murmelte Cardiff, zitternd vor Angst, als er auf der Stufe über dem Ding angelangt war.
Es war tatsächlich geschrumpft zu etwas, das ungefähr die Größe eines menschlichen Wesens hatte. Aber er erkannte den abscheulich verstümmelten Kopf und die verdrehten Arme, die in Klauen endeten, die niemals menschlich sein konnten. Das Ding trug immer noch Kleider: Stoffetzen klebten noch an seinem Körper und hatten sich mit dem grauen, leprösen Fleisch verwoben.
Cardiff stieß mit dem Schuh gegen den aufgedunsenen Kopf. Zu seinem Entsetzen gab er nach, aber der Rest beweg-

te sich nicht. Er beugte sich über das Geländer, sah, daß das Treppenhaus noch etwa sieben Meter bis zum Keller hinunter ging, holte tief Luft, schob seinen Schuh unter den Kopf und begann, das Ding umzudrehen. Das war nicht einfach, denn es schien an der Treppe zu kleben. Cardiff stützte sich mit seiner behandschuhten Pistolenhand gegen die Wand, schob seinen Fuß noch weiter unter den Kopf bis hin zum Schulteransatz und hievte noch einmal.

Es drehte sich mit einem widerlichen Geräusch, und Cardiff wich, die Pistole entsichernd, zurück.

Aber das Ding war tot.

Er beugte sich etwas hinunter, um es besser sehen zu können.

Das deformierte Gesicht war irgendwie anders.

Da öffneten sich zwei gelbe, glasige Augen.

Cardiff hielt entsetzt die Luft an. Aber jetzt sah er, daß das Ding kaum noch eine Bedrohung sein konnte. Es war vom Hals bis zum Unterleib aufgeplatzt, die undefinierbaren faserigen, aber pulsierenden Eingeweide waren freigelegt. Die gelben Augen blinzelten, und Cardiff dachte: *Augen? Wie kann es Augen haben? Ich hab' ihm doch sein einziges Auge ausgeschossen.* Ihm grauste.

Und dann fing das Ding plötzlich an zu reden.

»Um Gottes willen, Cardiff«, krächzte es. *»Hilf mir . . .«*

Unendlich langsam streckte es ihm einen zerfledderten Arm entgegen. Und jetzt endlich sah Cardiff, daß das Ungeheuer vor ihm nicht das Ding aus dem Autowrack war, nicht das, was einmal im Jahre 1964 Barbaras Bruder gewesen war.

Es war Farley Peters, der Journalist. Farley Peters, der in den Korridorwänden gefangen gewesen war und, von grauenhaftem Hunger getrieben, gibbernd nach ihnen gehascht hatte. Farley Peters – nicht mehr gefangen? Nicht mehr in der Wand, ausgeweidet und bereit für . . .?

»Um Gottes willen, Cardiff, hau da ab!« schrie Jimmy, und

Duvall und Barbara schrien ebenfalls in Panik auf. Cardiff schaute sich zu ihnen um, sah sie wild gestikulieren, und auf einmal wurde er sich voller Entsetzen bewußt, daß sich da ein massiger Schatten bedrohlich aus dem Treppenhaus hob. Er konnte gerade noch zurücktreten, als die aufbrüllende Gestalt mit einer verkrusteten Klaue durch das metallene Treppengeländer schlug, das sich ächzend verbog. Die andere Klaue aber bohrte sich durch das Revers seiner Jacke, erfaßten sein Hemd, sein Fleisch, dann sah er nur noch ein klaffendes Maul.
Unglaubliche Gewalt zerrte Cardiff durch das verbogene Metall des Treppengeländers auf sich zu.

8

Du Miststück!« brüllte Duvall.

Er schlug Barbara mit dem Handrücken ins Gesicht, daß sie gegen Gilbert geschleudert wurde. Die beiden stolperten rückwärts in den Korridor. Bevor Jimmy reagieren konnte, hatte Duvall erneut ausgeholt und verpaßte ihm einen Kinnhaken, Jimmy ging benommen zu Boden. Das Treppenhaus war wieder einmal erfüllt von Brüllen, Schreien und um sich schlagenden Schatten, als Duvall Barbara nachstürmte, die atemlos an einer Wand lehnte. Gilbert sah hilflos zu, als Duvall sie an den Haaren packte, von der Wand zerrte und schrie: »Du hast es gewußt! Stimmt's«

»Nein, nicht ...«, sagte Gilbert, aber keiner beachtete ihn.

»Du hast gewußt, daß das Ding nicht tot war!« fuhr Duvall wütend fort. »Du wolltest uns reinlegen und hast deshalb gelogen!« Duvall holte erneut aus und schlug Barbara wieder ins Gesicht. Die Wucht ließ sie diesmal gegen die Wand taumeln, sie rutschte aus und fiel zu Boden. »Ich hab's die ganze Zeit gewußt. Gewußt!« schrie Duvall, bückte sich, um das Mädchen am Kragen zu packen und es zu erwürgen.

Im nächsten Augenblick warf sich Jimmy von hinten gegen ihn.

Es begann ein Ringkampf, wobei Jimmy in dem Gewirr darauf bedacht war, möglichst keinen Hautkontakt mit der Wand zu bekommen. Er wollte Duvall einen K.-o.-Schlag verpassen, ihn außer Gefecht setzen, doch der Gegner war auf der Hut. Duvall war schnell, konnte sich aus Jimmys Umklammerung lösen und kam auf die Beine. Gilbert hatte sich ängstlich in Rohmers Nähe geflüchtet, der teilnahmslos

zuschaute. Aus sicherer Entfernung beobachteten sie die Streithähne.
»Gut«, hörten sie Duvall leise zu Jimmy sagen. »Gut, Devlin. Du hast bisher sehr viel Glück gehabt. Jetzt schon zweimal. Aber jetzt schau'n wir uns mal an, was du auf der Straße und in den Pubs gelernt hast.«
Und Jimmy wußte, daß er vielleicht diesmal in ernsthaften Schwierigkeiten steckte.
Hinter den Fenstern zuckten Blitze und warfen irrwitzige Schatten unter das schwache, elektrische Blau der Neonlichter, als Duvall langsam auf ihn zuging. Hinter Duvall sah Jimmy, wie Barbara sich mit weitaufgerissenen Augen aufrichtete. Er schaute sich nach einer Waffe um, wich langsam vor Duvall zurück, packte einen Papierkorb aus Draht und schleuderte ihn Duvall entgegen. Aber Duvall tauchte unter dem Geschoß blitzschnell weg und hatte in der nächsten Sekunde Jimmys Hals gepackt. Der Schmerz war groß, er mußte würgen und bekam fast keine Luft mehr. Er fühlte, wie sich eine Hand des Gegners lockerte, aber im nächsten Moment schwang schon Duvalls rechter Arm hoch, und die Spitze seines Ellbogens traf Jimmy mitten ins Gesicht. Blut schoß in einem Sturzbach aus seiner Nase, er kippte rückwärts über einen Schreibtisch und riß eine Computerkonsole mit sich. Der Monitor landete scheppernd auf dem Boden. Jimmy versuchte sich aufzurichten, abzudrehen, aber Duvall hatte Zeit genug, zu einem neuen Angriff anzusetzen. Er verpaßte Jimmy einen Kick in den Bauch, daß ihm die Luft ein zweites Mal wegblieb und er hinter dem Schreibtisch röchelnd zu Boden rutschte.
Und Duvall hatte Blut geleckt.
Jimmy sah ihn wie durch einen Schleier erneut auf sich zukommen, und er wünschte sich, er könnte aufstehen. Aber er war unfähig, sich zu bewegen.
Dafür zog ihn Duvall hoch und hielt ihn mit einer Hand wie im Schraubstock am Hals gepackt.

»Eine kleine Lektion für dich, Devlin«, zischte er mit zusammengebissenen Zähnen, hob die andere Hand und richtete zwei Finger genau auf Jimmys Augen. Diese stahlharten Finger würden ihn blind machen. »Nenn es einfach die Vorteile einer teuren Erziehung ...«

Jimmy konnte sich nicht wehren, suchte Zuflucht in der einzigen Verteidigung und kniff die Augen fest zu.

Etwas krachte und zersplitterte.

Ich bin blind! Bin ich blind? schrie sein Verstand.

Aber nein, er konnte die Augen öffnen, konnte sehen und registrierte erstaunt, daß *Duvall* die Augen zugekniffen hatte. Vor Schmerz. Nun spürte er auch, wie Duvalls Griff an seinem Hals sich lockerte und sah, wie Duvalls Kopf sich langsam senkte, er von ihm wegtaumelte. Jetzt tauchte Barbara in Jimmys Gesichtskreis auf, die den Hals einer zerbrochenen Whiskyflasche umklammert hielt. Seine Retterin hatte sie Duvall von hinten über den Kopf gezogen. Sie wußte auf einmal, was *richtig* war. Sie wußte, wem sie vertrauen konnte und wem nicht. Und sie hatte sich wieder hochgerappelt und gesehen, wie ihr Peiniger, der Mann namens Duvall, auf sadistische Art und Weise den jungen Mann, der sie geschützt hatte, umbringen wollte. Der andere Mann hatte auch versucht, sie zu beschützen. Aber der andere Mann, Mr. Cardiff, war tot. Das Ungeheuer, das Ding, von dem sie sagten, es wäre ihr Bruder – aber sie *wußte,* daß das unmöglich war –, hatte ihn auf der Treppe getötet. Das andere, noch lebende Monster namens Duvall wollte sie umbringen. Und deshalb mußte sie handeln.

Duvall sah rot, wirbelte herum, bückte sich nach einer Schreibmaschine und schleuderte sie mit einem Aufschrei und mit der Kraft eines Berserkers hoch in Richtung Barbara und Jimmy. Die junge Frau war mit einem Satz bei Jimmy gewesen, hatte ihn mit sich gerissen, so daß das Wurfgeschoß irgendwo zwischen Büromöbeln landete und zerbarst.

Darkfall-Donner explodierte im Bürohaus.
Der ließ Duvall zu sich kommen. Irritiert drehte er sich einmal um die eigene Achse und blieb dann mit dem Gesicht zur Bürotür stehen. Erstaunen trat in seine Augen, als er Cardiff an der Brust blutend in der Bürotür sah, die Pistole auf ihn gerichtet.
Barbara war seinem Blick gefolgt, war überrascht und erwartete nun eine Reaktion von ihrem Feind Duvall. Doch der blieb stumm. Statt dessen sah sie den langsam größer werdenden dunklen Fleck zwischen seinen Schulterblättern. Aufschluchzend packte sie Jimmy erneut und begann, ihn aus der Schußlinie wegzuzerren.
Und dann hatte Duvall anscheinend endlich begriffen, daß man ihn angeschossen hatte. Tobend wie ein weidwundes Tier stolperte er auf Cardiff zu.
Der drückte noch einmal den Abzug, und ein weiterer Donnerknall hallte durch die Büroräume.
Die Wucht des Kugelaufpralls schleuderte Duvall vor die teilweise zerborstenen Fensterscheiben, wo in der Sekunde ein Darkfall-Blitz explodierte. Duvall wurde in einer Wolke Glassplitter aus dem Fenster gesogen und verschwand in der tosenden Nachtschwärze.
Die Hölle schien sich aufzutun. Der Sturm des Darkfalls drückte mit Gebrüll Regen und Schnee durch die zertrümmerten Fenster. Dünne, blauweiße Fangarme von Feuer zuckten von der Decke zum Boden, die lebendigen, knisternden Blitze bohrten sich in die Deckenleuchten und sämtliche Kabel, so daß die Computer und Monitore einer nach dem anderen explodierten.
»Kommt schon!« brüllte Cardiff und machte Jimmy und Barbara ein Zeichen, ihm zu folgen. Sie stolperten zur Bürotür, während der Darkfall-Blitz das Büro weiter in Trümmer legte.
Aber für Barbara war der Alptraum noch nicht vorbei. Denn

jetzt drängte Cardiff sie durch die Tür zum Treppenhaus, hinauf in den ersten Stock. Und die Geräusche der Hölle waren immer noch da. Irgendwo dort unten, dort wo Cardiff, wie Barbara wußte, mit Sicherheit gestorben war, tobte ein brüllender, um sich schlagender Schatten.

»Kommt schon!« schrie Cardiff erneut und zerrte sie beide ins nächste Stockwerk.

»Nein!« schrie Barbara, die sich immer noch an den benommenen Jimmy klammerte. »Sie sind tot! Sie müssen tot sein! Was ...?«

Von unten kamen die furchterregenden Geräusche eines Menschen, der in Stücke gerissen wird.

»Keine Zeit!« rief Cardiff grimmig und griff sich mit schmerzverzerrtem Gesicht an die Brust. »Wenn wir überleben wollen ... müssen wir klettern!« keuchte er.

Sie begannen den Aufstieg, mit Jimmy zwischen ihnen.

9

Gilbert hatte zunächst, starr vor Angst und unfähig, etwas zu tun, die Szene mit angesehen. Als Cardiff von den Toten zurückgekehrt war und dann Duvall angeschossen hatte, hatte er sich den Paraventkorridor entlang zu Rohmer zurückgeschlichen.

Aber Rohmer hatte mit leerem Gesichtsausdruck vor sich hingestarrt und seine flehend ausgebreiteten Arme gar nicht beachtet.

Ihn schienen Duvalls Verschwinden und der neuerliche Darkfall-Einschlag, der das ganze Büro verwüstete, nicht zu interessieren – im Gegenteil. Jetzt sah er sich grinsend im Chaos um.

Wütend über seine eigene Todesangst und Rohmers Teilnahmslosigkeit, schlug Gilbert nach ihm.

Rohmer packte sein Handgelenk und drehte es mühelos um. Gilbert fiel vor Schmerz auf die Knie und zerrte vergeblich gegen Rohmers Schraubstockgriff. Flehend sah er zu seinem Peiniger auf. Rohmer redete, obwohl er kein Wort hören konnte.

»Keine Sorge«, sagte Rohmer. »Keine Sorge. Wir sind in der Präsenz. Uns wird nichts geschehen.«

Gilbert schrie auf, als ein Neonlicht direkt über ihnen explodierte und Funken auf sie herabregneten.

10

Jimmy hatte sich wieder gefangen, als sie im dritten Stock angelangt waren. Er befreite sich aus dem Griff von Cardiff und Barbara und wischte sich das Blut aus dem Gesicht. Seine Kehle war immer noch wie zugeschnürt von Duvalls Schlag. Der Schein ihrer Taschenlampen warf bizarre Schatten und Kringel an die hohen Wände. Unten, in der Dunkelheit des Treppenschachts, hatte das Brüllen und Strampeln aufgehört. Aber etwas atmete, denn die Echos dieses Atmens drangen bis zu ihnen herauf.

»Komm jetzt, Jimmy«, flüsterte Cardiff. »Wir können nicht stehenbleiben. Wir müssen weiter.«

Als Jimmy ihn verwundert ansah und etwas fragen wollte, blockte Cardiff kopfschüttelnd ab:

»Das ist jetzt egal. Du mußt *klettern!*«

Ein Geräusch von unten sagte ihnen, daß etwas die Treppe hochtorkelte. Offensichtlich nahm das Ungeheuer, das sich inzwischen Farley Peters' bemächtigt hatte, wieder gestärkt die Verfolgung auf.

»Los jetzt!« zischte Cardiff, und sie stiegen weiter die Treppen hoch.

Unterdessen ließ Cardiff noch einmal das entsetzliche Geschehen Revue passieren.

Das Ding hatte ihn erwischt und hatte seine Klauen in sein Fleisch gegraben. Auf einmal wußte er, daß er nicht sterben wollte. Er hatte sich gewehrt und versucht, die Pistole gegen diesen übelriechenden Schlund zu richten, vergeblich. Je mehr er sich loszureißen versuchte, desto tiefer wurde die Wunde unter der Klaue auf seiner Brust.

Das Ungeheuer, das einmal Farley Peters gewesen war, beobachtete

voller Gier den Zweikampf. Es mußte seinen Hunger stillen und näherte sich vorsichtig. Als es mit den Kämpfenden auf gleicher Höhe war, haschte es nach Cardiff und versuchte, es dem anderen Monster zu entreißen.
Cardiff fühlte schon den heißen Atem auf seinem Bein. Jetzt ist es aus, dachte er, gegen zwei von diesen Ungeheuern bin ich machtlos.
Und dann brüllte Peters plötzlich auf, ließ von Cardiffs Bein ab und schlug seine gräßlichen Zähne in den Arm des Artgenossen, mit dem es gerade Cardiff hochhob. Es ließ wütend von Cardiff ab, verlor das Gleichgewicht, bekam im letzten Moment den sich wehrenden, ausgeweideten Körper Peters' zufassen und stürzte mit ihm in den Schacht.
Cardiff erfaßte sofort die Situation, atmete einige Male tief durch, preßte ein Taschentuch auf die blutende Brust und eilte, so schnell es ging, den anderen nach.
Plötzlich stieß Barbara einen unterdrückten Schrei aus und sagte im Lauf atemlos: »O Gott, ich kann es wieder fühlen! Es hat mich reingelegt! Es weiß, daß ich es fühlen kann, genau wie es mich spürt. Es hat uns eine Falle gestellt, Mr. Cardiff, hören Sie? Es hat absichtlich sein Bewußtsein gegen mich verschlossen, damit ich glaubte, es ist tot!«
Cardiff riß das Mädchen an sich, hielt ihm den Mund zu, schaute über das Geländer und sah, wie ein monströser Schatten sich auf dem Treppenabsatz im ersten Stock bewegte.
»Wie viele Stockwerke?« keuchte Jimmy.
»Vierzehn«, sagte Cardiff mit zusammengebissenen Zähnen und kletterte weiter.
»Mein Gott. Und was dann?«
»Einfach weiterklettern, Jimmy. Es kommt.«

11

Gilbert kniff die Augen zu und wartete, daß nach Duvall nun er und Rohmer hinaus in den höllischen Strudel gezerrt würden. Rohmer führte immer noch Selbstgespräche und hielt ihn wie ein Schraubstock am Handgelenk umklammert. Aber dieser Schmerz war seine geringste Sorge. Er wartete auf sein Ende und murmelte gottergeben ein Gebet.

Und dann hörten die Explosionen und das Splittern von Glas mit einem Mal auf. Nur der Sturm peitschte heulend Regen und Schnee durch die klaffenden Fensterlöcher. Gilbert kniff weiter die Augen zu, in Erwartung weiterer greller Blitze.

Als aber nichts kam, schlug er die Augen wieder auf und schielte hoch zu Rohmer, der über ihm saß und endlich schwieg. Mit einem Lächeln auf dem Gesicht, um zu zeigen, wie sehr er sich freute. Gilbert versuchte, sich aus Rohmers Griff zu befreien – vergeblich. Statt dessen setzte dieser die einseitige Konversation fort, die Gilbert nicht hören konnte.

»›All die ungezählten Ätherflammen mit Licht.‹ Alexander Popes Worte, Gilbert. Die sich vom Mond bis zum Ende des Universums hinziehen, der Stoff, aus dem die Sterne sind. Und der Schlüssel zu ineinander verwobenen Reichen und Ebenen des Seins: Wille, Geist, die Seele ... das Göttliche.«

Rohmer schaute ins Endlose durch die eingeschlagenen Fenster.

»Feuer, Luft, Wasser und Erde. Und Elektrizität im Äther, Rohmer. Der Kraftauslöser, der die physikalische Welt durchdringt und uns die höheren Aspekte der Realität zeigt ...«

»Rohmer!« rief Gilbert. »Was zum Teufel ist denn mit dir los? Wir können nicht hierbleiben und ...«
»Mit dir würde er nicht sprechen, Gilbert«, unterbrach ihn Rohmer und starrte immer noch die zertrümmerten Fenster an. »Aber Bissell hat mit mir gesprochen. Er hat mir die Antworten gegeben.«
»Bissell? Was ...?«
»Deine Scheuklappen waren zu stark, um zu sehen, du warst zu engstirnig, es zu vermuten.«
»Um Himmels willen, Rohmer!«
»Der Darkfall ist mehr als nur eine physikalische Manifestation«, fuhr Rohmer fort. Irgendwie roch es jetzt nach Schwefel, und Rohmers Augen funkelten triumphierend. Er holte eine Pille aus der Tasche und schluckte sie. Dabei lächelte er. »Es ist eine geistige Manifestation!«
Das Lächeln war wieder verschwunden, und Rohmer starrte grimmig auf Gilbert hinunter. Jetzt glaubte der Wissenschaftler den endgültigen Beweis zu haben, daß Rohmer, der harte, machtvolle, entschlossene und gut organisierte Rohmer, den Verstand verloren hatte.
»Hör mich an, Gilbert. Als Wissenschaftler haben du und deinesgleichen nie geahnt, was ihr mit euren Spielereien mit der physikalischen Welt, der Elektrizität getan habt. Es war immer eine dunkle Macht, und es ist euch lediglich gelungen, einen winzigen Teil von ihr untertan zu machen. Ohne es zu ahnen, sind eure Atomwissenschaftler schwarze Alchimisten. Einmal war es die Suche danach, wie man Blei in Gold verwandelt. Jetzt ist es die Umwandlung von Uran in noch dichteres Material – Blei und Plutonium. Substanzen, die in der Natur nicht vorkommen, umkehrende Substanzen!«
»Rohmer, bitte. Ich versteh' kein Wort. Wir müssen ...«
»Ich muß es dir begreiflich machen. Die erste Atombombe, wo wurde die gezündet?«

»Rohmer, bitte ...«
Rohmer drehte Gilberts Handgelenk, bis er vor Schmerz aufschrie.
»Mein Gott, Rohmer!«
»Wo?«
»Alamagordo!«
»Richtig. Und weißt du, was dann passiert ist? Nein? Dann laß dich aufklären. Der Planet Saturn hat das Firmament überquert, genau an dem Punkt, an dem man Pluto entdeckt hatte. Hast du das gewußt? Pluto – Gott der Unterwelt. Hast du gewußt, daß der Planet Saturn mit Blei in Verbindung gebracht wird? Und die Wasserstoffbombe. Wo wurde die ...?«
»Rohmer, laß mich los!«
»Wo?«
»Bikini.«
»Richtig. Und genau in dem Augenblick, in dem es passiere, hat Uranus, der elektrische Unterbrecher, denselben Punkt am Himmel überquert. Eine neue Macht wurde geschaffen und auf die Erde losgelassen, genau zu dem Zeitpunkt, als diese Planeten, jene großen Unterbrecher, auf einer Linie waren. Diese wahre Macht, die Elektrizität ist, hat einen Namen, Gilbert. Was wir als schlichte Elektrizität bezeichnen, ist in Wahrheit auf eine Art und Weise mit den kreativen Mächten im Universum verbunden, wie wir es uns gar nicht vorstellen können. Die Chinesen halten es für ›Chi‹. Aber ihr wirklicher Name ist ... Ahriman. In der Antike wurde sie als Gott der Unterwelt bezeichnet. Intelligent, sachlich, berechnend, kalt. Das polare Gegenteil des Teufels ... aber trotzdem der Teufel.«
Wieder zuckten draußen im Sturm Blitze und fesselten Rohmers Aufmerksamkeit.
»Versteh mich nicht falsch, Gilbert. Nicht der Teufel, den wir kennen. Kein Wesen. Sondern eine Macht. Und eine Macht, die nicht im geringsten an uns als Menschen interessiert

ist ... als Individuen. Sie ist eine der wichtigsten Mächte im Kern des Universums, vielleicht nicht die Hauptmacht, aber etwas, das uns sofortige Erleuchtung geben kann, wenn wir ...«

Rohmer lachte in wildem Enthusiasmus.

»... den richtigen Knopf drücken!«

Sein Lachen erstarb, und er fuhr fort: »Mir war das Privileg des Lernens vergönnt, Gilbert. Ich wußte, daß Bissell die Antworten auf die Fragen hatte, die ich wirklich wollte. Er hat mir gegeben, was ich wollte. Gilbert, Gilbert. Du und deinesgleichen, ihr habt euch geirrt. Total geirrt! Das Universum ist eine spirituelle Konstruktion, nicht allein eine physikalische. Und weißt du, warum Darkfall-Effekte wirklich passieren? Wirklich?« Rohmer gab Gilberts Handgelenk wieder einen scharfen Dreh, was einen neuerlichen Schmerzensschrei auslöste. »Die Kleinlichkeiten lösen sie aus, die Frustrationen, die Habgier, das Böse, das Menschen tun – groß oder klein. Es ist die Grausamkeit, Mord und Vergewaltigung. Es ist Kindesmißhandlung, Pädophilie. Völkermord. Folter. Krieg. All das nagt seit Tausenden und Abertausenden von Jahren an der spirituellen Substanz des Lebens. Jetzt zerfällt diese Lebenssubstanz, wird zersetzt durch die psychischen Emissionen von Abermillionen spiritueller ›Krebsleiden‹. Jetzt kann die Macht, die in Wirklichkeit Ahriman ist, mit ständig wachsender Häufigkeit durchbrechen, bis alles – *alles* – in der Form, wie wir es kennen, aufhört zu existieren.«

Gilbert schwieg und starrte Rohmer eindringlich an. Der Mann war wahnsinnig – aber letztlich hatte das, was er sagte, zumindest eine bizarre Logik.

Hinter den Fenstern loderte es blauweiß auf, das Gebäude bebte, und der Schmerz eines Darkfall-Einschlags bohrte sich wieder in ihre Ohren. Für Gilbert war es Agonie, für Rohmer Ekstase. Er sprang auf, immer noch Gilberts Handgelenk fest umklammernd, als ein zweiter Einschlag das

Gebäude traf. Risse liefen im Zickzack vom Boden bis zur Decke. Klumpen von Mörtel brachen mit Staubwolken aus der Wand. Winzige, umherfliegende Glassplitter schlitzten Rohmers Gesicht auf, hinterließen dünne Blutrinnsale.

»Vitalismus!« brüllte Rohmer in den Sturm und machte einen Schritt auf ein Fenster zu. Gilbert zerrte er mit einem Ruck hinter sich her, daß dieser fast das Gleichgewicht verlor. »Die große Kette des Daseins! Selbst Plato war der Wahrheit näher als du und deinesgleichen, Gilbert. Siehst du es denn nicht? Die Erde selbst ist *lebendig*. Alles lebt! Selbst die anorganischen Stoffe, wenn sie von Darkfall durchtränkt werden. Aber wir sind etwas Besonderes, Gilbert. Etwas ganz Besonderes. Weil wir als Menschen, nur *wir* allein uns instinktiv der spirituellen Essenz des Universums bewußt sind. Nur wir suchen nach Selbst-Transzendenz. Selbst-Transzendenz, Gilbert. Umkehrung. All diese Rückkehrer. Sie waren mehr Tier als Mensch, nicht wahr? Alle außer Bissell. Er war ein wahrer Wissenschaftler auf der Suche nach Wahrheit. Die Darkfall-Absorption in dieser Fabrik in Leeds hat ihn nicht völlig wahnsinnig gemacht wie die anderen. Und zwar deshalb nicht, weil er keine Angst hatte und nicht so ignorant war wie die anderen. Die Absorption hat ihren Verstand zerstört, aber den von Bissell nicht. Er hat das Stichwort gegeben, Gilbert, das Stichwort!«

Rohmer riß Gilbert an sich. Gilbert wehrte sich heftig, konnte sich aber nicht losreißen.

»Ich habe einmal jemanden getötet, Gilbert. Weil ich es wollte, aus keinem anderen Grund. Was von mir kommt, hat genausoviel mit der Darkfall-Erosion zu tun wie alles andere. Aber das heißt nicht, daß ich dafür keine Absolution bekommen kann. Es heißt nicht, daß ich nicht von der menschlichen zu einer anderen Ebene umgekrempelt werden kann, um mein wahres *Ich* zu finden!«

Gilbert wand sich erneut, und Rohmer verlor das Gleichgewicht. Sie fielen gegen den Schreibtisch, auf dem Rohmer vorher gesessen hatte, dann glitten sie auf den Teppichboden. Rohmer hielt Gilbert, der verzweifelt um sich schlug, immer noch fest umklammert. Dabei machte er beruhigende Geräusche, als wolle er ein aufgeregtes Kind einlullen.

»Bissell hat mir erzählt, was er hätte tun sollen, als seine Hände vom Boden absorbiert wurden. Er hätte ruhig bleiben und nicht in Panik geraten sollen. Er war sich sicher, daß die Angst vor der Absorption der Grund für den Verlust von Verstand und Menschlichkeit waren. Kannst du dir das vorstellen, Gilbert? Was, wenn jemand die Absorption mit kühler ... darf ich es sagen? ... wissenschaftlicher Vernunft über sich ergehen ließe? Wäre das dann nicht bei der Rückkehr wahre Selbst-Transzendenz? Ist das nicht mehr als Menschsein? Die Fähigkeit, andere Dimensionen, andere Realitäten zu sehen. Und zurückzukehren, frei von den Fesseln menschlicher physischer Verkörperung. Frei von menschlicher Moral. Fähig, das wahre *Ich* zu sein!«

»Rohmer, laß mich aufstehen ...« Gilbert strampelte verzweifelt auf dem Boden gegen Rohmers Gewicht an. Rohmer aber packte ihn am Hals, als müsse er Gilbert mit Gewalt dazu bringen, das, was er sagte, zu begreifen.

»Das einzige, was es braucht, ist, keine Angst zu haben. Wenn es passiert, akzeptiere es mit wissenschaftlichem Interesse. Kämpfe nicht dagegen an, gib dich ihm hin. Erlaube dem Darkfall, dich zu absorbieren, erlaube ihm, dich zu umzukrempeln. Wenn du zurückkehrst, wirst du ... wirst du ...« Rohmer barst schier vor Ekstase beim Gedanken an diese Aussichten, »wirst ...«

Darkfall explodierte am Himmel. Das Gebäude erbebte erneut. Schmerz bohrte sich in ihre Ohren, Mörtelstaub wirbelte durch die Luft und wurde vom tosenden Wind und Regen verschlungen.

»Sieh! Sieh!« rief Rohmer in den Sturm. Regen und Blut

liefen über sein Gesicht und tropften von seinem Kinn. »Es winkt.« Er packte Gilberts Kinn und bog es nach oben, damit er das blauweiße Flackern von Darkfall-Blitzen hinter den zerbrochenen Fenstern sehen konnte. »Denk dran, was Bissell gesagt hat, selbst zu dir!«

»Laß mich aufstehen«, schluchzte Gilbert. »Um Gottes willen, laß mich aufstehen!«

»Geh zuerst«, sagte Rohmer und starrte eindringlich in Gilberts Augen. »Nachdem ich dir die Wahrheit eröffnet habe, brauchst du keine Angst mehr zu haben. Du bist ein guter Mann der Wissenschaften. Du mußt wollen, was ich will: Erkenntnis.«

»Du hast gesagt, das wäre ein primärer Darkfall, kein sekundärer ...«

Rohmer ließ Gilberts Hals los und packte mit der Hand sein Gesicht, so daß er nicht mehr reden konnte.

»Geh zuerst«, sagte Rohmer. »Ohne Angst.«

Er drückte Gilberts Gesicht langsam auf den Teppichboden hinunter.

Gilbert versuchte zu schreien, aber Rohmers Hand verhinderte das, nur ein gedämpftes Jaulen vibrierte aus seiner Kehle.

»Ohne Angst, du Idiot!« brüllte Rohmer. »Du bist ein Wissenschaftler!«

Gilbert schluchzte vor erstickender Angst.

»Ohne Angst!« schrie Rohmer wieder und drückte Gilberts Gesicht gnadenlos in den Teppich. Gilberts Stirn sank mit einem knirschenden Geräusch ein, wie ein Schritt im frischen Schnee. Er schluchzte hemmungslos. Rohmer riß schnell seine Hand von Gilberts Gesicht, taumelte zurück und beobachtete voller Ehrfurcht, wie Gilbert endlich ungehindert in nackter Angst losschrie. Er hämmerte mit seinen behandschuhten Fäusten gegen seinen Kopf, als sein Gesicht langsam im Boden zu versinken begann.

»Hör auf, du verdammter Narr!« schrie Rohmer. »Kämpfe nicht dagegen an!«
Gilbert versuchte, sich dem Zugriff des Teppichs zu entwinden, sein Gesicht war nur noch eine angstverzerrte Fratze. Speichel spritzte aus seinem Mund, und mit einem entsetzlichen Quaken verschwand sein Gesicht ganz im Boden. Sein Körper schlug wild um sich. Rohmer wich zurück, Obszönitäten brüllend.
Einer von Gilberts Handschuhen flog weg, und als seine Hand das nächste Mal auf den Teppich schlug, blieb sie kleben und begann, in den Teppichflor zu versinken. Draußen krachte und dröhnte der Donner. Darkfall-Elektrizität tanzte auf den Rändern der zerschmetterten Fenster.
Gilberts strampelnder Körper verschwand im Teppich, als wäre er Treibsand.
Rohmer stürzte sich schreiend vor Wut auf den Fleck, in dem er verschwunden war, und trampelte mit den Füßen darauf herum, als tanze er auf Gilberts Grab.
»Ohne Furcht, du verdammter Schwächling! Ich hab' gesagt, ohne Furcht! Willst du denn nicht ...«
Der Darkfall explodierte am Firmament hinter den Fenstern. Grelle Blitze zuckten durch eines der Löcher und fanden das einzige Ding im Bürohaus, das sich bewegte. Ein gleißender Feuerpfeil traf Rohmer zwischen den Schulterblättern und schleuderte ihn in einem Funkenregen quer durchs Büro. Er prallte gegen einen Paravent und landete unsanft auf dem Teppich.
»... verwandelt werden?« keuchte er.
Sein Rücken war furchtbar verbrannt und schwelte noch, der lange, schwarze Mantel war der Länge nach bis zum Kragen aufgerissen. Rohmer erhob sich langsam auf die Knie und hielt sich erst die eine und dann die andere Hand vors Gesicht, um zu sehen, ob das Material seiner Handschuhe standgehalten hatte. »Noch nicht, noch nicht.

Ich bin noch nicht bereit.« Die Handschuhe waren unversehrt.

Er richtete sich mühsam auf und schaute zu den zerborstenen Fenstern, sein Atem glich einem Schluchzen. Die Zähne waren geschwärzt, die Haare versengt. Rauch stieg von ihm auf.

Er lächelte.

»Danke ... danke ...«

Er drehte sich um und torkelte zur Bürotür.

12

Sie waren auf der neunten Etage angelangt, als der Darkfall-Einschlag das Gebäude erzittern ließ. Ein riesiger Spalt raste wie ein Blitz im Zickzack durch das Gemäuer der gegenüberliegenden Wand, und Donner brüllte in dem Treppenschacht. Riesige Trümmer Putz brachen aus der Wand und landeten krachend im Erdgeschoß. Der aufwirbelnde Staub bauschte sich bis nach oben und verklebte ihnen Nase und Mund, während sie versuchten, sich weiter nach oben zu kämpfen. Der zweite Einschlag war noch heftiger. Die Treppe bebte unter ihren Füßen, das eiserne Treppengeländer zitterte sichtbar und sang wie ein gespannter Bogen.

Jimmy torkelte zwei Stufen zurück und stützte sich gegen die Wand, da sah er das Blut auf seinem Handschuh. Er riß hastig die Hand zurück und schaute nach oben, wo Cardiff und Barbara sich aneinanderklammerten. Jimmy sah von seiner blutigen Hand zu Cardiff und auf dessen blutverschmierte Brust.

»Komm schon!« röchelte Cardiff. »Es kommt ...«

»Das Blut, Cardiff! Das Blut!«

Von irgendwo unten war zorniges Brüllen zu hören.

»Was zum Teufel ist denn los mit dir, Jimmy? Wir müssen ...«

»Nein, warte«, sagte Jimmy. »Hautkontakt mit der Wand – das haben sie doch gesagt. Deswegen tragen wir diese Handschuhe. Aber was ist mit dem Blut?«

»Was ...?«

»Ich habe Blut an den Händen, du hast Blut auf deinen Kleidern. Ist das Gewebe? Ist das Hautkontakt? Scheiße ...

Cardiff, was passiert, wenn wir etwas berühren, wenn wir Blut an den Händen oder den Kleidern haben?«
»Mein Gott«, sagte Cardiff mit zusammengebissenen Zähnen.
Ein monströser Schatten machte zwei Stockwerke unter ihnen einen Satz.
Cardiff starrte auf seine blutige Hand, mit der er sich die Brust gehalten hatte.
Der Schatten unter ihnen heulte auf.
»Los jetzt«, rief Cardiff. »Bewegt euch!«
Das Ding geriet auf der Treppe ins Schwanken, als von oben ein riesiger Klumpen Mörtel auf seine Schulter klatschte und ihn in eine Staubwolke hüllte. Es schlug nach seinem vermeintlichen Angreifer und tastete mit verkrusteten Klauen im Staub herum. Als es nichts fand, schlug es schreiend vor Wut gegen die Wand.
Der Nahrungsgeruch war immer noch über ihm, und die Gier, die vorübergehend gestillt worden war durch das, was es unten in der Wand gefunden hatte, wurde jetzt von Minute zu Minute größer. Trotz der immer wiederkehrenden, ohrenbetäubenden Geräusche konnte es noch ihre Stimmen hören, ihre Präsenz riechen.
Barbara! Baaaarbaaaraaa! Ich brauche dich ... brauche ...
Es stürmte weiter die Treppe hoch, hinter ihnen her.
Barbara zog mit angsterstarrtem Gesicht Jimmy am Arm.
»O Gott, laß uns gehen! Ich kann es *hören*. Es schreit mir durch mein Bewußtsein zu, und es ist *grauenhaft!*«
Die drei Flüchtenden hasteten weiter hinauf, während unten etwas mit dröhnendem Knall explodierte. Es schien, als würde das ganze Gebäude beben und in einer knirschenden, zerfetzenden Lawine von Geröll zusammenkrachen. Cardiff stolperte und wäre fast auf Barbara gefallen, doch Jimmy packte ihn und gab ihm einen heftigen Stoß. Über ihnen gab etwas nach langem, metallischen Kreischen nach. Eine undefinierbare Masse von Stahl und Beton rauschte durch die Mitte des Treppenschachts und landete krachend im Erdgeschoß.

Wieder ein durchdringendes Brüllen und der betäubende Ohrenschmerz eines Darkfall-Einschlags. Jimmy fiel kopfüber nach vorn und versuchte, sich instinktiv mit den Händen abzufangen.

»Jimmy! Nein!« schrie Cardiff noch, aber es war zu spät.

Jimmy lag auf der Treppe, die Hände fest gegen die Stufen vor sich gestemmt. Er schaute Cardiff traurig in die Augen, biß die Zähne zusammen und wartete ergeben darauf, daß seine Hände im Beton versanken.

»Ich weiß, daß du es nicht warst, der mich reingelegt hat, Cardiff. Es war Pearce.«

Die Detonation hallte lange und laut nach.

»Kümmer dich um Barbara ...«

»Jimmy!« schrie Barbara. »Schau ... schau. Es ist okay.«

Jimmys Hände versanken nicht im Beton.

Mit einem Schluchzer der Erleichterung stieß er sich von der Treppe ab und richtete sich wieder auf. Cardiff half ihm dabei.

»Ich hab' gedacht, jetzt ist's aus, Cardiff. Ehrlich.«

»Dann wärst du ja jetzt wirklich ein echt harter Bursche, was?«

Barbara stand kopfschüttelnd neben den Männern. Der Jadeanhänger tanzte an ihrem Hals. »Bitte, bitte, laßt uns von hier abhauen«, sagte sie, denn das Ding hatte wieder auf sie eingeredet, und das Gefühl war entsetzlich.

Sie stiegen weiter hinauf.

13

Rohmer taumelte wie ein Schlafwandler durch die Tür im zweiten Stock, die ins Treppenhaus führte. Er wedelte mit schlaffer Hand den Staub weg, der dicht vor seinen Augen tanzte, und zuckte nicht zusammen, als ein Gewirr von Kabeln, Metall und Beton an ihm vorbei durch den Schacht sauste und aufschlug. Der Treppenabsatz bebte unter seinen Füßen. Er blickte nach oben, konnte aber nichts sehen, wußte jedoch, daß sie dort oben waren.

»Bruder ...«, sagte er, schluckte Staub und fing an zu würgen. Blut und Schleim hustend, schrie er gegen die Geräusche von Sturm und Zerstörung hinauf ins Treppenhaus: »Bruder! Warte auf mich, Bruder!«

14

Die Wolken von Staub teilten sich langsam. Als es sich über den Treppenrand beugte und nach oben schaute, konnte es sie im Schein ihrer Taschenlampen sehen. *Es fühlte die eigenartigen Emotionen in seinem Inneren und den alles verzehrenden Hunger. Es rief ihr durch den tobenden Sturm zu: »Baaaarbaaaraaa!«*

»O Gott, Mr. Cardiff! Es ist direkt unter uns ...«

»Nicht ... nicht ...« Stechender Schmerz spannte sich wie ein eisernes Band um Cardiffs Brust. Er bekam kaum noch Luft. »... nicht stehenbleiben ... geh weiter!«

Es hievte sich hinter ihnen die Treppen hoch, getrieben von diesem Hunger. Es spürte die Angst seiner Nahrungsmasse namens Barbara. Es spürte sogar, wie ihre Kraft nachließ.

Ein Brocken Beton wirbelt wieder herab, prallte mit Getöse gegen den oberen Treppenrand, ein spitzes Bruchstück löste sich, traf es und bohrte sich in die Brust des Dings. Aus dem Gleichgewicht geworfen, stürzte es hin.

Schmerz, Haß, Zorn und Hunger erfüllten es, und eine Wolke von Geifer troff aus seinem Schlund. Es riß sich den Betonkeil aus dem Körper und schleuderte ihn in den Schacht. Über sich sah es durch wirbelnde Staubwolken das Nahrungsding, das die anderen Jimmy nannten. Er stand am Treppenrand. Er hatte diesen Betonbrocken auf ihn geschleudert.

»Bruder ...«

Die Risse in der Wand wurden größer, Regen drückte der Sturm herein, aber das Ding konzentriert sich nur auf die Nahrung über ihm und ...

»... Bruder ...«

... kletterte weiter. Speichel und Geifer tropften herunter und ...

»Warte auf mich, Bruder!«
... endlich drehte es sich um und schaute den Weg zurück, den es gekommen war, um den Ursprung dieser Stimme zu finden. Augenlos suchte es die Finsternis ab, nichts. Nur einen Nahrungsgeruch erkannte es. Es wußte es durch sein Nahrungsding namens Barbara, daß es Rohmer war.
Es schaute hoch zu der Stelle, an der gerade noch Jimmy Devlin gestanden hatte. Er war mit den anderen fort, versuchte immer noch, davonzukommen. Und dann war da dieser Rohmer, der ihm folgte und hin und wieder etwas zurief.
Es spürte den Hunger nagen, drehte um und stieg Rohmer langsam entgegen.
Rohmer tappte im Dunkeln Stufe für Stufe aufwärts, sich vage bewußt, daß sein Rücken furchtbar verbrannt, der Schmerz aber irgendwie gedämpft war. Er konnte das verbrannte Fleisch riechen und sogar spüren, daß sich sein Mantel an der Stelle in sein Fleisch eingebrannt hatte. Er wußte, daß er eigentlich tot sein oder zumindest im Sterben liegen müßte, aber die Drogen, mit denen er vollgepumpt war, und die Gewißheit, daß ihn die wunderbare Macht des Himmels *berührt* hatte, neutralisierten alles. Er fühlte sich seltsam verwandt mit dem Ding irgendwo über ihm auf der Treppe, und er rief wieder:
»Bruder ...«
Blitze tauchten für Sekunden das beschädigte Treppenhaus in dämmriges Licht, und Rohmer sah, daß sich ein riesiger schwankender Schatten auf ihn zubewegte. Unter jedem Schritt erbebte die Treppe, und Rohmer stützte sich mit einer behandschuhten Hand auf den Stufen ab, um nicht in den Schlund des finsteren Schachts abzurutschen, in den ständig Geröll und verbogenes Metall fiel.
Das Ding stand bereits auf dem Treppenabsatz des zehnten Stockwerks, während Rohmer endlich das neunte erreicht hatte und lächelnd rief: »Bruder!«

»Wir können ihn nicht einfach zurücklassen«, sagte Cardiff erschaudernd. Er leuchtete mit seiner Taschenlampe aus dem zwölften Stock hinunter und ahnte, was sich da anzubahnen drohte. Er machte sich schon auf den Weg nach unten, doch Jimmy erwischte ihn gerade noch beim Ärmel.
»Cardiff, bist du total übergeschnappt? Vergiß den Bastard!«
»Ich kann doch nicht zulassen, daß ...«
»Warum NICHT? Um Himmels willen, komm weiter! Laß uns hier abhauen. Wir schulden Rohmer gar nichts, nach allem, was wir durchgemacht haben. Der Mann ist wahnsinnig!«
Cardiff entwand sich Jimmys Griff. »Glaubst du etwa, ich *will* da runtergehen? Ich kann aber nicht zulassen ...«
»Du hast dir ja einen schönen Zeitpunkt ausgesucht, um den edlen Ritter zu spielen.« sagte Jimmy.
Aber Cardiff war bereits auf dem Weg nach unten. Sofort setzte wieder ein Donnergetöse ein, und ein weiterer Riß klaffte in der Wand neben ihnen. Jimmy hörte, daß die Metallstützen und Bolzen, mit denen die Treppe in der Wand eingelassen war, ächzten und herauszusplitten begannen. Barbara sah ihn entsetzt an, als er sich an ihr vorbeidrängte und hinter Cardiff her die Treppe hinuntertastete.
»Bruder?« sagte Rohmer, der immer noch mit ausgebreiteten Armen dastand, während das Ding ihn fast erreicht hatte. Es stieß krächzende, unheimlich zischende Geräusche aus. Im matten Schein der Taschenlampe der sich von oben nähernden Cardiff und Devlin konnte Rohmer das unförmige, speicheltriefende Maul des Ungeheuers erkennen. Die deformierten Klauen am Ende furchtbar zerfetzter und verstümmelter Arme waren auf ihn gerichtet. Die entstellte Visage zeigte keine Spur von Seelenverwandtschaft, auch spiegelte sie kein Zeichen des Erkennens wider. Auf einmal merkte Rohmer, wie ihn dieses seltsame Hochgefühl verließ. Er machte einen zaghaften Schritt rückwärts, sofort gefolgt von dem Monster. Noch vier Stufen, dann war es auf dem

gleichen Treppenabsatz wie er. War es, konnte das *wirklich sein*, daß dieses Gesicht, das kein Gesicht war, ihn angrinste?
»Bruder ...?«
»Weg, lauf, du verdammter Narr!« schrie Cardiff, als er den Treppenabsatz zum zehnten Stock erreicht hatte. Beim Klang seiner Stimme schien das Ding kurz zu stutzen, drehte den riesigen, grausigen Kopf in seine Richtung – wandte sich aber wieder zurück zu Rohmer und stolperte eine weitere Stufe nach unten.
»Bist du es?« fragte Rohmer das Ding. »Bist du es?«
Cardiff starrte Rohmer erstaunt an, während er seine Pistole schußbereit machte. Aus den Augenwinkeln sah er Jimmy Devlin neben sich stehen.
Rohmer wich an die Wand des neunten Treppenabsatzes zurück, eine Wand, die plötzlich voller größer werdender, schwarzer Flecken war. Das Monster machte noch einen Schritt nach unten – da brüllte Jimmy:
»Vorsicht, Cardiff!«
Wieder hielt das Ding inne und schaute hinauf. Cardiff hielt die Waffe schon auf das Ding gerichtet, als Jimmy ihn zurückzog. Und jetzt sah Rohmer auch die sich wellenförmig bewegenden schwarzen Flecken auf allen Wänden um sie herum, sah die Wand sich an mehreren Stellen nach außen beulen. Dazu ergoß sich ein vermehrtes Donnergrollen durch den finsteren Treppenschacht. Rohmer schrie vor Schreck auf, als er spürte, wie etwas in der Wand an seinen Rücken drückte. Er zuckte davor zurück und sah, wie sich die Wand auf ihn zubog, sah fingerähnliche Ausbuchtungen.
Auf dem Treppenabsatz im zehnten Stock wichen Cardiff und Jimmy Devlin vor den drei lebendigen Gesichtern zurück, die aus den schwarzen Beulen der Wand waberten und sich verzerrten. Darunter tauchte eine Hand aus dem Mörtel auf, tastete sich blind in ihre Richtung, gefolgt von fünf weiteren Händen, die nach ihnen grabschten.

»O mein Gott, sie kommen *alle* zurück ...!« Jimmy wich vorsichtig nach oben zurück. Cardiff schwenkte die Pistole hin und her und wußte nicht, auf welchen dieser Alpträume er zuerst schießen sollte.
Und dann entschied sich das Ungeheuer auf der Treppe plötzlich zwischen den Nahrungsangeboten. Brüllend drehte es sich zu Jimmy und Cardiff um. Cardiff sah es kommen; da fiel der Schuß. Er riß einen Teil des »Gesichts« des Dings weg, konnte aber den Angriff nicht aufhalten. Cardiff sah die Klauen, die sich durch die staubbeladene Luft tasteten. Einmal war er diesem Ding schon entkommen, ein zweites Mal würde er das wohl nicht schaffen. Der Gedanke schien ihn zu lähmen.
Er hatte nicht einmal die Kraft, die Pistole anzulegen, da es ohnehin keinen Sinn hatte. Ja, er hoffte sogar, daß die erste Berührung der verschlingenden Umarmung ihn schnell töten würde, damit die anderen beiden fliehen könnten, solange es sich labte.
Etwas explodierte neben seiner Schulter. Etwas, das weißen Schaum spuckte und noch wütender zischte als das Ding, das auf ihn zukam und in Sekundenschnelle in die weiße Masse getaucht war. Dann sah er Barbara mit einem Feuerlöscher an sich vorbeihuschen, den Schlauch direkt auf das Ding gerichtet. Und dabei brüllte Barbara es an: *»Raus! Aus! Meinem! Kopf!«*
Sie konnte es auf einmal hören. Nicht das Gebrüll, das das Ding machte, als es seine Klauen schützend vors Gesicht hob, sondern die anderen Geräusche, die es in ihrem Kopf machte.
»Nein, Barbaaaraa! Nahrung, mehr nicht! Will nur Essen und ...«
Barbara wußte durch die Geräusche in ihrem Kopf, daß das Ding keine Augen hatte, die man blenden konnte, aber daß der Schaum und die Gischt es doch irgendwie blind machten, als es mit wedelnden Klauen rückwärts taumelte.

Der Druck des Strahls wurde schwächer.
»Ohhh, bitte ...«
Und dann prallte das Ding rückwärts gegen die Wand, aus der die Alptraumgestalten auftauchten. Einer der körperlosen Arme aus der Wand grabschte nach dem vom Schaum durchnäßten Torso des sich wehrenden Dings, ein anderer tastete nach seinem Kopf. Das Monster schnappte mit schaumgefüllten Kiefern nach dem zweiten Arm, trennte ihn ab und spuckte ihn aus, als ein weiterer Arm es an seinen Schultern packte. Kreischend stolperte es durch Pfützen weißen Schaums und grabschte um sich. Es bemerkte nicht, daß neben ihm die Wand sich nach außen beulte und *hustete!* und etwas Undefinierbares, Menschenähnliches, abscheulich Verwachsenes aus der Wand gespuckt wurde, genau zu seinen Füßen. Schon wurde es an einem Bein gepackt, dann vergrub sich ein Gesicht darin.
Der Inhalt des Feuerlöschers versiegte. Schreiend vor Zorn, Angst und Trauer schleuderte Barbara den Zylinder mit aller Kraft auf das Ding, traf es am Kopf, dann riß sie Cardiff und Jimmy mit sich die Stufen hinauf. Atem holend blieben sie auf dem nächsten Treppenabsatz stehen und schauten sich um.
Das Ungeheuer schlug wild um sich, wurde aber von den drei aus der Wand herausgetretenen Armen umklammert.
Das Ding brüllte, versuchte sich zu befreien und schaute aus den leeren Augenhöhlen den Davoneilenden nach.
»O Gott, John. *Es tut mir leid!«* schluchzte Barbara auf, die einen Blick nach unten riskiert hatte. In diesem kurzen Moment, in dem sich Bruder und Schwester wirklich erkannt hatten, löste sich ein Teil der Treppe mit metallischem Knirschen aus der Verankerung. Die Rückkehrer, die sich immer noch in ihm festgeklammert hatten, konnten dem Sog nicht standhalten, und so stürzten sie samt Treppenabsatz in den Schacht.

»Johnnnnyyy!« schrie Barbara, doch ihr Echo verlor sich irgendwo in der Tiefe, in dem Tosen des Darkfall-Sturms, der die Zerstörung brachte.
Rohmer hastete die Treppe hinauf auf sie zu, vorbei an verunstalteten, makabren Gestalten, die plötzlich aus den Wänden kamen. Die anderen sahen seine furchtbaren Verbrennungen, seine zerfetzte Kleidung, sein versengtes Haar. Von dem weißen Gesicht mit dem aufgerissenen Mund stachen die schwarzen Zahnstummel gespenstisch ab. Cardiff kämpfte gegen eine aufsteigende Übelkeit an, kam Rohmer einige Stufen entgegen, packte seinen Arm und zog den keuchenden Mann mit sich hinauf. Er war sich vage bewußt, daß das Treppenhaus unter ihnen voll sich windender, krümmender, *kletternder* Gestalten war, die die Verfolgung aufnahmen.
Das Ding aber, das einmal Barbaras Bruder gewesen war, war weg. Und Rohmer begriff auf einmal, daß das, was in den Treppenschacht stürzte, genau wie all die anderen war – außer Bissell. Er hatte keine Seelenverwandtschaft in der abscheulichen Visage gesehen, weil es seinen Verstand während der Absorption durch seine Kapitulation vor der Furcht verloren hatte – es war ein minderwertiger Rückkehrer. Wie Gilbert, dachte er, und Enttäuschung machte sich in ihm breit, obwohl das alles seine Überzeugung bestätigte. Wortlos ließ er sich von den beiden Männern mitziehen.
Etwas explodierte tief unten, und Rohmer hörte Devlins Aufschrei. Rohmer warf vorsichtig einen Blick über den Treppenrand, konnte jedoch nichts sehen. Dafür stieg eine riesige Staubwolke empor, und sie mußten Mund und Nase schützen. Gespenstisch dröhnte ein Chor von Gekreische und Gibbern durch den Schacht und ließ das Blut in ihren Adern gefrieren. Weiter, nur weiter, dachten sie.
Selbst das Mädchen hatte Rohmer nun auch noch gepackt. Er wich nicht vor ihr zurück, sondern ließ es lächelnd ge-

schehen. Als er ihre entsetzte Reaktion auf dieses Lächeln sah, fühlte er Triumph.
»Was ... machen ... wir ...«, keuchte Jimmy, »wenn wir oben sind? Das Treppenhaus ... wird hinter ... uns nämlich zu ... sammengebrochen sein.«
Cardiff rang nach Luft und antwortete: »Das weiß der Himmel.«
»Wenn Er da oben einen Hubschrauber bereitgestellt hat, werde ich gläubig«, sagte Jimmy. »Okay, wir sind oben. Jetzt nur noch durch diese Tür ...« Aufatmend standen sie vor einer Tür, kombiniert aus Holz und Stahl, mit der Aufschrift »Dach«. Er packte den Türgriff und drückte ihn herunter – nichts rührte sich, die Tür war abgesperrt.
Jimmy wischte sich den Schweiß aus dem Gesicht, prüfte seine Handschuhe und warf sich dann mit der Schulter gegen das Hindernis. Ein Schmerz schoß durch Schulter und Hals, sonst tat sich nichts. Dafür war unter ihnen das Kreischen und Gibbern lauter geworden, ein Zeichen dafür, daß die Verfolger ihnen auf den Fersen waren.
»Laß mich ...«, sagte Cardiff.
»Nein!« Wutentbrannt trat Jimmy gegen das Schloß. Einmal, zweimal, dreimal ... es krachte im Schloß, es knirschte im Türstock, und Jimmy trat ein weiteres Mal zu. Die Tür sprang auf, Schnee und Regen peitschte ihnen entgegen.
Das Mädchen warf einen kurzen Blick über die Schulter und sah schemenhaft die sich nähernden Gestalten. Geifernd versuchten sie sich aneinander vorbeizudrängeln.
»Um Himmels willen, Jimmy, schnell raus!«
Cardiff schob Barbara und Rohmer vor sich her und schlug die Tür hinter sich zu. Da wurde ihm bewußt, wie hoffnungslos das eigentlich war, denn Jimmy hatte das Türschloß bei der Aktion zertrümmert. Wie sollten sie zum Teufel die Dinger auf der anderen Seite in Schach halten? Hilfesuchend sah er sich auf dem mit weißen Kies bedeckten Büro-

hausdach um. Das Unwetter tobte mit unveränderter Stärke. In Böen trieb der Sturm Schnee und Regen vor sich her und ließ in dem diffusen Licht der Leuchtreklame die Schatten tanzen.
Plötzlich wand sich da ein riesiger Schatten durch den sich öffnenden Türspalt und griff nach ihnen. Cardiff zog die Automatik, legte an und feuerte.
Der Schatten machte im Zurücktaumeln eine abwehrende Bewegung und brüllte schmerzgeplagt auf. Die Wucht des Kugelaufpralls aus nächster Nähe war so groß, daß das Ungeheuer den Halt verlor und die ersten Treppenstufen hinunterstürzte, direkt auf seine gibbernden Artgenossen. Ohne große Hoffnung warf sich Cardiff gegen die Tür und stemmte sich dagegen.
»Vorsicht, Cardiff!« Jimmy war jetzt neben ihm, und Cardiff sah, daß er von irgendwo eine Fernsehantenne aus ihrer Halterung gerissen hatte und sie triumphierend schwang. Plötzlich ahnte er, was Jimmy vorhatte. Er hob die ausgerissenen Türangeln auf, steckte sie wieder in ihre Vertiefung und hielt sie fest. Jimmy zog einen Teil der Antenne durch, den Rest rammte er, so weit es ging, in den Boden.
Sie wichen von der Tür zurück, ließen sie aber nicht aus den Augen.
Auf einmal hörten sie Rohmers aufgeregte Stimme. »Schaut... Schaut...«
Er und Barbara starrten in den Himmel, wo Wolken von Farben wirbelten, erblühten und wieder verblaßten, um dann in einem riesigen Strudel einzutauchen, der um das Bürohaus fegte. Hier oben auf dem Dach standen sie im stillen »Auge« eines seltsamen, ehrfurchtgebietenden Hurrikans, den ein übernatürlicher Regenbogen in die spektralen Farben tauchte. Sie schienen auf die Bühne irgendeines bizarren Planetariums geraten zu sein. Stumm vor Ehrfurcht und Angst betrachteten sie diesen Feuersturm von Licht und

Wolken, der sich zu einer gigantischen Windhose vereint hatte.

»Der Darkfall ...«, sagte Rohmer kaum hörbar. »Wir sind mitten in einem Darkfall. Ich hätte nie gedacht, er könnte ...«

Plötzlich explodierte der Himmel über ihnen.

Eine thermische Flut von blauweißem Licht verwandelte die Luft und das sie umgebende Gewölbe von elektrischem Chaos in ein zischendes Negativ. Einen Augenblick lang tanzten ihre vier gigantischen Schatten über das kiesbedeckte Dach des Bürohauses, als sie von dieser Explosion zurückgeschleudert wurden. Die zischenden Negativbilder lösten sich auf, und dann zersplitterte ein weiterer elektrisch-blauer Blitz das wirbelnde Chaos des Darkfall-Gewölbes, gefolgt von ohrenbetäubenden Geräuschen. Wieder überflutete sie ein schwarzweißes Negativ und neutralisierte für eine Sekunde die wirbelnden Elmsfeuer. Einen kurzen Moment lang glaubte Cardiff, ihre bloße Anwesenheit auf dem Dach hätte diese Explosion des Himmels ausgelöst. Er wandte sich den anderen zu, sah den Ausdruck neuerlichen Erschreckens auf ihren Gesichtern, als ein weiterer blauweißer Blitz den Himmel zerriß und todbringend auf sie zuraste.

Cardiff versuchte noch, eine Warnung auszustoßen, aber Jimmy hatte sich bereits über Barbara auf den Boden geworfen – keine Sekunde zu früh. Der Darkfall-Blitz traf die verglaste Kuppel über dem Aufzugsgehäuse.

Cardiff schlug schützend die Hände über seinen Kopf, als die Kuppel wie in einem Feuersturm explodierte. Der Knall war unerträglich. Das Hochhaus schwankte bedrohlich unter ihnen, überall lösten sich Brocken von Beton. Jimmy lag auf Barbara, schützte ihren Kopf mit seinen Händen und wartete auf das, was allem ein Ende machen würde. Schlimmer konnte es nicht werden, und so wünschte er sich ein rasches Ende. Aber nichts geschah, statt dessen war plötzlich

Ruhe eingekehrt. Jimmy wartete noch einen Moment, hob den Kopf, rollte sich zur Seite und sah, wie Cardiff auf allen vieren zu ihnen gekrochen kam.

»Seid ihr in Ordnung?«

»Ja, wir sind okay.«

»Der Darkfall, Mr. Cardiff«, sagte Barbara, sich ebenfalls aufrichtend. »Wir sind mittendrin. Wir sind oben, an der Spitze seiner Macht. Ich kann es spüren.«

»Wo zum Teufel ist Rohmer?« fragte Cardiff

»Tot, hoffe ich«, erwiderte Jimmy.

»Sag so etwas nicht, Jimmy«, sagte Barbara.

Einige Meter von ihnen entfernt stand Rohmer gerade auf und betrachtete voller Ehrfurcht das zehn Meter breite Loch, das der Blitz in das Dach gerissen hatte. Die Kuppel und die Betondecke über dem Aufzug waren zertrümmert, und Rauch stieg durch die Öffnung auf.

»Auf dem Dach können wir nicht bleiben«, sagte Barbara, »es ist zu gefährlich. Wir ziehen es schon an, indem wir uns nur bewegen. Ich spüre das.« Nervös strich sie durch ihr zerzaustes Haar. Jimmy merkte, wie sie plötzlich erstarrte.

»Was ist denn schon wieder los? Was ist?«

»Da passiert ...«, sagte sie leise. »Da passiert noch etwas.«

Cardiffs und Jimmys Augen suchten das Dach ab, erwarteten, daß die mit der Antenne verriegelte Tür den Ungeheuern nachgeben würde, aber die hielt offensichtlich immer noch.

»Dort«, sagte Barbara leise und zeigte auf das klaffende Loch, wo der Darkfall-Blitz eingeschlagen hatte.

Blaues Licht tanzte flackernd und wispernd an dem Rand der Öffnung, während Fäden dieses Leuchtgases wie Irrwische an den Umrissen des Bürohauses entlangrasten, sich aber zunehmend auf die Umrandung der Ausgangstür konzentrierten. Dahinter waren aggressive Laute zu hören, außerdem verstärkte sich das Hämmern.

Sie wackelte bereits bedenklich. Lange würde sie nicht mehr den Angriffen standhalten. Devlin und Cardiff wechselten vielsagende Blicke, dann wollte sich Jimmy an Barbara wenden – die ging langsam auf das klaffende Loch im Dach zu. Ihre Gestalt warf einen riesigen Schatten auf das kiesbedeckte Dach, und einen Augenblick lang schien es, als wären ihr überdimensionale schwarze Schwingen aus den Schultern gewachsen. Aber die Sinnestäuschung wurde nur durch das ständig sich bewegende blaue Licht verursacht, das in dem Hohlraum züngelte.

»Nein!« schrie Jimmy plötzlich auf und rannte schon hinter ihr her. Er sah, daß sie eine Hand hob und verwundert nach einer zischenden, blauen Kraftlinie ausstreckte, die am Rand der Öffnung tanzte.

»Barbara!« schrie Jimmy. »Nicht anfassen!«

»Ich kann es fühlen, Jimmy. Ich bin irgendwo da drinnen verlorengegangen. Auf einer Spritztour mit meinem Bruder. Aber es hat mich gehen lassen. Vielleicht finde ich etwas heraus, was uns helfen kann. Vielleicht kann ich ...«

»Faß es nicht an!«

Doch Barbara berührte bereits das tanzende blaue Neon.

»Nein, Barbara!« Jimmy stolperte rückwärts und hielt sich schützend die Hände vor die Augen.

Donner krachte am Himmel, während Barbara sekundenlang von einem gleißenden weißen Licht eingehüllt wurde. Ihr Haar flog um ihren Kopf, als stünde sie in einem tosenden Wind, und der Jadeanhänger um ihren Hals tanzte und funkelte wie ein Stück gefrorenes Eis. Ihr Gesicht war unglaublich schön.

»Es will mich nicht«, sagte Barbara mit einer Stimme, die hallte, als stünde sie inmitten einer riesigen Kathedrale und nicht auf dem Dach eines Bürohauses in einem tobenden Sturm. *»Was immer es ist, es will mich nicht.«*

»Natürlich will es dich nicht!« schrie Rohmer und ging auf

sie zu. »Es hat dich schon einmal abgelehnt, warum sollte es dich jetzt wollen?«

Jimmy packte Rohmer am Ärmel.

»Was zum Teufel soll das heißen? Was *weißt* du, Rohmer? Was?«

Rohmer lachte. Er wehrte sich nicht gegen Jimmys Griff. »Ich habe Gilbert zu erklären versucht, daß die Essenz des Darkfalls spirituell ist, nicht materiell. Aber dieser Narr wollte nicht auf mich hören. Er konnte nicht ...«

»Wovon zum Teufel redest du?« Jimmy schüttelte ihn.

»Schau«, sagte Rohmer. »Schau sie an ...«

Rohmer, Cardiff und Jimmy standen jetzt neben Barbara. Sie hatte die Augen fest zusammengekniffen, als müsse sie sich konzentrieren.

»Sie versucht, euch zu helfen. Aber es wird nichts nützen. Sie ist einmal abgestoßen worden, wurde von der Wahrheit nicht berührt. Und ihr werdet bald sterben.«

Jimmy schüttelte Rohmer erneut und roch den widerlichen Gestank verbrannten Fleisches.

»Schwarze Alchimie, nicht Wissenschaft!« schrie Rohmer und riß sich von Jimmy los. »Seht ihr denn nicht, was sie trägt? Der Jadeanhänger!« Rohmer breitete die Arme aus, als wäre die Antwort offensichtlich, dann lachte er über ihre Dummheit. »Jade! *Jade!* Wißt ihr denn gar nichts? Jade ist der Stein, den die Mystiker getragen haben, um sich vor der Elektrizität und der Energie, die in ihr enthalten ist, zu schützen. Versteht ihr denn nicht? Sie wurde absorbiert und ist zurückgekehrt, genau wie ihr Bruder. Aber die Jade hat sie vor dem Effekt geschützt.«

»Soll das heißen, sie ist ... normal?« fragte Jimmy irritiert.

»Normal?« Rohmer lachte. »Was betrachtet ihr denn überhaupt als normal? Was meint ihr ...?«

Barbara riß die Augen auf.

»Ich kann sehen, Jimmy!« schrie sie. *»Ich kann sehen!«*

Sie breitete die Arme aus, und im gleichen Moment ließ Donner wieder den Himmel erbeben. Ein zischender blauer Wurm von Elektrizität tanzte entlang der Umrisse des Glühens, das sie umgab.

»Runter, nicht rauf! Runter, nicht rauf! Runter, nicht ...«

Die glühende Aura dehnte sich aus, das Licht war jetzt plötzlich wieder zu grell für das Auge. Jimmy, Cardiff und Rohmer bedeckten ihre Gesichter. Die Luft knisterte vor Energie und entlud sich im Donner eines Darkfall-Blitzes. Nur mühsam hielten sie die Männer bei der Wucht der Explosion auf den Beinen. Als nach Sekunden alles vorbei war und Jimmy die Augen wieder öffnete, sah er, wie Barbara plötzlich zusammenbrach. Mit wenigen Schritten war er bei ihr, nahm ihren Kopf und rief flehentlich:

»Sei nicht tot, Barbara. Bitte, sei nicht tot ...«

Sie öffnete die Augen.

»Gott sei Dank ...« sagte Jimmy erleichtert.

In Barbaras Augen spiegelte sich das wogende, funkelnde Blau des Eis- und Feuersturms, der am Himmel über ihnen tobte. Sie schauten sich an und stellten fest, daß sie beide jetzt von einer schimmernden, blauen Aura umgeben waren.

Jimmy sah sich verwundert zu Cardiff um, der ebenfalls merkwürdig *glühte.*

Selbst Rohmer war betroffen, nur daß seine Aura anders war. Er war in ein rotes Glühen gehüllt – und etwas an diesem Licht widerte Jimmy an.

Er wandte sich wieder Barbara zu. Sie lächelte ihn zärtlich an, und er hatte das Gefühl, sein Herz würde vor Freude zerspringen. Er wollte etwas sagen, *irgend etwas,* das ausdrücken sollte, was er für sie empfand, aber ihre Augen sagten ihm, daß Worte überflüssig waren. Sie verband die große blaue Aura.

Die Augenblicke der Verbundenheit wurden jäh durch ein häßliches, bedrohliches Geräusch unterbrochen. Es kam von der Tür zum Dach. Eine schwarze Klaue wand sich durch ein Loch darin und versuchte, es zu vergrößern. Wieder splitterte Holz, ein häßliches schwarzes Armgebilde schlängelte heraus und griff nach dem zitternden Antennenmast, der die Türangel hielt. Die Menschen auf dem Dach spürten, wie das Bürohaus erbebte und Stück für Stück unter dem Angriff des Darkfalls zusammenbrach.

»Es muß doch etwas geben ... *irgend etwas!*« sagte Jimmy und sah sich suchend nach einem Ausweg um, obwohl er wußte, daß es hoffnungslos war. Diese grauenhafte Horde von Ungeheuern würde jeden Augenblick durch die Tür brechen.

Sie wichen zurück, hatten bald den Rand des Gebäudes erreicht, und nur noch ein schmales Geländer hing zwischen ihnen und dem Abgrund. Jimmy schaute zurück und sah die Klaue das Ende der Antenne herausreißen. Cardiff und Jimmy wechselten Blicke und hörten plötzlich Barbara sagen: »Runter ... runter ... nicht rauf ...«

»Rohmer!« rief Jimmy gleich darauf. Rohmer, dessen schimmernde rote Aura jetzt blasser, aber dafür *fleckig* geworden war, ging auf die Tür zu. »Rohmer! Was zum Teufel ...?«

»Ich weiß, was ich tue.« Rohmers Stimme klang entschlossen.

»Du gottverdammter Narr!« rief Cardiff, wollte sich auf ihn stürzen, blieb jedoch abrupt stehen, als die Tür mit Getöse aufflog.

Etwas Großes, Schwarzes, Verkrümmtes fiel Rohmer direkt vor die Füße. Cardiff sah für einen Moment kalte, gelbe Augen aufleuchten, dann füllte Rohmers fleckigrote Aura den Türrahmen aus. Augenblicklich verstummte das wütende Gegeifer, und als Rohmer noch einen Schritt nach vorne machte, wich das Ding zu seinen Füßen zischend zurück.

»Was passiert jetzt, Cardiff?« fragte Jimmy.

»Ich ... ich weiß nicht. Aber ... verdammt noch mal, die haben *Angst* vor ihm.«
»Ob das anhalten wird?«
»Nein, das kann nicht lange dauern. Sie können zwar seine Darkfall-Macht spüren, aber sie wird schwächer. Sie werden ihn dann in Stücke reißen.« Plötzlich löste sich ihre eigene blaue Aura auf.
Auch Rohmers rote Aura verblaßte zusehends, während er entschlossen und langsam die noch vorhandenen Stufen hinunterstieg. Die häßlichen Dinger wichen immer noch vor ihm zurück. Kaum war Rohmer außer Sichtweite, eilte Cardiff mit Taschenlampe und auf die Tür gerichtete Pistole hinterher. Der Treppenabsatz war leer. Er gab Jimmy und Barbara ein Zeichen, ihm zu folgen.
Trotz des Krachens der immer mehr abbröckelnden Stufen hörten sie Rohmers Stimme:
»Schon gut ... schon gut ... ich bin gekommen ... ich bin hier ...«
»Was in aller Welt macht der denn?« flüsterte Cardiff und beugte sich mit Barbara und Jimmy vorsichtig über den Schacht. Sie sahen in Rohmers verblassender Aura die Schatten der Ungeheuer an den Wänden tanzen.
»Ich bring' euch zurück ...«, fuhr Rohmer fort. »Ich hab' gesehen, was dort ist ... ich weiß, woher ihr kommt ... ich weiß, was passiert ist ... ich kenne euren Schmerz ...«
Etwas explodierte weit unten.
Rohmer, etwa drei Stockwerke unter ihnen, stand mit ausgebreiteten Armen da wie ein Priester, der eine Predigt im Hades hält. Seine Aura flackerte nur noch, aber Cardiff konnte noch immer die monströsen Gestalten sehen.
»Mein Gott ...«
Irgendwo mitten in dieser Horde war noch ein Ding im dunklen Anzug, wie das eine, das sich an Barbaras Bruder geheftet hatte, als andere in den Treppenschacht stürzten.

Es stand still und stumm da, und es hatte kein Gesicht. Dort, wo das Gesicht sein sollte, war eine Einbuchtung, aus der schlängelnde, wurmähnliche Gebilde herausragten.
Wie eine Krake mit menschlichem Torso, dachte Cardiff angeekelt.
Plötzlich entdeckte er direkt unter Rohmer eine Gestalt, die ihn voller Ehrfurcht und Verwunderung anstarrte: Gilbert. Er war nackt, aber seine Haut hatte die Farbe und Struktur des Teppichs aus dem zweiten Stock. Sein feistes rosa Gesicht war seltsam *gedehnt,* der Unterkiefer hing ihm bis auf die Brust. Sabber troff heraus. Seine affenähnlichen Arme waren über der Brust gekreuzt.
»Ich kenne euren Schmerz ... ich bin gekommen, euch zu heilen ...« Rohmer begann zu lachen, ein gräßliches, schadenfrohes Lachen, das durch den Treppenschacht hallte.
»Jetzt ist er total übergeschnappt«, flüsterte Jimmy.
»Wißt ihr es nicht ... wißt ihr es denn nicht? Ich bin gekommen, euch zu führen.«
»Vielleicht können wir uns nach unten schleichen«, begann Jimmy. »Wenigstens bis zum nächsten Stockwerk. Dort suchen wir uns ein Versteck und warten, bis der Sturm vorbei ist.«
»Nein ... nein ...« Barbara schüttelte heftig den Kopf. »Runter ... nur runter ...«
»Schaut!« unterbrach Cardiff. Alle sahen, daß Rohmer seine Handschuhe auszog.
»Ich werd's euch zeigen ...«, fuhr Rohmer fort. »Ich zeig's euch ... ich kann es tun ... ich kann gehen ... *und zurückkommen!«* Und dann hielt Rohmer den Monstern wie ein Wunderheiler seine Hände hin. »Wartet's ab!«
Rohmer drehte sich zur Wand.
»Er wird doch nicht ... er kann ...«, stotterte Jimmy, als Rohmer auch schon mit den Handflächen die Wand berührte.
»Nein!« schrie Barbara unwillkürlich auf, und ihr Schrei hallte durch das Treppenhaus.

Dutzende von widerlich gelben Augen blickten hinauf. Gleichzeitig schrie Rohmer vor Entsetzen und Schmerz kurz auf, als seine Hände langsam in der Wand versanken, verstummte aber sogleich wieder. Mit einer Mischung irrsinnigen Entzückens und Schmerz schaute er hinauf zu Cardiff, Jimmy und Barbara. Der weinerliche Ton war dennoch nicht zu überhören, als er rief: *»Es ist leicht! Ganz leicht! Ihr dürft euch nur nicht wehren, das ist alles!«* Rohmers Hände waren schon ganz in der Wand verschwunden, und jetzt sahen sie sogar, daß Rohmer sich quasi in die Wand drängte. Es gelang ihm mühelos, ohne Spuren im Mauerwerk zu hinterlassen.

»Vortrefflich, Cardiff!« heulte Rohmer. *»Die Wahrheit zu erfahren! Für immer leben! Fliegen!«* Dann schrie Rohmer jedoch wieder, diesmal vor echtem Schmerz, als seine Ellbogen bereits verschwunden waren und sich sein Gesicht der Wand näherte. Er blickte noch einmal auf die Monster um ihn herum, die ihn stumm beobachteten. *»Wartet auf mich! Ich kenne euren Schmerz! Ich kenne ihn ... kenne ihn ... kenne ihn ...«*

Und dann warf sich Rohmer mit einem Schrei der Ekstase mit dem Gesicht gegen die Wand. In Sekundenschnelle war es fort. Und die Wand saugte weiter. Als schließlich Rohmers Füße als letztes in dem lebendigen Gewebe der Wand verschwunden waren, war es, als hätte es ihn nie gegeben. Es herrschte nur noch Stille in der Finsternis.

»Wir müssen machen, daß wir hier wegkommen«, flüsterte Cardiff und ließ für einen Moment die Taschenlampe aufblitzen.

»Wenn wir nur diese verdammte Tür zukriegen würden.« Er wagte noch einmal einen Blick in die Tiefe. Dutzende gelber Augen starrten hinauf. Die Ungeheuer wußten, daß sie da waren.

Sie flohen wieder in Richtung Dach.

Nur noch wenige Stufen trennten sie von der teilweise zersplitterten Tür, als sich ein Gesicht aus der Wand daneben

formte. Es war ein verzerrtes Gesicht wie eine lebendige Totenmaske, das ein gräßlich gurgelndes Lachen ausstieß – Rohmers Gesicht.
Entsetzt und atemlos erreichten die Fliehenden das Dach. Was sollten sie jetzt machen? Rohmers Körper hatte während der Absorption die Gestalt einer Spinne angenommen, die zufällig in der Nähe gewesen war.
Und jetzt kehrte er als Spinne zurück.
Arme begannen sich aus der Wand zu schieben, häßliche, knorrige Spinnenarme, die nach ihnen angelten.
»Der große Wechsel, Cardiff!« zischte das Ding.
»Deine Wahl, Rohmer«, sagte Cardiff grimmig und legte den Revolver an, bevor er sich ganz aus der Wand gelöst hatte.
Aus der Finsternis des Treppenhauses wurden geifernde, hechelnde Stimmen laut.
Sofort waren Jimmy und Barbara bei Cardiff und zerrten ihn bis in die Mitte des Daches. Rauch stieg nach wie vor aus dem Krater, wo der Darkfall-Blitz eingeschlagen hatte. Würden sie den zu einer gefährlichen Spinne gewordenen Rohmer in diesen Abgrund werfen können? überlegte Cardiff und sah das grauenerregende Monster das Dach betreten. Sein deformierter Kopf mit nur einem Auge wirkte grotesk.
»Der große Wechsel«, sagte das Rohmerding noch einmal.
»Hast du's denn gefühlt?« fragte Cardiff. »Hast du deine ›Andere Seite‹ gefunden?«
»Da ist nichts, nichts. Nur ein neues *Ich!*«
»Wie hat er es nur fertiggebracht?« fragte Jimmy leise. »Wie ist er zurückgekommen?«
Ohne sie aus den Augen zu lassen und scheinbar mühelos riß der zu einer mehrarmigen Spinne gewordene Rohmer mit einer Klaue die Tür aus den Angeln und warf sie auf das Kiesdach.
»Kein Versteck, Kinder. Nicht vor mir!«

15

Er fühlte die Frische seiner Umkehrung, fühlte, wie er verwandelt worden war. Sein Fleisch war jetzt mehr als Fleisch. Wie er die Flüchtenden so beobachtete, die verschreckt auf dem Dach standen, fühlte er die Resonanz, die Freude, die Energie des Darkfalls durch sich strömen. Der Darkfall war ein Teil von ihm, genau wie er ein Teil davon war.

Rohmers Absorption war von den grauenhaftesten Schmerzen begleitet gewesen, die er je erlebt hatte. Aber sein Glaube an das, was vor ihm lag, hatte ihm geholfen, sie zu ertragen. Innerhalb dieser Mauer, innerhalb des Betons, des Stahls und der Drähte, lag die Agonie seiner Erlösung. Er hatte es geduldet, daß sein Fleisch sich zersetzte und eins wurde mit den Substanzen des Gebäudes und der Spinne. Er wußte, daß die anderen sich gegen den unvermeidlichen Prozeß gewehrt hatten, entsetzt und verängstigt von der Absorption gewesen waren. Und durch ihren Widerstand gegen den Darkfall hatten sie den Verstand verloren. Sie hatten diese notwendige Essenz des Selbst verloren, als ihr physisches und ihr spirituelles Bewußtsein absorbiert und gewandelt worden waren.

Rohmer nicht.

Er wußte jetzt, daß er mehr als menschlich war, daß sein Fleisch zwar kein menschliches mehr war, sondern eine vielschichtige Struktur organischer und anorganischer Substanzen. Seine ureigenen Moleküle hatten sich mit der Essenzen des Hauses und des Insekts verbunden.

Er war befreit.

Nicht nur befreit aus seinem Körper, den er jetzt nach Belieben verwandeln und neugestalten konnte, sondern auch von alldem, was menschliche Moral beinhaltet hatte.

Er war nicht mehr menschlich. Deshalb waren auch menschliche Moralvorstellungen auch auf ihn nicht mehr anwendbar. Er war eine Urform. Und das, was er bisher unterdrücken mußte, das, was ihn mit Schuldgefühlen vergiftet hatte, hatte jetzt ausgedient. Der Darkfall hatte ihn mit neuer Kraft durchtränkt, und er würde diese Macht ausnutzen. Er verharrte eine Weile reglos und genoß mit Entzücken die Agonie seiner Umkehrung.

»Wiedergeboren«, gurgelte er heraus, wobei flüssiger Zement über seine Brust tropfte. Die Rippen seines Brustkorbs reckten, dehnten und öffneten sich nach außen wie die tastenden Beine einer aufrecht gehenden Monsterspinne, schoben und kneteten den vergossenen Zement zurück in seinen Körper, als würden sie ein innerliches Netz spinnen. Die Rippen wanden sich in perfekter Symmetrie zurück in den Körper und erstarrten.

»Wiedergeboren.«

Das Wort gefiel ihm. Denn genau das war wirklich mit ihm passiert. Jeder Messias wurde wiedergeboren. Nur ein Messias konnte das Potential seines neuen Fleisches erkennen.

Er beobachtete die drei vor sich und wußte, daß sie angespannt auf seinen nächsten Schritt warteten.

Er verachtete sie für das, was sie waren.

Er verachtete sie für ihre Menschlichkeit.

Sie würden sterben. Und der Brennstoff ihres Todes würde ihn nähren. Er hatte nie zuvor Blut gekostet, hatte nie rohes Menschenfleisch gegessen, aber jetzt ...

Und dann hörte er ein krachendes Getöse im Treppenschacht, gemischt mit Schreien. Gleich darauf quoll eine undurchsichtige Staubwolke aus dem Ausgang. Er hatte die Agonie und die Furcht in diesen Schreien erkannt, sie entstammten keiner menschlichen Kehle.

Er wußte sofort: Sein eigen Blut brauchte ihn.

16

Er kann nicht getötet werden«, sagte Barbara, sobald der spinnenähnliche Rohmer im Treppenschacht verschwunden war. Über ihnen entlud sich ein greller Blitz, und nachdem das ohrenbetäubende Donnergrollen abgeebbt war, leuchtete in wirbelnden Farben der riesige Regenbogen wieder am Horizont auf.

Jetzt war Jimmy nicht mehr zu halten. Wütend eilte er auf die zertrümmerte Ausgangstür zu und brüllte:

»Rohmer! Komm zurück, du Bastard!«

Barbara war ihm nachgelaufen, zerrte an seinem Arm und versuchte, ihn zu beruhigen. »Was hast du vor, Jimmy? Hör auf! Hör ...«

»Komm da raus, Rohmer! Komm da raus, und ich werde dir ...«

Und dann war auch Cardiff da, umschlang Jimmy mit beiden Armen und zog ihn weg.

»Dreh nicht durch, Jimmy!« schrie Cardiff ihn an. »Dreh jetzt ja nicht durch. Wir brauchen dich!«

Jimmy holte tief Luft und wehrte sich nicht mehr. Er ging wieder zu dem klaffenden Loch, schaute hinein. Er hörte Barbara sagen:

»Runter, Mr. Cardiff, wir müssen runter. Das habe ich vorhin gefühlt. Uns bleibt nicht viel Zeit. Der Darkfall wird nicht schwächer werden. Und hier oben gibt es keinen Platz, wo wir uns gegen ihn schützen können. Außerdem wird dieses Gebäude *einstürzen.* Es wird passieren. Unsere einzige Chance ist, *nach unten zu gehen!*«

Jimmy hatte sich neugierig zu Barbara umgedreht, die fort-

fuhr: »Glauben Sie mir, ich weiß, was ich sage. Es hat noch nie einen so mächtigen Darkfall wie diesen hier gegeben. Wir müssen unter der Erdoberfläche Schutz suchen. Alles Lebendige darüber wird ... oh, wie war noch das Wort ... *zerstreut* werden. Es ist genau so, wie Sie uns vorhin gesagt haben, als wir unten im Keller waren, als John ...« Barbara schluckte, »... John versuchte, reinzukommen und uns umzubringen. Sie haben gesagt, wenn wir den Sturm unter der Erdoberfläche abwarten, wären wir vor den Auswirkungen des Darkfalls sicher. Wir müssen wieder nach unten, unter die Erde, denn dieses Gebäude wird einstürzen, glaubt mir.«
»Selbst wenn es uns gelingt, dort runterzukommen«, sagte Cardiff mit einem Blick auf die klaffende Öffnung. »Wie kommst du darauf, daß wir im Keller sicher sind? Dieses Bürohaus ist vierzehn Stockwerke hoch. Habt ihr eine Ahnung, wieviel Tonnen Beton und Stahl das sind? Wenn das Gebäude senkrecht zusammenkracht, müßten wir eine Viertelmeile tief unter der Erde sein, um nicht plattgequetscht zu werden.«
»Vielleicht stürzt es ja nicht senkrecht ein«, sagte Barbara. »Vielleicht wird der Sturm es auch zur Seite drücken oder ganz wegblasen oder ...«
»Das sind eine Menge Vielleichts«, sagte Cardiff grimmig.
»Es ist aber unsere einzige Chance!« rief Barbara aufgebracht.
Jimmy sah das Mädchen aufmerksam an.
»Du hast recht, Barbara, wir müssen wieder nach unten.«
Cardiff schaute noch immer in den Abgrund. »Eine wahrhaft nette Idee, nur leider undurchführbar. Wir können nicht einmal die Steigleitung von hier aus erreichen, die dort unten herausragt.«
»Wir brauchen die nicht, ich sehe ...«, sagte Jimmy noch, als er auch schon in die Tiefe sprang.
Cardiff und Barbara schrien gleichzeitig auf, wollten noch nach ihm greifen, aber Jimmy hatte längst ein Kabel gegrif-

fen. Er wußte, daß die Aktion riskant gewesen war, und atmete auf, als es ihn hielt. Vorsichtig ließ er sich auf einem Mauervorsprung nieder, der vorübergehend Platz für drei bieten würde.

»Mein Gott ... Jimmy!« rief Cardiff und leuchtete nach unten.

»Immer mit der Ruhe«, sagte Jimmy und streckte Barbara die Hand entgegen. »Jetzt komm runter. Und sei vorsichtig, daß du dich nirgends verletzt.«

Barbara warf einen ängstlichen Blick in die Tiefe.

»Nimm meine Hand«, sagte Cardiff, ergriff Barbara und ließ sie langsam abgleiten – wo Jimmy dann einen Arm um ihre Taille legte und sie zu sich auf die Plattform holte. Erleichtert stand sie neben Jimmy. Der beugte sich schon wieder vor und rief:

»Okay, Cardiff ...« Aber Cardiff hing bereits über dem Rand des Lochs und ließ sich langsam herunter, bis er nur noch an den Fingerspitzen baumelte. Sein Anzug war verdrückt und verdreckt, die Haare wirr, und Jimmy sah plötzlich wieder den Mann vor sich, der ihn mit einer falschen Anklage in den Bau gebracht hatte. Er wußte zwar, daß Pearce die falschen Beweise für die anderen Einbrüche vorgelegt hatte, aber Cardiff war schließlich und endlich immer noch ein Bulle. Die Art Mann, die er instinktiv haßte. Sollte ihm dieser Cardiff gleich, ganz unabsichtlich natürlich, aus der Hand rutschen? Immerhin ist der »Bulle« übergewichtig und könnte leicht den Halt verlieren. Wer wollte ihm etwas anderes beweisen?

Aber schon hatte er sich hinausgebeugt, sein rechtes Handgelenk mit dem Kabel gesichert und Cardiffs Unterarm gepackt. Cardiffs Augen waren glasig aus Angst vor dem drohenden Fall, obwohl er sich bemühte, nicht hinunterzuschauen. Jimmy zog Cardiff zu sich heran, dann waren sie in Sicherheit.

»Du bist ein mutiges altes Arschloch«, sagte Jimmy und grinste ihn an. Er konnte einfach nicht anders.

»Ich pass' eben auf den Arsch auf, wenn's recht ist«, erwiderte Cardiff und klopfte ihm wie beiläufig auf die Schulter. Jimmy spürte plötzlich eine Vibration – vermutlich ein Einsturz irgendwo im Haus.

»Wie viele Lifts gibt es hier im Haus, Cardiff?«

»Zwei ...«

»Ja, ja ... verstehe. Also, wir stehen auf einer Betonplattform, auf der sich die Zahnradkästen und Motoren für die Aufzüge befunden haben. Sie wogen vermutlich jeweils eine Tonne, also ist diese Plattform vermehrt mit Stahl verstärkt. Dort hinten, wo wir heruntergeklettert sind, ist das nicht der Fall, da ist der schiere Abgrund bis in den Keller.«

»Danke, daß du mir das nicht vorher erzählt hast, Jimmy.«

»War mir ein Vergnügen. So, jetzt schau mal ... schau ...«

Cardiff sah ein gedrehtes Kabel, etwa zehn Zentimeter dick, bestehend aus sechs separaten zweieinhalb Zentimeter dikken, ölgelagerten Strängen, die durch ein zylindrisches Loch in der Plattform verschwanden. Ganz in der Nähe explodierte etwas, und das Haus vibrierte erneut.

»Das kam von der Treppe«, sagte Jimmy, »über die wir vorhin gegangen sind.«

»Das hört sich an wie die Hölle«, sagte Cardiff.

»Das ist es auch«, sagte Barbara und sah, daß Jimmy mit seiner Taschenlampe etwas im Mauerwerk suchte. Er fand es und riß die Wartungsfalltür auf.

»Das ist es!« rief Jimmy triumphierend und leuchtete hinein. Das Kabel aus dem ehemaligen Zahnradkasten ragte gefährlich schwankend in die Schwärze des Abgrunds, wo von Zeit zu Zeit ein Darkfall-Licht aufflimmerte. Die Echos von Donner und Einstürzen hallten an den Betonwänden unheimlich wider.

»Also gut, Jimmy. Du hast das Kommando. Wie klettern wir da runter?«

»Okay, zunächst müssen wir uns durch diese Klappe zwän-

gen und sind dann in einem der beiden Aufzugsschächte. Er ist nicht allzu breit. Vielleicht vier Quadratmeter, eben die Breite einer Aufzugskabine. So, direkt unterhalb und gegenüber von uns ... kannst du das sehen, Barbara?«
»Ja.«
»Also da, etwa sechseinhalb Meter tiefer, ist eine Nische. Die ist für die Aufzugstüren im vierzehnten Stock. Es gibt sie bis in den Keller, in jedem Stockwerk eine. Aber wir können sie nicht öffnen ... und selbst wenn wir es könnten, würden wir es wohl kaum tun, nachdem wir wissen, was uns dort erwarten kann. Gut ... aber seht ihr das viereckige Metalltrumm? Das ist das Gegengewicht. Es ist im dreizehnten Stock, das heißt, der Aufzug ist im Erdgeschoß. Da wird er auch bleiben, weil es keinen Strom gibt. Das heißt, wir können nicht vom Aufzug zerquetscht werden, wenn wir jetzt da hinuntersteigen.«
»Ich erzähle euch das alles damit ihr wißt, worauf ihr euch da einlaßt.«
»Du hättest Ingenieur werden sollen, Jimmy ... nicht Einbrecher.«
»Okay, bitte keine Witze. Dazu ist die Zeit zu knapp.«
»Mir ist schwindlig ...«, sagte Barbara, und Jimmy sah, wie sie von der Falltür ängstlich zurückwich und sich krampfhaft an ihm festhielt.
»Ist schon okay, Barbara. Okay. Du mußt ja nicht runterschauen. Hör mir nur gut zu. Siehst du die Führungsschienen des Gegengewichts? Siehst du sie, Cardiff? Die nutzen uns nichts, an denen können wir uns nicht festhalten. An den *anderen* Wänden aber sind die Stahlschienen, in denen der Aufzug rauf und runter fährt. Sie haben ... wie heißt das noch mal ...«
»Einbuchtungen«, sagte Cardiff. »Ich kann sie sehen.«
»Das ist das Wort. Genau wie ...«
»Sprossen bei einer Leiter.«

»Du kapierst schnell, Cardiff, du wärst ein genialer Einbrecher.«
»Wenn wir hier rauskommen, hast du vielleicht einen Partner.«
Darkfall-Getöse und ein weiterer Einsturz irgendwo erschütterten das Gebäude so heftig, daß sie taumelten.
»Weiter, weiter«, sagte Barbara nervös. »Wir müssen also an den Stahlschienen für die Aufzugskabine runter.«
»Den ganzen Weg nach unten«, sagte Jimmy und versuchte zu ignorieren, daß weitere Mauerbrocken sich lösten und in den Schacht stürzten. »Eazy-peezy-lemon-squeezy ...«
»Waaas?« sagte Barbara irritiert.
»Nordenglischer Geordie-Spruch, um 1991, Barbara. Wenn wir hier rauskommen, bring' ich dir alles bei.«
»Jimmy?«
»Ja?«
»Du darfst mir alle Platten kaufen, die ich seit 1964 verpaßt habe, okay?«
»Das walte Hugo.«
»Wie bitte?«
»Das heißt ... cool. Da steh' ich drauf.«
»Das ist doch altmodisch, Jimmy«, erwiderte Barbara. »Aber ich weiß, was du meinst. Danke.«
»Alle Platten, die er dir nicht kaufen kann«, sagte Cardiff, »schenk' ich dir. Ich war auch mal jung, weißt du.«
Und jetzt wand sich Jimmy durch die Falltür und half danach Barbara und Cardiff.
»Okay, Geh'n wir ...«

17

Rohmer glitt in die flackernden Schatten des Treppenschachts, blieb kurz stehen und lehnte sich mit dem, was einmal seine Hand gewesen war, an die Mauer. Sie vibrierte heftig.

Er konnte ihre Schreie jetzt nicht mehr hören. Aber da waren andere Geräusche, wie aus einer Zoohandlung: ein hohes Tschirpen, Quieken und Rascheln, Hecheln, Quaken, Schnattern.

Er hatte gesehen, daß alle Treppen, bis auf die von Etage 12 bis Etage 14, sich von der Wandhalterung gelöst hatten und in den Schacht gestürzt waren, wobei sie die meisten von Rohmers Wiedergeborenen mit nach unten gerissen hatten. Das waren die mehrfachen Explosionen und Schreie gewesen.

Ohne einen Funken Reue über den Tod seiner Wiedergeborenen, beugte Rohmer sich vor und sah die Überlebenden.

Es hockten noch etwa sechs oder sieben Rückkehrer auf den verbliebenen Treppenstümpfen und klammerten sich aneinander. Einer von ihnen, das Ding, das aussah wie ein Tausendfüßler mit menschlichem Gesicht, kam die Wand hochgekrochen.

Rohmer ging ihnen entgegen und breitete zur Begrüßung das aus, was einmal seine Arme gewesen waren.

»Wiedergeborene!«

Die Ungeheuer schauten ehrfürchtig zu ihm hinauf.

Unter ihnen war auch Gilbert. Er kauerte mit verzerrten Gesicht und verschränkten Affenklauen auf einem Treppenstumpf.

Und Rohmer wußte instinktiv, daß sie seinen Kampf mit dem alten Fleisch gesehen hatten und ihn deshalb mit Ehrfurcht betrachteten. Aber eine Seelenverwandtschaft unter der nervös wogenden Masse von Monstern war da nicht zu erkennen. Ihre Umkehrung hatte jeden Funken Verstand in den neuen Gehirnen zerstört; nur Haß,

Zorn, Hunger und auch Angst waren geblieben. Und noch etwas spürte Rohmer: Neugierde. Sie wollten jetzt den Sinn ihres neuen Zustands ergründen. Und das war es, was sie instinktiv abwarten und beobachten ließ, abwarten, daß Rohmer ihnen eventuell sagte, was sie tun sollten.

»Ich bin kein Mensch mehr«, sagte der Messias Rohmer. »Und ihr auch nicht. Wir sind alle ... neu.«

Die Horde kam begeistert näher.

»Ich werde euch euren Verstand zurückgeben. Wir werden jetzt unsere eigenen Regeln aufstellen. Wir können tun, was wir wollen, ohne jede Einschränkung. Und ich werde euch führen.«

Die Anwesenden konnten zwar nicht verstehen, was er sagte, aber es gab eine Beziehung, da war ein Verständnis des Gefühls hinter Rohmers Worten. Sie begannen zu heulen. Und das außerirdische Geräusch hallte durch den Treppenschacht.

»Ich werde euch führen. Denn ich bin euer Erlöser ...«

Rohmer lachte: ein gräßliches, krächzendes Lachen, das die Dinger auf der Treppe ihm nachzumachen versuchten.

Mit zementverkrusteten Fängen wandte der grinsende Rohmer seine Aufmerksamkeit wieder der Ausgangstür zum Dach zu.

»Folgt mir«, sagte er.

18

Jimmy hing am Aufzugskabel direkt über dem Schacht. Er schwang einige Male hin und her, bis er die Schienen der Aufzugskabine erreicht hatte.

Lieber Gott, laß meine Handschuhe nicht reißen.

Er klammerte sich an die Schienen und kniff die Augen gegen den Schweiß zu, der ihm übers Gesicht lief.

»Jimmy, bist du okay?« rief Cardiff.

»Ja ...« Er kletterte an der Schiene hoch und wartete.

Barbara holte immer wieder tief Luft.

»Es gibt keine andere Möglichkeit«, sagte Cardiff. »Du darfst nur nicht ...«

»Ja, ich weiß. Nur nicht nach unten schauen.«

Ein obszönes Heulen dröhnte durch den Aufzugsschacht, Geister des Echos.

»Beeil dich, Rohmer wird vermutlich mit diesen Ungeheuern zurückkommen«, sagte Cardiff eindringlich. »Und dann ist es zu spät.« Barbara war bereit, und Cardiff nahm, wie besprochen, seinen Gürtel ab, wickelte ihn um ihre Taille und knotete das lose Ende um seine behandschuhte Faust. »Es ist ein Traum, Barbara. Weißt du noch? Du hast es uns immer wieder gesagt. Denk dran.«

Er sah, daß eine Träne in ihrem Auge blitzte.

»Ich bin froh, daß ich euch zwei geträumt habe.«

Cardiff hatte plötzlich einen Kloß im Hals und mußte schlukken. Aber dann sagte er:

»Los, Schatz, auf geht's. Mach's gut, Barbara, laß los!«

Barbaras Fingerspitzen verschwanden aus der Falltüröffnung, und Cardiff spürte den reißenden Schmerz in seinen überdehnten Armmuskeln, als sie über dem Schacht baumelte.

Beeil dich, Jimmy! brüllte Cardiff in Gedanken mit zusammengebissenen Zähnen. *Beeil dich, bevor ich ...*

Unten hatte Jimmy Barbara mit einer Hand gepackt und zog sie zu den Metallschienen.

»Okay! Laß los, Cardiff!«

Cardiff machte erleichtert seinen Gürtel los, während weiter unten Jimmy Barbara von dem Verbindungsstück um ihre Taille erlöste. Cardiff beschlich ein Gefühl der Mutlosigkeit.

Mein Gott, ich weiß nicht, ob ich das tun kann. Wir sind so weit gekommen, aber ich weiß einfach nicht, ob ich noch die Kraft dazu habe.

Er hatte heftige Schmerzen in der Brust. In den offenen Wunden brannte und pochte es. Der Schock, die Angst und die ungeheure körperliche Anstrengung hatten ihn eingeholt. Was ist, wenn ich sie einfach ohne mich weitergehen lasse?

So, so, du hattest doch wieder einen Grund zum Leben gefunden. sagte sofort die innere Stimme. *Und jetzt willst du den Vorsatz einfach wieder aufgeben? Meinst du, das hätten Lisa und Jamie so gewollt, Cardiff?*

Durch den Schacht hallten die Stimmen von den Bestien wider. Dazwischen hörte er Jimmy rufen:

»Cardiff! Komm schon!«

Sie brauchen mich.

Cardiff schlängelte sich durch die schmale Öffnung zum Schacht.

Barbara war inzwischen weiter nach unten geklettert, so daß sie schon fast gegenüber der Aufzugstür im vierzehnten Stock war; sie mußte Jimmy und Cardiff mehr Spielraum geben.

»Genau so ... genau so ...«, hörte er Jimmy sagen. »Genau wie vorhin, Cardiff, genau wie vorhin. Sachte ... sachte ...«

Schmerz schoß wie flüssiges Feuer durch den Arm, mit dem er Barbara abgeseilt hatte.

O mein Gott, das war's. Ich werde fallen!

Mit brennendem Arm tastete er blindlings nach Jimmy, drehte sich hilflos mitten im Schacht, die Finger rutschten langsam von der Kante.

Und dann fiel er, doch Jimmy hatte ihn gepackt. Cardiff knallte mit einem dröhnenden, blechernen Geräusch gegen die Metallschienen. Endlich hatten seine Füße eine der »Sprossen« gefunden, und er klammerte sich an sie, während Jimmy den Abstieg wagte.

»Gut ... gut ...«, sagte Jimmy. »Wir haben es geschafft. Der Rest ist easy ...«

»... Lemon-squeezy«, vollendete Barbara mit atemloser Stimme.

»Du sagst es, Barbara. So, jetzt hör gut zu. Ich werde jetzt an dir vorbeiklettern. Ich geh' zuerst, dann du und Cardiff ... Cardiff?«

»Ja ... ja ...«, keuchte Cardiff, dessen Herz bis zum Hals klopfte. »Ich bin okay.«

»Cardiff geht als letzter. Weißt du noch, was ich gesagt habe? Genau wie eine Leiter. Siehst du die Sprossen? Okay, los ...«

Jimmy kletterte geschickt an Barbara vorbei, blieb dicht unter ihr stehen und schaute hoch.

»Wir gehen Sprosse für Sprosse zusammen, im Takt, damit es keine Lücke zwischen uns gibt und keiner in Schwierigkeiten kommt. In Ordnung? Also, los geht's, und Schritt!«

Und so begann ihr Abstieg.

19

Rohmer erreichte das Dach unter den wirbelnden Feuerzaubern des Darkfall-Sturms. Er war der Rudelführer, und die anderen waren dicht hinter ihm, ein heulender, tobender Alptraum, getrieben von Gier nach Blut, dessen Witterung sie von ihrem Messias aufgenommen hatten.

Rohmer suchte das Dach nach Spuren der Flüchtenden ab.

Die anderen hielten sich zurück, eingeschüchtert von der wolkenzerreißenden Wut des Darkfall-Sturms. Sie spürten, daß er ein Teil ihrer neuerlichen Geburt war.

Als Rohmer entdeckte, daß seine Beute verschwunden war, schwoll die Blutlust in seinem Inneren und drohte, seinen Verstand zu ertränken. Der Instinkt eines Insekts, den er zusammen mit seinem neuen Körper geerbt hatte, kämpfte um die Vorherrschaft. Er wehrte sich heulend vor Frust und gelangte schließlich zu dem klaffenden Loch und witterte ihre Präsenz irgendwo da unten. Hinter ihm überwand die Meute allmählich ihre Angst vor dem Darkfall und den krachenden blauen Blitzen, die noch immer um das Bürogebäude zuckten. Bald würde ihre Blutgier zurückkehren, und sie würden sich seiner Jagd anschließen. Aber er war der Anführer, und als solcher stand ihm die erste Beute zu. Er reckte sein häßliches Gesicht über den Rand zum schwarzen Abgrund. Sein Kauwerkzeug begann zu mahlen, denn er roch das Mädchen. Lust überkam ihn, und er fragte sich: Was würde passieren, wenn ich sie schwängere? Was würde sie gebären? Könnte das der »Neue Anfang« sein?

Rohmer sprang in das Loch, und seine spinnenartigen Arme fanden überall im Mauerwerk Halt.

Ihre Witterung wurde stärker, als er die Falltür zu den Schächten erreichte. Rohmer zischte vor Wonne.

Eine gewaltige Explosion erschütterte das Gebäude. Die schmale Betonplattform bebte unter seinen Klauenfüßen, und er fühlte, wie sie nachgab und Teile abbrachen. Hinter ihm versuchte einer der Neugeborenen noch Halt zu finden, rutschte ab und stürzte schreiend in den Abgrund.
Das Rohmerding krallte sich ungerührt an der restlichen Plattform fest.

20

Schritt!« rief Jimmy, und die drei bewegten sich im Gleichschritt weiter nach unten.

Das Getöse einer gigantischen Explosion dröhnte durch den Schacht. Sie spürten die Vibration in den Metallschienen und klammerten sich fester an. Über ihnen lösten sich Steine aus dem Mauerwerk.

»Scheiße!« sagte Jimmy, als er nach oben sah.

Etwas bewegte sich in der Öffnung der Falltür.

Auch die beiden anderen sahen es.

»Schneller! Bewegt euch!« rief Jimmy. »Schritt! Schritt!«

Das wabernde Spinnengesicht Rohmers zischte sie von oben an.

»Schritt! Schritt! Schritt!«

21

Rohmers Gier hatte sein Blut in Wallung gebracht. Er schätzte die Größe des glatten Schachts ab und wußte, daß er ihnen auf diesem Weg nicht folgen konnte. Flüssiger Beton troff aus seinen Kiefern in den Abgrund.
Rohmer zischte wütend, schlug mit einem Klauenfuß nach den weit unter ihm Flüchtenden und trat den Rückzug an. Die Falltür knallte hinter ihm zu.
Es gab noch eine andere Möglichkeit, an sie ranzukommen, es gab die Treppe in den zwölften Stock und zu den Aufzugstüren.
Rohmer erreichte wieder das Dach, wo die anderen warteten und verwirrt ihrem Meister folgten.

22

Schritt!« rief Jimmy wieder und trat plötzlich ins Leere. Krampfhaft klammerte er sich ans Metall und suchte Halt.

»Scheiße!«

Sie näherten sich dem dreizehnten Stock.

Was zum Teufel hatte das Rohmerding vor? dachte Jimmy.

»Alles in Ordnung?« fragte Jimmy und wischte sich Staub aus den Augen.

»Ja, ja ... war das ...?«

»Ja«, sagte Cardiff. »Es war Rohmer. Klettert rasch weiter.«

Jimmy war jetzt direkt gegenüber der Aufzugstüren. Im Vorbeiklettern und hörte er Kratzgeräusche, und sein Magen verkrampfte sich vor Angst. Jetzt wußte er, was Rohmer vorhatte.

»Mein Gott! Beeilt euch!«

An den Aufzugstüren begann es zu klappern.

»Was ist das?« fragte Cardiff.

»Sie sind uns über die Treppe gefolgt. Sie versuchen, die Aufzugstüren aufzumachen.«

»O Gott ...«, sagte Barbara und sah in der Mitte der Doppeltüren einen Spalt. Dahinter konnte sie das Gibbern, Geifern und Quieken der Horde hören, während Krallen von den Klauen sich durch die schmale Lücke preßten, um die Türen aufzuzerren.

»Ruhig bleiben, ganz ruhig«, sagte Jimmy beschwichtigend. »Konzentriert euch nur auf das Hinunterklettern ...«

Endlich war Barbara an diesen Türen vorbei, Cardiff jedoch hatte sie erst erreicht. Etwas, das größer als die anderen

Alptraumgestalten war, war gefährlich nahe. Er hörte das unnatürliche Atmen und ahnte, daß es nur Rohmer sein konnte. Entsetzen überkam ihn. Jede Art von Tod war ihm lieber als der Tod durch so ein Monster.

Auf einmal war das Wackeln und Klappern an den Metalltüren vorbei.

»Schritt, Schritt!« schrie Jimmy wieder und leuchtete nach oben. Sie waren zu langsam. Jimmy wischte mit einer Hand über die Schiene und schaute seinen Handschuh an. Sie war geölt. Wenn er sich abrutschen ließe, würde der Handschuh reißen?

Ein plötzliches Bersten ließ ihn nach oben schauen. Die Türflügel waren auseinandergerissen, und dann war ein ohrenbetäubendes Triumphgeheul zu hören.

Jimmy traf blitzschnell eine Entscheidung. Er packte die Schienen, stieß sich mit den Füßen von der Sprosse ab, glitt drei Meter daran herunter, bis er wieder Fuß faßte. Er überprüfte seine Handschuhe, sie waren heil.

»Schneller, Barbara! Schneller! Komm schon! Schritt! Schritt! Schritt!«

Barbara beeilte sich, angetrieben von Rohmers wütendem Geschrei.

Sein entstelltes Gesicht und einige Klauen waren in der Öffnung zu sehen. Die Spinnenbeine, die einmal seine Rippen gewesen waren, wanden sich tastend durch die Luft. Andere Gestalten umringten seinen Torso, geifernd und hinter ihnen herheulend.

»Weiter!« schrie Cardiff, sich selber anspornend, und Schritt für Schritt stieg er abwärts.

Im Treppenhaus waren die blutgierigen Schreie der herabsteigenden Horde zu hören. Sie waren auf dem Weg zur nächsten Doppeltür.

Wir werden es nie schaffen, dachte Jimmy verzweifelt. *Wir werden es nie bis in das Kellergeschoß schaffen. Sie werden keine Ruhe geben, bis sie uns haben. Aber geht die Treppe überhaupt noch so weit? Ist sie nicht ab der Mitte eingestürzt? Wir müssen uns beeilen. Wir können es schaffen, es könnte gelingen.*

»Schritt, Barbara!« schrie er zu ihr zu.

Er hatte die Doppeltüren im zwölften Stock erreicht. Rohmer und seine Monster waren auf gleicher Höhe und machten sich an ihnen zu schaffen.

»Schritt! Los. Schritt und ...«

Die Doppeltüren krachten donnernd auf.

Barbara war direkt gegenüber an der Metallschiene. Ihr Schrei wurde übertönt von dem abscheulichen Triumphgeschrei der gierigen Menge, die sich in einem Gewirr von krabbelnden, krallenden Armen durch die schmale Öffnung drängten.

»Barbara!« brüllte Jimmy, streckte die Arme nach ihr aus – aber sie glitt von der Metallschiene ab, stürzte in den Schacht.

»Neeeeiiiin!«

Barbara sauste schreiend an ihm vorbei; er versuchte noch einmal nach ihr zu greifen – er griff daneben.

»Barbara, neiiiiin!!!«

Ihre wild strampelnden Arme und Beine stießen an das Aufzugsseil. Und auf einmal machte sie im Fall eine Drehung, griff nach dem Seil, rutschte noch etwas an ihm entlang, dann hatte sie es fest umklammert und stoppte. Ohne eine Sekunde zu zögern, glitt Jimmy an der Metallschiene hinter ihr her, angelte nach dem Seil, bekam sie an den Schultern zu fassen und drückte sie an sich. Er hatte Tränen in den Augen.

Schluchzend und noch zitternd von dem Schock, sah sie zu ihm auf. »Ist okay ... okay ... ich hab' dich ... ich hab dich ...«, stotterte Jimmy.

Cardiff, der durch das Geschehen für Momente abgelenkt war und durch Barbaras überlebten Sturz fast an ein Wunder

glaubte, mußte seine ganze Aufmerksamkeit wieder den geifernden Ungeheuern schenken. Noch konnten sie ihn nicht erreichen, aber die Entfernung wurde immer geringer. Auch daß die Lücke zwischen ihm und Jimmy mit dem Mädchen so groß geworden war, ließ sein Herz bis zum Hals klopfen.
»Los, Jimmy!« brüllte er deshalb, »weiter!«
Er sah Rohmers Gestalt näher kommen und mit seinen Spinnenarmen nach dem Aufzugsseil greifen. Die entsicherten Pistole im Mund haltend, kletterte er weiter abwärts.
»Barbara ...«, sagte Jimmy, »bist ... bist du okay? Hör mal, wir müssen uns beeilen. Klammere dich an mir fest. Vertrau mir, Barbara. Pack mich ...«
Barbara ließ das Seil los und klammerte sich an Jimmys Brustkorb.
Lieber Gott, dachte er, als er ihr Gewicht spürte. *Gib mir die Kraft, das zu schaffen.*
Jimmy ließ sich langsam an der Schiene abrutschen. Rohmer griff nach dem Aufzugsseil.
»Nein, das wirst du nicht!« brüllte Cardiff. Er hielt inne, legte die Pistole an und feuerte.
Der ohrenbetäubende Knall ließ alle für Sekunden erstarren. Die Kugel hatte ein Loch in Rohmers Schulter gerissen und schleuderte ihn vom Seil weg. Der Schmerzschrei hallte durch den Schacht.
»Komm her, du Bastard!« brüllte Cardiff wieder. »Komm zu mir, wenn du kannst!«
Rohmer grabschte mit einer anderen Klaue nach dem Seil, worauf Cardiff erneut feuerte.
Ein Teil von Rohmers Gesicht wurde weggeschossen, doch zu Cardiffs Entsetzen formte es sich sofort wieder neu.
Noch einmal drückte er den Abzug – es kam nur noch ein hohles Klicken. Das Magazin war leer. Fluchend schleuderte Cardiff die Pistole Rohmer entgegen, verfehlte aber sein Ziel, als ihm plötzlich ein Einfall kam.

»Bist du es?« brüllte Cardiff. »Das wolltest du doch wissen, nicht wahr, Rohmer?«
Rohmer erstarrte. Der menschliche Teil seiner Persönlichkeit rebellierte gegen den tierischen mit der wachsenden Blutgier, die allmählich alles andere auslöschte.
»Bist du es? Weißt du noch, Rohmer? Ja ... ich bin es, du gottverfluchter Scheißkerl! Hast du gehört? Ich bin es!«
Der Verunstaltete stieß einen Urschrei aus, packte die Metallschiene mit seinen Klauen ... und bewegte sich auf Cardiff zu.
Die übrigen Ungeheuer spürten die Spannung, zogen sich geifernd aus dem Schacht in das Treppenhaus zurück, um die beiden anderen Flüchtenden weiter unten abzufangen.

23

Er IST es! Er IST es! Er IST es!« hämmerte es immer wieder in Rohmers Unterbewußtsein, während er den absteigenden Cardiff nicht aus den Augen ließ.

Er wußte nun, daß nur Cardiff die Antworten auf das »Absolute Geheimnis« kannte. Er mußte Cardiff sich einverleiben, um an die ganze Wahrheit zu gelangen.

Er lachte sein fürchterliches Lachen ... und kletterte weiter.

24

Jimmy schlitterte weiter hinunter in die Schwärze des Schachts. Barbaras Gewicht war eine enorme Belastung, aber dadurch bewegten sie sich schneller abwärts – vielleicht zu schnell. Er war ganz darauf konzentriert, daß weder er noch Barbara irgendwo Hautkontakt mit dem Mauerwerk bekamen, so daß er gar nicht spürte, daß Barbara schluchzte. Erst als sie wimmerte: »Mr. Cardiff. O Gott, Jimmy. Es ist zu spät. Der Darkfall wird das Gebäude zerstören, Jimmy.«

»Wir können ... es schaffen ...«, sagte er atemlos.

»Ich fühle ihn kommen, Jimmy. *Ich kann es fühlen.*«

Jimmy schlang noch ein Bein als Bremse um das Seil und betete, daß seine Hose nicht reißen würde.

25

Cardiff schaute sich nach Rohmer um. Er konnte zwar nicht begreifen, warum die anderen Ungeheuer sich ins Treppenhaus verzogen hatten, spürte aber, daß das Rohmerding offensichtlich Macht über sie hatte.

Jimmy und Barbara waren in der Dunkelheit verschwunden, und Cardiff betete, daß sie es schaffen würden. Er war sich bewußt, daß seine eigene Situation völlig hoffnungslos war. Selbst wenn er an der nächsten Liftstation unbeschadet vorbeikommen würde, der spinnenähnliche Rohmer war mit seinen vielen Klauen schneller. Auch konnte er sich nirgendwo vor ihm verstecken.

Und alles über der Erdoberfläche wird in alle Winde verstreut werden, hatte Barbara gesagt.

Vielleicht war diese Endgültigkeit das Allergräßlichste von allem.

»Klettere, du Bastard! Klettere!« feuerte Cardiff sich wieder an.

Sein einziger Trost war, daß das Gebäude vielleicht einstürzte, ehe sie ihn eingeholt hatten.

Mit Schmerzen in Lunge und Brust kletterte Cardiff weiter.

26

Rohmers Klauen hinderten ihn am Klettern.
Wütend knurrte er sie an. Das Tierische in ihm wußte, daß es klettern konnte, doch das Menschliche behielt diesmal die Oberhand, mahnte zur Vorsicht und versetzte Rohmer in Rage.
Ein Brocken Mörtel traf seine Schulter, und automatisch löste sich eine Klaue von der Schiene.
Er brüllte auf vor Wut über seine Ungeschicklichkeit, kletterte wieder hinauf zur Türnische und wand sich durch die Öffnung. Er sah Cardiff keine sieben Meter von sich entfernt.
Er würde sich ihn durch die nächste Türnische schnappen.

27

»Dort!« schrie Jimmy. »Dort ist sie!«
Barbara hob jetzt das erstemal während ihrer rasanten Talfahrt am Seil den Kopf und sah das verbeulte Dach der Aufzugskabine. Sie war von Geröll übersät und hing schief in der Verankerung.
»Wir haben es geschafft, Barbara! Wir sind *unten!*«
Sachte ließ sich Jimmy auf dem Dach nieder und versuchte sich sogleich von Barbara zu lösen; aber sie wollte nicht loslassen.
»Komm schon, Barbara. Laß los.«
»Ich kann nicht ... tut mir leid, Jimmy ... ich kann einfach nicht loslassen.«
»Doch du kannst. Lemon-squeezy, weißt du noch?«
Und dann konnte Jimmy Barbara langsam von sich wegschieben. Ehe er sich's versah, hatte sie ihn umarmt und küßte ihn leidenschaftlich und erleichtert. Abrupt ließ sie ihn wieder los, so daß Jimmy ein wenig ins Schwanken geriet, da sagte Barbara entsetzt: »Es passiert, Jimmy! Da kommt es ...!«

28

Cardiff sah im Schein seiner Taschenlampe, wie das Rohmerding in der Nische zum dreizehnten Stock verschwand.

Im selben Augenblick wußte er, was passieren würde. Das Hochhaus vibrierte bedenklich, und mit dem Darkfall-Donner zugleich sprengte Mauerwerk krachend aus dem Schacht und sauste in die Tiefe.

Der Darkfall wird das Gebäude zerstören, hatte Barbara gesagt. *Das Gebäude wird einstürzen, in alle Winde zerstreut.*

Mit allergrößter Mühe hielt er sich fest und betete, daß die Halterungen, an die er sich preßte, nicht auch herausbrachen, wie viele über und unter ihm. Und er hoffte, daß Jimmy und Barbara es irgendwie noch bis in den Keller geschafft hatten.

Das eiserne Aufzugsseil schlug durch die Turbulenzen an die Wände.

Während vor Cardiffs geistigem Auge auf einmal das leere Gesicht des Autofahrers auftauchte, der seine Frau und sein Kind getötet hatte, schoß ihm ein rettender Gedanke durch den Kopf.

»Lisa!«

Cardiff ließ die Metallschienen los, machte einen Satz zum Aufzugsseil einige Meter unter ihm, umfaßte es und ließ sich daran hinuntergleiten.

29

Schwindel überkam Cardiff, als er dem gähnenden Abgrund entgegenstürzte. Irgendwo über sich hörte er das Rohmerding seine Wut hinausschreien, sah durch die etwas geöffneten Türen auf manchen Etagenebenen Fratzen vorbeihuschen und fühlte den heißen Schmerz in seinen sich aufreibenden Händen. Das Seil fraß sich in sein Fleisch.

Er bekam kaum Luft.

Etwas brannte, waren es seine Hände?

Wieder Schreie.

Der schwarze Abgrund.

War

Er

Bodenlos?

30

Jimmy und Barbara spürten den Luftdruck von den sich ihnen mit rasender Geschwindigkeit nähernden Mauerbrocken. Schutzsuchend preßten sie sich an die Schachtwand. Vereinzelt wurden sie getroffen, doch sie blieben unverletzt. Sobald sie glaubten, daß von oben keine Gefahr mehr drohte, machte sich Jimmy an die Aufräumungsarbeiten auf dem Liftdach, um nach einem Einstieg zu suchen. Da riß ihn Barbara aufschreiend am Arm. Sie hatte eine Vibration am Seil gespürt, leuchtete mit Jimmys Taschenlampe nach oben und sah eine Gestalt auf sie zurutschen, eine wirbelnde, strampelnde Gestalt, die aussah wie …

31

Vor Cardiff tauchte in der Tiefe plötzlich der Schein einer Taschenlampe auf. Sollten das etwa ...? dachte er im ersten Moment freudig, im nächsten jedoch wußte er, daß die Wucht seines Aufpralls sie töten würde, wenn er nicht noch mehr abbremsen könnte.

Cardiff biß die Zähne zusammen, packte das Seil so fest er konnte und versuchte blitzschnell, seine Beine drumzuschlingen. Gleich darauf spürte er den Schmerz dort.

»Jeeesusss!«

Barbara und Jimmy preßten sich wieder gegen die Wand in Erwartung des Aufpralls. Cardiff kam nur wenige Zentimeter über ihnen zum Stehen. Erschöpft ließ er das Seil los, als Barbara schon sah, was es angerichtet hatte. »Mr. Cardiff, Mr. Cardiff! Ihre Hände ... o mein Gott, *und die Beine!«*

Jimmy legte ihn behutsam nieder und untersuchte ihn. Cardiffs Augen waren seltsam starr. Jimmy überprüfte seine Wunden. Wie es schien, waren die Beine Cardiffs nicht so in Mitleidenschaft gezogen wie die Hände, die waren zwei blutige Fleischklumpen.

»Mann, o Mann, Cardiff. Du bist ein Wahnsinnstyp! Aber komm, Barbara, wir dürfen keine Zeit verlieren. Kümmer dich um ihn, während ich weiter versuche, die Dachluke vom Schutt zu befreien.«

Unter Knirschen von Stahlblech schaffte es Jimmy nach kurzer Zeit, den Deckel des Aufzugdachs zu heben, um hindurchrutschen zu können.

»Barbara, du zuerst. Du steigst in den Aufzug. Die Plattform wird ...«

Er verstummte.
Das Aufzugsseil vibrierte wieder.
Etwas anderes war auf dem Weg nach unten.
»Rohmer!« rief Jimmy entsetzt.
Barbara ließ sich schnell durch die Luke in die Aufzugskabine gleiten, als Jimmy auch schon Cardiffs Beine gepackt hatte und ihn nachschob. »Tut mir leid, Kumpel, keine Zeit für einen gemütlicheren Transport. Steck die Hände unter die Achseln.«
Cardiff gehorchte, rutschte durch, und Barbara fing ihn auf. Die Vibration des Seils wurde heftiger, schon glaubte Jimmy das Monster zu sehen, als er ebenfalls durch die Öffnung glitt, das Stahlblech nach sich ziehend. Er landete unsanft, stieg mit schmerzverzerrtem Gesicht über Barbara und Cardiff hinweg und nestelte an der Doppeltür herum. Sie ließ sich nicht öffnen. Jimmy suchte im Lichtkegel die Kabine ab, fand einen rostigen Nagel und fummelte damit an den Gummipuffern herum. Er stieß auf Widerstand, hakte ein und schob die Sperre vorsichtig auseinander. Barbara hatte das Manöver aufmerksam verfolgt, schob nun beide Hände zwischen die Gummileisten, drückte kräftig – die Türflügel gaben nach. Nach etwa fünf Zentimetern konnte sie schon den hereinpeitschenden Wind in der Empfangshalle spüren, sah aber, daß sie sich recken mußte, um etwas sehen zu können.
»Scheiße!« sagte Jimmy, der Barbara geholfen hatte.
»Der Lift hat sich zwischen Erdgeschoß und Keller verklemmt. Wahrscheinlich durch den Beton, der von oben heruntergekommen ist.«
Jimmy trat zurück, um einen besseren Überblick zu haben, die Stange baumelte in seiner Hand.
»Ein Meter von dem Aufzug ist bereits unter der Erdoberfläche.«
»Leg dich rasch hin, Jimmy«, sagte Barbara plötzlich. »Auf den Boden, los.«

»Was?«
»Es kommt, Jimmy. Die Darkfall-Energie erreicht ihren Höhepunkt, genau wie ich gesagt habe. Wir müssen auf jeden Fall *unter* der Erdoberfläche sein. Das Gebäude ...«
»Wenn es senkrecht einstürzt, sind wir aber in der Falle und haben überhaupt keine Chance. Wir müßten wenigstens im Keller sein, wenn wir ...«
Und dann knallte etwas mit ungeheurer Wucht auf das Aufzugsdach, so daß Jimmy das Gleichgewicht verlor und stürzte. Die Kabine machte einen Ruck und rutschte noch einige Zentimeter nach unten.
Das Eisenblech öffnete sich mit Getöse, herein wehte eine Wolke Staub, aber nichts bewegte sich.
»Jimmy, Jimmy! *Es ist DA!*«
Jimmy, der die Augen geschlossen hatte, entdeckte über sich einen Brocken Zement, mehr nicht.
»Jiiimmmyy!«
Aber dieser Brocken bewegte sich auf einmal und bekam ein gräßliches Mensch-Insektengesicht, aus dessen furchterregenden Kiefern Zement tropfte. Rohmer! Jimmy wich zurück, während Rohmer ihnen seine Wut ins Gesicht brüllte und sich anschickte, ebenfalls in die Kabine zu kommen. Jimmy ergriff eine Klaue des Monsters und drehte sie mit aller Kraft, so daß es aufschrie und eine andere Klaue durch die Luke streckte. Auch die wand Jimmy wie einen Korkenzieher, ließ sie dann los, die nächste erwartend. Barbara kauerte sich schützend über Cardiff.
Rohmer überlegte krampfhaft, wie er seinen Feinden am besten beikommen konnte, stieß dann entschlossen einen Wutschrei aus, versuchte, sich durch die Öffnung zu zwängen, als ein Stück Beton den Schacht herunterstürzte.
Eine Sekunde später entlud sich der Darkfall mit all seiner Grausamkeit auf das Bürohaus.

32

Die Darkfall-Energien um das Fernley House erreichten ihren Höhepunkt. In unerklärlicher Weise sammelten sich die Energien zu einem blauen, tobenden Feuerball und strömten in den heulenden Eissturmwirbelwind, der um das Fernley House tobte. Im Bruchteil einer Sekunde hüllte er den Gebäudekomplex ein.
Der Feuerball explodierte und ließ all seine Energien in einer Serie von Blitzen in das Mauerwerk ab.
Blaue Darkfall-Elektrizität traf die Büros und sämtliche Gänge, dabei explodierte und pulverisierte sie alles, was »lebendig« war.
Dann zerbarst Fernley House, als wäre eine Bombe eingeschlagen.
Seismographische Messungen ergaben ein einzigartiges Ergebnis.
Alle Fenster in der Nachbarschaft explodierten mit Getöse, und an mehreren Gebäuden entstanden Schäden großen Ausmaßes.
Rettungsfahrzeuge der zentralen, regionalen und lokalen Polizeidienststellen kippten durch die Druckwelle um, Menschen erlitten Verletzungen.
Und dann war der Sturm plötzlich fort. Im Bruchteil einer Sekunde hatten sich die Wirbelwinde und die wolkenzertrümmernden Blitze verflüchtigt.
Übrig blieb leichter Schneefall, der nun liegenblieb und alles mit reinem Weiß zudeckte.

33

Finsternis.

Absolute Finsternis und Ruhe.

Da war kein Donnergrollen mehr, nirgendwo explodierte etwas, noch war das Kreischen und Gibbern der Ungeheuer zu hören. Nur die Winterkälte kroch durch alle Ritzen.

»Sind wir tot?« fragte Barbara leise und spürte, wie Cardiff sich in ihren Armen bewegte.

»Nein«, sagte Jimmy irgendwoher aus der pechschwarzen Dunkelheit. »Ich glaube, nicht.«

»So, wie mir alles weh tut«, sagte Cardiff, »würde ich sagen, nein.«

»Wo bist du, Barbara?«

»Hier, Jimmy, folge meiner Stimme.«

Sie hörte Schritte und spürte dann seine Berührung auf ihrem Arm.

»Bist du in Ordnung?«

»Ja, ich denke schon«, erwiderte Barbara. »Ich ... eigentlich weiß ich es nicht. Da war dieser Krach, und ich kann mich nicht mehr erinnern, was passiert ist.«

Jimmy richtete sich auf und tastete seine Umgebung ab, fühlte kaltes Metall.

»Wir sind noch in der Aufzugskabine. Das Dach scheint allerdings etwas zusammengequetscht zu sein.« Er klopfte weiter das Metall ab. »Hier ist eine Seite eingedrückt, Mörtel rieselt durch. Mein Gott ... ich glaube ... ich glaube, wir haben es tatsächlich überlebt. Kein Donner mehr, kein Darkfall mehr.« Und plötzlich kamen Jimmy die Erinnerungen. »Rohmer!«

»Er ist tot«, sagte Cardiff. »Ich glaube, das Betonstück, das vor dem Darkfall-Einschlag runterkam, hat ihn getötet, uns aber weiter in den Keller gerammt. Du hattest recht, Barbara. Wir sind unter die Erdoberfläche gedrückt worden, und das hat uns gerettet. Es war echtes Glück, daß wir hier drin eingesperrt waren.«
»Warum?«
»Der Aufzug hat verstärkte Wände. Ich glaube, im Keller hätten wir nicht überlebt.«
»Werden wir hier noch einmal rauskommen, Mr. Cardiff? Oder sind wir lebendig begraben?«
»Ich weiß es nicht, Barbara. Ich weiß es wirklich nicht ...« Cardiff ließ der pochende Schmerz in seinen geschundenen Händen immer wieder zusammenzucken. Barbara bemerkte das, begann kurzentschlossen ihren Rock in Streifen zu reißen und verband Cardiffs Hände damit.
»Der Darkfall ist doch wirklich vorbei, Barbara?« fragte Jimmy.
»Ja, er ist fort. Ich kann nichts mehr fühlen.«
»Dann müssen da draußen Leute sein, die warten, daß der Sturm abzieht, wie Gilbert sagte. Sie werden bestimmt kommen und uns retten. Wir müssen einfach Geduld haben.«
Für einige Minuten schwiegen sie, dachten aber das gleiche. Schließlich fragte Jimmy: »Glaubst du, Barbara, er wird zurückkommen?«
»Ja«, sagte sie. »Er wird zurückkommen. Außer wir ändern uns.«
»Was?«
»So richtig weiß ich es nicht. Es ist nur ein Gefühl, das ich hatte, als ich ... ihn *berührt* habe. Der Darkfall ist viel mehr, als Rohmer und Gilbert gesagt haben. Da steckt viel, viel mehr dahinter als dieses ganze wissenschaftliche Zeug, über das sie geredet haben.«
»Elektrizität«, sagte Cardiff. »Der Darkfall ist die dunkle Seite der Elektrizität. Das haben sie gesagt.«

»Ja, ich weiß. Aber es steckt eben noch mehr als das dahinter. Der Darkfall hat etwas mit *uns* zu tun. Mit Menschen, was sie sind und was sie tun. Je schlimmer sie sind, je grausamer, je widerwärtiger ... desto besser sind die Bedingungen für den Darkfall. Oh, ich weiß nicht. Mein Kopf tut weh und ...«

»Horch!« sagte Jimmy.

Stille. Nur irgendwo das Tropfen von Wasser.

»Ich höre nichts«, sagte Cardiff.

»Nein, horcht. Ich höre ...«

Und jetzt konnten sie es alle hören: ein Kratzen an der Metallwand des Aufzugs, ein Umschichten des Gerölls, das die Aufzugswand geborsten hatte.

»Sie haben uns gefunden«, sagte Cardiff mit leiser, erschöpfter Stimme. »Gott sei Dank, sie haben uns gefunden.«

»Hier drin!« rief Jimmy. »Wir sind hier drin!«

Das Graben und Kratzen wurde lauter, energischer, die Retter näherten sich. Jimmy lachte laut, als er jemanden hinter dem Geröll heftig atmen hörte. Er begann, selbst Beton und Putz zur Seite zu räumen.

»Barbara?« rief er fröhlich, während er arbeitete.

»Ja?«

»Ich muß mir wohl einen lukrativen Ganztagsjob suchen, damit ich mir leisten kann, dir all die Platten zu kaufen, die du haben willst.«

Barbara lachte. Es war eines der schönsten Geräusche, die er seit längerem gehört hatte. Er riß gerade einen Klumpen Mörtel weg, da sah er Rohmers ekelhaftes Gesicht mit den mahlenden Kiefern.

»O mein Gott!« Jimmy zuckte zurück, während das Ungeheuer auf seiner Seite kratzte und zerrte, um an sie heranzukommen. Die drei sahen schon durch den Spalt die häßliche rote Aura, die er bereits auf dem Dach gehabt hatte. Die Kreatur keuchte in einem Rausch von Haß und Blutgier. Kein Zweifel, der Betonklotz, der sie rettend unter die Erd-

oberfläche gerammt hatte, hatte auch Rohmers Überleben verursacht.
»Wann wird es aufhören?« schrie Barbara halb wahnsinnig vor Schreck. »Wann wird es aufhören?!«
Rohmers abstoßendes Auge fixierte Cardiff, als er sich die Öffnung freigeschaufelt hatte.
»Bissssst duuuuuu esssssss?« zischte Rohmer, und Cardiff wußte, daß zu guter Letzt doch noch die Zeit für Antworten gekommen war. Cardiff ignorierte die entsetzlichen Schmerzen an seinen Händen, richtete sich auf und griff im roten Schein der Aura nach einem Betonbrocken. Er zwängte sich an Barbara und Jimmy vorbei auf Rohmer zu, der mit einigen Klauen in das Innere der Kabine tastete.
Cardiff wartete, bis das entstellte Gesicht in der Öffnung erschien, dann schleuderte er den Stein mitten hinein. Rohmer rutschte in die Kabine und schlug brüllend um sich, als Cardiff spürte, wie eine Klaue sein Bein streifte und es aufschlitzte. Mit aufeinandergebissenen Zähnen bückte er sich ein zweites Mal nach einem Stein und hatte plötzlich eine Erkenntnis.
Bist du es?
Ja, er hatte einmal den Tod gesucht und nun instinktiv in Rohmer das Werkzeug für sein Ableben erkannt. Rohmer war sein Henker. Doch er wollte leben. Aufbäumend schleuderte Cardiff noch einmal das Geschoß dem Eindringling entgegen und traf ihn offensichtlich an der empfindlichsten Stelle.
Bist du es?
Und Rohmer hatte ebenfalls diese Antwort gesucht. Auf der Suche nach einer Umkehrung von dem Ekel vor sich selbst, hatte er instinktiv gespürt, daß Cardiff sein Henker war.
»Bissst du esss, Bruder . . . ?« zischte Rohmer mit ersterbender Stimme.

Cardiff aber schrie: »Ich bin nicht mit dir verwandt! Ich bin nicht dein Bruder!«
Rohmers verunstalteter Körper brach auf dem Boden der Kabine zusammen. Die Klauen fuchtelten zwar noch herum, aber das, was der Kopf war, hatte keine Möglichkeit mehr, sich neu zu formen.
»Ich werde leben, Rohmer! Ich werde leben!« schrie Cardiff triumphierend.
Barbara und Jimmy zerrten den aufgebrachten Mann weg, ließen Rohmer aber nicht aus den Augen. Der verletzte Körper zuckte und wand sich, während die Klauen kraftlos auf dem Boden lagen.
»Wir waren beide wahnsinnig«, sagte Cardiff schwach, aber geläutert. »Aber ich werde nicht sterben, Rohmer! Ich werde nicht ...«
»Duuuu ... warrrrsssssst ... esssss« Rohmers Stimme wurde matter.
Mit einem aufbäumenden Rasseln hörte das Rohmerding auf zu atmen. Die rote, gefleckte Aura, die es umgab, verblaßte zusehends.
Es starb.
Ihre Anspannung ließ nach, Tränen traten in ihre Augen.

34

Wieder herrschte Finsternis.

Und in der neuerlichen, vollkommenen Finsternis dessen, was wahrscheinlich ihr Grab sein würde, hatte sie die Kälte des Winters gefunden. Sie kroch durch das Geröll. Eisiges Wasser sickerte herein und sammelte sich da, wo sie lagen. Das Geräusch dieses sickernden Wassers war übernatürlich laut, wie der Totengesang von Wasser in vergessenen Höhlen.

Sie hatten sich in der Dunkelheit zusammengekuschelt, um ihre Wärme zu teilen. Zuerst hatten sie noch geredet und Anteil genommen, wie es nur die können, die die Hölle durchlebt haben. Und selbst als die Kälte, die Erschöpfung und das Grauen ihres Leidensweges Worte unmöglich machten, waren keine Worte mehr nötig, um ihre Verbundenheit zu betonen.

Die bittere Kälte hatte auch die Schmerzen in Cardiffs Händen gestillt, und er war froh darüber. Aber er wußte, wenn die Kälte, die ihre Körper umfing, sich auflöste und das falsche Wärmegefühl begann ... war das der Anfang von Unterkühlung. Ihre nachlassende Körpertemperatur würde sie dösig machen, ein Vorbote des Schlafs, der zum Todesschlaf werden würde.

War das die Art Tod, die ihm letztendlich doch bestimmt war?

Tod – er hatte so viele Gelegenheiten. An dem Tag, an dem der gesichtslose Mann Lisa und Jamie genommen hat, aber nicht mich. Und das Ding, das Barbaras Bruder gewesen war. Es hatte die Gelegenheit, mich zu kriegen. Dann Rohmer. Aber vielleicht noch wichtiger: der Aufzugsschacht. Dem habe ich die beste Gelegenheit dazu gegeben, aber er hat sich geweigert, mich zu nehmen, genausowenig wie er seine Option auf die anderen beiden geltend gemacht hat.

Eiskaltes Wasser.

Das Gefühl von Barbaras liebevoller Umarmung.

Jimmy an seiner Seite in der Finsternis, mit einer Hand auf seiner Schulter.

Mir wird der Tod versagt bleiben, den ich gesucht habe. Ein gewaltsamer, blutiger Tod, wo ich meine Wut über seine Sinnlosigkeit hinausbrüllen könnte, genau wie ich Rohmer meine Ablehnung ins Gesicht gebrüllt habe. Ich wollte sterben, weil ich sie beide verloren habe. Und weil ich sie verloren habe, hat es der Verlust aller anderen noch schlimmer gemacht. Aber ich will jetzt nicht sterben, weil tot sein nicht hilft, ihr Sterben sinnlos macht. Ich kann anderen mit ihrem Verlust helfen, versuchen, die Rechnung für sie zu begleichen – weil ich das, was ich mache, gut mache. Verrückt – es war dieser Alptraum notwendig, um mir zu zeigen ... jetzt ... der Tod, den wir gemeinsam erleiden werden ... nur ein langsames Wegdösen ... in den letzten Schlaf, wird ...

Irgendwo in der Dunkelheit bewegte sich etwas.

Cardiff spürte nur noch vage, wie Barbaras Körper vor Angst erschauderte. Sie klammerte sich zitternd an ihn. Er hörte wie von fern, daß Jimmy mit klammen Fingern Steinbrocken schob, fühlte, wie er sich dann schützend vor sie beide legte.

Rohmer?

Nein, er oder es war tot. Das Geräusch kam von der anderen Seite des Aufzugs. Und dann kam noch mehr Bewegung. Das Geröll war leicht ins Rutschen geraten.

Cardiff zog Barbara näher an sich, und Jimmy tastete sich auf das Geräusch zu, versuchte, Steine zu heben.

Retter? Oder doch noch einer von Rohmers Alptraumhorde auf der Jagd nach Nahrung?

Das leichte Schaben wurde zu einem hektischen Kratzen.

Etwas zerrte an dem Metall der Kabine über ihren Köpfen. Quietschen und Knirschen reißenden Metalls erfüllte den winzigen Raum. Von oben kamen Keuchen und hektisches Atmen. Jimmy brach erschöpft über Barbara zusammen und streichelte ihren Kopf; sie schluchzte.

In Cardiff erwachte Energie, er hielt sie beide umfangen und starrte herausfordernd zum Dach der Kabine.

Keine Tränen, keine Gebete.

Rettung oder Tod.

Himmel, Hölle oder Darkfall.

Wenigstens sind wir zusammen.

Und dann sagte eine Stimme irgendwo über ihnen: »He ... da unten lebt noch jemand.«

Schnee rieselte auf ihre Gesichter, und Cardiff spürte, wie Jimmy zu lachen begann.

»Weißt du, was heute für ein Tag ist, Cardiff?«

Sein Lachen war ein gutes, sauberes und wunderbar ehrliches Lachen.

Cardiff stimmte ein, und dann auch Barbara. Aber dieses Lachen war nicht weit von Tränen entfernt, und es verstärkte das Gefühl, das sie verband.

»Ja, Jimmy. Und es ist doch eine beschissene Art, Weihnachten zu feiern.«

Das Loch in der Aufzugskabine wurde größer und größer.

»Und hieraus traten wir hervor,
um die Sterne wiederzusehen.«

DANTE

EPILOG

Er baute sich langsam auf, wie immer, und er brachte denen, die da unten lebten, Abermillionen von Symptomen: Kopfschmerzen, Übelkeit, Halsschmerzen, Migräne, Desorientierung und Energierverlust. Eltern wurden gereizt, gaben Weihnachten und dem dazugehörigen Brimborium die Schuld, wenn sie Kinder anschrien, und es fiel ihnen nicht im Traum ein, daß ein aufkommender Sturm immer solche Symptome auslöste. Sie ahnten nicht, daß sechzig Prozent der Bevölkerung unter einem oder mehreren dieser Symptome litt, wenn ein Gewitter kam.

Hunde kratzten an Türen und wurden nach draußen gelassen, um ihr Geschäft zu erledigen, statt dessen kotzten sie: auch ein Symptom des aufziehenden Sturms. Katzen zickten, gaben keine Ruhe und ließen sich nicht streicheln. Rinder, die nicht in den Ställen waren, legten sich auf die Erde und bewegten sich nur, wenn man sie dazu zwang.

Die Hochspannungsleitungen an ihren Masten, von denen jede fünfhundert Kilovolt transportierte, reagierten auf den nahenden Sturm. Das elektrische Feld, das sie umgab, begann zu schwellen, löste vorübergehende Stromschwälle und Blackouts in der gesamten Umgebung aus. Dutzende von Menschen, die in der Nähe dieser Masten lebten, verspürten kribbelnde Angst und entdeckten ohne sonderliche Neugier, daß die Haare auf ihren Armen zu Berge standen; ein weiteres, nicht ungewöhnliches Phänomen.

Der Sturm schwoll an und rollte über die Stadt herein. Seine Gewitterwolken waren bereits mit Elektrizität aufgeladen, als sie die urbanen Ausläufer passierten. Wenn dann die isolierende Wirkung der Luft zusammenbrach, würden sich die Wolken in einem kurzen Stromschlag entladen . . . und der erste Blitz war geboren. Die Chan-

cen, daß ein Blitz in ein Haus oder eine Person einschlägt, betragen vier Prozent oder eins zu fünfundzwanzig.
Aber dieser Sturm war anders.
Der Regen war jetzt heftiger geworden und wurde von Minute zu Minute stärker. Der Sturm hatte aufgehört, sich zu bewegen. Er hatte seinen Kern gefunden und würde hier bleiben und Kräfte sammeln. Die brodelnden schwarzen Wolken verfärbten sich von Grau zu Schwarz, und in ihnen dröhnte das erste Donnergrollen.

Es hatte wieder begonnen.
Ein Sturm war im Anzug ... in Kiew, Sydney, Rom und San Francisco.